파머 엘드리치의 세 개의 성흔

The Three Stigmata of Palmer Eldritch

THE THREE STIGMATA OF PALMER ELDRITCH

5

필립 K. 딕 걸작선

파머 엘드리치의 세 개의 성흔

The Three Stigmata of Palmer Eldritch

김상훈 옮김

폴라북스

◐ 등장인물

》지구

레오 뷸레로 | P.P.(퍼키 팻) 레이아웃사 사장

바니 메이어슨 | P.P. 레이아웃사의 유행 예측 컨설턴트

로니 퓨게이트 | 메이어슨의 부하. 유행 예측 컨설턴트

펠릭스 블라우 | 사설 경찰 조직 대표

에밀리 내트 | 도예가. 바니 메이어슨의 전처

리처드 내트 | 에밀리의 남편

헵번-길버트 | UN 사무총장

프랭크 산티나 | UN 법무청 청장

네드 라크 | UN 마약 통제국 국장

파머 엘드리치 | 기업가

조이 엘드리치 | 파머 엘드리치의 딸

아이콜츠 | 파머 엘드리치의 대리인

》화성 식민지

샘 리건 | 개척민

메리 리건 | 개척민. 샘의 아내

토드 모리스 | 개척민

헬렌 모리스 | 개척민. 토드의 아내

노먼 샤인 | 개척민

프랜 샤인 | 개척민. 노먼의 아내

앤 호손 | 개척민

앨런 페인 | 위성 디스크자키

◑ 차례

그러니까, 결국 인간은 흙으로 빚은 존재에 불과하다는 걸
염두에 둬야 해. 애당초 근본부터가 그 모양이었으니
크게 기대할 게 없다는 뜻이야. 하지만 그걸 감안한다면,
바꿔 말해서 시작이 그렇게 미천했던 것치고는
그럭저럭 잘해왔다고 봐야 해. 따라서 우리가 지금 직면한
이 중대한 위기조차도 결국은 타개할 수 있다는 게
나의 개인적인 신념일세. 무슨 뜻인지 알겠지?

―레오 뷸레로가 화성에서 돌아온 직후 구술해서 P.P. 레이아웃사의
유행 예측 컨설턴트들에게 배포한 녹음 메모의 일부.

01

바니 메이어슨은 머리가 지독하게 욱신거리는 것을 느끼며 눈을 떴다. 낯선 조합아파트의 낯선 방이었다. 곁에서는 침대 시트 밖으로 매끄러운 어깨를 드러낸 낯선 여자가 새근거리며 자고 있었다. 흐트러진 머리카락이 솜처럼 하얗다.

보나마나 지각하겠군. 메이어슨은 침대 아래로 슬쩍 발을 내렸고, 구토감을 억누르기 위해 눈을 질끈 감은 채로 비틀거리며 일어섰다. 확실하지는 않지만 이곳은 회사에서 자동차로 꽤 시간이 걸리는 장소일지도 모른다. 경우에 따라선 미국이 아닐 가능성도 있다. 그러나 지구에 있는 것만은 확실했다. 그를 비틀거리게 만든 것은 몸에 익은 정상적인 중력이었기 때문이다.

그리고 침실 밖 거실의 소파 옆에는 낯익은 여행가방이 놓여 있었다. 정신과 의사인 닥터 스마일의 가방이다.

맨발로 거실로 터벅터벅 걸어 나와 가방 곁에 앉았다. 가방을 열고 스위치를 눌러 닥터 스마일을 작동시켰다. 계기 바늘이 흔들리며 기계가 웅웅거리기 시작했다.

"여긴 어디야?" 바니가 물었다. "뉴욕에서는 얼마나 떨어져 있지?" 이것이 가장 큰 걱정거리였다. 그는 아파트의 주방 벽에 시계가 걸려 있다는 것을 깨달았다. 오전 7시 반. 아직 늦지는 않았다.

닥터 스마일의 휴대용 단말에 해당하는 가방 속 기계—뉴욕 시에 있는 바니 자신의 조합아파트 건물인 리나운 33동의 지하층에 설치된 컴퓨터와 마이크로 계전기繼電器로 연결된—가 앵앵거리며 대답했다. "아, 미스터 베이어슨이군요."

"메이어슨이야." 바니는 떨리는 손가락으로 머리카락을 매만지며 정정했다. "어젯밤에 대해 기억하는 게 있어?" 주방 싱크대 위에는 반쯤 빈 버번 위스키 병과 소다수 병, 레몬, 비터스 병, 제빙 트레이 따위가 널려 있었다. 그것들을 보자 강렬한 육체적인 혐오감이 몰려왔다. "저 여잔 누구야?"

닥터 스마일이 말했다. "침대에 누워 있는 젊은 여성은 미스 론디넬라 퓨게이트입니다. 당신더러 로니라고 불러달라고 하던데요."

어디선가 들은 듯한 이름이다. 묘하게도 직장과 관련이 있는 인물이라는 느낌이 들었다. "어이." 그가 여행가방에게 이렇게 말한 순간 침실에서 자고 있던 여자가 뒤척이기 시작했다. 그는 즉시 닥터 스마일을 끄고 일어섰다. 팬티 한 장만 달랑 입고 있는 탓에 왠지 창피하고 어색한 기분이었다.

"일어났어요?" 여자가 졸린 목소리로 물었다. 여자는 잠시 부시럭거리더니 그를 마주 보고 앉았다. 커다랗고 아름다운 눈. 상당히 예쁘다. "몇 시예요? 참, 커피포트는 불에 올려놓았죠?"

그는 쿵쿵거리며 주방으로 가서 레인지의 불을 켜고 물을 끓이기 시작했다. 욕실 문이 닫히는 소리가 들렸다. 그리고 물 흐르는 소리가 들려왔다. 로니는 샤워를 하고 있는 듯했다.

거실로 돌아가서 닥터 스마일을 다시 켰다. "저 여자는 P.P.(퍼키 팻) 레이아웃하고 무슨 관계야?"

"미스 퓨게이트는 당신의 새로운 보좌역입니다. 어제 인민 중국에서 갓 돌아왔습니다. 그곳의 P.P. 레이아웃사 지점에서 유행 예측 컨설턴트로 일하고 있었죠. 하지만 재능은 있어도 경험이 워낙 일천하기 때문에, 뷸레로 사장은 미스 퓨게이트더러 한동안 당신을 보좌하라는 명령을 내렸던 겁니다. 당신 '밑에서' 일하라는 명령을 내렸다고 말할 수도 있었지만, 현 상황을 감안할 경우 오해의 소지가 있는 표현이기 때문에 일부러 쓰지 않았―"

"거참 희소식이로구면." 바니는 내뱉듯이 말하고 침실로 들어갔다. 바닥에 쌓여 있던 자기 옷들을 집어 올리고―보나마나 어젯밤에 자기 손으로 벗어 던진 것이리라―주섬주섬 입기 시작했다. 여전히 기분은 최악이었고, 포기하고 속을 모조리 게우고 싶은 유혹에 저항하기 위해서는 의식적으로 노력할 필요가 있었다.

"맞아." 셔츠의 단추를 채우며 거실로 돌아온 그는 닥터 스마일을 향해 말했다. "지난 금요일에 미스 퓨게이트에 관한 메모를 받은 기억이 나는군. 능력이 좀 변덕스럽다고 했어. 예의 '남북전쟁 전망창'을 모형화하는 건에 관해서 오판을 했었지……. 상상이 돼? 저 여자는 그게 인민 중국에서 대히트할 거라고 판단했던 거야." 바니는 웃음을 터뜨렸다.

욕실 문이 빼꼼 열렸다. 탄력 있고 청결한 분홍색 피부를 가진 로니가 몸의 물기를 닦고 있는 모습이 흘끗 보였다. "나 불렀어요?"

"아니. 정신과 의사하고 얘길 나누고 있었어."

"누구든 잘못을 저지를 수 있습니다." 닥터 스마일은 무덤덤하게 말했다.

"어떻게 저 여자하고 내가—" 바니는 이렇게 말하며 침실 쪽을 가리켰다. "만난 지 얼마 되지도 않았잖아."

"궁합이 맞았던 거겠죠." 닥터 스마일이 말했다.

"어이."

"흠. 두 사람 모두 예지 능력자 아닙니까. 어차피 서로 죽이 맞아서, 늦든 빠르든 선을 넘을 거라는 사실을 미리 알았던 겁니다. 그래서 두 사람 모두가—술 몇 잔을 마신 뒤에는—더 이상 기다릴 이유는 없다고 판단한 거겠죠. '예술은 길고, 인생은 짧다—'" 여행가방은 말을 멈췄다. 로니 퓨게이트가 실오라기 하나 걸치지 않은 모습으로 욕실에서 나왔기 때문이다. 그녀는 여행가방과 바니 곁을 지나 다시 침실로 들어갔다. 바니는 그녀가 무척 날씬하고 자세가 좋다는 사실을 새삼 깨달았다. 몸놀림도 실로 준민하고, 위를 향한 자그마한 유방과 분홍빛 완두콩처럼 아름다운 한 쌍의 젖꼭지도…… 아니, 한 쌍의 분홍빛 진주라고 불러야겠군. 그는 정정했다.

로니가 말했다. "어젯밤에도 물어보려고 했는데—왜 정신과 의사하고 상담을 하는 거죠? 세상에, 어딜 가든지 그걸 가지고 다니고, 절대로 손에서 떼려고 하지도 않다니—게다가 언제나 켜놓고, 어제 할 때도—" 로니는 한쪽 눈썹을 추켜 올리며 그를 흘끗 보았다. 그의 속을 떠보는 듯한 눈초리였다.

"적어도 할 때는 꺼놓았잖아." 바니는 지적했다.

"나 예뻐요?" 로니는 느닷없이 발끝을 들고 기지개를 펴는가 싶더니, 깜짝 놀란 그의 눈앞에서 *쌍충쌍충* 뛰고 도약하며 체조를 하기 시작했다. 젖가슴이 상하로 흔들린다.

"물론 예뻐." 바니는 망연자실한 표정으로 중얼거렸다.

"매일 아침마다," 로니는 가쁘게 숨을 몰아쉬며 말했다. "UN군 체조를 안 하면 체중이 한없이 늘어서. 커피 좀 따라줄래요?"

"당신 정말로 P.P. 레이아웃사 직원 맞아? 내 부하로 온?"

"물론 맞아요. 설마 기억 못 하는 거예요? 하지만 당신은 일류 예지 능력자니까 그리 놀랄 일은 아닐지도 모르겠군요. 미래가 너무 잘 보이기 때문에 과거는 어렴풋하게밖에 기억 못 하는 거예요. 어젯밤 일은 도대체 어디까지 기억해요?" 로니는 체조를 멈추고 숨을 헐떡였다.

"아." 바니는 모호한 어조로 대답했다. "대충 다 기억해."

"있잖아요. 당신이 정신과 의사를 갖고 돌아다니는 이유는 단 하나밖에 없다는 생각이 들어요. 징용 영장을 받은 거 아녜요? 그렇죠?"

잠시 후 바니는 고개를 끄덕였다. 그래. 그 기억만은 뚜렷했다. 낯익은 청록색의 길쭉한 봉투가 도착한 것은 일주일 전의 일이었다. 다음 주 수요일에는 브롱크스의 UN군 병원에서 정신 검사를 받을 예정이었다.

"도움이 돼요? 저게 있으면ㅡ" 로니는 여행가방 쪽을 손짓해 보였다. "징용 대상에서 빠질 수 있을 정도로 충분히 머리가 이상해지나요?"

바니는 닥터 스마일의 휴대용 단말을 향해 몸을 돌리며 말했다. "이상해졌어?"

여행가방이 대답했다. "유감스럽지만 아직도 팔팔한 상태입니다, 미스터 메이어슨. 스트레스를 10프로이트 단위까지 견딜 수 있으니까요. 죄송합니다. 하지만 검사일까지는 아직 며칠 더 남아 있습니다. 막 시작한 거나 마찬가지잖습니까."

침실로 들어간 로니는 속옷을 집어 올리고 한쪽 발을 넣었다. "이건 그냥 가정인데." 곰곰이 생각하는 듯한 어조였다. "만약 당신이 징용 대상으로 뽑혀서 외계 식민지로 보내진다면……내가 당신의 후임자가 될지도 모르겠네요." 그녀는 고르고 아름다운 이를 드러내며 씩 웃었다.

암울하지만 가능성이 있는 얘기다. 게다가 바니의 예지 능력
도 이 경우에는 전혀 도움이 안 된다. 그의 장래는 인과율의 저
울 위에서 완벽한 균형을 유지하고 있었기 때문이다.

"그건 좀 힘들걸. 인민 중국에서 하던 일도 제대로 처리 못
했잖아. 예지 인자들을 계산한다는 점에서는 비교적 단순한 작
업이었는데도."

그러나 언젠가는 로니도 제대로 할 수 있을 것이다. 그 정도
는 별 어려움 없이 예상할 수 있었다. 로니는 젊으며, 넘쳐흐를
정도의 재능을 가지고 있다. 그러므로 이 업계에서 최고로 간
주되는 바니를 따라잡기 위해 로니가 필요로 하는 것은 몇 년
동안의 경험뿐이다. 현 상황에 대한 인식이 조금씩 머릿속에
침투하기 시작하면서 바니의 잠기운은 완전히 사라졌다. 그가
싱용 대상으로 선발될 가능성은 충분히 있있고, 실령 신빌되지
않는다고 해도 로니 퓨게이트에게 그의 훌륭하고 소중한 지위
를 빼앗길 위험은 있었다. 13년 동안이나 부단히 노력해서 겨
우 손에 넣은 지위를.

이런 암울한 상황에서 라이벌과 자는 쪽을 택하다니, 실로 기
묘한 해결책이라고 하지 않을 수 없다. 도대체 왜 이런 선택을
했는지 궁금하다.

여행가방 위로 허리를 굽히고 닥터 스마일을 향해 나직하게
말했다. "난리도 이런 난리가 없군. 이 외중에 도대체 내가 왜
이런 생각을 했는지 알려줬으면 좋겠ㅡ"

"그 질문엔 내가 대답해줄게요." 로니 퓨게이트가 침실 쪽에

서 말했다. 조금 끼어 보이는 엷은 초록색 스웨터를 입고 경대 앞에서 단추를 채우는 중이었다.

"어젯밤 버번앤드워터를 다섯 잔 마신 다음에 나한테 이렇게 말하더군요. 그건—" 로니는 잠시 뜸을 들이며 장난스럽게 눈을 반짝였다. "우아함과는 좀 거리가 있는 발언이었어요. '이길 수가 없으면 차라리 이용해라' 뭐 이런 말이었거든요. 유감스럽게도 당신이 실제로 쓴 단어는 '이용'이 아니었지만."

"흠." 바니는 주방으로 가서 자기가 마실 커피를 따랐다. 하여튼 뉴욕과 멀리 떨어진 장소에 와 있는 것은 아닌 듯하다. 퓨게이트가 P.P. 레이아웃사의 동료 직원이라면, 회사까지 통근 가능한 곳에 살고 있는 것은 확실하니까 말이다. 함께 차를 타고 갈 수 있을지도 모른다. 멋지군. 사장인 레오 뷸레로가 이 사실을 안다면 뭐라고 할지 궁금했다. 사원끼리의 동침에 관해서 공식적인 사규社規가 있었던가? 그 밖의 거의 모든 일들에 관해서는 사규가 있으니까……. 그러나 매일 남극대륙의 휴양지 해변이나 독일의 E요법 클리닉에서 시간을 보내는 위인이 어떻게 모든 사내 문제에 관해서 독단적인 규칙을 만들 짬을 낼 수 있었는지 도통 이해가 되지 않았다.

언젠가는 나도 레오 뷸레로처럼 살 거야. 화씨 180도*의 뉴욕 시에 틀어박혀 일만 하는 대신에—

이미 발밑에서 맥동脈動이 느껴졌다. 방바닥 전체가 흔들리는

---

* 섭씨 82도.

느낌. 건물의 냉방장치가 작동하고 있는 것이다. 하루가 시작되었다.

주방 창문 너머로 다른 조합아파트 건물 뒤에서 적의로 활활 타는 듯한 뜨거운 태양이 떠올랐다. 바니는 눈을 질끈 감았다. 또 초열焦熱로 지글거리는 날이 될 것이 확실해 보였다. 20와그너 지표指標에 육박할지도 모르겠다. 굳이 예지 능력을 발휘하지 않아도 그 정도는 어렵지 않게 예측할 수 있었다.

뉴저지 주 마릴린 몬로 시 교외에 있는, 492동이라는 창피할 정도로 큰 번호가 붙은 조합아파트의 일실에서 리처드 내트는 건성으로 아침을 먹으며 건성이라고는 할 수 없는 태도로 전송 신문 조간에 실려 있는 어제의 기상 상황 해설을 훑어보고 있었다.

지난 24시간 동안 주요 빙하 중 하나인 '올드 스킨톱'은 4.62 그레이블 뒤로 후퇴했다. 그리고 뉴욕 시의 정오 기온은 그저께의 1.46와그너를 넘어섰다고 한다. 습도도 해수海水의 증발에 의해 16셀커크 증가했다. 바꿔 말하자면 고온다습해졌다는 얘기다. 자연의 대大행렬은 덜컹거리며 전진을 계속한다. 어디를 향해서? 내트는 신문을 밀쳐놓고 새벽에 도착한 우편물을 집어 들었다⋯⋯. 우편배달부들이 대낮의 배달을 그만둔 것은 꽤 오래전의 일이다.

처음으로 눈에 들어온 것은 비례 배분이라기보다는 사기 협잡에 가까운 아파트의 냉방비 청구서였다. 조합아파트 492동이

청구한 지난달의 냉방비는 정확하게 10스킨 반이었다—4월 냉방비에 비해 4분의 3스킨이나 늘었다. 앞으로 더 기온이 올라간다면 그 어떤 조치를 취하더라도 이 장소가 녹아버리는 걸 막을 수 없을걸. 2004년에 건물의 냉방 시스템이 고장나 일시 정지했을 때 LP판 컬렉션이 녹아 한 덩어리로 붙어버렸던 일을 아직도 기억하고 있다. 지금 녹지 않는 산화철 테이프를 쓰고 있는 것은 바로 그 탓이다. 그때 같은 건물 안에 있던 잉꼬나 금성산 밍새들은 몰살당했다. 옆집에서 기르던 거북이는 산 채로 익어버렸다. 물론 그 일은 낮 시간에 일어났고, 모든 주민은—적어도 남자들은—출근해서 집을 비운 상태였다. 그러나 집에 있던 아내들은 가장 낮은 지하층으로 대피해야 했다. 그러면서 그들은 (나중에 에밀리에게 들은 바에 의하면) 마침내 세계의 종말이 왔다고 믿었다고 한다. 1세기는 지나야 올 거라던 종말이 방금 찾아왔고, 캘리포니아 공과대학에서 내놓은 예측은 결국 틀렸다는 식으로 말이다……. 물론 그것은 사실이 아니었고, 단지 뉴욕에서 오는 송전선이 하나 끊어졌던 사고에 불과했다. 신속하게 도착한 작업 로봇들이 수리를 끝마치자 사태는 해결되었다.

　거실에서는 파란 작업용 겉옷을 입은 아내가 아직 초벌구이를 하지 않은 도기 표면에 공들여 유약을 칠하고 있었다. 혀를 살짝 내밀고, 달아오른 눈빛으로……. 솔의 기민한 움직임을 보기만 해도 멋진 도기가 나올 것이라는 사실을 미루어 짐작할 수 있다. 에밀리가 열심히 일하는 모습을 보니 남편인 자신이 오늘 해야 할 일이 떠올랐다. 별로 내키지 않는 일이.

내트는 퉁명스러운 어조로 말했다. "그 작자한테 접근하는 건 좀 기다려도 늦지 않잖아."

에밀리는 고개도 들지 않고 대답했다. "지금 갖고 있는 것들보다 더 나은 견본들은 나오지 않을 거야."

"그쪽에서 싫다고 하면 어쩔 거야?"

"일을 계획해야지. 이런 신작들이 나중에 상업적으로 얼마나 큰 성공을 거둘지를 전남편이 예측하지 못한다고 해서, 혹은 예측하고 싶어하지 않는다고 해서 간단히 포기해버릴 일은 아니잖아?"

리처드는 말했다. "당신은 그 친구를 알지만 난 몰라. 혹시 집요한 타입이라든지 뭐 그런 건 아니지? 당신한테 앙심을 품고 있는 것도 아니고?" 사실 에밀리의 전남편이 에밀리에게 앙심을 품을 이유는 없었다. 누구한테서 해를 입은 것도 아니지 않은가. 오히려 그 반대인 것으로 알고 있다. 적어도 에밀리에게서 들은 바로는.

한 번도 만난 적이 없고 직접 교섭해본 적도 없는 인물인 바니 메이어슨 얘기를 만날 듣는 것도 묘한 기분이었다. 그러나 그것도 이제는 끝이다. 오늘 아침 9시에 P.P. 레이아웃사 본사에서 메이어슨과 만날 약속을 했기 때문이다. 물론 결정권은 메이어슨 쪽에 있었다. 에밀리가 제작한 도자기들을 의례적으로 흘끗 보고는 그 자리에서 거절하면 그만이니까 말이다. '유감이지만 P.P. 레이아웃사는 이 제품의 모형화에는 관심이 없어. 내 예지 능력을, 나의 유행 예측에 관한 마케팅 능력과 기술을 믿으라고.' 뭐 이렇게 말하면 그만이지 않은가. 그다음에는—리처드 내트 퇴장. 도자기 견본을 옆구리에 끼고, 막막한 표정으로.

창밖을 내다본 내트는 실외 온도가 이미 인간이 견딜 수 없는 수준까지 올라간 것을 깨닫고 진저리를 쳤다. 모두가 황급히 실내로 대피한 탓에 보행자용 샛길은 텅 비어 있었다.

"다녀올게."

내트는 현관문 앞에서 발을 멈추고 아내에게 말했다.

"잘 갔다 와. 잘되면 좋겠네." 에밀리는 유약을 바르는 섬세한 작업에 한층 더 열중한 기색이었다. 이 광경을 보고 아내가 얼마나 엄청난 긴장에 사로잡혀 있는지를 퍼뜩 깨달았다. 단 한 순간도 손놀림을 멈추지 못할 정도로 긴장하고 있다. 그는 집 안에서 쉭쉭거리는 소형 에어컨의 차가운 바람을 등에 받으며 현관문을 열고 복도로 나갔다. "참," 그가 문을 닫으려 하자 에밀리가 그제야 고개를 들더니, 눈을 가린 긴 갈색 머리카락을 빗어 올리며 말했다. "바니 회사에서 나오자마자 전화해줘. 어떤 결과가 나오든 간에 말이야."

"알았어." 내트는 대꾸하고 등 뒤에서 문을 닫았다.

경사로를 내려가서 같은 건물 안에 있는 은행에 들렀다. 대여 금고에서 귀중품 보관함을 꺼내 고객용 방으로 가져간 다음, 보관함 속에서 메이어슨에게 보여줄 도자기들이 들어 있는 진열 케이스를 꺼냈다.

잠시 후 내트는 건물들 사이를 잇는 단열 밀폐식 통근 열차를 타고 뉴욕 시의 도심으로 향했다. P.P. 레이아웃사는 푸르스름한 합성 시멘트로 만들어진 거대한 건물이었다. 회사 이름의 유래가 된 퍼키 팻 인형과 그 세계를 이루는 축소 모형들의 제작사이다. 인류가 태양계의 행성들을 정복하면서 그 인형들도 인류를 정복했지. 퍼키 팻, 외계 이민자들의 집착의 대상. 식민 행성에서의 생활에 관해서 이토록 비참한 주석이 어디 있을까……. 운 나쁘게도 UN의 선별적 징용법 대상이 된 불운한 사람들은 지구에서 쫓겨나 화성, 금성, 가니메데* 같은 곳으로 보내져 새롭고 이질적인 인생을 시작해야 한다. UN 관료들이 인간을 보낼 수 있으며…… 그럭저럭 죽지 않고 살아남을 수 있을 것이라고 상상한 장소에서.

그런데도 지구에 있는 우리는 실기 힘들다고 우는 소리를 하고 있지.

옆자리에 앉아 있던 승객이 말을 걸어왔다. 잿빛 방서防暑 헬멧에 반팔 셔츠, 최근 비즈니스맨들 사이에서 인기를 끌고 있는 새빨간 반바지 차림의 중년 남자였다.

"오늘도 덥겠구먼."

"그렇군요."

"그 커다란 종이 상자 안에 뭐가 들어 있나? 화성 이민자들의 단체 소풍용 도시락?"

---

* Ganymede. 목성의 제3위성.

"도자기입니다." 내트는 말했다.

"도자기라. 일부러 가마에 넣지 않아도 대낮에 집 밖에 놔두는 것만으로도 알아서 구워지겠구먼." 사내는 껄껄 웃더니 전송 신문 조간을 꺼내 들고 1면을 펼쳤다. "태양계 밖에서 날아온 우주선이 명왕성에 불시착하다." 그는 소리 내어 기사를 읽었다. "현재 수색대가 출동 중. 이거 혹시 외계에서 날아온 걸까? 난 다른 항성계의 외계 생물 따위는 정말 질색인데."

"우리 쪽에서 갔던 우주선이 돌아왔을 가능성이 더 크지 않을까요?" 내트는 말했다.

"자네는 프록시마인을 본 적이 있나?"

"사진으로밖에는 못 봤습니다."

"소름 끼치는 놈들이지." 비즈니스맨은 말했다. "명왕성에 있다는 그 배의 잔해 안에 놈들이 남아 있다면 레이저로 완전히 태워버려야 해. 그래도 괜찮아. 놈들이 태양계에 오는 걸 금지하는 법률이 있으니까 말이야."

"그렇군요."

"그 도자기 좀 구경시켜줄 수 없겠나? 난 넥타이를 취급한다네. '워너 사(社)의 유사(類似) 수제 생물 타이, 타이탄* 산 각종 컬러 완비'라고 선전하는 거 말이야—지금 내가 매고 있는 거, 보이지? 이 넥타이 염료는 타이탄에서 수입한 원시 생명체라네. 지구에서 그걸 배양해서 넥타이로 만드는 거지. 어떻게 번식을

---

* Titan. 토성의 제6위성.

유도하는지는 우리 회사의 영업 비밀이지만. 코카콜라의 제조 성분처럼 말이야.”

내트는 말했다. “보여드리고는 싶지만, 저도 같은 이유에서 그럴 수가 없군요. 신제품이라서요. 지금 P.P. 레이아웃사의 유행 예측부로 가져가는 참입니다. 이것들을 모형화해서 퍼키 팻 세트에 넣어달라고 할 작정입니다. 일단 채택된다면 화성 주위를 도는 P.P. 레이아웃사의 디스크자키—이름이 뭐였더라? 하여튼 그 친구한테 무전으로 상품 정보를 보내기만 하면 됩니다.”

“워너 수제 타이도 퍼키 팻 모형 세트에 포함돼 있다네.” 사내가 말했다. “퍼키의 남자친구인 월트의 옷장에는 우리 회사 제품이 가득 차 있지.” 그는 활짝 웃었다. “P.P. 레이아웃사가 우리 타이를 모형화한다는 결정을 내렸을 때는 정말—”

“바니 메이어슨하고 얘기를 나눈 석이 있습니까?”

“내가 직접 얘기하지는 않았어. 우리 회사의 판매 부장이 얘기했지. 듣기로는 상당히 까다로운 친구라더군. 충동적인 직감 같은 것에 입각해서 결정을 내리고, 일단 내린 결정은 결코 바꾸는 법이 없다나.”

“그 직감이 틀렸던 적은 없습니까? 크게 유행한 제품을 거부했다든지?”

“물론 틀린 적도 있어. 예지 능력자일지는 모르지만, 결국은 인간이니까 말이야. 한 가지 도움이 될 만한 얘기를 해주지. 그 친구는 여자에 대해서 큰 불신감을 갖고 있다네. 2년 전에 이혼했는데 아직도 거기서 회복하지 못했어. 실은 그 친구 아내가 두 번인가 임신했는데, 그 친구가 사는 조합아파트의 관리위원회에서—33동이었던 걸로 기억하는데—협의 투표를 통해서 그 친구하고 아내한테 퇴거 요구를 했어. 주민 규칙을 위반했다는 이유로 말이야. 자네도 알지. 33동처럼 빠른 번호의 건물에 들어가는 건 하늘에 별 따기라는 걸. 그래서 그 친구는 아파트를 포기하지 않으려고 이혼했고, 배 속의 자식과 함께 아내를 쫓아냈던 거야. 그러다가 한참 지나서야 그게 실수였다고 생각하고 고민에 빠졌던 거지. 말도 안 되는 잘못을 저질렀다고 자기 자신을 탓했어. 하지만 그건 자연스러운 실수였다고 봐. 33동, 아니, 34동이라도 좋아. 하여튼 그런 멋진 데서 살 수 있는 기회를 놓치고 싶은 사람이 어디 있겠나? 그 뒤로는 재혼도 하지 않았다는군. 네오크리스천인 걸까? 하여튼 그 친구한테 자네 도자기를 팔고 싶거든 여자와 관련된 부분에서 조심하는 게 나을 거야. 이를테면 '이것들은 여성들에게 인기가 있을 겁니다' 뭐 이런 말은 절대 하면 안 돼. 관련 제품을 사는 건 대부분—"

"충고해주셔서 고맙습니다."

내트는 좌석에서 일어나며 말했다. 견본이 든 케이스를 들고 좌석 사이 통로를 지나 출구로 갔다. 절로 한숨이 나왔다. 쉽지 않을 것이다. 아예 가망이 없을지도 모르겠다. 나와 에밀리, 나와 도자기 사이의 관계보다 훨씬 오래전부터 존재하던 상황을, 내 힘으로 어떻게 하란 말인가.

다행히도 곧 택시를 잡을 수 있었다. 시내 중심가의 북적거리는 차도를 누비고 나아가는 택시 안에서 그는 전송 신문을 펼치고 비즈니스맨이 읽던 1면 기사를 읽었다. 머나먼 프록시마 항성계에서 귀환한 것으로 추정되는 우주선 한 척이 명왕성의 얼어붙은 황야―그런 걸 황야라고 부르다니!―에 불시착했다는 기사였다. 기사는 우주선에 탄 사람이 저명한 행성 간行星間 기업가인 파머 엘드리치일지도 모른다는 추측을 이미 내놓고 있었다. 엘드리치는 프록시마 항성계에 사는 인간형 외계인 평의회의 초청을 받고 10년 전에 현지로 출발했다. 프록시마인들이 자기들의 자동공장을 지구식으로 현대화하고 싶어했기 때문이다. 그 이후로 엘드리치와는 음성불통 상태였다. 그런데 지금 이런 사건이 일어난 것이다.

지구 입장에서는 엘드리치가 타고 온 우주선이 아닌 편이 더 나을지도 모르겠군. 파머 엘드리치는 단독 행동을 즐겼고, 기업가라고 하기에는 너무 방종하고 요란스러웠다. 태양계의 여러 식민 행성에서 자동공장을 가동시킨다는 기적을 일궈내기는 했지만, 역시나 평소 버릇을 못 이기고 과유불급의 덫에 빠졌다. 다량의 소비재가 그것을 쓸 이민자들조차도 살지 못하는 벽지僻地에 잔뜩 쌓이기 시작했다. 그것들은 가혹한 기후에 시달려 조금씩 부식되었고, 결국은 잡동사니의 산으로 변했다. 예를 들어 눈보라에 묻혀서 말이다. 지구가 초열 지옥이 된 마당에 아직도 눈보라가 이는 곳이 있다니 믿기 힘들었지만……. 태양계에는 아직도 추운 장소가 존재한다. 인간이 살지 못할 정도로 추운.

"나리, 목적지에 도착했습니다."

거대하지만 대부분 지하에 숨겨져 있는 건물 앞에 멈춰서 자동택시가 말했다. P.P. 레이아웃사의 본사 사옥이다. 요소요소에 설치된 내열耐熱 경사로를 통해 건물 안으로 들어가는 사원들의 모습이 눈에 들어왔다.

내트는 요금을 낸 다음 택시에서 내렸고, 양손으로 견본 상자를 끌어안고 얼마 떨어지지 않은 경사로 입구까지 후다닥 달려갔다. 잠깐이나마 직사광선에 노출된 순간, 사실인지 아닌지는 모르겠지만 몸이 지글거리는 듯한 느낌을 받았다. 이러다간 길가의 두꺼비처럼 체액이 바싹 말라 구워질지도 모르겠군. 무사히 경사로로 들어온 내트는 생각했다.

지하층으로 내려가서 여성 접수원에게 용건을 말하자, 메이어슨의 사무실로 안내해주었다. 시원하고 어둑어둑한 방들은 마치 긴장을 풀라고 말하는 것 같았지만 가시방석에 앉은 기분이었다. 내트는 견본이 든 상자를 꼭 껴안으며 긴장했고, 네오 크리스천도 아니면서 장황한 기도문을 중얼거렸다.

"미스터 메이어슨." 내트보다 키가 크고, 앞이 트인 보디스 드레스와 휴양지풍 하이힐이라는 인상적인 옷차림을 한 접수원은 내트가 아니라 책상 앞에 앉아 있는 사내에게 말했다. "미스터 내트입니다." 그러고는 내트를 보며 말했다. "이분이 미스터 메이어슨입니다, 미스터 내트." 메이어슨 뒤에는 엷은 초록색 스웨터 차림에 머리카락이 새하얀 여자가 서 있었다. 머리는 너무 길고, 스웨터는 몸에 너무 꼭 맞는 느낌이다. "이분은 미스터 메이어슨의 보좌역인 미스 퓨게이트입니다. 미스 퓨게이트, 미스터 리처드 내트입니다.”

바니 메이어슨은 이쪽에는 아예 눈길도 주지 않고 책상에서 서류를 읽는 데 몰두하고 있었다. 말없이 기다리던 리처드 내트의 심정은 매우 복잡했다. 우선 화가 치밀어오르며 목과 가슴이 답답해졌다. 물론 불안감에서 비롯된 고뇌도 섞여 있었다. 그러나 이런 감정들조차도 한 줄기 촉수처럼 뻗어오르는 호기심을 억누를 수는 없었다. 그래, 이 친구가 에밀리의 전남편이란 말이지. 살아 있는 넥타이 세일즈맨이 한 말을 믿는다면, 지금 와서도 에밀리와 이혼했다는 사실을 후회하며 쓰디쓴 회한을 곱씹고 있는 사내다. 메이어슨은 상당히 덩치 큰 30대 후반의 사내였고, 요즘엔 보기 힘든—딱히 멋있지도 않은—구불거리는 장발머리를 하고 있었다. 따분한 표정이었지만 딱히 적의를 가진 기색은 아니었다. 하지만 그건 아직 나를—

“어디, 그 항아리 견본을 보자고.”

메이어슨이 느닷없이 말했다.

리처드 내트는 책상 위에 진열 케이스를 내려놓고 뚜껑을 열었다. 도자기들을 하나씩 꺼내서 책상 위에 배열한 다음 뒤로 물러섰다.

잠시 후 메이어슨이 말했다. “안 돼.”

“‘안 돼’라니?” 내트는 반문했다. “뭐가 말입니까?”

“이건 성공할 가망이 없어.” 메이어슨은 이렇게 대꾸하고 다시 서류를 읽기 시작했다.

"그냥 이런 식으로 결정을 내리면 끝인 겁니까?" 내트는 이미 결정이 내려졌다는 사실을 믿을 수가 없었다.

"그걸로 끝이야."

메이어슨은 맞장구쳤다. 도자기 견본에는 더 이상 관심이 없어 보였다. 마치 내트가 도자기를 다시 케이스에 집어 넣고 이미 떠나기라도 한 것처럼 행동하고 있었다.

로니 퓨게이트가 말했다. "미스터 메이어슨, 잠깐 드릴 말씀이 있습니다."

바니 메이어슨은 그녀를 흘끗 보며 말했다. "뭔데?"

"이런 말씀 드려서 죄송합니다만." 로니 퓨게이트는 이렇게 운을 떼며 책상 앞으로 와서 도자기 하나를 집어 올렸다. 양손으로 잡고 무게를 가늠해보고 유약 처리가 된 표면을 쓰다듬었다. "저는 전혀 다른 인상을 받았습니다. 이 도자기들은 성공할 거라는 예감이 있습니다."

내트는 당혹한 표정으로 두 사람을 번갈아 쳐다보았다.

"저걸 줘봐." 메이어슨은 진한 회색 꽃병을 가리켰다. 내트가 꽃병을 건넸다. 메이어슨은 잠시 그것을 들고 있다가 이내 "안 돼"라고 말했다. 찌푸린 얼굴이었다. "이 물건이 큰 성공을 거둘 거라는 감은 여전히 오지 않아. 내가 보기엔 자네의 판단 착오인 것 같군, 미스 퓨게이트. 하지만," 그는 꽃병을 내려놓고 리처드 내트를 쳐다보았다. "나와 미스 퓨게이트 사이에 의견 차이가 있다는 점을 감안해서—" 메이어슨은 생각에 잠긴 표정으로 코를 긁었다. "견본을 여기에 며칠 더 맡겨두게나. 조금 더 검토해보겠네." 말은 그렇게 했어도 그럴 생각이 없는 투가 역력했다.

로니 퓨게이트는 손을 뻗어 조그맣고 모양이 묘한 도기를 집어 올렸고, 사랑스럽다는 듯이 가슴에 갖다댔다. "특히 이 작품. 아주 강하게 감이 오는데요. 이게 가장 큰 인기를 끌 거예요."

바니 메이어슨은 나직한 목소리로 말했다. "머리가 좀 이상해진 거 아냐, 로니." 이제는 정말로 화난 기색이었다. 붉으락푸르락하는 얼굴에 험악한 표정이 떠올랐다. 그는 리처드 내트에게 말했다. "나중에 최종 결론이 나면 영상전화를 걸지. 하지만 이미 내린 판단을 바꿀 만한 이유가 없으니 낙관은 하지 않는 게 좋을 거야. 사실 굳이 견본을 맡겨둘 필요도 없어." 그는 이렇게 내뱉었고, 보좌역인 퓨게이트를 향해 거칠고 날카로운 시선을 던졌다.

02

같은 날 오전 10시, P.P. 레이아웃사의 대표이사 레오 뷸레로
는 3행성 법률집행 사무소라는 이름의 사설 경찰 조직으로부
터 기다리고 있던 영상전화를 받았다. 프록시마에서 돌아온 항
성 간 우주선이 명왕성에 불시착했다는 뉴스를 듣자마자 조사
를 의뢰해두었던 것이다.

레오는 멍한 표정으로 상대방의 말에 귀를 기울였다. 이 뉴스
의 중차대함은 잘 알고 있었지만 다른 문제에 정신이 팔려 있
었기 때문이다.

P.P. 레이아웃사가 UN의 비호를 받기 위해 매년 엄청난 액수
의 정치 헌금을 하고 있는 상황에서 이런 일이 일어나다니 황
당하기 짝이 없었다. 그러나 황당하든 황당하지 않든 간에 UN
마약 통제국의 군함이 화성의 북극관北極冠 근처에서 우주선 한

척 분량의 캔-D를 통째 압수했다는 사실은 변하지 않는다. 금성에 자리잡은, 경비가 엄중한 대규모 농원에서 보내온 시가 100만 스킨에 육박하는 적하를 말이다. 복잡다단한 국제연합 위계조직 내부의 실무자 전원에게 뇌물이 제대로 전달되지 않은 탓일까.

그러나 지금 와서 레오 뷸레로가 취할 수 있는 조치는 전무했다. 그의 입장에서 UN은 전혀 비빌 언덕이 없는 철밥통들의 집단이었다.

마약 통제국의 노림수가 무엇인지를 알아차리는 것은 어렵지 않았다. 마약 통제국은 P.P. 레이아웃사가 적하를 되찾기 위한 소송을 제기하기를 원하고 있었다. 그러면 그토록 많은 외계 이민자들이 애용하고 있는 비합법 약물인 캔-D가 P.P. 레이아웃사의 비밀 사회사에 의해 재배되고, 정제되고, 유통되고 있다는 사실이 만천하에 드러나기 때문이다. 따라서 아무리 귀중한 적하라고 해도 무리해서 되찾으려고 하는 것보다는 그냥 내버려두는 것이 상책이었다.

"전송 신문의 추측이 옳았습니다." 사설 경찰 조직 대표인 펠릭스 블라우가 영상통화 화면에서 말했다. "탑승자는 파머 엘드리치였습니다. 살아 있기는 하지만 중상을 입었다고 하더군요. UN 전함이 기지의 병원으로 그를 후송 중인 것으로 보입니다. 물론 어느 기지인지는 공표되지 않았습니다만."

"흐으음." 레오 뷸레로는 고개를 끄덕였다.

"하지만 프록시마 항성계에서 엘드리치가 뭘 발견했는지에 관해서는—”

“그건 절대로 알아내지 못할걸.” 레오는 말했다. “엘드리치가 입을 열지 않는 이상, 그걸로 끝이야.”

“한 가지 흥미로운 기사가 있습니다. 엘드리치의 우주선 안에 신중하게 보존되어 있던—아니, 지금도 보존되어 있는—지의류地衣類의 배양균이 캔-D의 원료가 되는 타이탄 산 이끼와 흡사하다는 얘기가 있습니다. 상황이 상황이니만큼…….” 블라우는 의미심장하게 말꼬리를 흐렸다.

“그 지의류의 배양균을 없애버릴 방도는 없나?”

본능적인 충동에서 나온 말이었다.

“유감스럽게도 엘드리치의 부하들이 불시착한 우주선의 잔해에 이미 가 있기 때문에, 그런 일을 저지하려고 할 게 뻔합니다.” 블라우는 동정하는 듯한 표정이었다. “물론 시도는 해볼 수 있습니다……. 무력을 동원하는 대신 뇌물을 써서 포섭하는 식으로.”

“그래줘.” 이렇게 동의하기는 했지만, 시간과 노력의 낭비일 것이 뻔했다. “그런데 거기에 관한 법률이 있지 않았나? 다른 항성계의 생명체 수입을 금지하는 UN의 주요 법령이 있었던 것 같은데?” UN군을 설득해서 엘드리치의 우주선 잔해를 폭격할 수 있다면 그보다 더 좋은 해결책은 없을 것이다. 뷸레로는 자기 메모장에 썼다. 법률 고문들을 불러서 엘드리치가 외계산 지의류를 무단 수입했다고 제소할 것.

“나중에 다시 연락하겠네.” 뷸레로는 영상전화를 끊었다. 내가 직접 항의하는 편이 나을지도 모르겠군. 그는 이렇게 결심하고 인터컴으로 비서를 불러냈다. "뉴욕 UN 본부의 비서실로 연결해줘. 헵번-길버트 사무총장하고 개인적으로 통화하고 싶다고 해."

잠시 후 영상통화가 연결되면서 작년에 UN 사무총장으로 취임한 노회한 인도 정치가의 얼굴이 떠올랐다. "아, 미스터 뷸레로." 헵번-길버트는 의미심장한 미소를 떠올렸다. "추측컨대 캔-D 적하의 압수 사건에 관해서 항의하시려고—"

"무슨 말씀이신지 모르겠군요. 캔-D의 적하가 어쨌다는 겁니까." 레오는 말했다. "전화를 드린 건 전혀 다른 용건 때문입니다. UN에서는 파머 엘드리치가 무슨 짓을 했는지 알기는 하는 겁니까? 태양계 밖에서 지의류를 가지고 왔습니다. 그걸 방치한다면 지난 98년처럼 다시 역병이 창궐하는 계기가 될 수도 있습니다."

"물론 알고 있습니다. 하지만 측근들 말로는 그건 미스터 엘드리치가 프록시마로 떠났을 때 가지고 갔다가 다시 가지고 돌아온 태양계산 이끼라고 하더군요……. 여행 중의 단백질 보급원 중 하나였답니다." 인도인은 새하얀 이를 번득이며 미소 지었다. 마치 엘드리치 측의 빈약한 변명을 즐기는 듯한, 우월감으로 가득 찬 표정이다.

"설마 그 말을 믿는 겁니까?"

"물론 안 믿습니다." 그의 미소가 한층 더 커졌다. "왜 이 문제에 관심을 보이는 겁니까, 미스터 뷸레로? 혹시 그 이끼에 관해서, 음, 걱정할 만한 특별한 이유라도 있는지요?"

"저는 태양계의 공익에 관심을 가진 시민으로서 말씀드린 겁니다. 반드시 적절한 조치를 취할 필요가 있습니다."

"이미 취했습니다." 헵번-길버트는 말했다. "이미 조사를 시작했고…… 미스터 라크를—누군지 아시죠?—파견했습니다. 이걸로 안심이 되시는지?"

이런 식으로 답답한 대화가 계속되면서 실망감은 쌓여만 갔다. 레오 뷸레로는 정치가라는 인종에게 넌더리를 내며 마침내 전화를 끊었다. 뷸레로 자신에 대해서는 주저 없이 강경한 수단을 동원했으면서, 파머 엘드리치의 경우에는……. 아, 미스터 뷸레로. 그는 마음속으로 상대방의 말투를 흉내 내어 말했다. 그 문제는 이것과는 다른 맥락에서 보서야 합니다.

그래. 라크라면 잘 알지. 네드 라크는 UN 마약 통제국의 국장이었고, 이번 캔-D 적하의 압수를 지휘한 당사자였다. 엘드리치와의 다툼에 라크를 끌어들인 것은 UN 사무총장의 책략이었다. UN의 노림수는 이독제독以毒制毒이다. 일부러 시간을 끌면서, 레오 뷸레로가 캔-D의 출하를 삭감하는 조치를 실제로 취할 때까지는 엘드리치에게 아무런 제재도 가하지 않을 작정인 것이다. 그 사실을 알고는 있었지만 물론 증명할 수는 없었다. 그 가무잡잡하고 교활한 미진화未進化 정치가 헵번-길버트는 직접 그렇게 언명한 적이 없기 때문이다.

UN과 교섭할 때는 언제나 이런 꼴이군. 레오는 생각했다. 아프리카-아시아적인 밀고 당기기. 진흙탕이나 다름없다. UN을 운영하고, 인적 자원을 제공하고, 조종하는 것은 모두 외국인들이다. 레오는 텅 빈 영상전화 화면을 노려보았다.

이제 어떻게 할까 생각하고 있던 중에 비서인 글리슨이 자기 책상 위의 인터컴을 통해 보고했다. "사장님, 미스터 메이어슨이 와 있습니다. 잠깐 얘기를 나누고 싶다는데요."

"들여보내게."

한숨 돌릴 기회가 생겨서 그나마 다행이다.

잠시 후 미래의 유행 예측을 전담하는 레오의 부하가 찌푸린 표정으로 방으로 들어왔다. 바니 메이어슨은 말없이 레오와 마주 보고 앉았다.

"표정이 왜 그런가, 메이어슨?" 레오는 힐문했다. "털어놓게나. 그런 걸 위해서 난 여기 있는 거야. 내 가슴에 얼굴을 묻고 울어도 돼. 문제가 뭔지 얘기해주면 손을 잡고 위로해줄 수도 있어." 일부러 상대를 위축시키려는 듯한 신랄한 말투였다.

"이번에 부하가 된 미스 퓨게이트 일입니다."

"응. 벌써 잤단 얘긴 들었지."

"문제는 그게 아닙니다."

"아, 그랬었구먼. 이거 괜한 말을 한 건가."

"제가 여기 온 건 미스 퓨게이트의 행동의 다른 측면에 관해 지적하기 위해서입니다. 조금 전에 기본적인 의견 차이가 있다는 사실이 드러났습니다. 어떤 세일즈맨이—"

레오는 말했다. "자네는 그 친구의 제안을 거절했지만 자네 부하는 그 결정에 반대했다는 얘기로군."

"그렇습니다."

"하여튼 예지 능력자들이란." 지극히 흥미롭다. 가능한 미래는 여러 개 존재하는 것인지도 모른다. "그래서 나더러 그녀에게 이렇게 명령하라는 건가? 앞으로는 언제나 자네의 판단을 지지하라고?"

"제 보좌역이 아닙니까. 그런 직책에 있는 이상, 제 지시에 따라 움직여야 합니다."

"흐음…… 그 부분은 자네와 함께 자는 걸로 상당 부분 실천하고 있지 않나?" 레오는 웃었다. "하지만 그 세일즈맨이 같이 있는 동안에는 자네 지시를 따라야 했어. 이의가 있으면 나중에 둘만 있을 때 털어놓으면 그만이고."

"그 정도까지는 바라지도 않습니다." 바니는 한층 더 못마땅한 표정을 지었다.

레오는 날카로운 어조로 말했다. "자네도 알다시피 나는 E요법을 받은 덕택에 거대한 전두엽을 가지고 있어. 워낙 높은 수준까지 진화한 덕에 나도 실질적으로는 예지 능력자나 마찬가지야. 그 세일즈맨 말인데, 항아리를 팔러 온 게 아니었나? 도자기를?"

바니는 한참을 주저하다가 마지못해 고개를 끄덕였다.

"자네 전처가 만든 항아리였군." 레오는 말했다. 그 도자기는 상당히 잘 팔렸다. 전송 신문에서 광고를 본 적도 있다. 뉴올리언스 최고의 미술품 소매점에서 팔릴 뿐만 아니라, 이곳 동해안과 샌프란시스코에서도 판매되고 있었다. "그래서 말인데,

그게 히트 상품이 될 가능성은 없었나, 바니?" 레오는 예지 능력자를 찬찬히 훑어보았다. "미스 퓨게이트의 예감이 옳았던 건가?"

"하느님에게 맹세코 절대로 그런 일은 없을 겁니다." 그러나 바니의 말투는 납처럼 무거웠다. 대답 내용과는 아귀가 맞지 않는군. 생기가 없어. 레오는 판단했다. "제가 예측하는 바로는 그렇습니다." 바니는 완고하게 말했다.

"알았네." 레오는 고개를 끄덕였다. "자네 말을 믿기로 하지. 하지만 만에 하나 그 항아리가 크게 유행하고, 그때 외계 이민자들의 모형 세트에 넣을 모형이 준비되어 있지 않을 경우에는—" 레오는 잠깐 생각하다가 말을 이었다. "자네의 침실 파트너가 자네 자리까지 차지하는 사태가 올지도 모르네."

바니는 자리에서 일어서며 말했다. "그럼 미스 퓨게이트에게 어떤 자세로 저를 받아들여야 하는지 지시해주시겠습니까?" 그는 갑자기 얼굴을 붉혔다. 레오가 껄껄 웃기 시작하자 바니는 "표현을 바꿔야겠군요"라고 중얼거렸다.

"알았네, 바니. 내가 단단히 혼을 내겠네. 젊으니까 견뎌낼 거야. 자네도 이제 나이를 먹을 만큼 먹었으니, 대놓고 말을 안 듣는 부하가 있으면 체면상 곤란해지는 거 나도 이해하네." 레오도 자리에서 일어났고, 바니에게 다가가서 등을 툭툭 치며 말했다. "한 가지 충고하겠는데, 옛날 일 가지고 언제까지나 그렇게 고민하지는 말게. 이제 전처 일은 잊으라고. 알겠나?"

"이미 잊어버렸습니다."

"세상에 널리고 널린 게 여자잖나." 레오는 현재 정부情婦인 스코티 싱클레어를 머리에 떠올리며 말했다. 금발머리에 가녀린 몸집의 소유자지만, 가슴만은 튀어나온 발코니처럼 웅대한 스코티. 그녀는 원지점遠地點에서 500마일 상공을 도는 레오의 인공위성 별장에서 그가 주말에 들러주기를 고대하고 있을 것이다. "공급은 무한하잖나. 골동품 미국 우표라든지, 우리가 돈으로 쓰는 송로松露 스킨하고는 다르다고." 그러자 문득 이런 생각이 떠올랐다. 이미 필요가 없어져서 버린—그러나 여전히 쓸 만한—정부 중 하나를 바니에게 소개해주면 매끄럽게 잊을 수 있지 않을까. "그래서 말인데," 레오가 이렇게 운을 떼자마자, 바니가 세차게 손을 흔들며 상사의 말을 가로막았다. "싫어?" 레오는 물었다.

"싫습니다. 어차피 로니 퓨게이트만으로도 벅찹니다. 정상적인 남자라면 한 번에 한 명으로 족하지 않습니까." 바니는 책망하는 듯한 눈으로 자기 상사를 바라보았다.

"동감일세. 물론 나도 한 번에 한 명만으로도 족해. 설마 자네, 내가 그 '곰돌이 푸 장원莊園'에 하렘이라도 숨겨놓았다고 생각하는 건가?" 그는 성마른 어조로 내뱉었다.

"지난 1월에 사장님의 생일 축하 파티에 참석하려고 거기 올라갔을 때는—"

"아, 그거 말이로군. 파티였잖나. 그러니까 평소 때와는 달라. 파티에서 무슨 일이 일어나든 누가 신경을 쓰나." 그는 바니를 사장실 문까지 배웅했다. "실은 말일세, 자네에 관해서 별로 안 좋은 소문을 들었다네. 자네가 조합아파트의 정신과 컴퓨터와 연결된 여행가방형 단말기를 가지고 돌아다니는 걸 본 사람이 있는데……. 혹시 징용 영장을 받았나?”

침묵이 흘렀다. 잠시 후에야 바니는 고개를 끄덕였다.

“그런데도 우리한테는 귀띔조차 안 해줬단 말인가. 이쪽에서 묻지 않았다면 언제 얘기해줄 작정이었나? 화성행 우주선을 타는 날?”

“피할 방도가 있을 겁니다.”

“물론 그렇겠지. 다들 징용을 피할 방도가 있으니까. 그래서 UN은 행성 4개와 위성 6개의 식민화에 성공했고—”

“정신 검사에서 탈락할 예정입니다.” 바니는 말했다. “제 예지 능력이 그렇게 말해줬습니다. 저를 돕고 있는 겁니다. 스트레스 허용량을 재는 프로이트 단위가 외계 이민자 기준에 미달합니다—이걸 보십시오.” 그는 양손을 들어 보였다. 눈에 띄게 떨리고 있었다. “미스 퓨게이트의 아무 해도 없는 발언에 제가 어떤 반응을 보이는지를 보시란 말입니다. 에밀리가 만든 항아리 견본을 내트가 가져왔을 때 제가 보인 반응을. 그리고—”

“잘 알았네.” 레오는 이렇게 말했지만 여전히 걱정하고 있었다. 징용 영장을 받으면 징용일까지 90일의 유예 기간만 주어지는 것이 보통이었고, 아무리 퓨게이트를 교육시키더라도 그렇게 짧은 시간에 바니를 대체하는 것은 무리였다. 물론 파리에 있는 맥 론스턴을 뉴욕 본사로 데려올 수는 있었지만— 경력이 15년인 론스턴조차도 바니 메이어슨의 대안은 되지 못했다. 경험은 풍부했지만 예지 능력은 노력한다고 늘어나는 것이 아니다. 신이 내리는 능력이기 때문에 어쩔 수 없는 것이다.

요즘 UN은 정말 신경에 거슬리는군. 하필 이런 시기에 바니가 징용 영장을 받은 것도 단순한 우연이 아니라 나의 약점을 탐색하기 위한 또 다른 시도가 아닐까. 그게 사실이라면 타격이 크다. 바니의 징용을 면제하라고 UN에 압력을 넣을 만한 지렛대도 없다.

그자들이 이러는 이유는 단 하나, 내가 식민 행성의 주민들에게 캔-D를 공급하기 때문이야. 하지만 그건 누군가가 해야 하는 일이잖아. 그치들은 절실하게 캔-D를 원하고 있어. 그게 없으면, 퍼키 팻 모형 세트를 사봤자 아무 소용이 없으니까.

더불어 캔-D 산업은 태양계에서 가장 큰 이익이 나는 교역 사업 중 하나였다. 천문학적인 액수의 송로 스킨이 연루된.

UN이 그 사실을 모를 리가 없다.

뉴욕 시간으로 오후 12시 30분에 레오 뷸레로는 이번에 새로 비서과의 일원이 된 피어 저건스라는 젊은 여성과 함께 점심식사를 했다. 피어는 고급 레스토랑인 '보라색 여우' 깊숙한 곳에 있는 방에서 그와 마주 보고 앉아서, 작고 잘생긴 턱을 규칙적으로 움직이며 예의 바르게 음식을 먹고 있었다. 빨간 머리였다. 레오는 빨간 머리를 좋아했다. 빨간 머리 여자는 엄청나게 못생겼든지, 아니면 거의 초자연적으로 매력적이든지 둘 중 하나다. 피어는 후자였다. 그렇다면 어떻게든 그녀를 '곰돌이 푸 장원'으로 전근시킬 핑계를 찾을 수는 없을까……. 물론 스코티가 반발하지 않아야 하지만. 그러나 현 상황에서 그럴 가능성은 별로 높아 보이지 않았다. 스코티는 나름대로 자기 의지를 가지고 있었다. 그런 여자는 다루기가 쉽지 않다.

스코티를 바니 메이어슨에게 떠맡기지 못하는 것이 유감이다. 레오는 생각했다. 그럴 수 있다면 일거양득일 텐데. 그러면 바니는 정신적으로 안정될 거고, 나도 귀찮은 여자를—

멍청하긴! 그는 자신을 책망했다. 바니는 불안정한 상태를 유지해야 해. 안 그런다면 화성행이라고. 그래서 그 말을 지껄이는 가방을 갖고 다니는 거야. 나는 현대 세계를 전혀 이해 못하는 것 같군. 아직도 20세기에 살고 있어. 정신분석의들이 환자를 스트레스에 더 강해지도록 돕던 시대에.

"사장님은 언제나 이렇게 말이 없으신가요?" 피어 저긴스가 물었다.

"없지." 건성으로 대꾸하고 곰곰이 생각했다. 바니의 행동 패턴을 이쪽에서 조작할 수는 없을까? 그러니까 그 친구가 덜 '자생적'이 되도록 돕는 방법은 없나?

그러나 그것은 생각만큼 쉬운 일이 아니다. 레오는 확장된 전두엽을 통해서 본능적으로 그 사실을 깨달았다. 건강한 사람을 단지 명령만으로 병에 걸리게 할 수는 없는 일이다.

아니, 꼭 그럴까?

피어 저긴스에게 양해를 구한 다음 로봇 웨이터를 불러, 자리로 영상전화를 가져다달라고 부탁했다.

잠시 후 회사에 남아 있는 비서 글리슨을 불러냈다. "난데, 점심 먹고 돌아가자마자 메이어슨 밑에서 일하는 론디넬라 퓨게이트를 만나야겠어. 메이어슨 그 친구한테는 얘기하지 말고. 알겠지?"

"예, 사장님." 글리슨은 메모를 하며 대답했다.

"다 들었어요." 그가 전화를 끊자 피어 저건스가 말했다. "제가 미스터 메이어슨한테 이 얘기를 할 거라고는 생각 안 하시나요? 회사에서 거의 매일 얼굴을 맞대는 사이—"

레오는 웃음을 터뜨렸다. 피어 저건스가 이제 겨우 싹트기 시작한 기회를 그런 식으로 내던지다니, 상상만 해도 우스워서 견딜 수 없었다. "어이, 걱정 말라고." 레오는 그녀의 손등을 툭툭 도닥이며 말했다. "그런 일은 인간의 행동 양식에 비춰볼 때 일어날 수 없는 일이야. 그 가니메데 개구리 크로켓이나 빨리 먹고 회사로 돌아가자고."

피어 저건스는 발끈한 기색이었다. "다른 사람, 그것도 잘 알지도 못하는 사람 앞에서 그토록 개방적이실 수 있다는 사실이 좀 이상하다는 뜻으로 말한 겁니다." 그녀는 그를 쏘아보았고 이미 부풀 대로 부푼 매력적인 가슴을 화난 듯이 한층 더 부풀려 보였다.

"거기에 대한 가장 좋은 해결책은 자네와 좀 더 친해지는 일이겠지." 레오는 탐욕스러운 어조로 말했다. "캔-D를 씹어본 적이 있나?" 이것은 수사적 질문이었다. "시도해봐야 해. 습관성이 있기는 하지만 완전히 새로운 경험을 할 수 있거든." 물론

'곰돌이 푸 장원'에는 언제나 최고급품이 준비되어 있다. 많은 손님들이 모였을 때는 따분해지기 쉬운 파티에 변화를 줄 목적으로 말이다. "이런 질문을 한 건 자네가 상상력이 풍부한 여성처럼 보이기 때문이야. 캔-D에 대해 사람들이 보이는 반응은 각양각색이지. 특히 당사자의 상상적 창조력에 많은 영향을 받는다네."

"언젠가 시험해봐야겠네요." 저건스는 말했다. 그러고는 주위를 둘러보았고, 레오 쪽으로 몸을 기울이고 낮은 목소리로 말했다. "하지만 그건 불법입니다."

"정말?" 레오는 그녀를 빤히 쳐다보았다.

"아시면서." 여자는 발끈한 기색이었다.

"원한다면 언제든 줄 수 있어." 그때는 물론 그녀와 함께 씹을 작정이었다. 다른 사람과 함께 캔-D를 섭취하면 사용자들의 마음은 융합해서 새로운 통일체를 이룬다—적어도, 당사자들은 그렇게 느낀다. 캔-D를 몇 번 공동 체험한 뒤에는 피어 저건스에 관해 샅샅이 알 수 있을 것이다. 피어 저건스에게는 한눈에 알 수 있는 육체적, 해부학적인 매력 말고도 어딘가 그를 크게 매료하는 부분이 있었다. 그런 그녀와 더 가까워지고 싶어서 안달이 날 정도로. "모형 세트는 쓰지 않고 말이야." 퍼키 팻 미세微細 세계의 창조자이자 제조자인 레오가 그런 것 없이 캔-D를 쓰는 것을 선호한다는 사실은 아이러니였다. 그러나 지구상의 흔해빠진 환경을 축소한 것에 불과한 모형 세트에서 레오 같은 지구 주민이 무엇을 얻을 수 있단 말인가? 물론 강풍이 몰아닥치며 포효하는 어딘가의 달에서, 얼어붙은 메탄 결정의 비 따위로부터 몸을 숨기기 위해 지하의 굴 속에 웅크리고 있어야 하는 개척자들은 전혀 입장이 다르다. 퍼키 팻과 그 모형 세트는 그들이 태어난 세계로 돌아가기 위한 입장권이기 때문이다. 그러나 레오는 그 자신이 태어나고, 또 지금도 여전히 살고 있는 세계에 대해 지독한 염증을 느끼고 있었다. '곰돌이 푸 장원'조차도—고풍스러운 오락과 그리 고풍스럽지는 않은 오락을 제공해주는 그의 인공위성 별장조차도—이런 공허함을 채워주지는 못한다. 그렇지만—

"캔-D란 정말 멋진 물건이지." 레오는 저건스에게 말했다. "금지된 것도 하등 이상할 게 없어. 그건 종교거든. 외계 이민자들의 종교." 그는 껄껄 웃었다. "쌈지 하나 분량으로 15분 동안은 도원경에 가 있을 수 있어. 그러면—"그는 팔을 휘둘러 보였다. "지하의 토굴 따위는 사라져버려. 얼어붙은 메탄도 사라지고. 살아갈 의욕이 생기는 거지. 위험을 무릅쓰고 돈을 낼 만한 충분한 이유가 되지 않아?"

그러나 지구에 있는 우리에게 그만한 가치가 있는 일일까? 이렇게 자문하니 우울함이 몰려왔다. 퍼키 팻 모형 세트를 제조하고 캔-D 포장 완제품의 원료가 되는 지의류를 재배 공급함으로써, 레오는 100만 명이 넘는 강제적 외계 이민자들이 그나마 견딜 수 있도록 해주었다. 그러나 그 대가로 그는 무엇을 받았단 말인가? 지금까지 줄곧 타인에게 봉사하는 삶을 살아온 것에 대한 반동이 오기 시작한 것일까. 뭔가 아쉬웠다. 물론 그의 정부인 스코티가 기다리는 인공위성 별장이 있다. 얽히고설킨 두 개의 큰 사업에도 언제나 세심하게 신경을 써야 한다. 하나는 합법적이고, 하나는 비합법적인……. 그러나 인생에는 뭔가 그 이상의 것이 있어야 하지 않을까?

모르겠다. 다른 사람들도 마찬가지일 것이다. 다들 바니 메이어슨처럼 레오를 이런저런 식으로 모방하면서 살아가고 있기 때문이다. 바니와 론디넬라 퓨게이트의 관계는 레오 뷸레로와 피어 저건스 관계의 축소 모방판에 불과했다. 어디를 보든 마찬가지였다. 마약 통제국 국장인 네드 라크조차도 이런 식의 삶을 살고 있을지도 모른다. 아마 헵번-길버트도 다르지 않을 것이다. 흰 피부에 볼링공만큼 크고 단단한 젖가슴을 가진, 키가 큰 스웨덴 신인 여배우를 정부로 두고 있어도 하등 이상할 게 없다. 파머 엘드리치조차도 마찬가지일 것이다. 아냐. 그는 퍼뜩 깨달았다. 파머 엘드리치는 다르다. 그자는 뭔가 새로운 것을 찾아냈다. 10년 동안이나 프록시마 항성계에 가 있지 않았는가. 적어도 그곳에 갔다가 돌아온 것은 확실하다. 뭘 찾아낸 것일까? 그만한 노력을 기울일 만한 가치가 있는 것이란 무엇일까? 명왕성에서 목숨을 건 불시착을 감행할 정도로 가치가 있는 것이란?

"전송 신문을 봤나?" 레오는 피어 저건스에게 물었다. "우주선이 명왕성에 불시착했다는 얘기 말이야. 정말이지 10억 명에 하나 있을까 말까 한 사내야, 파머 엘드리치는. 실로 독보적인 친구지."

"읽었어요. 실질적으로 광인狂人이나 다름없다고 하던데요."

"맞아. 10년 동안이나 죽을 고생을 했을 테니. 게다가 도대체 뭘 위해서?"

"틀림없이 지난 10년 동안의 고생에 걸맞은 대가를 얻었을 거예요. 미치기는 했지만 머리가 좋으니까요. 보통 사람들하고 마찬가지로 자기 이익을 언제나 염두에 두고 있어요. 사람들이 생각하는 것만큼은 미치지 않았을 거예요."

"그 친구를 한번 만나보고 싶군." 레오 뷸레로는 말했다. "단 1분이라도 좋으니 말을 나눠보고 싶어." 이렇게 말하면서 그는 결심했다. 파머 엘드리치가 현재 입원 중인 병원으로 가서, 힘이든 뇌물이든 필요한 수단을 써서 그의 병실로 들어가보자. 프록시마에서 무엇을 찾아냈는지를 알아내야 한다.

"예전에는 이런 생각을 하곤 했어요." 저건스가 말했다. "인류의 우주선이 처음으로 태양계를 벗어나서 다른 별로 갔을 때―기억하시나요?―그러면 틀림없이―" 그녀는 잠시 주저했다. "정말 바보 같은 생각이지만, 아놀드슨이 처음으로 프록시마 왕복 여행을 성공시켰을 때 저는 어린애에 불과했으니까요. 그러니까 그가 태양계로 귀환했을 때 어린애였단 뜻입니다. 그래서 이런 생각을 했어요. 그렇게 멀리까지 갔으니까 틀림없이―" 그녀는 고개를 폭 수그리고 레오 뷸레로의 시선을 피했다. "신을 만났을 거라고 생각했죠."

레오는 생각했다. 실은 나도 그렇게 생각했지. 게다가 당시 나는 30대 중반의 성인이었어. 바니한테도 여러 번 언급했듯이.

게다가 나는 아직도 그런 믿음을 가지고 있어. 파머 엘드리치가 경험한 10년 동안의 우주비행에 대해서.

점심식사를 마치고 P.P. 레이아웃사로 돌아온 레오는 처음으로 로니 퓨게이트와 만났다. 그가 도착했을 때 그녀는 이미 사장실에서 기다리고 있었다.

나쁘지 않군. 레오는 사장실 문을 닫으며 생각했다. 스타일도 괜찮고. 게다가 저 반짝반짝 빛나는 커다란 눈을 봐. 여자는 불안한 기색이었다. 그녀는 다리를 꼬았고, 치마를 폈고, 자기 의자와 마주 보는 책상에 앉은 그를 흘끗흘끗 쳐다보았다. 정말 젊군. 레오는 깨달았다. 상사가 틀렸다고 생각하면 서슴지 않고 반대 의견을 내놓을 수 있는 어린애다. 도리어 측은한 느낌이 늘 정도다…….

"왜 여기로 불려왔는지 아나?" 레오는 물었다.

"미스터 메이어슨의 명령에 거역했기 때문인 걸로 알고 있습니다. 하지만 저는 그 도자기들의 생명선生命線에서 정말로 장래성을 느꼈어요. 그러니 어쩔 수 없잖아요?" 그녀는 탄원하려는 듯이 일어서려고 하다가 다시 앉았다.

레오는 말했다. "나도 자네 말을 믿어. 하지만 자네 상사는 워낙 민감한 친구라 말이야. 함께 살고 있으니 알겠지만 그 친구는 어디를 가든 휴대용 정신과 의사를 가지고 다닌다네." 그는 책상 서랍을 열고 최상급 시가인 쿠에스타 레이스가 든 상자를 꺼냈다. 퓨게이트에게 상자를 내밀자, 그녀는 고맙다고 하며 진한 빛깔의 가느다란 시가 한 대를 집어 들었다. 그도 한 대를 꺼내 들었다. 우선 그녀 것에 불을 붙여주고, 다음에는 자기 것에 붙였다. 그러고는 등받이에 등을 기대고 말했다. "파머 엘드리치가 누군지 아나?"

"네."

"혹시 자네의 예지 능력을 유행 예측 이외의 목적에 쓸 수는 없을까? 앞으로 한 달쯤 있으면 전송 신문도 엘드리치가 어디 있는지 자주 언급할 거야. 예지 능력을 써서 미래의 신문을 읽고, 그자가 지금 이 순간 어디 있는지 알아봐줬으면 좋겠어. 자네에게 그럴 능력이 있다는 건 아네." 물론 그래야 신상에 이로울 거야. 이 회사에 계속 머물고 싶으면 말이야. 레오는 시가를 피우며 기다렸다. 약간의 선망이 섞인 눈으로 그녀를 바라보면서, 속으로는 이런 생각을 하고 있었다. 밤일 솜씨도 겉모습 못지않게 뛰어나다면—

로니 퓨게이트는 주저하며 나직하게 말했다. "지극히 모호한 인상밖에는 오지 않습니다, 사장님."

"흠, 하여튼 말해보게."

레오는 펜으로 손을 뻗치며 말했다.

그녀의 예지 작업에는 몇 분이 걸렸고, 본인이 거듭 말했듯이 결과는 그리 뚜렷하지 않았다. 그래도 레오의 메모에는 곧 이런 단어들이 나열되었다. 제임스 리들 재향군인 병원. 제3기지. 가네메데. 역시 UN 시설이었다. 그러나 이것은 이미 예상했던 일이었다. 아직 가망이 전혀 없는 것은 아니다. 안으로 들어가는 수단이 있을지도 모른다.

"본명으로 입원하지는 않았습니다." 로니 퓨게이트가 말했다. 억지로 예지 능력을 발휘한 탓인지 안색이 창백했고, 초췌해진 느낌이었다. 그녀는 불이 꺼진 시가에 다시 불을 붙였고, 의자에 깊숙이 고쳐 앉은 다음 유연한 다리를 다시 꼬았다. "전송 신문에 의하면 엘드리치가 병원에서 등록한 이름은―" 그녀는 말을 멈췄고, 눈을 질끈 감고 한숨을 쉬었다. "빌어먹을. 확실하지가 않네요. 한 음절이. 프렌트. 브렌트. 아니, 트렌트인 것 같아요. 맞아. 엘든 트렌트예요." 로니는 안도한 듯이 미소 지었다. 커다란 눈이 어린애처럼 순수한 기쁨에 반짝였다. "당국도 상당히 고심해서 신원을 감추려고 했던 것 같군요. 신문에는 심문 중이라고 쓰여 있습니다. 따라서 의식을 되찾았다는 얘기가 되는군요." 그 즉시 그녀는 미간을 찌푸렸다. "잠깐, 지금 기사 제목을 읽고 있어요. 제 조합아파트에서. 혼자서. 이른 아침이고, 1면을 읽고 있군요. 맙소사."

"뭐라고 쓰여 있나?"

레오는 경직된 몸을 앞으로 내밀며 힐문했다. 여자의 낭패감을 그도 민감하게 느끼고 있었다.

로니 퓨게이트는 속삭였다. "파머 엘드리치가 사망했다고 쓰여 있어요." 그녀는 눈을 깜박이고 놀란 표정으로 주위를 둘러보더니 천천히 레오에게 초점을 맞췄다. 두려움과 불안감이 뒤섞인 혼란된 표정으로 그를 바라보더니, 눈에 띌 정도로 뒤로 몸을 뺐다. 그와 거리를 둔 채로 의자 등받이에 몸을 밀착시키고, 양손으로 깍지를 낀다. "그리고 범인은 사장님이라고 나와 있었습니다. 기사 제목이 그랬어요."

"그러니까, 내가 그 작자를 죽인다는 얘기야?"

그녀는 고개를 끄덕였다. "하지만―그렇게 될 거라고 확정된 건 아녜요. 저는 여러 미래 중 하나의 미래를 포착했을 뿐입니다……. 무슨 얘긴지 아시죠? 그러니까 저희 같은 예지 능력자들이 보는 건―" 그녀는 모호한 몸짓을 했다.

"알아." 레오는 예지 능력자들에 관해 잘 알고 있었다. 바니 메이어슨은 P.P. 레이아웃사에서 13년이나 일했고, 그보다 더 오래 근무한 치들도 있었다. "가능한 일이야." 레오는 거친 어조로 말했다. 하지만 내가 왜 그런 일을 해야 하지? 지금은 알 방도가 없다. 아마 엘드리치와 접촉해서 얘기를 나눠보면……. 적어도 얘기를 나눌 것이라는 점은 이제 명백해졌다.

로니 퓨게이트가 말했다. "이런 미래가 가능하다는 점을 감안하면, 미스터 엘드리치와 직접 접촉하는 것은 그만두시는 편이 낫습니다. 그렇잖아요? 위험이 실제로 존재하니까요―그것도 매우 현저한 위험이. 제가 추측한 바로는―40에 근접하고 있다고 생각합니다."

"40이라니, 뭐가?"

"퍼센트입니다. 거의 반반에 가까운 가능성이죠."

그녀는 아까보다는 조금 더 침착해진 표정으로 시가를 피우며 레오를 마주 보았다. 검고 예리한 눈으로 그를 흘끔거린다. 미래의 그가 도대체 왜 그런 짓을 하는지 강한 호기심을 느끼고 있는 기색이 역력했다.

레오는 일어서서 사무실 문으로 걸어갔다. "고마웠네, 미스 퓨게이트. 이 문제에 도움을 줘서 감사하네." 그러고는 기다렸다. 이제 접견이 끝났으니 나가라는 무언의 지시였다.

그러나 여자는 의자에서 움직이려고 하지 않았다. 바니 메이어슨을 동요하게 만든 기묘한 고집스러움이 이제는 그를 향했다. "미스터 뷸레로." 그녀는 조용한 목소리로 말했다. "이번 일에 관해서는 UN 경찰에 알릴 의무가 있다고 생각합니다. 저희 예지 능력자들은—"

레오는 단념하고 문을 닫았다. "자네 같은 예지 능력자들은 다른 사람들 사생활에까지 너무 깊이 참견하려는 게 흠이야." 그러나 그가 약점을 잡힌 것은 사실이었다. 이 지식을 어떤 식으로 이용할 작정일까.

"미스터 메이어슨은 징용당할지도 모릅니다. 물론 알고 계시겠죠? 혹시 징용당하지 않도록 관계 당국에 압력을 넣을 작정이신가요?"

레오는 솔직하게 대답했다. "응. 가급적이면 그런 방향으로 도울 생각을 하고 있었어."

"미스터 뷸레로." 그녀는 작지만 침착한 목소리로 말했다. "그럼 저하고 거래를 하지 않으시겠습니까. 그냥 징용당하게 놓아두세요. 그리고 저를 뉴욕 본사의 유행 예측 컨설턴트로 임명해주십시오." 그녀는 기다렸다. 레오 뷸레로는 아무 말도 하지 않았다. "어떻습니까?" 그녀가 이런 식의 협상에 익숙하지 않다는 점은 명백했다. 그러나 가능한 한 자기 의지를 관철하고 싶어한다는 점 또한 명백했다. 그리 이상하게 볼 일은 아니다. 가장 유능한 인재에게도 초짜였던 시절은 있는 법이니까. 아마 앞으로 크게 출세할 인물이 첫 번째 계단을 오르려는 장면을 지금 목도하고 있는 것인지도 모르겠다.

그러자 생각이 났다. 베이징 지점에서 일하던 그녀가 뉴욕 본점으로 와서 바니 메이어슨의 보좌역으로 일하라는 명령을 받은 이유가. 부정확한 예측을 했기 때문이다. 그녀가 내놓은 일부—아니, 다수—의 예언들은 오류임이 밝혀졌다.

따라서 레오가 파머 엘드리치 살해 사건의 범인으로 기소당한다는 그녀의 예언도—그녀가 실제로 그런 기사를 보았고 거짓말을 하지 않았다고 가정한다고 해도—잘못되었을 가능성이 있다. 본사로 소환되는 계기가 된 부정확한 예언의 하나일지도 모른다는 뜻이다.

레오는 큰 소리로 말했다. "생각할 시간을 줘. 이틀쯤."

"내일 아침까지만 기다리겠습니다." 로니 퓨게이트는 물러서지 않았다.

레오는 웃음을 터뜨렸다. "왜 바니가 그렇게 분통을 터뜨렸는지 알 것 같군." 바니도 자신의 예지 능력을 통해 이 여자가 그에게 결정적인 타격을 가하고, 그의 지위를 뒤흔들지도 모른다는 가능성을 모호하게나마 인식했는지도 모른다. "이런 건 어때?" 레오는 그녀 곁으로 걸어갔다. "자네는 메이어슨의 애인이잖아. 그걸 그만두고 싶은 생각은 없나? 통째로 위성 하나를 건네줄 용의가 있는데." 물론 스코티를 거기서 쫓아낼 수 있다면 말이지만.

"사양하겠습니다."

"왜?" 레오는 내심 놀라며 말했다. "그럼 출세할 수ㅡ"

"저는 미스터 메이어슨이 좋습니다. 방금 하신 제안이 딱히 마음에 드는 것도 아니고요. 저는 풍선ㅡ" 그녀는 퍼뜩 입을 다물었다. "그 요법을 받고 진화한 사람들에게는 별다른 흥미를 못 느껴서."

레오는 또다시 사장실 문을 열어주었다. "내일 아침까지는 답변을 준비해놓겠네." 문간을 지나 대기실로 나가는 그녀를 보며 그는 생각했다. 이렇게 해두면 가니메데로 가서 파머 엘드리치를 만날 시간 여유가 생겨. 그러면 정보를 조금 더 얻을 수 있겠지. 너의 예지 능력이 엉터리인지 아닌지도 알 수 있을 거고.

젊은 여자 뒤에서 문을 닫자마자 책상으로 돌아가서 영상전화의 외부 통화 버튼을 눌렀다. 뉴욕 시의 교환수가 나오자 그는 말했다. "가니메데의 제3기지에 있는 제임스 리들 재향군인 병원으로 연결해줘. 거기 입원하고 있는 미스터 엘든 트렌트와 통화하고 싶어. 지명 통화로." 그는 자기 이름과 번호를 대고 전화를 끊었다. 걸쇠를 몇 번 누른 다음 케네디 우주공항을 불러냈다.

오늘 저녁 뉴욕발 가니메데행 급행 우주선의 좌석을 예약했다. 사장실을 왔다 갔다 하며 제임스 리들 재향군인 병원에서 전화가 걸려오기를 기다렸다.

풍선 대가리. 레오는 생각했다. 자기 사장조차도 그렇게 부르고도 남을 여자다.

10분 뒤에 영상전화의 벨이 울렸다.

"죄송합니다, 미스터 뷸레로." 교환수가 사죄했다. "미스터 트렌트는 의사의 지시로 전화를 받지 못한다는군요."

그럼 로니 퓨게이트의 말은 옳았다는 얘기가 된다. 엘든 트렌트라는 이름의 환자가 제임스 리들 병원에 실제로 입원해 있고, 그가 파머 엘드리치일 개연성은 지극히 높았다. 역시 현지까지 가볼 가치가 충분히 있다. 괜찮아 보이는군.

─괜찮다니, 뭐가? 레오는 쓴웃음을 지었다. 엘드리치를 만나서 모종의 언쟁을 벌이고─그게 뭔지는 상상도 할 수 없지만─마지막에는 그자의 죽음을 초래하는 일이? 지금 이 시점에서는 안면조차도 없는 사내가 아닌가. 게다가 나는 살인 혐의로 기소될 운명이다. 남몰래 그러지도 못한다는 얘기다. 전도양양과는 거리가 멀다.

하지만 호기심을 억누를 수가 없었다. 지금까지 온갖 사업을 해왔지만 그 어떤 상황에서도 누군가를 죽일 필요를 느낀 적은 없었다. 그와 파머 엘드리치 사이에서 일어날 일이 무엇이든 간에 유례없는 일인 것만은 틀림없었다. 아무리 생각해봐도 가니메데로 가라는 계시다.

이런 상황에서는 되돌아가는 쪽이 더 어렵다. 결국은 그의 희망이 이루어지리라는 강한 직감을 느꼈기 때문이다. 로니 퓨게이트도 그가 살인죄로 기소된다고 했을 뿐이다. 유죄 판결을 받을지의 여부에 관해서는 아무런 정보도 없지 않은가.

레오처럼 높은 지위에 있는 인물에게 중죄 선고를 내리는 것은 설령 UN 당국이 개입하더라도 상당한 노력을 요하는 일이다.

레오 자신도 기꺼이 그런 위험을 무릅쓸 용의가 있었다.

03

P.P. 레이아웃사의 본사 건물 바로 옆에 있는 술집에서 리처드 내트는 테킬라 사워를 홀짝이고 있었다. 진열 케이스가 든 상자는 눈앞의 탁자에 놓여 있었다. 에밀리의 항아리에 아무 문제도 없다는 사실을 그는 잘 알고 있었다. 충분히 팔릴 만한 작품이었다. 문제는 그녀의 전 남편과 그의 높은 지위였다.

그리고 바니 메이어슨은 그 권력을 악용했다.

에밀리한테 전화를 걸어서 이 얘기를 해야겠다. 내트는 일어서서 나가려고 했다.

그러자 어떤 사내가 앞을 가로막았다. 가느다란 두 다리 위에 묘하게 둥글둥글한 몸통을 올려놓은 듯한 인물이다.

"당신 누구야?" 내트가 말했다.

사내는 내트의 앞에서 마치 장난감 인형처럼 목을 까닥이며 호주머니 안을 뒤적였다. 마치 세월의 시련에서 살아남은, 무엇에든 기생寄生하려는 성향을 지닌 익숙한 미생물을 잠시 긁어주는 듯한 모습이다. 그러나 사내가 꺼내 든 것은 명함이었다.

"미스터 해트, 아니, 내트였던가요. 우리는 당신의 도자기 제품에 관심이 있습니다."

"아이콜츠." 내트는 명함을 읽었다. 달랑 이름만 쓰여 있고 그밖의 정보는 전무했다. 영상전화번호조차도 없었다. "하지만 지금 갖고 있는 건 견본품에 불과합니다. 원하신다면 우리 제품을 취급하는 소매점을 알려드릴 수도 있습니다. 하지만 이 상자에 들어 있는 것들은―"

"모형 세트용이죠." 장난감 같은 인상을 주는 '아이콜츠'라는 이름의 사내는 고개를 끄덕였다. "우리가 원하는 건 바로 그겁니다, 미스터 내트. 당신의 도자기 제품을 보형 상품화하고 싶다는 애깁니다. 메이어슨의 판단은 틀렸습니다―그 항아리는 크게 유행할 겁니다. 그것도 아주 가까운 시일 내에."

내트는 사내를 빤히 쳐다보았다. "이걸 모형화하고 싶다고요? P.P. 레이아웃사의 직원도 아니면서?" 그러나 다른 회사가 퍼키 팻용 모형 세트를 만들 리가 없었다. P.P. 레이아웃사가 시장을 독점하고 있다는 것은 주지의 사실이다.

아이콜츠는 상자 옆의 탁자 앞에 앉으며 지갑을 꺼내더니 스킨을 세기 시작했다. "처음에는 거의 선전할 생각이 없지만, 시간이 좀 흐른 뒤에는―"그는 내트에게 태양계의 법정 통화인 갈색의 구깃구깃한 송로松露 껍질 뭉치를 내밀었다. 특이한 분자 구조를 가진 이 아미노산 단백질은 지구의 여러 산업체에서 자동 조립 라인의 대용품으로 쓰이는, '프린터'라는 이름을 가진 육포肉胞 생명체도 복제할 수 없는 유일한 물질이었다.

"일단 아내의 의견을 들어봐야……."

내트가 말했다.

"당신이 회사 대표 아닙니까?"

"그, 그렇죠."

내트는 스킨 뭉치를 건네받았다.

"그럼 여기 서명해주십쇼." 아이콜츠는 서류를 한 장 꺼내서 탁자 위에 펼쳐놓고 펜을 내밀었다. "독점 계약서입니다."

서명을 하려고 허리를 굽힌 리처드 내트의 눈에 계약서에 적힌 아이콜츠의 회사 이름이 눈에 들어왔다. '보스턴 츄-Z 제조산업.' 들어본 적이 없는 이름이다. 츄-Z…… 뭔가 다른 제품의 이름을 연상케 하지만, 당장은 생각이 나지 않았다. 생각난 것은 계약서에 서명을 하고 아이콜츠가 회사 측의 계약서 사본을 뜯어낸 뒤의 일이었다.

행성 식민지에서 퍼키 팻 모형 세트와 함께 쓰이는 비합법 환각제 캔-D와 비슷하다.

직감적으로 짙은 불안감이 몰려왔다. 그러나 지금 와서 발을 뺄 수는 없었다. 아이콜츠는 제품 견본이 든 상자를 집어 올리고 있었다. 이제 그 내용물은 지구 미국 보스턴에 위치한 츄-Z 제조산업의 소유물이다.

"저―연락처는 어떻게 되십니까?" 내트는 일어나서 나가려던 아이콜츠에게 물었다.

"그쪽에서 먼저 연락할 필요는 없습니다. 연락할 필요가 생기면 우리 쪽에서 연락하겠습니다." 아이콜츠는 씩 웃었다.

도대체 에밀리에게는 뭐라고 말하면 될까? 내트는 스킨을 세어보고, 계약서를 읽어보았다. 그제야 비로소 아이콜츠가 얼마나 많은 계약금을 지불했는지 조금 이해되기 시작했다. 이 정도 액수라면 에밀리와 함께 남극 대륙으로 가서 닷새는 족히 휴가를 즐길 수 있다. 그것도 지구의 부호들이 곧잘 방문하는 시원한 최고급 휴양 도시에서 말이다. 레오 뷸레로나 그 비슷한 거물들은 그런 곳에서 여름을 지내는 것이 틀림없다……. 게다가 최근에는 1년 내내 여름이 계속되지 않는가.

그런 일 밀고도―내트는 곰곰이 생각했다. 너 통 그게 행농할 수도 있다. 지구에서 가장 고급스럽다는 시설을 아내와 함께 이용하면 어떨까―물론 에밀리가 그러고 싶어한다면 말이지만. 독일 연합으로 날아가서 빌리 뎅크말 박사의 E요법 클리닉을 방문하는 것이다. 놀랄 노자로군. 그는 생각했다.

술집 안의 영상통화 부스로 들어가서 문을 꼭 닫고 에밀리에게 전화를 걸었다. "여행가방을 싸. 뮌헨으로 가는 거야. 목적지는―" 내트는 아무 클리닉이나 골라잡았다. 파리에서 상류계급 상대로 발행되는 잡지에서 광고를 본 적이 있다. "아이헨발트야. 뎅크말 박사의―"

"바니가 도자기를 채택해준 모양이네?" 에밀리가 말했다.

"아니. 하지만 모형 업체는 P.P. 레이아웃사 하나가 아냐." 들뜬 기분이었다. "사실을 말하자면, 바니는 당신 작품을 거부했어. 하지만 그게 뭐 대순가. 새로운 회사하고 계약을 했는데 그쪽 조건이 더 나아. 재정이 상당히 탄탄한 회사 같아. 30분 뒤에 보자고. 난 TWA의 특급편을 예약해둘게. 기대하라고. 우리 두 사람 모두 E요법을 받는 거야."

에밀리는 낮은 목소리로 말했다. "굳이 진화해야 하는 건지 모르겠어. 지금처럼 실제로 닥쳐보니 어째 좀 그렇네."

내트는 내심 동요했다. "당치도 않은 소리. 그걸로 우리 인생이 구원받을지도 모른다고. 우리가 아니라면 우리 자식들―언젠가는 생길지도 모르는 자식들을 위해서 이러는 거 알면서. 설령 단기 요법으로 조금밖에는 진화하지 못하더라도, 그걸로 얼마나 많은 기회가 생겨날지 생각해보라고. 우린 어디를 가든 환영받을 거야. 아는 친구 중에 E요법을 받은 사람이 단 한 명이라도 있어? 전송 신문에서는 상류사회의 누구누구가 요법을 받았다 하는 식의 기사가 만날 올라오지만…… 실제로는―"

"몸에 그렇게 털이 숭숭 나는 건 싫어." 에밀리가 말했다. "머리가 부풀어오르는 것도 싫고. 난 아이헨발트 클리닉에는 안 가겠어." 결연한 목소리였다. 표정도 침착했다.

"그럼 나 혼자라도 가겠어." 혼자 진화하더라도 경제적인 이득은 있다. 바이어들과 교섭하는 사람은 결국 그가 아니겠는가. 에밀리가 없으면 클리닉에 두 배는 더 오랜 기간 머물 수 있고, 두 배 더 진화할 수 있을 것이다…… 물론, 성공한다면 말이지만. 어떤 사람들은 요법에 아예 반응하지 않지만, 그런다고 해서 뎅크말 박사를 탓할 수는 없다. 진화의 가능성은 누구에게나 평등하게 열려 있는 것이 아니기 때문이다. 자기 자신에 관해서는 확신이 있었다. 그는 놀랄 정도로 많이 진화할 것이다. 에밀리가 잘못된 선입관에 사로잡혀 '털'이라고 부르는 각질화한 외피에 한해서는 사회지도층 거물들을 따라잡고, 능가할 정도로.

"당신이 집을 비우고 있는 사이에 난 뭘 하면 돼? 그냥 항아리나 만들고 있으라는 거야?"

"그래." 내트는 대꾸했다. 머지않아 주문이 쇄도할 게 뻔하다. 그럴 작정이 아니라면 '보스턴 츄-Z 제조산업'이 도자기의 모형화에 흥미를 보였을 리가 없지 않는가. 그들이 P.P. 레이아웃사와 마찬가지로 유행을 미리 예지하는 초능력자들을 고용하고 있다는 사실은 명백해 보였다. 그러자 문득 생각났다. 아이콜츠가 '처음에는 거의 선전할 생각이 없지만'이라고 하지 않았던가. 그렇다면 이 새로운 회사는 식민 행성과 식민 위성들 주위를 도는 디스크자키 방송망을 갖추고 있지 않다는 얘기가 된다. P.P. 레이아웃사와는 달리 앨런과 샬롯 페인 부부 컴비를 통해 간접 광고를 할 수 없다는 것이다.

그러나 디스크자키 위성들을 쏘아 올리려면 시간이 걸린다. 신생 기업 입장에서는 당연한 일이다.

그래도 역시 불안감은 남았다. 내트는 당황하며 머리를 굴렸다. 혹시 불법적인 기업일 가능성은 없을까? 츄-Z도 캔-D처럼 금지 약물일지도 모른다. 혹시 나는 위험천만한 일에 멋모르고 발을 들여놓은 것일까?

"츄-Z." 그는 큰 소리로 에밀리에게 말했다. "그런 이름 들어본 적 있어?"

"없어."

다시 계약서를 꺼내서 훑어보았다. 이런 실수를 저지르다니. 도대체 나는 어쩌다 이런 골치 아픈 일에 걸려든 걸까? 빌어먹을 메이어슨이 우리 항아리를 사주기만 했어도…….

오전 10시, 이제는 익숙해져버린 요란한 경적 소리가 자고 있던 샘 리건을 깨웠다. 샘은 지하 거주지 위를 날고 있는 UN 우주선을 향해 욕설을 내뱉었다. 그가 사는 '수두굴手痘窟' 상공을 선회 중인 이 수송선은 지금부터 투하하려는 보급품이 토착 동물의 입이 아닌 외계 이민자들의 손에 들어가도록 확인하는 중이었다.

가지러 간다니까. 샘 리건은 일체형 방한복의 지퍼를 올리며 투덜거렸고, 긴 방한부츠를 신은 다음 내키지 않는 표정으로 지상으로 이어지는 경사로를 향해 느릿느릿 가기 시작했다.

"오늘은 왜 이렇게 일찍 온 거야." 토드 모리스가 불평했다. "보나마나 설탕이나 라드 같은 기초 주식主食일 게 뻔해—차라리 정말로 먹고 싶은 사탕 같은 걸 보내주면 좋으련만."

노먼 샤인이 경사로 위를 덮은 뚜껑에 어깨를 대고 밀어 올렸다. 밝고 차가운 햇살이 쏟아져 내리자 사내들은 눈을 깜박였다.

가느다란 실로 공중에 아슬아슬하게 매달아놓은 듯한 UN 우주선의 동체가 검은 하늘을 배경으로 번득였다. 이번 투하를 맡은 조종사는 솜씨가 좋군, 하고 토드는 판단했다. 파인버그 크레센트 지역을 숙지하고 있는 듯하다. UN 우주선을 향해 손을 흔들자, 또다시 귀청이 찢어질 듯한 경적소리가 울려 퍼졌다. 토드는 견디지 못하고 양쪽 귀에 손을 갖다 댔다.

배의 아랫면에서 포탄 같은 것이 떨어져 나오더니 안정판을 펼치고 지상을 향해 나선을 그리며 떨어지기 시작했다.

"망할." 샘 리건이 실망한 어조로 내뱉었다. "기초 식량이야. 낙하산도 안 달았어." 그는 흥미를 잃고 등을 돌렸다.

오늘의 지상은 한층 더 비참해 보이는군. 샘은 화성의 풍경을 둘러보며 생각했다. 도대체 우린 왜 이런 곳에 와 있는 걸까? 어쩔 수 없다. 강제로 보내졌기 때문이다.

UN의 투하 용기는 이미 지상에 떨어져 있었다. 착지의 충격으로 외피에 금이 간 탓에 세 명의 화성 이민자는 용기 안을 들여다볼 수 있었다. 소금 500파운드. 샘 리건은 한층 더 침울해졌다.

"어이." 투하된 용기로 걸어가 안을 들여다보던 노먼 샤인이 말했다. "이건 좀 쓸모가 있어 보이는데."

"그 상자에 든 건 라디오 같군." 토드가 말했다. "트랜지스터 라디오." 토드는 생각에 잠긴 표정을 하고 샤인 뒤로 다가갔다. "그걸 쓰면 우리 모형 세트에 뭔가 새로운 걸 덧붙일 수 있을지도 몰라."

"내 세트엔 이미 라디오가 있는데." 샤인이 말했다.

"그럼 그 부품을 써서 자동식 잔디 깎는 기계를 만들 수도 있잖아." 토드가 말했다. "아직 그건 없지?" 그는 샤인 부부의 퍼키 팻 모형 세트에 관해 상당히 잘 알고 있었다. 토드 부부와 샤인 부부는 사이가 좋아서 곧잘 함께 융합 체험을 하기 때문이다.

샘 리건이 말했다. "라디오는 나한테 줘. 쓸 데가 있거든." 그의 모형 세트에는 샤인이나 토드 것과는 달리 자동식 차고 문이 아직 없었다. 동료들에 비해 많이 뒤처진 상태였다. 물론 그런 것은 구매하면 그만이지만, 조금 더 급하다고 생각한 물건에 스킨을 몽땅 써버린 탓에 지금은 빈털터리였다. 샘은 어떤 밀매인에게서 상당히 많은 양의 캔-D를 구입했던 것이다. 그것은 그들이 토굴土窟이라고 부르는 공동 지하 주택의 최하층에 있는 그의 침실 바닥 아래에 숨겨져 있었다.

샘 리건은 캔-D의 신봉자였다. 따라서 그는 승천昇天의 기적을 믿었다—승천, 즉 모형 세트에 포함된 축소된 물건들이 단순한 지구의 모방이 아니라 지구 자체가 되는 거의 신성한 순간을 말이다. 승천하는 순간 샘과 그의 동료들은 캔-D의 작용에 의해 인형들 속으로 그들의 영혼을 전이轉移시키고 융합시킴으로써 시간 및 국부 공간 밖으로 운반된다. 외계 이민자 중에는 아직도 이 경험을 신봉하지 않는 사람들이 많았다. 그들에게 모형 세트란 단지 더 이상 체험할 수 없게 된 고향 지구의 상징에 지나지 않기 때문이다. 그러나 결국은 그들도 어느샌가 하나둘씩 신봉자로 전향하기 마련이다.

아직 이른 아침임에도 샘은 빨리 지하로 내려가서 싶어서 견딜 수가 없었다. 숨겨둔 캔-D를 꺼내서 한 조각 씹고, 동료들과 함께 그들에게 허용된 가장 경건한 시간 속에 푹 빠지고 싶었다.

그래서 샘은 토드 모리스와 노먼 샤인에게 말했다. "멀리 가보고 싶은 친구 없나?" 이것은 캔-D 공동 체험을 의미하는 그들 사이의 은어였다. "난 지금 내려갈 거야. 내 캔-D를 나눠줄 테니 함께 쓰자고."

이런 유혹을 거부할 수 있는 사람은 없다. 두 사람 모두 솔깃한 기색이었다. "이렇게 이른 시간에?" 노먼이 말했다. "방금 일어났잖아. 하지만 딱히 할 일이 있는 것도 아니니 그래도 괜찮겠군." 노먼은 시무룩한 얼굴로 거내한 반자동 모래 준실기를 걸어찼다. 이 기계는 벌써 며칠째 토굴의 출입문 근처에 세워진 채로 방치되어 있었다. 이번 달 초순에 시작했던 모래 제거 작업을 지상으로 올라와서 재개할 기력을 가진 사람이 아무도 없었기 때문이다. "하지만 좀 켕기긴 하는데." 노먼은 중얼거렸다. "예정대로라면 지상으로 올라와서 채마밭을 갈아야 하거든."

"자네 채마밭 말인데, 정말 끝내주더군." 샘 리건이 씩 웃으며 말했다. "지금은 뭘 재배하고 있는데? 특별한 이름이라도 있어?"

노먼 샤인은 상하가 붙은 작업복 호주머니에 손을 찔러 넣고,

드문드문 잡초가 난 부슬거리는 모래땅 위를 가로질러 예전에 공들여 손질한 적이 있던 밭으로 갔다. 멈춰 서서 밭고랑을 훑어보며 혹시 전에 뿌린 특별한 씨앗들이 싹을 내지는 않았는지 확인해보려고 했다. 그런 것은 없었다.

"근대를 심었구먼." 토드는 격려하듯이 말했다. "맞지? 변종이긴 하지만 잎사귀 모양을 보면 알 수 있어."

노먼은 잎사귀 하나를 뜯어 조금 씹다 이내 뱉어냈다. 쓸 뿐 아니라 모래투성이였다.

그러자 헬렌 모리스가 차가운 화성의 햇살 아래에서 몸을 부르르 떨면서 토굴에서 나왔다. "질문이 하나 있어." 그녀는 세 사내에게 말했다. "내가 기억하기로는 지구의 정신분석의들은 한 시간 상담에 50달러를 받았는데, 프랜은 45분이래. 이번에 우리 모형 세트에 정신분석의를 한 명 추가하고 싶은데, 그 부분을 정확하게 알고 싶어서 말이야. 지구에서 만들어서 여기로 수출한 순정품이거든. 지난주에 온 뷸레로의 우주선을 기억하는지 모르겠는데—"

"물론 기억해." 노먼 샤인은 뚱한 표정으로 대꾸했다. 바가지도 그런 바가지가 없었다. 세일즈맨과 흥정을 하는 사이에도 디스크자키 위성에서 앨런과 샬럿 페인 콤비가 다른 신제품들을 계속 선전하면서 구매욕을 자극했던 것을 기억한다.

"페인 부부한테 물어보면 되잖아." 헬렌의 남편 토드가 말했다. "다음번에 위성이 상공을 통과할 때 무전을 쳐보라고." 그러면서 손목시계를 흘끗 보았다. "한 시간만 더 기다리면 돼.

그치들은 순정품의 가격 데이터를 모두 갖고 있잖아. 물건 박스에 정가를 표시하면 그만일 텐데, 왜 그러지 않는지는 모르겠지만."

토드도 그 부분이 마음에 걸렸다. 방금 헬렌이 언급한 조그만 정신분석의 인형뿐만 아니라, 소파, 책상, 융단, 믿기 힘들 정도로 정밀하게 축소된 책들이 꽂힌 책장을 사기 위해 쓰인 것은 물론 그의─그리고 헬렌의─스킨이었기 때문이다.

"당신도 지구에 있었을 때 정신분석의랑 상담한 적 있지." 헬렌은 노먼 샤인에게 말했다. "요금이 얼마였어?"

"흐음. 나는 주로 집단 요법에 참가했어." 노먼이 말했다. "버클리 주립 정신위생 클리닉이었는데, 거긴 자기 지불능력에 걸맞은 액수만 내면 됐어. 퍼키 팻하고 퍼키 남친은 물론 개인 분석의에게 기겠지만."

노먼은 거창하게도 UN으로부터 양도받은 채마밭의 들쭉날쭉한 잎사귀들이 난 밭고랑 사이로 걸어갔다. 잎사귀들은 눈에 보이지 않을 정도로 작은 토착 해충들의 습격을 받고 적게든 많게든 상한 상태였다. 건강한 식물, 벌레에 먹히지 않은 지구 식물이 단 한 그루라도 있었다면, 그 사실만으로도 충분히 고무되었을 것이다. 그러나 지구에서 수입한 농약은 화성에서는 아예 효과가 없었고, 덕택에 토착 해충은 번성하고 있었다. 이런 절호의 기회를, 누군가가 나타나서 작물을 키우려고 시도하는 것을, 무려 만 년 동안이나 기다리고 있었던 것일까.

토드가 말했다. "물을 좀 주는 게 낫지 않을까."

"응." 노먼 샤인은 이렇게 말하고 음울한 표정으로 '수두굴'의 급수 펌프 쪽으로 어슬어슬 걸어갔다. 급수 펌프는 토굴 주민들의 경작지 전체에 물을 대는 용수로用水路에 연결되어 있었지만, 현재 이 용수로는 반쯤 모래에 묻혀 있다시피 했다. 물을 주려면 일단 모래부터 걷어내야 한다는 사실을 노먼은 깨달았다. 대형 A급 준설기를 빨리 가동시키지 않으면 물을 주고 싶어도 줄 수 없는 상황이 올 게 뻔하다. 그러나 그렇게까지 절실하게 물을 주고 싶은 것은 아니었다.

그렇다고는 해도 샘 리건처럼 선뜻 지상의 현실에 등을 돌릴 마음은 생기지 않았다. 그런 식으로 지하에 틀어박혀 자기 모형 세트를 만지작거리고, 새로운 물품을 만들거나 덧붙이고, 개량에 힘을 쏟거나…… 샘이 제안했듯이 신중하게 숨겨둔 캔-D의 일부를 꺼내서 커뮤니케이션을 시작하는 일은 내키지 않았다. 우리에게는 책임이라는 게 있잖아.

헬렌에게 말했다. "아내더러 여기 좀 와달라고 전해줘." 프랜은 눈썰미가 있으니까 준설기를 운전하는 동안 옆에서 잘 유도해줄 것이다.

"내가 갈게." 샘 리건이 말하고 출입문 쪽으로 갔다. "같이 가고 싶은 사람?"

그러겠다는 사람은 없었다. 토드와 헬렌 모리스는 자기들의 채마밭을 둘러보러 갔다. 노먼 샤인은 준설기를 가동시키기 위해 서둘러 방진防塵 커버를 벗겨냈다.

지하로 되돌아간 샘 리건은 작은 방에서 프랜을 찾아냈다.

프랜은 모리스 부부와 샤인 부부가 공동으로 소유한 퍼키 팻 모형 세트 앞에 웅크리고 있었다. 뭔가에 몰두한 기색이다.

프랜은 고개도 들지 않고 말했다. "지금 퍼키 팻은 새로 산 포드의 하드탑 컨버터블을 타고 시내 중심가에 가 있어. 주차 요금기에 10센트 동전을 넣고 쇼핑을 갔다가, 지금은 정신분석의의 대기실에서《포춘》지를 읽고 있지. 그런데 거기 요금이 얼마더라?" 프랜은 그를 흘끗 올려다보았고, 길고 검은 머리를 손으로 쓸어내리며 미소 지었다. 이 집단 거주 토굴에서 가장 용모가 뛰어나고 가장 활력에 찬 인물이 프랜이라는 점에는 의심의 여지가 없었다. 샘 리건이 이런 생각을 한 것은 이번이 처음이 아니었다.

"맨정신으로 어떻게 그 정도로까지 모형 세트에 열중할 수 있는지 모르겠어……." 샘은 이렇게 말하며 주위를 둘러보았다. 이곳에는 그들 두 사람뿐인 듯하다. 그는 허리를 구부리고 나직한 목소리로 말했다. "일급품 캔-D를 둘이 씹자고. 예전에 그랬던 것처럼 말이야. 괜찮지?" 그녀가 대답하기를 기다리면서 가슴이 두근거리는 것을 느꼈다. 지난번에 두 사람이 함께 승천했을 때를 떠올리자 다리가 후들거릴 지경이었다.

"곧 헬렌 모리스가—"

"아냐. 지금 위에서 준설기 시동을 걸고 있어. 한 시간 뒤에나 돌아올걸." 그는 프랜의 손을 잡고 복도로 데리고 나가며 말했다. "아무 표시도 없는 갈색 포장지에 싸여서 배달되는 그 물건은 모아두기 위한 게 아니라 쓰라고 있는 거야. 너무 오래 놓아두면 상해서 효력이 사라져버리거든."

그놈의 효력을 위해서 난 엄청난 대가를 지불했지. 샘은 음울한 표정으로 생각했다. 그러니까 그걸 허비한다는 건 논외야. 일부 사용자들은 승천을 보증하는 힘은 캔-D가 아니라 모형세트의 정밀함에서 온다고 주장하지. 우리 토굴에 그런 사람은 없지만 말이야. 샘의 관점에서는 말도 안 되는 얘기였지만, 그런 설에도 나름대로 신봉자들이 있었다.

서둘러 샘 리건의 방에 들어간 직후 프랜이 말했다. "당신하고 함께 캔-D를 씹는 것까진 괜찮아, 샘. 하지만 지구에 가 있는 동안은, 뭐랄까, 그런 일은 하지 않기로 해. 여기서는 하지 않는 일이잖아. 우리가 팻하고 월터가 된다고 해서 뭐든 내키는 대로 할 수 있는 건 아냐." 프랜은 살짝 얼굴을 찌푸리며, 원하지 않았던 행동으로 그녀를 이끌었던 사실을 탓하기라도 하듯이 샘을 노려보았다.

"그렇다면 우리가 정말 지구로 간다는 사실을 인정한다는 거로군." 두 사람은 가장 중요한 쟁점인 이 부분에 관해 과거에도 여러 번 논쟁을 벌인 적이 있었다. 프랜은 캔-D를 통한 승천 체험이 피상적인 것에 불과하고, 개척자들이 '우연'*이라고 부르는 것—본질과는 무관한, 장소와 물체의 외면적인 현시顯示에 불과하다는 입장에 찬성하는 쪽이었다.

"나는 이렇게 생각해." 프랜은 샘과 맞잡고 있던 손을 떼고

---

* accident. 존재의 우연한 속성屬性을 의미하는 스콜라 철학의 용어. 우유성偶有性.

는 복도로 통하는 방문 곁에 서서 느릿느릿하게 말했다. "공상의 산물이든, 약물로 인한 환각이든, 아니면 우리가 전혀 모르는 어떤 작용에 의해서 실제로 화성에서 지구로 전이하는 행위든 간에—" 이러면서 또다시 그를 노려본다. "절제할 필요가 있어. 커뮤니케이션의 체험을 더럽히지 않기 위해서라도 말이야." 프랜은 샘이 금속제 침대를 조심스레 벽가에서 떼어내고, 바닥에 드러난 구멍 속으로 긴 갈고리를 집어넣는 광경을 바라보며 말을 이었다. "본디 그건 정화 체험이어야 해. 우리의 육체, 물질적인 몸을 잃고 그 대신 결코 썩지 않는 몸을 두르는 경험. 적어도 잠시 동안은 지속되는. 아니, 시간과 공간 밖으로 나가는 거니까 영원한 거라는 일부 주장을 믿는다면 영구적으로 경험한다고 할 수도 있겠지. 당신은 그렇게 생각 안 해, 샘?" 프랜은 한숨을 쉬었다. "맞아. 당신은 그 주장에 동의 안 했지."

"영성靈性 따위." 샘은 방바닥에 난 구멍 속에서 캔-D가 든 꾸러미를 낚아 올리며 넌더리난다는 표정으로 말했다. "현실을 부정해도 소용없어. 그런다고 얻는 게 뭐야? 아무것도 없잖아."

프랜은 꾸러미를 푸는 샘 곁으로 다가와서 말했다. "물론 절제한다고 해서 뭔가 더 좋은 걸 얻는다는 내 주장을 증명할 수는 없어. 하지만 이건 알아. 당신을 위시한 쾌락주의자들은 캔-D를 씹고 육체를 떠날 때 우리가 죽는다는 사실을 자각하지 못한다는 걸. 우리는 죽으면서—" 그녀는 주저했다.

"왜 그 뒤를 말 못 해?" 샘은 꾸러미를 풀면서 말했다. 식물 섬유처럼 질긴 갈색 덩어리를 나이프로 한 조각 얇게 잘라낸다.

프랜은 말했다. "원죄의 무거움을 잃는 거야."

샘 리건은 웃음을 터뜨렸다. "알았어―적어도 당신은 정통 파로군." 대다수 외계 이민자들도 프랜의 의견에 찬성할지도 모른다. "하지만," 샘은 남은 캔-D 꾸러미를 은닉처로 다시 떨어뜨리며 말했다. "내가 이걸 씹는 이유는 그런 게 아냐. 난 뭔가를 잃고 싶지는 않아……. 오히려 뭔가를 얻으려고 이러는 거야." 그는 방문을 닫고 재빨리 자신의 퍼키 팻 모형 세트를 꺼내서 방바닥에 펼쳐놓았다. 그리고 모형 하나하나를 정해진 위치에 서둘러 가져다놓기 시작했다. "평상시에는 허락받지 못하는 뭔가를." 그는 마치 프랜이 그 사실을 모르기라도 한다는 듯이 덧붙였다.

샘과 프랜이 승천하고 있을 때 프랜의 남편이나 샘의 아내가―두 사람 모두, 또는 이 토굴의 주민 모두가―방으로 들어올 가능성은 있다. 그러나 그들이 보게 되는 것은 충분히 거리를 두고 앉아 있는 두 사람의 모습이다. 아무리 호색스러운 관찰자라도 부적절한 행위의 흔적을 찾아내지는 못한다는 뜻이다. 법적으로도 이미 선례가 있었다. 화성뿐만 아니라 다른 식민 행성들의 UN 당국은 승천 상태에서 캔-D 사용자들이 서로 성적인 관계를 맺었다는 사실을 입증하려고 시도했지만 모두 실패했다. 승천하고 있는 동안에는 살인, 근친상간, 기타 무슨 일을 저지르더라도 법률적 관점에서는 단순한 환상일 뿐이며 무기력한 원망願望에 불과하기 때문이다.

샘이 오랫동안 캔-D를 써온 것도 따지고 보면 이 흥미롭기 그지없는 사실 덕분이었다. 화성에서는 그 정도밖에는 즐거움이 없는 탓이다.

프랜이 말했다. "당신, 나를 유혹해서 잘못된 길로 끌어들이려는 것 같아." 그녀는 슬픈 표정으로 방바닥에 앉았다. 검고 커다란 두 눈은 모형 세트의 한복판, 퍼키 팻의 거대한 옷장 부근의 한 지점을 힘없이 응시하고 있었다. 프랜은 멍한 표정으로 인형의 검은담비 모피코트를 만지작거리기 시작했다.

샘은 그녀에게 길게 잘라낸 캔-D 반 조각을 건넸고, 나머지 반 조각을 자기 입 안에 털어넣고 서둘러 씹기 시작했다.

프랜도 씹기 시작했다. 여전히 슬픈 표정이었다.

그는 월트였다. 최고 시속이 1만 5천 마일에 달하는 재규어 XXB 스포츠 비행정의 소유자였다. 입은 셔츠는 이탈리아제였고, 구두는 영국제였다. 눈을 뜨고 침대 곁에 있는 GE사의 시계 달린 소형 TV 세트 쪽을 보았다. 자동 타이머는 유명한 뉴스 코미디언인 짐 브리스킨의 아침쇼에 맞춰져 있다. 새빨간 가발을 쓴 브리스킨의 모습이 이미 화면에 나타나고 있다. 월트는 윗몸을 일으키고 침대의 각도를 의자처럼 바꾸는 버튼을 눌렀고, 등을 기대고 진행 중인 프로그램을 시청했다.

"지금 제가 서 있는 곳은 샌프란시스코 도심, 반 네스와 마켓 가의 교차점입니다." 브리스킨은 쾌활한 어조로 말했다. "많은 분들이 고대하시던 서 프랜시스 드레이크 지하 단지의 개관식이 열리고 있습니다. 사상 최초로 지하 구조물로만 이루어진 건물이죠. 지금 제 곁에 있는 매력적인 여성은, 이 건물의 개관을 축하하기 위해서 몸소 왕림해주신 발라드의 여왕—"

월트는 TV를 끄고 일어섰다. 맨발인 채로 창가까지 걸어가서 차양을 위로 잡아당기고 밖을 바라본다. 따뜻한 햇살이 반짝이는 이른 아침의 샌프란시스코 거리, 언덕, 흰 집들. 오늘은 토요일 아침이니까 팰러앨토에 있는 앰펙스사로 출근할 필요는 없다. 그 대신 애인인 팻 크리스천슨과—생각만 해도 가슴이 뛰었다—데이트를 할 예정이었다. 그녀는 포트레로 힐에 있는 현대적이고 자그마한 아파트에 살고 있다.

매일이 토요일이다.

욕실로 가서 세수를 하고 면도 크림을 바른 다음 수염을 깎기 시작했다. 거울 속에 보이는 낯익은 얼굴을 응시하던 중에 그의 필적으로 쓰인 메모 용지가 붙어 있는 것이 눈에 들어왔다.

지금 네가 보고 있는 건 환각이야. 너는 샘 리건, 화성 이민자야. 승천 시간을 허비하지 말라고, 친구. 당장 팻한테 전화를 걸어!

메모에는 샘 리건이라는 서명이 있었다.

환각이라. 그는 수염을 깎던 손을 멈추고 생각했다. 이것의 어디가? 기억해보려고 했다. 샘 리건과 화성. 이민자들이 사는 황폐한 토굴……. 그래. 희미하게 그런 이미지가 떠오르기는 하지만, 너무 멀고 불완전한 탓에 현실미가 없다. 어깨를 으쓱하고, 당혹스럽고 조금 우울한 기분이 되어 다시 수염을 깎기 시작했다. 좋아. 이 메모가 사실이라 치자. 아마 내가 기억하는 다른 세계, 부자연스러운 환경 속으로 강제 이주당해서 살아가는 음울한 유사 인생은 실제로 존재하는지도 모른다. 하지만 그게 어쨌단 말인가? 왜 이 생활을 부숴야 한단 말인가? 그는 손을 뻗어 메모 용지를 뜯어냈고, 구겨서 욕실의 쓰레기 투하 장치 속에 던져 넣었다.

면도를 끝내자마자 팻에게 영상전화를 걸었다.

"잠깐 기다려." 팻은 대뜸 냉정하고 또렷한 어조로 말했다. 화면에 보이는 금발이 번득였다. 방금 말린 듯하다. "만나고 싶지 않아, 월트. 부탁이야. 당신 속셈을 알거든. 난 관심 없어. 알겠어?" 청회색 눈이 차갑게 그를 응시했다.

"흐음." 그는 당황하며 할 말을 찾아보려고 했다. "하지만 날씨가 이렇게 좋은데—오늘 같은 날 집에 있는 게 말이 돼? 골든게이트 공원에 가지 않을래?"

"너무 더워서 밖에 있지도 못할걸."

"아냐." 그는 신경질적으로 반박했다. "그건 나중 얘기야. 어이, 해변을 산책하는 안은 어때? 헤엄치면서 놀자고. 응?"

팻의 결심이 눈에 띄게 흔들렸다. "하지만 조금 전에 우리가 얘기를 나눴듯이—"

"얘기 따윈 나누지 않았어. 지난 토요일에 보고, 일주일이나 못 만났잖아." 그는 최대한 단호하고 자신감에 찬 어조로 말했다. "30분 뒤에 차로 데리러 갈게. 그 노란 수영복을 입으면 좋겠군. 스페인제 홀터넥 수영복 말이야."

"아." 그녀는 경멸하듯이 말했다. "그건 이제 완전히 철 지난

스타일이야. 새로 장만한 스웨덴제가 있어. 당신은 본 적 없는 거. 미풍양속법에 저촉 안 된다면 그걸 입을래. A&F*에서 나한테 그걸 판 여자는 확실하지 않다고 했지만."

"그럼 약속했어."

그는 이렇게 말하고 전화를 끊었다.

반시간 후 그는 재규어를 팻이 사는 조합아파트 건물의 고가高架 발착장에 착륙시켰다. 팻은 스웨터와 바지 차림이었다. 수영복은 속에 입었다고 한다. 그녀는 피크닉용 바구니를 들고 그의 뒤를 따라왔고, 경사로를 올라 주기駐機된 비행정으로 갔다. 빨리 가고 싶은지 샌들을 또각거리며 서둘러 그를 앞질러 가는 모습이 귀엽다. 모두 그가 희망했던 대로 순조롭게 돌아가고 있었다. 결국 멋진 하루가 될 듯하다. 처음 느꼈던 동요가 깨끗하게 증발해버린 지금은 말이다……. 그래줘서 천만다행이다.

"수영복을 보면 놀랄걸." 팻은 주기된 비행정으로 슬쩍 들어가 앉으며 바구니를 무릎 위에 올려놓았다. "정말로 대담한 거야. 거의 안 입은 거나 마찬가지라서, 일종의 신념 같은 게 있어야 볼 수가 있어." 그가 옆좌석에 앉자 그녀는 몸을 기대왔다. "아까 했던 대화에 관해 좀 생각해봤어―아, 내 말이 끝날 때까지 기다려줘." 그녀는 그의 입술을 손가락으로 지그시 눌렀다. "실제로 그런 얘기를 한 건 사실이니까. 하지만 어떤 의미에서는 당신 말이 맞아. 사실, 기본적으로는 당신의 태도 쪽이

---

* 애버크롬비 & 피치. 10대와 20대를 주요 고객층으로 하는 미국의 캐주얼 의류 체인.

옳다고 할 수 있겠지. 우리는 이 경험에서 최대한 많은 걸 얻어야 해. 어차피 시간은 한정되어 있으니까 말이야……. 적어도 나는 그렇게 느껴." 그녀는 힘없이 미소 지었다. "그러니까 최대한 빨리 운전해. 빨리 바다로 가고 싶거든."

그들은 이륙한 지 몇 초 지나지도 않아 해변 가장자리에 있는 주기장으로 강하했다.

"더 더워졌어." 팻이 진지한 어조로 말했다. "매일 더 기온이 올라가는 것 같아. 안 그래? 결국은 아무도 견디지 못할 정도로 뜨거워질 거야." 그녀는 스웨터를 벗고 좌석에 앉은 채로 몸을 이리저리 뒤틀어 바지를 벗는 데 성공했다. "하지만 우린 그때까지 살아 있지도 않겠지……. 정오에 외출조차도 못 하는 시절이 오려면 50년은 더 걸릴 테니까. 노래 가사에도 있듯이, 미친 개하고 영국인만 외출하는 날씨가 되려면 말이야.* 아직 그 정도까지는 아냐." 그녀는 문을 열고 수영복 차림으로 밖으로 나갔다. 그녀 말이 옳았다. 일종의 신념 같은 것이 있어야 겨우 눈에 보이는 종류의 수영복이었고, 두 사람 입장에서는 완벽하게 만족스러운 것이었다.

두 사람은 축축하고 단단한 모래를 밟으며 걷기 시작했고 파도에 밀려온 해파리와 조개껍데기와 자갈 따위를 구경했다.

"지금은 몇 년이야?" 팻이 걸음을 멈추고 그에게 느닷없이 물었다. 풀어 내린 머리카락이 바람에 날리며 노란 구름처럼

---

* "Mad dogs and Englishmen go out in the mid-day sun." Noel Coward, 〈The Third Little Show〉(1931)

퍼졌다. 한 오라기씩 뚜렷하게 나뉜 머리카락이 투명하게 반짝이며 더할 나위 없이 청아한 모습을 연출한다.

"어, 그러니까 지금은―" 대답하려다가 말문이 막혔다. 생각나지 않는다. "염병할." 그는 뚱한 어조로 말했다.

"괜찮아, 별거 아니니까." 팻은 그와 팔짱을 끼고 터벅터벅 걷기 시작했다. "아, 저기 사람이 없는 호젓한 곳이 있네. 저 바위 너머에." 여자의 걸음이 빨라졌다. 바람과 모래, 그리고 오래전에 상실한 그리운 세계의 몸에 익은 중력에 대항해서, 탄탄한 근육이 잔물결처럼 약동한다. "내가 누구였더라―프랜이었던가?" 느닷없이 그녀가 물었다. 그러면서 바위를 성큼 넘었다. 거품이 이는 바닷물이 그녀의 발을 뒤덮고 발목을 에워싼다. 여자는 웃음을 터뜨리며 껑충 뛰어올랐고, 느닷없는 냉기에 몸을 부르르 떨었다. "아니면 패트리셔 크리스천슨?" 그녀는 양손으로 머리카락을 다듬었다. "금발이니까, 팻이겠네. 퍼키 팻." 그녀는 바위 너머로 자취를 감췄다. 그는 황급히 그 뒤를 쫓았다. "난 프랜이었던 적이 있어." 그녀는 뒤를 돌아보며 말했다. "하지만 이제 그런 건 상관없어. 예전의 내가 프랜이든, 헬렌이든, 메리든 간에 지금은 상관없지. 안 그래?"

"아냐." 겨우 그녀를 따라잡은 그는 헐떡이며 말했다. "당신이 프랜이라는 점은 중요해. 본질적으로."

"'본질적'이라." 그녀는 모래 위에 털썩 앉더니 비스듬히 누워 턱을 괴었다. 검고 뾰족한 돌을 쥐고 모래에 대고 거칠게 긋자 깊은 홈이 몇 개 패였다. 그러자마자 돌을 홱 던지고 바다를 향해 고쳐 앉는다. "하지만 부수적인 것들은…… 팻 거야." 양손으로 젖가슴을 받치더니 나른한 동작으로 들어 올리는 그녀의 얼굴에 당혹한 표정이 떠올랐다. "이건…… 팻의 가슴이지 내 가슴이 아냐. 내 가슴은 이것보다 작아. 기억하고 있어."

그는 말없이 그녀 곁에 앉았다.

이윽고 여자는 다시 입을 열었다. "우리가 여기 있는 건 토굴 속에서 할 수 없는 일을 하기 위해서야. 토굴에는 썩어 없어질 우리의 육체가 남아 있지. 우리가 모형 세트를 계속 손질하는 한, 이것이―" 그녀는 손짓으로 바다를 가리켰고, 믿기 힘들다는 듯이 또 자기 몸을 만졌다. "이 세계가 황폐해지는 일은 없어. 안 그래? 우린 불사不死를 두르고 있으니까 말이야." 갑자기 그녀는 모래 위에 털썩 드러누웠고, 한쪽 팔로 얼굴을 가리며 눈을 질끈 감았다. "그리고 우린 지금 이곳에 와 있으니까, 토굴에서는 하려야 할 수 없는 일들을 할 수 있어. 따라서 당신 논리를 따르자면, 응당 그래야 하는 거겠지. 이 기회를 이용해서."

그는 허리를 굽히고 그녀의 입에 키스했다.

그의 마음속에서 어떤 목소리가 생각했다. "하지만 난 이런 일이라면 언제든 할 수 있는데." 그러자 팔다리에 타인의 지배력이 깃들었다. 그는 허리를 펴고 여자에게서 몸을 뗐다. "결국 난 이 여자 남편이니까 말이야." 노먼 샤인은 이런 생각을 하고 웃음을 터뜨렸다.

"내 모형 세트를 마음대로 써도 좋다고 언제 그랬어?" 샘 리건은 화를 내며 생각했다. "내 방에서 나가. 보나마나 내 캔-D

를 썼겠군."

"자네가 쓰자고 제안했잖아." 몸과 마음의 동거인이 대꾸했다. "난 기꺼이 자네 제안을 받아들였을 뿐이야."

"나도 여기 와 있어." 토드 모리스는 생각했다. "굳이 내 의견을 말하자면—"

"아무도 자네 의견 따윈 묻지 않았어." 노먼 샤인은 화를 내며 생각했다. "자넨 애당초 부르지도 않았어. 지상으로 올라가서 한심하기 짝이 없는 그 채마밭이나 갈면 어때? 그게 취미 아니었어?"

토드 모리스는 침착하게 대꾸했다. "난 샘과 동감이야. 이런 일을 할 기회는 달리 없어. 여기가 아니고서는." 토드의 의지가 샘의 그것과 합쳐졌다. 또다시 월트는 누워 있는 여자 위에서 허리를 굽혔다. 또다시 그는 그녀의 입에 키스했다. 아까보다 더 열정적이고 진한 키스였다.

눈을 감은 채로 팻은 나직하게 말했다. "나도 여기 있어. 난 헬렌이야." 그녀는 말을 이었다. "메리도 있고. 하지만 당신이 비축해놓은 캔-D에는 손을 대지 않았어, 샘. 우리가 갖고 있던 걸 썼거든."

퍼키 팻에게 빙의한 세 여자가 단번에 하나로 합체하는 것과 동시에 그녀는 그의 등을 끌어안았다. 샘 리건은 화들짝 놀라며 토드 모리스와 접촉을 끊었다. 샘은 노먼 샤인 쪽에 가세했고 그 결과 월트는 퍼키 팻에게서 몸을 떼고 모래 위에 앉았다.

철썩거리는 파도가 말없이 해변에 누워 있는 그들을 향해 몰려왔다. 여섯 사람의 에센스로 이루어진 두 사람을 향해서. 두 사람 속에 여섯 명. 샘 리건은 생각했다. 수수께끼는 되풀이된다. 어떻게 이런 일이 가능한 것일까? 오래된 의문이다. 하지만 지금 신경이 쓰이는 것은 다른 작자들이 내 캔-D를 써버리지 않았는가 하는 점이다. 보나마나 그랬을 게 뻔하다. 이 작자들이 입으로 뭐라고 지껄이든 난 믿지 않아.

퍼키 팻은 일어서면서 말했다. "흠, 그럼 수영이라도 하고 오는 편이 낫겠어. 이런 식으로 계속 있어봤자 아무 의미도 없으니." 그녀는 물속으로 들어가서 철벅거리며 헤엄쳐나가기 시작했다. 한 남자의 육체 안에 앉아서 그녀를 바라보는 사내들을 내버려두고.

"좋은 기회를 놓쳤군." 토드 모리스가 빈정댔다.

"내 잘못이야." 샘은 시인했다. 그와 토드가 힘을 합치사 그럭저럭 일어설 수 있었다. 그들은 몇 걸음 여자 뒤를 쫓다가 바다에 발목을 담근 채로 멈춰 섰다.

샘 리건은 마약의 효과가 줄어들기 시작하는 것을 이미 느끼고 있었다. 그 사실을 인식하자마자 힘이 빠지면서 쓰디쓴 혐오감이 몰려왔다. 염병할, 벌써냐. 그는 중얼거렸다. 다 끝났다. 이제 돌아가야 한다. 우리가 종이봉지 속의 구더기처럼 햇살을 피해서 꿈틀거리고 움씰거리는 토굴 속으로. 창백하고 희끄무레하고 끔찍한 구더기처럼. 그는 전율했다.

―전율하며, 주위를 돌아보았다. 그의 좁은 방이 또다시 눈에 들어왔다. 싸구려 침대, 세면대, 책상, 조리용 난로……. 그리

고 생기를 결여한 빈 껍질이 되어 축 늘어져 있는 토드 모리스와 헬렌 모리스, 프랜 샤인과 노먼 샤인, 아내인 메리. 다섯 사람의 눈은 멍하게 허공을 응시하고 있었다. 그는 견디지 못하고 눈을 돌렸다.

그들 사이에 그의 모형 세트가 놓여 있었다. 방바닥을 내려다보자 월트와 팻의 인형은 해변 가장자리에 주기된 모형 재규어 근처에 놓여 있었다. 역시나 퍼키 팻은 거의 눈에 보이지 않는 스웨덴제 수영복 차림이었다. 인형들 곁에는 조그만 피크닉 바구니가 놓여 있었다.

그리고 모형 세트 옆에 캔-D를 쌌던 갈색 포장지가 떨어져 있었다. 다섯 사람이서 남은 것을 몽땅 씹어 먹은 듯하다. 내키지 않는 것을 억누르고 그들 쪽을 돌아보자 보고 싶지도 않은 광경이 눈에 들어왔다. 힘없이 반쯤 열린 그들의 입가에서는 광택이 있는 걸쭉한 갈색 액체가 가느다랗게 흘러나오고 있었다.

건너편에 쓰러져 있던 프랜 샤인이 몸을 뒤척이더니 눈을 뜨며 신음소리를 냈다. 눈의 초점이 그에게 맞자, 그녀는 피곤한 듯이 한숨을 쉬었다.

"결국 이 친구들한테 잡혀버렸어." 샘은 말했다.

"너무 시간을 끌었지." 프랜은 비틀거리며 일어서려다가 발을 헛디디고 넘어질 뻔했다. 샘은 재빨리 일어서서 여자를 부축했다. "당신 말이 옳았어. 어차피 그럴 작정이었다면 꾸물대지 말고 그랬어야 했어. 하지만—" 그녀는 잠깐 그의 포옹에 몸을 맡겼다. "난 예비 단계를 더 좋아하거든. 해변을 함께 걷고, 수영복이 아닌 수영복을 당신한테 보여주는 일을." 그녀는 작게 미소 지었다.

샘이 말했다. "다들 좀 있어야 깰 거야."

프랜은 눈을 동그랗게 뜨고 말했다. "응, 당신 말이 맞아." 그녀는 깡충 뛰며 그에게서 몸을 떼더니 문 쪽으로 갔다. 문을 잡아당기고 복도로 나간다. "내 방으로 와." 그녀는 샘을 향해 말했다. "빨리!"

샘은 만족하며 그녀 뒤를 쫓았다. 유쾌하기 그지없다. 웃음으로 몸이 경련했다. 앞에서는 프랜이 자기 거주구로 통하는 경사로를 후닥닥 뛰어올라가고 있었다. 그 뒤를 쫓아간 샘은 프랜의 방 앞에서 그녀를 붙잡았다. 두 사람은 뒤엉킨 채로 방으로 뛰어 들어갔고, 킥킥거리며 딱딱한 금속 바닥 위를 함께 구르다가 반대편 벽에 쿵 부딪쳤다.

결국 우리가 이겼어. 샘은 능숙하게 그녀의 브래지어를 벗기며 생각했다. 눈 깜짝할 새에 상대방의 셔츠 단추를 풀고, 치마의 지퍼를 내리고, 실내화를 닮은 끈이 없는 신발을 벗겼다. 양손으로 온몸을 더듬자 프랜은 길게 숨을 내쉬었다. 아까 쉰 피곤한 한숨과는 달랐다.

"문을 잠그고 올게." 그는 일어서서 문간으로 달려갔고, 단단히 문을 잠갔다. 그동안에 프랜은 아직 걸치고 있던 옷들을 모두 벗었다.

"빨리 와." 프랜이 재촉했다. "그렇게 서서 구경만 하지 말고." 그녀는 벗은 옷들을 아무렇게나 쌓아놓고 그 위에 문진文鎮

처럼 신발을 올려놓았다.

프랜 곁에 눕자 그녀의 손가락이 재빠르고 능숙하게 그의 몸을 어루만지기 시작했다. 그녀는 검은 눈을 반짝이며 열심히 그를 쾌락으로 이끌었다.

그것도 화성의 이 황량한 거처에서 말이다. 하지만—그들은 옛날 그대로의 방법, 유일한 방법으로 그것을 성취했다. 암매상들이 몰래 가져온 마약을 통해서. 이런 일이 가능해진 것은 결국 캔-D가 있었기 때문이다. 우리는 앞으로도 계속 캔-D를 필요로 할 것이다. 우리는 전혀 자유롭지 않다.

프랜의 양쪽 무릎이 옆구리의 맨살을 조여오는 것을 느끼며 그는 생각했다. 사실 별로 자유로워지고 싶지도 않아. 오히려 그 반대라고 해야 하겠지. 손바닥으로 프랜의 편평한, 와들와들 떨리는 배를 쓸어내리며 생각했다. 오히려 좀 더 그걸 쓰고 싶을 정도야.

04

가니메데의 제3기지에 있는 제임스 리들 재향군인 병원의 안내 네스크. 레오 뷸레로는 빳빳하게 풀을 먹인 흰 제복 치림의 젊은 여자를 향해 워브 가죽으로 만든 고가의 수제 중산모의 챙을 살짝 들어올려 보이고는 말했다. "엘든 트렌트라는 환자를 면회하고 싶은데."

"죄송하지만—" 여자가 이렇게 말하려는 것을 도중에서 가로막았다.

"레오 뷸레로가 와 있다고 전해줘. 알겠지? 레오 뷸레로야." 이렇게 말하며 그는 상대방의 손 너머로 환자 명부를 들여다보고 엘드리치의 병실 번호를 확인했다. 여자가 교환대 쪽으로 몸을 돌린 순간 병실 쪽을 향해 성큼성큼 걷기 시작했다. 염병할. 기다릴 시간 따위는 없어. 몇천만 마일이나 되는 거리를 가로질러 왔잖아. 상대방이 인간이든 괴물이든 간에, 만나지 않고 돌아갈 수는 없어.

소총을 든 UN 병사가 병실 문 앞에서 그를 제지했다. 소녀처럼 맑고 차가운 눈을 가진, 무척이나 앳된 청년이었다. 그리고 그 눈은 레오 뷸레로 같은 거물조차도 절대로 안에 들어갈 수 없다는 사실을 고하고 있었다.

"알았어." 레오는 불만스럽게 내뱉었다. "감이 오는군. 하지만 그 친구가 내가 여기 있다는 걸 안다면 들어오라고 할걸."

그러자마자 바로 옆의 귓가에서 날카로운 여자 목소리가 들려와서 그는 깜짝 놀랐다. "미스터 뷸레로, 우리 아버지가 여기 있다는 걸 어떻게 알아내셨나요?"

그쪽으로 몸을 돌리자 체구가 상당히 튼실한 30대 중반의 여자가 뚫어질 듯이 그를 쳐다보고 있었다. 조이 엘드리치, 그자의 딸이로군. 틀림없어. 전송 신문 사교란에 사진이 실린 걸 곧잘 봤어.

UN 직원 하나가 다가왔다. "미스 엘드리치, 이 건물에서 미스터 뷸레로를 퇴거시키고 싶다면 말씀해주십시오." 직원은 레오를 향해 쾌활한 미소를 지어 보였다. 레오는 즉시 상대방을 알아보았다. UN의 법무청장이자 네드 라크의 상사인 프랭크 산티나였다. 빈틈없는 검은 눈동자를 가진 정력적인 느낌의 사내다. 산티나는 레오에게서 조이 엘드리치 쪽으로 재빨리 시선을 돌리고 대답을 기다렸다.

"괜찮아요." 잠시 후 조이 엘드리치가 말했다. "적어도 지금 당장은 안 그러셔도 돼요. 우리 아버지가 여기 있는 걸 어떻게 알아냈는지를 알아낼 때까지는 말이에요. 도대체 어떻게 그럴 수 있었던 거죠, 미스터 뷸레로?"

산티나가 중얼거리듯이 말했다. "보나마나 휘하에 둔 유행 예측 컨설턴트를 썼을 겁니다. 안 그래, 뷸레로?"

조금 뒤에 레오는 마지못해 고개를 끄덕였다.

"미스 엘드리치." 산티나가 설명했다. "뷸레로급의 거물이면 어떤 능력을 가진 인재라도 마음대로 고용할 수 있습니다. 그래서 당연히 여기 올 걸 예상했습니다." 그러면서 그는 파머 엘드리치의 병실 문 앞을 지키고 서 있는 제복 차림의 보초병 두 사람을 가리켰다. "그래서 저렇게 두 명씩이나 배치시켜 놓은 겁니다. 이미 설명드렸듯이 24시간 내내 말입니다."

"난 엘드리치와 거래조차도 하면 안 된다는 건가?" 레오는 힐문했다. "내가 여기 온 건 바로 그 때문이야. 법을 어기거나 할 생각은 추호도 없어. 자네들은 모두 머리가 돌았든가, 아니면 뭔가를 감추고 싶어한다는 생각밖에는 안 드는군. 뭔가 뒤가 켕기는 일이라도 있는 거 아냐?" 이러면서 두 사람의 얼굴을 훑어보았지만 아무것도 알아낼 수 없었다. "이 안에 정말로 파머 엘드리치가 있기는 한 거야?" 레오는 캐물었다. "없는가 보군." 여전히 아무 반응도 없다. 두 사람 모두 그의 조롱에는 반응하지 않았다. "난 피곤해. 이렇게 먼 곳까지 오느라고 지쳤어. 빌어먹을. 일단 뭔가를 좀 먹고 호텔방을 잡아서 열 시간쯤 푹 자야겠군. 이런 일 따위는 깨끗하게 잊고." 레오는 몸을 돌리고 성큼성큼 걷기 시작했다.

산티나도, 조이 엘드리치도 그를 잡지는 않았다. 레오는 실망감을 곱씹으며 계속 걸었다. 무거운 좌절감이 그를 짓눌렀다.

이런 식이라면 파머 엘드리치에게 접근하기 위해서는 모종의 중개자를 통하는 수밖에 없다. 아마 펠릭스 블라우와 그의 사설 경찰 조직이라면 이곳으로 들어오는 것이 가능할지도 모르겠다. 어쨌든 시도할 만한 가치는 있었다.

그러나 워낙 의기소침한 탓인지 이제는 어찌돼도 상관없다는 생각이 들기 시작했다. 방금 내가 한 말을 실행에 옮기지 않을 이유도 없지 않은가? 일단 요기를 한 다음 필요한 휴식을 취하고, 당분간 엘드리치 일은 잊기로 하자. 그런 자식들은 지옥에나 떨어지라고 해. 레오는 중얼거렸다. 병원 건물에서 나와 택시를 잡기 위해 보도로 성큼성큼 걸어갔다. 그 딸이라는 여자, 용모 한번 정말 우락부락하더군. 짧게 자른 머리에 화장도 안 한 걸 보니 레즈비언이기라도 한가. 우웩.

택시를 잡아타고 잠시 공중을 날아가는 동안 곰곰이 생각해보았다.

택시의 영상전화를 써서 지구에 있는 펠릭스를 불러냈다.

"그렇지 않아도 연락하려던 참이었습니다." 펠릭스 블라우는 누가 전화를 걸었는지 깨닫자마자 대뜸 말했다. "보스턴에서 기업이 하나 설립되었는데, 당시의 상황이 좀 묘합니다. 마치 하룻밤 새에 생겨난 것처럼 느닷없이 출현한 데다가, 처음부터 완전하게 조직화되어 있었습니다. 이를테면—"

“뭘 하려고 하는데?”

“뭔가를 시장에 내놓으려는 것 같습니다. 그러기 위한 수단도 이미 갖추고 있더군요. P.P. 레이아웃사 것과 비슷한 광고 위성도 셋이나 보유하고 있습니다. 화성, 이오*, 타이탄에 각각 하나씩 말입니다. 들리는 소문에 의하면 그자들은 퍼키 팻 모형 세트에 대항하는 신상품을 시장에 낼 준비를 하고 있답니다. 인형 이름이 ‘코니 컴패니언’이라는군요.” 펠릭스는 슬며시 웃었다. “정말 귀여운 이름이지 않습니까?”

레오는 말했다. “그럼 그─첨가물 쪽은 어때?”

“그쪽에 관해서는 아무 정보도 없습니다. 설령 있다고 해도 합법적인 판매 활동과는 아무런 관련이 없겠죠. 모형 세트는 그─‘첨가물’이 없으면 아무 쓸모가 없습니까?”

“없어.”

“그럼 해답은 나온 것이나 마찬가지로군요.”

레오는 말했다. “자네한테 전화한 건 내가 파머 엘드리치와 만나는 걸 도울 수 있나 알아보기 위해서야. 여기 가니메데의 제3기지에 있는 것까지는 알아냈어.”

“파머 엘드리치가 캔-D의 원료와 흡사한 지의류를 가지고 돌아왔다고 보고했던 것 기억하십니까. 혹시 이 보스턴의 새 회사를 엘드리치가 설립했을지도 모른다는 생각은 안 하셨습니까? 진행 속도가 너무 빠르다는 생각은 들지만 말입니다. 하

---

* Io. 목성의 제1위성.

지만 몇 년 전에 자기 딸에게 무전으로 미리 연락을 해놓았을 가능성도 있습니다."

"그자를 꼭 만나봐야 해." 레오는 말했다.

"제임스 리들 병원이겠군요. 우리도 엘드리치가 거기 있을지 모른다는 생각을 했습니다. 그건 그렇고, 혹시 리처드 내트라는 사내에 관해 들어본 적 있으신지?"

"없어."

"그 보스턴 기업의 대리인이 내트와 만나서 모종의 거래를 했습니다. 대리인은 아이콜츠라는 이름인데—"

"엉망진창이군." 레오는 말했다. "게다가 엘드리치를 직접 만날 수도 없으니. 지금 산티나가 병실문을 지키고 있어. 파머의 그 레즈비언 딸하고 함께 말이야." 그 두 사람이 있는 한은 아무도 병실에 들어갈 수는 없겠지.

레오는 짐을 남겨두고 온 제3기지의 호텔 주소를 펠릭스 블라우에게 알려준 다음 전화를 끊었다.

틀림없이 그 친구 말이 맞아. 그 회사를 설립한 건 파머 엘드리치야. 나도 참 운이 나쁘군. 프록시마에서 돌아온 엘드리치가 시작하려는 사업이 하필 나하고 똑같은 거라니. 차라리 로켓 유도 시스템의 제작에나 나설걸. 그럼 경쟁 상대라고 해봤자 G.E.*나 제너럴 다이내믹스밖에는 없잖아.

이런 생각을 하니 엘드리치가 프록시마에서 가지고 돌아왔

---

* General Electric. 제너럴 일렉트릭사.

다는 지의류 일이 정말로 마음에 걸렸다. 어쩌면 캔-D의 개량종일지도 모른다. 생산비가 더 적게 들고, 더 길고 강한 승천 체험을 제공하는. 하느님 맙소사!

이런저런 생각을 하던 중에 기괴한 상념이 뇌리에 떠올랐다. 아랍 연방 공화국에서 생겨난 어떤 조직은 돈을 내면 훈련받은 암살자들을 빌려준다. 그러나 파머 엘드리치 상대로는 역부족이다……. 엘드리치 같은 사내가 일단 무엇을 하겠다고 마음을 먹으면—

그렇지만 로니 퓨게이트의 예언이 여전히 남아 있다. 장래에 내가 파머 엘드리치를 살해한 죄로 기소당한다는.

그렇다면 여러 장애물이 존재하긴 하지만 엘드리치와 만날 방법을 찾았다는 얘기가 된다.

레오는 아무리 철저하게 신체검사를 받더라도 결코 늘키지 않을 정도로 작고 눈에 띄지 않는 무기를 소지하고 있었다. 워싱턴 D.C.의 어떤 외과의가 그의 혀 속에 봉합해 넣은 물건이다. 자동 유도식의 고속 독침……. 소련제를 본으로 삼았지만 대폭 개량된 모델이었다. 일단 희생자의 체내에 들어간 독침은 아무런 흔적도 남기지 않고 절로 녹아버린다. 독 자체도 독창적이어서 심장이나 호흡기의 활동에는 아무 영향도 끼치지 않는다. 실제로는 독이 아니라 희생자의 혈류 안에서 증식해서 48시간 안에 죽게 만드는 여과성 바이러스였다. 해왕성의 한 위성에서 발견된 이 발암성 바이러스는 아직 일반에게는 잘 알려지지 않았고, 레오는 거액을 주고 이것을 손에 넣었다. 이것을 쓰기 위해서는 목표로 삼은 희생자에게 손을 뻗치면 닿는 거리까지 접근한 다음, 상대방을 향해 혀를 내밀며 손가락으로 혀뿌리를 누르기만 하면 된다. 따라서 일단 엘드리치와 만날 수만 있다면—

당장 면회 신청을 하는 편이 나을 듯했다. 보스턴에서 새로 설립되었다는 이 회사가 생산에 나서기 전에, 엘드리치 없이도 기능할 수 있는 단계에 이르기 전에. 잡초와 마찬가지로 일찌감치 뿌리를 뽑지 않는다면 의미가 없다.

호텔방에 돌아간 그는 P.P. 레이아웃사에 영상전화를 걸어서 특별히 중요한 메시지나 사건이 없었는지를 확인했다.

"예." 비서인 글리슨은 그의 얼굴을 보자마자 말했다. "당장 연락해달라는 전화를 받았습니다. 본명인지 아닌지는 모르겠지만, 미스 임페이션스 화이트라고 하더군요.* 여기 번호를 받아놓았습니다. 화성 번호네요." 그녀는 그가 볼 수 있도록 화면을 향해 종이쪽지를 들어 보였다.

처음에는 화이트라는 이름의 여자가 누군지 생각나지 않았다. 화이트라. 그는 다음 순간에야 그녀가 누구인지를 깨달았고—낭패했다. 도대체 그 여자가 왜?

"고마워." 레오는 중얼거리고 대뜸 전화를 끊었다. 만에 하나 UN 법무청이 지금 한 전화를 엿듣고 있었다면 낭패다…….
임페이션스 화이트는 화성에서 활동하는 가장 큰 규모의 캔-D

---

* Impatience에는 '조급함'이라는 뜻이 있다.

암매상이었기 때문이다.

레오는 마지못한 기색으로 번호를 눌렀다.

임페이션스 화이트의 얼굴이 영상전화 화면에 떠올랐다. 얼굴이 작고 눈매가 날카로운, 단출한 느낌의 미인이었다. 훨씬 더 우락부락한 얼굴을 예상하고 있었는데. 작고 암팡지지만 표독스러운 느낌이다. "뷸레로 씨, 그렇지 않아도―"

"이것 말고는 방법이 없었나? 다른 경로로 연락할 수는 없었어?" 금성의 영업 책임자인 코너 프리먼을 통하는 경로가 존재했다. 화이트는 상사인 프리먼을 통해서 레오에게 연락을 취했어야 마땅했다.

"실은 오늘 아침에 물건을 가지고 화성 남부의 토굴을 방문했는데, 그곳 주민들에게 구매를 거절당했습니다. 신제품을 사느라고 스킨을 몽땅 써버렸다고 변명하더군요. 우리―우리 상품과 같은 급의 물건인 츄-Z를 샀답니다." 그녀는 말을 이었다. "그래서―"

레오 뷸레로는 전화를 끊었다. 전율하며, 꼼짝도 않고 생각에 잠겼다.

이 정도로 낭패하면 안 돼. 그는 되뇌었다. 난 진화된 인류잖아. 그래, 보스턴의 그 기업의 신제품이란 결국 이거였군. 엘드리치가 가지고 돌아온 그 지의류에서 추출한 게 틀림없어. 엘드리치는 여기서 1마일도 떨어지지 않은 병원 침대에 누워서 보나마나 딸인 조이를 통해 지령을 내리고 있겠지. 그런데도 내겐 그걸 저지할 뾰족할 방도가 없어. 놈은 이미 제조 판매망을 갖추고 활동을 시작했어. 이미 늦은 걸까. 내 혀 속에 숨겨놓은 물건도 이젠 쓸모가 없겠군. 그래봤자 헛수고일 뿐이니.

하지만 뭔가 방도가 있을 거야. 난 알아. 지금까지도 줄곧 그래왔으니까.

이걸로 P.P. 레이아웃사가 끝장났다고는 할 수 없어.

문제는 어떤 방도를 쓰느냐였다. 딱히 아이디어가 떠오르지 않는다. 그 탓에 식은땀이 멈추지를 않는다. 불안으로 곤두선 신경도 진정될 기색이 없었다.

인공적으로 발달이 가속화된 대뇌피질이여, 내게 아이디어를 줘. 레오는 기도했다. 신이여. 신이시여, 내 적들을, 그 개자식들을 이길 수 있도록 나를 도우소서. 혹시 내 휘하의 유행 예측 예지 능력자들인 로니 퓨게이트와 바니를 적절하게 쓴다면……. 그 둘이라면 뭔가 해결책을 제시해줄지도 모른다. 특히 노회한 바니라면. 그러고 보니 바니는 아직 이번 일에 전혀 관여하고 있지 않았다.

또다시 지구의 P.P. 레이아웃 본사에 영상전화를 걸었다. 이번에는 바니 메이어슨의 담당부서로 연결하라고 지시했다.

그러고 나서야 바니가 징집 문제로 고민하고 있고, 화성의 토굴로 강제 이주당하지 않기 위해 스트레스 내성을 일부러 낮추려고 노력 중이라는 사실이 생각났다.

음울한 표정으로 레오 뷸레로는 생각했다. 내가 그 증거를 제공해주지. 바니가 징집당할 위험은 이젠 사라진 거나 마찬가지야.

가니메데로부터 레오 뷸레로가 영상전화를 걸어왔을 때 바니 메이어슨은 혼자 자기 사무실에 있었다.

통화는 오래 걸리지 않았다. 전화를 끊은 바니는 손목시계를 흘끗 보고는 놀랐다. 5분밖에 지나지 않았다. 인생 최대의 중대사처럼 느껴졌는데.

일어서서 인터컴 단추를 누르고 말했다. "당분간 아무도 들여보내지 말아줘. 설령 미스 퓨게이트라고 해도―아니, 특히 미스 퓨게이트는 안 돼." 창가에 서서 뜨겁게 달아오른 밝고 텅 빈 거리를 내려다본다.

레오는 이번 문제를 통째로 바니에게 떠맡길 작정인 듯했다. 그토록 의기소침한 고용주의 모습을 보는 것은 처음이었다. 생각해보라. 레오 뷸레로가 그토록 당황한 모습을 보이다니. 그것도 난생처음 경험하는 라이벌 기업의 손재 때문에. 이유는 간단하다. 그런 일에 익숙하지 않기 때문이다. 보스턴의 새 회사는 레오를 처음으로 완전한 혼란에 빠뜨렸다. 무력한 어린아이가 된 것이나 마찬가지였다.

레오도 언젠가는 그런 상태를 탈피할 것이다. 한편 나는 거기서 어떤 이득을 얻을 수 있을까? 바니 메이어슨은 자문했지만, 당장 대답이 떠오르지는 않았다. 레오를 도울 수는 있다……. 하지만 그런 나를 위해 레오는 어떤 일을 해줄 수 있단 말인가? 이렇게 질문하는 쪽이 그의 취향에 맞는 듯했다. 사실, 이런 식으로 생각하는 것이 옳다. 이렇게 행동하라고 오랜 시간에 걸쳐 가르쳐준 사람은 다름 아닌 레오니까 말이다. 레오도 내가 거기서 일탈하는 것을 결코 원하지 않을 것이다.

　잠시 자리에 앉아 곰곰이 생각하다가, 레오가 지시한 대로 미래를 향해 주의를 집중했다. 그러면서 자기 자신의 징용에 관련된 사항도 다시 한 번 탐색해보았다. 그것이 정확하게는 어떤 식으로 해결될지 알아볼 작정이었다.

　그러나 그의 징용이라는 문제는 중요 인물의 공적인 연대기에 기록되기에는 너무나도 작고 사소한 사항이었다. 전송 신문의 표제에도, 뉴스 방송에도 그런 얘기는 없었다……. 그러나 레오의 경우는 얘기가 달랐다. 레오와 파머 엘드리치와 관련된 일면 기사를 여러 개 예지豫知했기 때문이다. 물론 모든 것이 흐릿했고, 그와 병행된 형태로 많은 미래가 뒤죽박죽으로 난립하고 있었다. 레오가 엘드리치를 만났다. 레오는 엘드리치를 만나지 않았다. 그리고—그는 이 부분에 정신을 집중했다—레오가 파머 엘드리치 살해 혐의로 기소되었다. 하느님 맙소사. 이건 도대체 무슨 뜻이지?

　더 자세히 들여다본 결과, 글자 그대로의 뜻이라는 점이 판명되었다. 만약 레오가 체포되고 재판에 회부되어서 실형을 받는다면, 월급을 꼬박꼬박 주는 직장으로서의 P.P. 레이아웃사는 종언을 맞게 될지도 모른다. 그럴 경우 바니가 지금까지 인생의 모든 것, 결혼 생활과 그가 사랑했던—지금도 여지껏 사랑하는—여인을 포기하면서까지 쌓아온 지위가 모두 사라져버리게 된다.

　바니의 입장에서는 이런 가능성을 레오에게 경고하는 것이

득책이었다. 아니, 반드시 경고해야 한다. 그러나 이런 정보조차도 내게 유리한 방향으로 이용하는 것이 가능하다.

바니는 다시 레오에게 전화를 걸었다. "관련 뉴스를 찾아냈습니다."

"잘했어." 레오는 활짝 웃었다. 길쭉하고 혈색이 좋은, 윗부분이 딱딱한 껍질로 뒤덮인 얼굴이 안도감으로 가득 찼다. "얘기해줘, 바니."

바니는 말했다. "곧 당신이 이용할 수 있는 어떤 상황이 발생합니다. 파머 엘드리치를 만나게 될 겁니다—병원이 아닌 어딘가 다른 곳에서요. 엘드리치 본인이 가니메데를 떠나야 한다고 지시했기 때문입니다." 바니는 주의 깊게 덧붙였다. 그는 자신이 알아낸 정보를 너무 많이 알리고 싶지는 않았다. "엘드리치와 UN 사이에서 알력이 발생합니다. 자유롭게 움직일 수 없는 지금은 UN을 이용해서 보호받고 있지만, 일단 건강을 되찾은 다음에는—"

그러자마자 레오는 말했다. "더 자세히 말해보게." 커다란 머리를 갸우뚱 기울이고 있다.

"그걸 가르쳐드리는 대신 저도 얻고 싶은 대가가 있습니다."

"무엇에 대한 대가?" 누가 봐도 진화한 티가 나는 레오의 얼굴에 먹구름이 끼었다.

바니는 말했다. "파머 엘드리치를 직접 따라잡을 수 있는 정확한 일시와 장소를 가르쳐드리는 데 대한 대가입니다."

레오는 퉁명스럽게 말했다. "그래서, 대가로 도대체 뭘 얻고 싶다는 거지?" 그는 불안한 표정으로 바니를 훑어보았다. E요법도 마음의 평안까지 가져다주지는 못하는 듯하다.

"총수익의 1퍼센트 중 4분의 1입니다. P.P. 레이아웃사의 총수익이면 족하고……. 다른 수입원으로부터의 소득은 제외해도 좋습니다." 다른 수입원이란 캔-D를 재배하는 금성의 농원 네트워크 얘기였다.

"맙소사." 레오는 거친 숨을 내쉬었다.

"그것 말고도 또 있습니다."

"또 뭐? 방금 말한 것만으로도 엄청난 금액이잖아!"

"우리 회사의 유행 예측 컨설턴트들이 일하는 방식을 바꿔주십시오. 각자 현 지위에 머물러서 담당하던 일을 하는 것까지는 예전과 다르지 않습니다만, 한 가지 변경해야 할 일이 있습니다. 그 친구들이 내놓은 예측의 최종적인 심사는 모두 제게 맡겨주십시오. 어떤 예측을 채택할지의 여부에 관한 결정권을 달라는 얘깁니다. 그러면 저는 더 이상 한 지역만을 맡을 필요가 없으니까 뉴욕 쪽 업무는 로니한테ㅡ"

"출세에 눈이 멀었군." 레오는 거친 목소리로 말했다.

바니는 어깨를 으쓱했다. 무슨 소리를 듣든 알 게 뭔가? 이것은 오랜 직장 생활의 정점으로 이어지는 중요한 일이다. 중요한 것은 바로 그거다. 게다가 우리 모두가 한 배를 탄 사이가 아니던가. 레오조차도 예외가 아니다. 사실, 지금 가장 급한 사람은 레오가 아니던가.

"오케이." 레오는 고개를 끄덕이며 말했다. "각 지점의 유행 예측 담당자들을 감독하고 싶다면 그렇게 하게나. 나한텐 아무 의미도 없는 일이니. 자, 그럼 얘기해줘. 언제, 어디서—"

"당신은 사흘 안에 파머 엘드리치를 만나게 됩니다. 내일모레, 엘드리치는 아무 표시도 없는 자가용 우주선 한 척을 타고 가니메데에서 달에 있는 자기 사유지로 갈 겁니다. 거기서 계속 요양할 요량으로. 하지만 거긴 UN의 관할 지구가 아니라서 프랭크 산티나는 아무 권한도 행사할 수 없으니 그 부분은 더 이상 신경 쓰지 않으셔도 됩니다. 23일에 엘드리치는 자기 저택에서 전송 신문 기자들과 회견을 갖고, 프록시마 여행에서 무슨 경험을 했는지 자기 입으로 설명합니다. 기분 좋은 기색으로—적어도 신문 기사에 의하면 말입니다. 건강에도 문제가 없고, 지구로 돌아온 것이 기쁘고, 부상에서도 순조롭게 회복하는 중이다……. 이리면서 긴 얘기를 늘이놓는데—"

"어떻게 침입할 수 있는지만 말해. UN이 없더라도 엘드리치의 부하들이 경계를 펴고 있을 거 아냐."

바니는 말했다. "P.P. 레이아웃사는 1년에 네 번 업계지를 발행하고 있습니다. 기억해두십시오. 《모형화의 마음》이라는 잡지입니다. 발행 부수가 워낙 적은 탓에 아마 그런 잡지가 있는지도 모르셨겠지만."

"그러니까, 우리 사내보 기자로 위장하고 몰래 숨어 들어가라는 얘긴가?" 레오는 바니를 빤히 쳐다보았다. "그런 얄팍한 구실만 가지고도 놈의 사유지에 들어갈 수 있어?" 넌더리난다는 표정이었다. "빌어먹을. 그따위 하찮은 정보를 얻으려고 자네하고 거래를 했단 말인가. 어차피 내일이나 모래쯤엔 알려질 얘기잖나. 그러니까 기자회견이 열린다면 당연히 그 사실을 공표할 거라는 뜻이야."

바니는 어깨를 으쓱했을 뿐이었다. 대답하려고조차 하지 않았다.

"한 방 먹은 것 같군. 내가 너무 서둘렀어. 흐음." 레오는 체념한 듯이 말했다. "그럼 놈이 전송 신문 기자들에게 어떤 식의 설명을 늘어놓을지 얘기해줄 수는 있겠나. 도대체 프록시마 항성계에서 뭘 발견한 건가? 거기서 가지고 돌아온 지의류에 관해서는 언급하나?"

"언급합니다. UN 마약 통제국의 승인을 받은 무해한 신종이고, 현재 널리 쓰이고 있는─" 바니는 잠시 주저했다. "위험하고, 습관성이 있는 모 유도체誘導體를 완전히 대체하게 될 거라고 주장합니다. 그러고는─"

"그러고는," 레오는 무표정하게 말했다. "마약 취급을 받지 않는 자기 상품을 팔아먹을 회사를 설립했다고 발표한다는 거로군."

"그렇습니다." 바니는 말했다. "상품명은 츄-Z입니다. 선전 문구는 '가려 먹자 츄-지. 씹어 먹자 츄-지(Be choosy. Chew Chew-Z)'더군요."

"염병할!"

"행성 간 레이저 통신으로 미리 엘드리치의 지시를 받아오던 딸에 의해 오래전부터 준비되었던 일입니다. UN의 산티나와

라크하고는 이미 얘기가 끝났더군요. 사실 그걸 승인한 사람은 사무총장인 헵번-길버트 본인입니다. 그자들은 그걸 캔-D 무역을 근절시키기 위한 하나의 방책으로 간주하고 있는 겁니다.”

침묵이 흘렀다.

“알았네.” 레오는 잠시 후 목쉰 소리를 냈다. “그걸 2년쯤 전에 예견해주지 않았다는 게 유감이지만, 뭐 어쩔 수 없는 일이겠지—자넨 어차피 일개 피고용인이고, 그 누구에게서도 그러라는 명령을 받지 못했으니까.”

바니는 어깨를 으쓱했다.

레오 뷸레로는 암울한 표정으로 영상전화를 끊었다.

자, 드디어 저질러버렸군. 바니는 중얼거렸다. 난 입신출세의 첫 번째 원칙을—상사가 듣고 싶어 하지 않는 말은 절대로 하지 말라는 철직을 깼어. 어떤 결과가 나올지 궁금하군.

느닷없이 영상전화가 울리더니 레오 뷸레로의 찌푸린 얼굴이 화면에서 또다시 초점을 맺었다. “어이, 바니, 방금 생각난 게 있어서 다시 걸었어. 자네 맘에는 안 들게 뻔하니 그렇게 알고 듣게나.”

“알겠습니다.” 바니는 마음의 준비를 했다.

“나답지 않게 깜박 잊고 언급을 안 했는데, 실은 얼마 전에 미스 퓨게이트하고 얘기를 나눴다네. 그 여자는 미래에—나와 파머 엘드리치가 연루된 어떤 사건에 관해 알고 있더군. 만약 그 여자의 심기를 건드린다면 히스테리를 일으키고 우리한테 해가 되는 행동에 나설 가능성이 있어. 그런 마당에 업무 수행

시에 일일이 자네의 재가를 받아야 한다는 얘기를 듣는다면 심기가 불편해질 건 불을 보듯 뻔해. 잘 생각해보니 우리 회사의 유행 예측 컨설턴트라면 모두 같은 정보를 예지할 가능성이 있으니까, 만약 자네가 그 친구들 모두를 통괄해야 한다면—"

"그 '사건' 말인데," 바니는 상대방의 말을 가로막았다. "파머 엘드리치에 대한 제1급 모살 혐의로 기소당한다는 얘기 말씀이시로군요. 안 그렇습니까?"

레오는 끙 하는 소리를 내고, 씨근거리며 숨을 들이쉬더니 뚱한 표정으로 바니를 응시했다. 잠시 후 그는 마지못한 투로 고개를 끄덕였다.

"방금 우리 사이에서 맺은 협약을 무시하는 건 용납할 수 없습니다." 바니는 말했다. "당신은 내게 몇 가지 약속을 했고, 당연히—"

"하지만," 레오는 푸념했다. "그 멍청한 여자는—경솔해. 보나마나 UN 경찰에게 고해바칠 거야. 바니, 그 여잔 내 약점을 잡고 있다고!"

"저도 잡고 있습니다만." 바니는 침착한 어조로 지적했다.

"그렇지. 하지만 자네하곤 오랫동안 알고 지내온 사이 아닌가." 레오는 빠르게 머리를 굴리는 기색이었다. 평소에도 곧잘 '차기 단계 호모 사피엔스형의 진화된 지력知力' 어쩌고 하던 것을 구사해서 자신이 현재 직면한 상황을 검토하고 있는 듯했다. "자넨 내 친구니까 그 여자처럼 행동하지는 않을 거라는 사실을 알아. 어차피 총수익의 일부를 달라는 자네 요구를 들어줄 생각이었고 말이야. 그러면 됐지?” 레오는 불안한 듯이 바니의 얼굴을 쳐다보았지만, 표정 자체는 결연했다. 이미 내린 결정을 물릴 생각은 없는 듯하다. “계약이 성립된 거지?”

“계약은 아까 이미 했습니다만.”

“빌어먹을, 그야 그렇지만, 방금 말했듯이 깜박 잊고 언급을 안 했던 일이—”

“만약 처음 한 약속을 지키지 못하시겠다면, 회사를 그만두겠습니다. 어딘가 다른 곳에서 제 능력을 활용할 방법을 찾을 작정입니다.” 이 시점에서 뒤로 물러날 수는 없다. 그러기에는 너무 오랫동안 견마지로를 다했다.

“자네가?” 레오는 믿기 힘들다는 투로 말했다. “그러니까 단지 UN 경찰로 가서 모든 걸 털어놓겠다는 협박만 하는 게 아니로군. 그뿐 아니라—나를 배신하고 파머 엘드리치힌테 가서 붙겠다는 얘기잖아!”

바니는 아무 말도 하지 않았다.

“치사한 배신자 자식.” 레오는 말했다. “이런 시대에 침몰하지 않고 살아남으려면 얼마나 타락해야 하는지를 몸소 보여주겠다는 건가. 잘 들어. 파머가 자네를 받아들이리라는 보장은 없어. 이미 사람을 모아서 독자적인 유행 예측 부서를 구축했을 가능성이 더 높아. 그럴 경우엔 예의 뉴스에 관해서도 이미 알고 있을 거야. 내가—” 레오는 말꼬리를 흐렸다. “그래, 죽이 되든 밥이 되든 난 해볼 거야. 자네는 고대 그리스에서 말하던 그 죄를 저질렀어. 그걸 뭐라고 하더라? 휴브리스? 오만함. 사탄처럼 자기 주제를 모르고 너무 멀리까지 손을 뻗쳤던 거지. 그러니까 원 없이 손을 뻗쳐보게나, 바니. 사실, 하고 싶은 일이라면 뭐든 해도 좋아. 내겐 아무 의미도 없으니까 말이야. 행운을 비네, 친구. 회사를 그만두고 나가서 인생이 얼마나 잘 풀리는지 빠짐없이 보고해줘. 그리고 다음번에 또 누군가를 협박하고 싶어지거든—"

바니는 접속을 끊었다. 전화의 영상이 모호한 잿빛으로 바뀌었다. 잿빛이야, 하고 그는 생각했다. 내 안의 세계나 내 주위의 세계처럼. 현실처럼. 그는 자리에서 일어나 양손을 바지 주머니에 찔러 넣고 경직된 걸음걸이로 방 안을 왔다 갔다 하기 시작했다.

이 시점에서 내게 가장 유리한 선택은—좀 황당하기는 하지만—로니 퓨게이트와 손을 잡는 일이겠군, 하고 그는 판단했다. 왜냐하면 그녀야말로 레오가 두려워하는 상대이고, 그 두려움은 타당하기 때문이다. 나라면 결코 하지 않을 일이라도 그녀는 주저 없이 실행에 옮길 것이다. 레오도 그 사실을 안다.

다시 자리에 앉아서 로니를 그의 사무실로 호출했다.

"안녕하세요." 베이징 풍의 화려한 비단 드레스를 두르고 방으로 들어온 로니가 쾌활한 어조로 말했다. 브래지어는 하고 있지 않았다. "무슨 일인가요? 1분 전에 전화를 걸었는데, 통화 중—"

"단 한 번도 제대로 옷을 걸친 걸 본 적이 없군. 문 닫아."

로니는 문을 닫았다.

"하지만 인정할 건 인정해야겠지. 어젯밤 침대에서 당신은 실로 멋졌어."

"고마워요." 젊고 깨끗한 얼굴이 발그레하게 물들었다.

바니는 말했다. "우리 고용주가 파머 엘드리치를 살해하는 광경을 당신은 명확하게 예지했어? 아니면 아직도 뭔가 미심쩍은 부분이 있나?"

로니는 마른침을 삼키고는 고개를 푹 수그린 채로 중얼거렸다. "당신, 오늘은 능력이 하늘을 찌르는가 보군요." 그녀는 의자에 앉아 다리를 꼬았다. 바니는 그녀가 맨다리임을 깨달았다. "물론 미심쩍은 부분은 있어요. 우선, 그건 뷸레로치고는 정말 멍청하기 그지없는 행동이라는 점이에요. 그런 짓을 한다면 기업가로서는 끝장이잖아요. 전송 신문의 기사에 살해 동기는 실려 있지 않았기―실리지 않을 것이기―때문에, 니로서는 감을 잡을 수가 없었어요. 그 이면엔 뭔가 엄청나고 무시무시한 이유가 자리 잡고 있는 느낌이랄까. 당신도 그렇게 생각하죠?"

"레오가 기업가로서 끝장난다는 건, 부하인 우리의 커리어도 끝장난다는 뜻이야."

"아니에요." 로니가 말했다. "난 그렇게 생각하지 않아요 바니. 생각해봐요. 파머 엘드리치 씨는 모형 세트 시장에서 레오를 아예 대체할 작정이잖아요. 혹시 뷸레로의 범행 동기는 그거 아닐까요? 그게 사실이라면, 그 뒤로 어떤 식의 경제적 현실이 전개될지 어느 정도 감이 오지 않아요? 설령 엘드리치가 죽는다고 해도, 내가 보기에 그가 남긴 조직은―"

"그럼 엘드리치한테 붙자는 거야? 추호도 고민하지 않고?"

로니는 느린 어조로 대꾸했다. 정신을 집중하고 있는 탓에 오만상을 찌푸리고 있다. "아니. 아무 고민도 없이 그런다는 건 사실이 아니에요. 하지만 뷸레로 씨만 믿고 따라갔다가 덩달아 망해버리는 꼴을 당하고 싶지는 않아요. 난 아직 앞길이 창창한 몸이고, 당신도 나만큼은 아니지만 아직 갈 길이 멀잖아요."

"정말 고마워." 그는 신랄하게 말했다.

"지금은 신중하게 계획을 짤 때예요. 만약 우리 같은 예지 능력자들조차도 미래를 위한 계획을 세우지 못한다면—"

"아까 난 레오한테 그와 엘드리치의 맞대면을 불러올 정보를 줬어. 당신은 그 둘이 손을 잡고 합병할지도 모른다는 생각은 안 해봤어?" 바니는 여자를 뚫어져라 쳐다보았다.

"장차 그런—일이 일어날 거라고는 생각 안 해요. 신문에도 그런 기사는 실려 있지 않았고."

"염병할." 바니는 경멸이 담긴 어조로 말했다. "그런 일이 신문에 실릴 리가 없잖아."

"아." 로니는 수긍했다. "그건 그러네요."

"만약 그런 일이 실제로 일어난다면, 우리는 오도 가도 못하는 신세가 될걸. 레오를 저버리고 엘드리치한테 붙으려고 한다면 말이야. 레오는 우리를 다시 수중에 넣고 자기가 원하는 조건을 강요할 수가 있어. 그럴 바에야 차라리 유행 예측 분야에서 완전히 발을 빼는 게 나을지도 몰라." 이것은 바니에게는 자명한 일이었다. 얼굴 표정을 보아하니 로니 퓨게이트도 마찬가지인 듯하다. "만약 우리가 파머 엘드리치한테 접근한다면—"

"'만약'이라뇨. 그러는 수밖에 없잖아요."

바니는 말했다. "아니, 난 그렇게 생각 안 해. 현상유지라는 방안도 있어." 상대방이 침몰하든, 떠오르든, 아니면 완전히 소멸해버리든 간에, 끝까지 레오 뷸레로의 피고용인으로서 행동하는 거지. "달리 어떤 수단이 있는지 얘기해줄까. P.P. 레이아웃사에서 일하는 유행 예측 컨설턴트들과 연락을 취해서 우리 스스로 조합을 만드는 수도 있어." 이것은 그가 오랫동안 곰곰이 생각해오던 아이디어였다. "독점권을 가진 일종의 길드라고나 할까. 그런다면 레오와 엘드리치 양 진영에 대해서 우리가 원하는 조건을 제시할 수 있어."

"문제는, 엘드리치도 십중팔구는 자기 자신의 유행 예측 컨설턴트들을 이미 확보해놓았을 거라는 점이겠죠." 로니는 씩 웃었다. "지금부터 도대체 뭘 해야 하는지 명확한 비전이 없는 거 맞죠, 바니? 난 알아요. 정말이지 안됐군요. 이토록 오랫동안 회사를 위해 일해왔는데." 로니는 슬픈 듯이 설레설레 고개를 저었다.

"레오가 왜 당신의 심기를 건드리고 싶어하지 않는지 알 것 같군."

"내가 진실을 말하니까?" 로니는 눈썹을 치켜세웠다. "그래요, 아마 그럴지도 모르겠군요. 누구든 진실에 직면하고 싶어하지는 않으니까. 당신도 다르지 않아요. 항아리를 팔러 온 그 불쌍한 세일즈맨을 홀대한 건 단지 당신 전처였던 여자한테—"

“닥쳐.” 그는 거칠게 내뱉었다.

“그 항아리 세일즈맨이 지금 어디 있을 것 같아요? 파머 엘드리치와 계약을 맺었어요. 결국 그 사람하고 당신의 전처한테 좋은 일을 해준 꼴이 되었군요. 만약 그때 당신하고 계약을 맺었다면 망해가는 회사에 속박당했을 거고, 그 부부는 성공할 기회를 아예 박탈—” 로니는 말을 멈췄다. “내가 당신 기분을 상하게 했나 보군요.”

바니는 손을 흔들며 말했다. “그런 얘기를 하려고 당신을 여기 부른 게 아냐.”

“그건 그래요.” 로니는 고개를 끄덕였다. “당신이 나를 여기 부른 건 둘이 힘을 합쳐서 레오 뷸레로를 배신할 방법을 찾기 위해서였죠.”

바니는 당혹한 표정으로 말했다. “어이—”

“사실이잖아요. 혼자서는 그럴 수 없으니까 내가 필요한 거예요. 난 아직 ‘아니요’라고 말하지 않았으니까 당황할 필요는 없어요. 하지만 그런 얘기를 하기에 지금은 시간도, 장소도 적절하지 않아요. 퇴근하고 조합아파트로 돌아간 다음에 해요. 오케이?” 로니는 바니를 향해 눈부시게 밝고 따스한 미소를 지어 보였다.

“오케이.” 바니는 동의했다. 이 여자 말이 옳다.

“만약 이 사무실이 도청당하고 있다면 낭패잖아요? 뷸레로 씨는 방금 우리가 한 얘기를 모조리 녹음한 테이프를 손에 넣을지도 모르겠네요.” 로니의 미소는 사라지기는커녕 오히려 더 커진 느낌이었다. 눈이 부실 지경이다. 이 여자는 아무도 두려워하지 않아. 지구, 아니 태양계 전체의 그 무엇도. 바니는 깨달았다.

나도 그럴 수 있다면 좋을 텐데. 왜냐하면 레오에게도, 로니에게도 언급하지 않았던 문제 하나가 계속 그를 괴롭히고 있었기 때문이다. 물론 레오도 그 문제에 관해 고민하고 있을 터이고……. 로니도 겉으로 보는 것만큼 이성적인 여자가 맞다면 걱정하고 있을 것이다.

프록시마 항성계에서 돌아와서 명왕성에 불시착한 인물 내지는 생물이 정말로 파머 엘드리치라는 확증은 아직 없었다.

05

츄-Z 제조사와의 계약으로 경제적 여유가 생긴 리처드 내트는 독일 연합에 있는 빌리 뎅크말 박사의 E요법 클리닉에 전화를 걸기로 했다. 뮌헨에 있는 본점을 골라 그와 에밀리 두 사람의 예약을 넣었다.

이걸로 우리도 사회 지도층의 일원이로군. 화려한 그노프 가죽으로 장식된 클리닉의 대기실에서 에밀리와 함께 기다리며 생각했다. 뎅크말 박사는 평소 관례대로 우선 두 사람과 개인적으로 면접을 하고 싶다고 했다. 물론 요법 자체를 시행하는 것은 박사의 조수들이겠지만 말이다.

"왠지 불안해." 에밀리가 속삭였다. 무릎 위에 잡지를 펼쳐놓고 있지만 도저히 읽을 기분이 아닌 듯했다. "뭔가 좀—부자연스럽잖아."

"터무니없는 소리." 내트는 강하게 부인했다. "오히려 그 반대야. 어차피 자연 상태에서도 일어나고 있는 진화 과정을 가속화하는 것에 지나지 않아. 진화 과정이라는 게 워낙 느려서 우리는 못 느낄 뿐이야. 동굴 속에 살던 우리 조상들이 어땠는지 떠올려보라고. 몸 전체가 털에 덮이고, 턱이 없고, 뇌의 전두엽 발달 상태도 극히 제한적이었어. 게다가 식물 씨앗을 날로 씹어 먹기 위해서 하나로 이어진 거대한 어금니들을 가지고 있었다잖아."

"응." 에밀리는 고개를 끄덕였다.

"그런 작자들로부터는 멀어지면 멀어질수록 좋은 거야. 하여튼 우리 조상들은 빙하기에 대응하기 위해서 진화했어. 우리는 반대로 초열기焦熱期에 대응하기 위해서 진화해야 하지. 그래서 키틴질의 피부 따위가 필요해지는 거야. 이마의 딱딱한 껍질이라든지, 한낮에도 잘 수 있는 대사 작용의 변화, 호흡 능력의 개선—"

안쪽 사무실에서 뎅크말 박사가 나왔다. 작고 동글동글한 중산 계층의 독일인이었다. 머리는 백발이고 알베르트 슈바이처 풍의 콧수염을 길렀다. 박사와 함께 한 사내가 나왔고, 리처드 내트는 난생처음으로 E요법의 영향을 가까이에서 직접 목격했다. 전송 신문의 사교란에 실리는 사진을 보는 것과는 느낌이 달랐다. 완전히.

내트가 그 사내의 머리를 보고 연상한 것은 옛날 교과서에서 본 사진이었다. 그 사진에는 '뇌수종'이라는 설명이 붙어 있었다. 눈썹 위가 부풀어오른 모습이 똑같다. 뚜렷한 돔 모양을 한, 묘하게 가냘픈 느낌을 주는 상대방의 머리를 보자마자 왜 E요법을 받고 진화한 상류층 사람들이 속칭 '풍선 대가리'라고 불리는지 이해할 수 있었다. 마치 당장이라도 터질 것처럼 보이는군. 내트는 내심 감탄하며 생각했다. 게다가—저 두꺼운 껍질을 보라고. 머리카락이 있던 자리는 진한 색깔의 매끈한 키틴질 외피外皮로 덮여 있었다. 풍선 대가리라고? 코코넛에 더 가까워 보인다.

"미스터 내트." 뎅크말 박사는 발을 멈추고 리처드 내트에게 말했다. "아, 프라우Frau 내트도 함께 오셨군요. 잠시만 기다려주세요." 박사는 곁에 있는 사내를 향해 몸에 돌렸다. "미스터 뷸레로, 예약도 하지 않고 오늘 이렇게 진찰 시간을 낼 수 있었던 건 단지 운이 좋았기 때문입니다. 하여튼 쇠퇴의 징후는 전혀 없습니다. 오히려 더 진화했다는 쪽이 정확합니다."

그러나 뷸레로라는 사내는 리처드 내트를 빤히 쳐다보고 있었다. "들은 적이 있는 이름인데. 아, 펠릭스 블라우가 말하던 그 작자로군." 뷸레로의 더할 나위 없이 지적인 눈이 험악해졌다. "최근에 보스턴의 어떤 회사하고—" 그는 마치 광학적으로 결함이 있는 거울에 의해 영구히 일그러진 듯한 길쭉한 얼굴을 찌푸렸다. "츄-Z 제조산업이라는 회사하고 계약을 맺지 않았나?"

"다, 당신이 상관할 바가 아냐." 내트는 더듬대며 말했다. "내 제안을 거절한 건 당신의 그 잘난 유행 예측 컨설턴트라고."

레오 뷸레로는 잠시 내트를 바라보다가 어깨를 으쓱하고는 뎅크말 박사를 향해 몸을 돌렸다. "2주 안에 또 오겠네."

"2주! 그건—" 뎅크말은 항의하듯이 팔을 들어 올렸다.

"다음 주는 안 돼. 또 지구 밖으로 나가야 하거든." 뷸레로는 리처드와 에밀리 내트를 한 번 더 훑어보고는 성큼성큼 밖으로 나갔다.

뷸레로의 뒷모습을 보며 뎅크말 박사가 말했다. "아주 많이 진화했습니다, 저분은. 육체적으로도, 정신적으로도." 박사는 내트 부부에게 몸을 돌렸다. "아이헨발트 클리닉에 오신 것을 환영합니다." 그는 활짝 웃었다.

"감사합니다." 에밀리는 불안한 어조로 말했다. "혹시—아픈가요?"

"우리 요법 말입니까?" 뎅크발 박사는 재미있다는 듯이 쿡쿡거리며 웃었다. "전혀 아프지 않습니다. 단지 처음에는—비유적으로 말해서—조금 충격을 받을지도 모릅니다. 뇌의 피질이 성장하면서 말입니다. 수없이 많은 자극적인 개념, 특히 종교적인 것들이 머리에 떠오르는 경험을 하게 될 겁니다. 루터와 에라스무스가 살아 있다면 좋을 텐데! 그들의 논쟁은 E요법으로 쉽게 해결될 수 있으니까요. 두 사람 모두 진리를 깨달았을 겁니다, 쫌 바이슈필*, 화체설化體說**의 경우, 아시다시피 그리스도

<hr>

* zum Beispiel. 독일어로 '예를 들어'라는 뜻.
** 化體說. transubstantiation. 성찬식 때 빵과 포도주의 외형은 변하지 않지만 그 실체가 순간적으로 그리스도의 살과 피로 변한다는 교리. 성변화聖變化.

의 불루트Blut와—" 헛기침을 하며 말을 끊었다. "그러니까, 그리스도의 피와 제병祭餠, 가톨릭 미사에서 쓰이는 것 얘기입니다. 캔-D 복용자들의 경험과 상당히 닮았다고나 할까요. 그 유사성을 눈치채셨는지? 아, 그건 그렇고, 이제 시작하기로 하지요." 박사는 리처드 내트의 등을 툭 치고 두 사람을 안쪽 사무실로 안내했다. 에밀리를 향한 박사의 시선은 정신적인 것과는 좀 거리가 먼, 어딘가 좀 탐욕스러운 느낌을 주었다.

그들을 맞이한 것은 과학 기재가 잔뜩 들어찬 거대한 방이었다. 팔과 다리를 고정하는 금속 고정대까지 갖춘, 프랑켄슈타인 박사가 썼을 법한 수술대도 두 개 있었다. 그것을 본 에밀리는 헐떡이며 뒷걸음질쳤다.

"프라우 내트, 전혀 걱정하실 필요가 없습니다. 전기 경련처럼 근육 일부가 반사적으로 움직일 경우에 대비한 것에 불과합니다." 뎅크말은 킥킥 웃었다. "자, 이제 옷을 벗어주십시오. 물론 따로 탈의실이 준비되어 있습니다. 그런 다음 환자용 가운을 입고 아우스코멘*하면 됩니다—무슨 뜻인지 아시겠죠? 간호사가 도와드릴 겁니다. 이미 노르트[北] 아메리카에서 보내온 의료 기록이 도착했으니까, 두 분의 기왕력도 알고 있습니다. 두 분 모두 아주 건강하고, 생식력도 있더군요. 훌륭한 노르트 아메리카니셰 사람들입니다." 박사는 내트를 커튼으로 가려진 옆방으로 안내한 후 그곳에 그를 두고 에밀리에게 돌아왔

---

* auskommen. '나오다'라는 뜻의 독일어 동사.

다. 옆방으로 들어가던 리처드는 뎅크말 박사가 에밀리에게 달래는 듯한, 그러나 위엄 있는 어조로 뭐라고 말하는 소리를 들었다. 실로 프로다운 이 조합에 내트는 부러움과 동시에 의구심을 느꼈고, 마지막에는 적잖은 실망을 느꼈다. 그가 상상하던 경험과는 좀 차이가 났기 때문이다. 일류에 걸맞은 분위기를 원했는데, 어딘가 좀 미흡한 느낌이랄까.

그러나 레오 뷸레로가 이 방에서 나왔다는 사실은 이곳이 일류 클리닉이라는 점을 증명하고 있었다. 뷸레로 정도의 인물이 일류 이하에 만족할 리가 없으니까 말이다.

이런 생각에 고무된 내트는 옷을 벗기 시작했다.

어딘가 보이지 않는 곳에서 에밀리가 작은 비명소리를 냈다.

황급하게 옷을 다시 입었다. 불안감에 가슴이 세차게 뛰는 것을 느끼며 빙에서 나왔다. 그러나 뎅크말은 책상에 앉아 에밀리의 의료 기록을 읽고 있었다. 그제야 에밀리는 여성 간호사와 함께 있다는 사실을 깨달았다. 그렇다면 아무 문제도 없다는 얘기가 된다.

젠장. 그는 생각했다. 너무 예민해진 건가. 그는 다시 옆방으로 돌아가서 옷을 벗기 시작했다. 그러면서 두 손이 떨리는 것을 자각했다.

잠시 후 그는 나란히 늘어선 두 수술대 중 하나 위에 누운 자세로 고정되었다. 에밀리도 같은 상태로 곁에 누워 있었다. 그녀도 두려운 기색이었다. 창백한 얼굴을 하고 아무 말도 하지 않는다.

"이 기계가 여러분의 선腺을 자극할 겁니다." 뎅크말 박사가 쾌활한 표정으로 양손을 비비고, 에밀리에게 호색한 눈길을 보내며 말했다. "특히 진화 속도를 통제하는 크레시 씨氏 선을 말입니다. 니히트 봐?* 아, 알고 계시는군요. 초등학교에서도 여기서 발견한 것들을 가르치니까요. 오늘은 키틴질 껍질이나 뇌의 외피가 생겨난다거나 손톱 발톱이 빠지거나 하는 일은 없을 겁니다―아, 모르셨던 모양이군요! 그러는 대신 미묘하지만 매우 매우 중요한 변화가 전두엽에서 일어날 겁니다……. 조금 따끔하고 쑤시는[smart] 느낌이 옵니다. 말장난인 거 아시죠? 조금 따끔거린 뒤에는, 더 똑똑해[smart]진다고나 할까." 박사는 또다시 쿡쿡 웃었다. 리처드 내트는 비참한 기분이었다. 사지를 꽁꽁 묶인 짐승과 하등 다르지 않은 무력한 상태로, 상대방이 어떤 행동에 나설지 마냥 기다리고 있는 꼴이다. 요법을 받겠다는 계약을 했다고는 해도 이건 좀 아니군. 그는 우울한 표정으로 이렇게 생각하고는 질끈 눈을 감았다.

남자 간호사가 나타나서 수술대 곁에 섰다. 금발의 북구계 사내였고, 지성이라고는 눈 씻고 찾아보려야 없는 얼굴을 하고 있었다.

"기분이 편해지는 무지크[音樂]를 들려드리겠습니다." 뎅크말 박사는 이렇게 말하고 단추 하나를 눌렀다. 그러자 사방의 방구석에서 다중음多重音이 새어나왔다. 푸치니인지 베르디인

118

지는 잘 모르겠지만 하여튼 유명한 이탈리아 오페라를 오케스트라용으로 무미건조하게 편곡한 것이었다.

"자, 잘 들으십시오, 헤어Herr 내트." 뎅크말은 갑자기 진지한 표정을 짓더니 내트 곁에서 허리를 굽혔다. "이걸 이해해야 합니다. 가끔 이 요법을 받다가……. 뭐라고 하더라……. 아, 거꾸로 불꽃이 튀는 경우가 있습니다."

"백파이어[逆效果]가 있다는 거로군요." 내트는 낮고 거칠게 내뱉었다. 예상하고 있던 일이었다.

"하지만 대부분의 경우는 성공합니다. 자, 헤어 내트, 유감이지만 어떤 식의 백파이어가 있는지 말씀드리겠습니다. 자극을 받은 크레시 씨 선은 이따금 진화하는 대신―퇴행하는 경우가 있습니다. 퇴행이라는 말, 맞지요?"

"예." 내트는 중얼거렸다. "퇴행이라면, 어느 수준까지?"

"아주 조금입니다. 그렇지만 불쾌한 경험이 될 수도 있습니다. 물론 우리는 그런 징후를 재빨리 포착하고, 그 즉시 요법을 중단합니다. 그러면 퇴행은 멈추는 것이 보통입니다. 하지만 언제나 그러는 것은 아닙니다. 한번 자극을 받은 크레시 씨 선은―" 박사는 손짓을 해보였다. "변화를 멈추지 않는 경우도 가끔 있습니다. 나중에 가서 후회하거나 하는 일이 없도록 이렇게 미리 말씀드리는 겁니다. 아시겠죠?"

"그 정도 위험은 받아들여야죠." 내트는 말했다. "모두 그렇게들 해왔고. 안 그렇습니까? 오케이, 시작해주십쇼." 그는 몸을 비틀어 에밀리를 보았다. 아까보다 한층 더 창백해진 그녀

는 거의 눈에 띄지 않을 정도로 고개를 끄덕여 보였다. 눈이 퀭
했다.

내트는 체념한 기분으로 생각했다. 십중팔구는 우리 두 사람
중 한 사람―아마 에밀리―만 진화하고, 다른 쪽, 즉 나는, 시
난트로푸스*로 퇴화할 게 뻔해. 하나로 이어진 어금니에 조그만
뇌, 휜 다리, 식인 성향을 가진 원시인으로 말이야. 그렇게 되면
세일즈맨 노릇하기는 정말 힘들어지겠지.

뎅크말 박사는 오페라에 맞춰 즐거운 듯이 휘파람을 불며 스
위치를 찰칵 넣었다.

내트 부부의 E요법이 시작되었다.

체중이 줄어드는 듯한 느낌을 받았지만 그뿐이었다. 적어도
처음에는. 이윽고 마치 망치로 얻어맞은 것처럼 머리가 아파오
기 시작했다. 아픔을 느끼는 것과 거의 동시에 새롭고 강렬한
인식이 찾아왔다. 그와 에밀리는 엄청난 위험을 무릅쓰고 있었
고, 단지 매출을 늘리고 싶다는 이유로 그녀에게 이런 일을 강
권하는 것은 잘못된 일이었다. 에밀리가 이것을 원하지 않는다
는 것은 명백했기 때문이다. 만에 하나 그녀가 조금 퇴행해서
도자기에 관한 재능을 상실한다면? 그럴 경우에는 두 사람 모
두 파멸이다. 그의 앞날은 에밀리가 앞으로도 계속 지구에서
가장 뛰어난 도예가 중 한 사람으로 남아 있는 경우에만 보장

---

* Sinanthropus. 베이징 원인猿人과 란텐[藍田]인에게 붙여졌던 속명屬名.

되기 때문이다.

"그만해!" 그는 큰 소리로 말했지만 목소리가 나오지 않는 듯했다. 성대는 기능하고 있는 듯했지만 자기 목소리를 들을 수가 없었다―마치 목에 걸려 있는 듯한 느낌이다. 그제야 그는 깨달았다. 그는 진화하고 있었다. 요법이 효과를 발휘하고 있는 것이었다. 이 통찰은 뇌의 대사 작용 변화에 기인한 것이다. 에밀리 쪽에 문제가 없다면 만사가 순조롭다는 얘기가 된다.

또 그는 빌리 뎅크말 박사가 싸구려 돌팔이 의사와 별반 다르지 않으며, E요법 산업 전체가 일과성의, 그것도 전적으로 세속적인 방법을 통해 자기 분수에 맞지 않은 존재가 되고 싶어하는 인간들의 허영심을 등쳐먹음으로써 성립한다는 사실을 깨달았다. 매출이나 계약 따위는 엿이나 먹으라고 해라. 그런 것들에 무슨 의미가 있단 말인가? 인간의 뇌를 완전히 새로운 인식의 차원으로 진화시킨다는 가능성에 비교하면? 이를테면―

아래에는 무덤 세계, 불변의 인과율이 지배하는 악령의 세계가 자리잡고 있다. 중간에는 인간계가 가로놓여 있지만, 인간은 언제라도 아래쪽의 지옥층地獄層으로―마치 침몰하듯이―가라앉을 수 있다. 혹은, 이 삼층 구조의 꼭대기에 위치한 천상계天上界로 상승하는 것도 가능하다. 중간계에 있는 인간은 언제나 아래로 가라앉을 위험성이 있다. 한편 상승의 가능성도 눈앞에 펼쳐져 있다. 현실의 어떤 양상이나 연쇄는 어느 순간에든 **이 두 가지 중 하나로 바뀔 수가 있다**는 뜻이다. 천국과 지옥은 사후가 아니라 지금 존재하는 것이다! 우울증을 위시한 모든 마음의 병은 바닥을 향해 가라앉는 것에 해당한다. 그렇다면 그 반대는……. 어떻게 하면 그럴 수 있을까?

공감을 통해서. 타인을 밖에서가 아니라 안에서 파악하는 식으로. 이를테면 그는 지금까지 단 한 번이라도 에밀리의 항아리들을 시장성이 있는 상품 이상의 것으로 바라본 적이 있었던가? 없다. 항아리를 보았을 때 파악했어야 하는 것은 에밀리의 예술적인 의도였음을 그는 깨달았다. 에밀리가 자기 작품을 통해 본질적으로 나타낸 정신 말이다.

그 츄-Z 제조사 계약도 마찬가지다. 나는 에밀리와 의논도 하지 않고 계약에 서명했다—도대체 인간은 어디까지 비천해질 수 있는 것일까? 그녀가 자기 작품의 모형화를 맡기고 싶어 하지 않을지도 모르는 회사에 나는 그녀를 묶어버렸다……. 그 회사의 모형 세트가 질이 어떤지도 전혀 모르는 상태에서. 수준 이하의 싸구려일지도 모르는데. 하지만 후회해도 이미 때가 늦었다. 지옥으로 가는 길은 때늦은 통찰로 포장되어 있달까. 게다가 그 회사는 승천약의 밀조에 관여하고 있을지도 모른다. 캔-D를 연상시키는 츄-Z라는 상품명도 그것으로 설명할 수 있다……. 하지만—대놓고 그런 이름을 고른 것을 보면 불법 행위를 기도할 생각은 없는 것처럼 보이기도 한다.

그러자 어떤 직감이 번개처럼 번득였다. UN의 마약 통제국도 문제삼지 않을 승천약을 누군가가 개발한 것이다. 마약 통제국은 이미 츄-Z를 승인했고, 자유롭게 판매해도 된다는 허가를 내준 것이 틀림없다. 그렇다면 단속의 손이 미치지 않는 머나먼 식민 행성들뿐만 아니라, 철저한 감시 통제하에 있는 지구에서도 처음으로 승천약을 손에 넣을 수 있게 된다.

그렇다면 츄-Z의 모형 세트는—퍼키 팻과는 달리—지구에서도 승천약과 함께 판매가 가능하다는 얘기가 된다. 기후 상황이 매년 악화되면서 인류의 고향인 지구가 점점 살기 힘든 외계의 환경에 더 가까워지면 모형 세트의 판매량은 증가 일로를 걸을 것이다. 레오 뷸레로가 현재 장악하고 있는 시장도 언젠가—지금 당장은 아니지만—츄-Z 제조회사가 손에 넣게 될 것에 비하면 한심할 정도로 빈약한 것이다.

그렇다면 결국 그는 유리한 계약을 했다는 얘기다. 그리고 츄-Z 회사가 그토록 많은 돈을 준 것도 하등 이상한 일이 아니었다. 큰 계획을 가진 대기업이기 때문이다. 무제한에 가까운 자본력을 가지고 있다고 해도 이상할 것이 없었다.

그렇다면 그런 자본력이 어디서 나왔을까? 지구일 리가 없다는 사실은 이미 직감적으로 알고 있었다. 아마 프록시마인들과 경제적으로 손을 잡은 다음 태양계로 귀환한 파머 엘드리치가 출처일 것이다. 츄-Z의 흑막은 프록시마인이라는 얘기다. 그러면 UN은 레오 뷸레로를 파멸로 몰아넣기 위해 비非태양계 종족을 고향 항성계 안으로 끌어들였단 말인가.

이것은 안 좋은 거래다. 치명적인 결과를 가져올 수도 있는.

정신을 차리자 뎅크말 박사가 그의 뺨을 때리며 깨우려고 하고 있었다. "어땠습니까?" 뎅크말은 그의 얼굴을 들여다보며 물었다. "광범위한, 포괄적인 몰입 상태를 경험했습니까?"

"그, 그렇습니다." 그는 이렇게 대꾸하고 가까스로 상체를 일으켜 앉았다. 몸을 구속했던 고정대는 풀려 있었다.

"그렇다면 전혀 걱정할 필요가 없습니다." 뎅크말은 이렇게 말하고 활짝 웃었다. 흰 콧수염이 촉각처럼 경련한다. "그럼 프라우 내트 쪽을 봐야겠군요." 여자 간호사가 이미 에밀리의 구속대를 풀고 있었다. 에밀리는 힘겹게 몸을 일으키고는 하품을 했다. 뎅크말 박사는 불안한 표정이었다.

"프라우 내트, 기분은 어떠신지?" 그는 물었다.

"좋아요." 에밀리는 중얼거리듯이 말했다. "항아리에 관해 온갖 아이디어들이 떠오르더군요. 잇달아서." 그녀는 주저하듯이 박사를 쳐다보았고, 곧 리처드에게 시선을 돌렸다. "거기 무슨 의미가 있을까요?"

"종이." 뎅크말 박사는 메모장을 꺼내며 말했다. "펜." 박사는 그것을 에밀리에게 내밀었다. "그 아이디어들을 여기 그려보십시오, 프라우 내트."

에밀리는 떨리는 손으로 항아리의 디자인을 스케치했다. 펜을 잡은 손의 움직임이 어색했다. 일시적인 증세일 거야, 하고 내트는 생각했다.

"좋습니다." 뎅크말 박사는 스케치를 끝낸 에밀리에게 이렇게 말하고, 그녀가 그린 그림들을 리처드 내트에게 보였다. "고도로 조직화된 뇌 활동입니다. 뛰어나게 독창적이죠. 안 그렇습니까?"

괜찮은 스케치다. 사실, 훌륭하다고 할 수 있을 정도였다. 그러나 내트는 뭔가 이상하다는 느낌을 받았다. 어딘가 마음에 걸리는 부분이 있었다. 그러나 그것이 무엇인지를 깨달은 것은 에밀리와 함께 클리닉에서 나와 건물 밖의 단열 차양 아래에 함께 서서 급행 제트 택시가 오기를 기다리고 있을 때의 일이었다.

디자인의 아이디어 자체는 좋았다―그러나 그것들은 이미 에밀리가 예전에 내놓았던 것들이었다. 몇 년쯤 전에 그녀가 상업적으로 팔릴 만한 항아리를 처음으로 디자인했을 때 말이다. 그녀는 그에게 초벌 스케치를 보여주었고, 완성된 항아리를 보여주었다. 두 사람이 아직 결혼하기 전의 일이다. 혹시 그것을 기억하지 못하는 것일까? 아무래도 그런 듯했다.

내트는 왜 그녀가 기억하지 못하는지를, 또 그 사실이 무엇을 의미하는지를 생각해보았다. 그러자 깊은 불안감이 몰려왔다.

그렇다고는 해도, 이런 불안감은 첫 번째 E요법을 받았을 때부터 줄곧 느끼던 것이었다. 처음에는 인류와 태양계의 상황에 관해 전반적인 불안감을 느꼈고, 이제는 아내 일에 불안해하고 있었다. 이것은 어쩌면 뎅크말이 말한 '고도로 조직화된 뇌 활동'의 징후에 지나지 않는지도 몰라, 하고 그는 생각했다. 뇌의 대사 작용이 자극받은 결과다.

혹은―그게 아닐지도.

P.P. 레이아웃사 사내보의 프레스 카드를 쥐고 달에 도착한 레오 뷸레로는 전송 신문기자들과 함께 비좁은 육상 트랙터에 탑승한 다음 잿빛 월면을 가로질러 파머 엘드리치의 사유지로 향했다.

"신분증을 보여주십쇼." 무장한—그러나 UN군 제복을 입지 않은—경비원이 사유지의 주차장으로 나오려던 레오를 큰 소리로 제지했다. 그 탓에 레오 뷸레로는 트랙터의 문간을 가로막는 꼴이 되었다. 등뒤에서는 빨리 밖으로 나가고 싶어하는 진짜 기자들이 몰려서 왁자지껄 불평하고 있었다. "뷸레로 씨." 경비원은 프레스 카드를 되돌려주며 느긋한 말투로 말했다. "엘드리치 씨가 기다리고 계십니다. 이쪽으로 와주십시오." 그러자 다른 경비원이 처음 경비원과 재빨리 교대하더니 기자들의 신분증을 하나씩 확인하기 시작했다.

레오 뷸레로는 불안한 기분으로 처음 경비원 뒤를 따라 공기가 차 있고 적당하게 난방이 된 여압與壓 튜브를 지나 사유지 안으로 갔다.

앞쪽에 제복을 입은 파머 엘드리치 휘하의 경비원 한 명이 우뚝 서서 튜브를 가로막고 있었다. 팔을 들어 올리더니 뭔가 작고 반짝이는 물건으로 레오 뷸레로를 겨냥한다.

"어이." 레오는 얼어붙은 듯이 멈춰 서서 힘없는 목소리로 항의했다. 뒤로 휙 돌아서 고개를 숙이고 왔던 길로 두세 걸음 되돌아갔다.

그러자 경비원이 발사한 광선—전혀 본 적도 없는 종류의—

이 레오의 몸을 맞혔다. 그는 다치지 않으려고 양팔을 벌리며 앞으로 고꾸라졌다.

다시 정신을 차렸을 때는 살풍경한 방 안에서 꼴사납게도 의자에 친친 묶여 있었다. 머릿속이 쾅쾅 울리는 것을 느끼며 초점이 풀린 눈으로 주위를 돌아보았다. 방 한복판에 작은 탁자가 하나 있을 뿐이었다. 탁자 위에는 전자장치처럼 보이는 것이 하나 놓여 있었다.

"날 풀어줘." 레오는 말했다.

그러자마자 전자장치가 말했다. "잘 잤나, 미스터 뷸레로. 나는 파머 엘드리치야. 나를 만나고 싶어한다고 들었네."

"이건 가혹 행위야." 뷸레로는 말했다. "나를 기절시켜서 이렇게 꽁꽁 묶어놓다니."

"시가라도 한 대 피우게나." 전자장치에서 기계 팔이 자라났다. 긴 초록색 시가를 쥐고 있었다. 시가 끝에 저절로 불이 붙었다. 기계 팔은 시가를 레오 뷸레로에게 내밀었다. "프록시마에서 이걸 열 상자 가져왔지만, 우주선이 불시착한 탓에 한 상자밖에 건지지 못했어. 담배가 아니네. 담배보다 훨씬 더 좋은 거야. 그건 그렇고, 용건이 뭔가, 레오? 뭘 원하지?"

레오 뷸레로는 말했다. "엘드리치, 자네는 지금 그 장치 안에 있나? 아니면 어딘가 다른 데 앉아서 그걸 통해 내게 말을 걸고 있는 거야?"

"진정해." 탁자 위에 놓인 금속제 장치에서 흘러나온 목소리가 말했다. 여전히 레오를 향해 불이 붙은 시가를 내밀고 있었지만, 곧 기계 팔을 뒤로 빼고 시가를 비벼서 불을 끈 다음 상자 내부 어딘가에 버렸다. "내가 프록시마 항성계를 방문했을 때 찍어온 컬러 슬라이드를 보고 싶지 않나?"

"날 놀리려는 건가."

"아니." 파머 엘드리치는 말했다. "그걸 보면 내가 거기서 어떤 것들과 마주쳤는지를 알 수 있을 것 같아서 말이야. 저속도로 촬영한 3D 슬라이드라서 아주 잘 찍혔어."

"됐네."

엘드리치는 말했다. "자네 혀 속에 숨겨져 있던 독침을 찾아냈네. 이미 적출해놓았어. 하지만 자넨 그 밖에도 뭔가 다른 비장의 수를 숨기고 있을지도 모르겠군."

"내게 너무 민감해져 있는 것 같군. 날 과대평가하고 있어."

"프록시마에서 4년을 살면서 많은 걸 배웠거든. 왕복하는 데 6년, 목적지에서 4년을 보냈지. 프록시마인들은 지구를 침략할 작정이야."

"농담하지 마." 레오는 말했다.

엘드리치가 말했다. "그런 반응은 이해할 수 있네. UN, 특히 헵번-길버트도 똑같은 반응을 보이더군. 하지만 방금 한 말은 사실이네―물론 일반적인 의미에서의 침략이 아니라 그보다 더 깊고, 더 저열한 방식을 통한 침략이야. 그토록 그자들 사이에서 오래 살았으면서도 그게 정확히 어떤 방식인지는 여전히 모르겠지만. 혹시 지금도 진행 중인 지구 온난화와 관계가 있을지도 모르겠군. 아니면 그보다 더 안 좋은 일이 기다리고 있는지도 모르겠고.”

“자네가 가지고 돌아온 지의류 얘기를 해보자고.”

“몰래 입수한 거야. 프록시마인들은 내가 그걸 가지고 왔다는 걸 몰라. 놈들은 그걸 난잡한 종교적 의식에서 쓰더군. 인디언들이 메스칼이나 페요테를 썼던 것처럼 말이야. 나를 만나려고 한 게 그것 때문이었어?”

“물론 그래. 자넨 내 사업에 끼어들었어. 이미 회사를 설립했잖아. 안 그래? 프록시마인들이 우리 태양계를 침략한다 어쩌고 하는 헛소리는 작작 해둬. 날 화나게 만든 건 자네고, 자네가 하는 일들이야. 굳이 모형 세트 말고도 진출할 수 있는 분야는 얼마든지 있잖아?”

방이 그의 눈앞에서 폭발했다. 흰 빛이 쏟아지며 레오를 감쌌다. 그는 눈을 감았다. 맙소사. 그는 생각했다. 하여튼 프록시마인의 침략 운운하는 얘기는 믿지 못하겠다. 엘드리치는 단지 자기가 획책하고 있는 일로부터 이쪽의 주의를 돌리려 하는 것에 불과하다. 뻔한 계략이 아닌가.

눈을 뜨자 풀로 뒤덮인 언덕 위에 앉아 있었다. 곁에서 어린 소녀가 요요를 가지고 놀고 있다.

“그 장난감은 프록시마 항성계에서 인기가 있는 걸로 알고 있는데.” 레오 뷸레로는 말했다. 팔다리의 결박은 어느새 풀려 있었다. 경직한 몸을 억지로 움직여 일어섰고, 팔다리를 뻗었다. “네 이름은 뭐지?” 레오는 물었다.

소녀는 대답했다. “모니카.”

“프록시마인들 말인데.” 레오는 말했다. “적어도 인간형들은 가발을 쓰고 틀니를 하고 있다고 들었어.” 그는 소녀의 윤기 나는 금발을 한 움큼 움켜잡고 잡아당겼다.

“아야.” 소녀가 말했다. “아저씨는 나쁜 사람이군요.” 그가 손을 놓자 소녀는 뒷걸음질을 쳤다. 여전히 요요를 가지고 놀며 화난 얼굴로 그를 노려보고 있다.

“미안.” 레오는 중얼거렸다. 소녀의 머리카락은 진짜였다. 그렇다면 이곳은 프록시마 항성계가 아닐지도 모르겠다. 이곳이 어디든 간에 파머 엘드리치가 레오에게 뭔가를 얘기하고 싶어 한다는 점은 확실했다.

“너희, 지구를 침략할 계획을 짜고 있어?” 레오는 소녀에게 물었다. “아무리 봐도 그러고 있는 것 같지는 않은데.” 혹시 엘드리치의 착각일까? 레오는 생각했다. 프록시마인들의 진의를 오해했다든지? 따지고 보면 레오가 아는 한 파머 엘드리치는 진화하지 않았다. E요법을 통해 얻을 수 있는 강력하고 광범위한 이해력을 갖고 있지 않다는 뜻이다.

“이건 마법의 요요예요.” 소녀가 말했다. “이걸 가지고 뭐든 할 수 있거든요. 그럼 뭘 할까요? 말해봐요. 아저씨는 착해 보이니까.”

“너희 지도자를 만나게 해줘.”* 레오는 말했다. “오래된 농담이라서 넌 무슨 얘긴지 모르겠지만 말이야. 1세기 전에도 이미

---

* Take me to your leader. 1953년 《뉴요커》지에 실린 한컷 만화에서, 비행접시를 타고 온 두 외계인이 소를 보며 한 말에서 유래.

한물간 농담이었으니." 그는 주위를 둘러보았지만 어디에도 사람이 사는 징후는 보이지 않았다. 사방으로 초원이 뻗어나갈 뿐이었다. 지구치고는 너무 시원하다는 사실을 깨달았다. 머리 위에는 파란 하늘이 펼쳐져 있었다. 공기도 깨끗하군. 그는 생각했다. 짙어. "내가 불쌍해 보여?" 레오는 물었다. "파머 엘드리치가 내 사업에 끼어들려고 하고, 그게 실현된다면 난 끝장이기 때문에? 아무래도 어떤 식으로든 엘드리치와 협정을 맺을 필요가 있어 보이는군." 죽이는 건 무리인 듯하니까 말이야. 레오는 뚱한 기분으로 생각했다. "하지만 어떤 제안을 할지 감이 안 잡히는군. 엘드리치는 모든 패를 쥐고 있는 것 같으니. 이를테면 나를 여기로 데려온 방식을 생각해봐. 난 여기가 어딘지도 몰라." 안다고 해도 뭐가 바뀌는 것은 아니다. 왜냐하면 이곳은 엘드리치가 지배하는 장소이기 때문이다.

"카드." 소녀가 말했다. "내 여행가방에 카드가 한 벌 들어 있어요."

여행가방 따위는 어디에도 없었다. "어디?"

소녀는 무릎을 꿇더니 풀밭 여기저기에 손을 갖다 댔다. 그러자마자 한 구획이 스르르 열렸다. 소녀는 구멍 속으로 손을 넣고 여행가방을 꺼냈다. "스폰서한테 들키지 않으려고 이렇게 숨겨놓았어요." 소녀가 설명했다.

"그게 무슨 뜻이지? '스폰서'라니?"

"흐음, 여기서 살려면 스폰서가 필요해요. 우리 모두 스폰서를 갖고 있죠. 아마 스폰서들이 모든 걸 지급해주는지도 몰라요. 우리 모두가 나아서 집으로 돌아갈 수 있을 때까지. 집이 있다면 말이지만요." 소녀는 여행가방 옆에 앉아서 가방을 열었다—아니, 적어도 열려고 했다. 그러나 자물쇠는 움쩍달싹도 하지 않았다. "칫. 이거 아니잖아. 닥터 스마일이었어."

"정신과 의사?" 레오는 재빨리 힐문했다. "대형 조합아파트에 비치되어 있는 거? 그거 작동하니? 켜봐."

소녀는 순순히 정신과 의사의 스위치를 넣었다.

"여어, 모니카." 여행가방은 버스럭거리는 듯한 목소리로 말했다. "뷸레로 씨도 안녕하십니까." 여행가방은 그의 이름을 잘못 발음했다. 마지막 음절에 강세를 두었던 것이다. "여기서 뭘 하고 계시는 겁니까? 이런 데 와 계시기에는 너무 나이를 먹지 않으셨는지요. 히히. 그게 아니라면 퇴행하시기라도 한 건가요? 뮌헨에서 행해지는 이른바 E요브ㅇㅇㅇㅇㅇ 찰칵!" 기계는 당황한 듯이 윙윙거리다가 "E요법의 부작용 탓에?"라고 말을 맺었다.

"난 멀쩡해." 레오는 장담했다. "어이, 스마일, 내 지인 중에서 나를 여기서 빼줄 수 있는 사람 알아? 누구든 좋으니 이름을 대봐. 난 더 이상 여기 못 있겠어. 무슨 얘긴지 알지?"

"베이어슨 씨가 있습니다." 닥터 스마일이 말했다. "실은 저는 지금 그 친구와 함께 있습니다. 물론 그의 사무실에 있는 휴대용 단말기를 통해서 말입니다."

"베이어슨이라는 친구는 모르는데." 레오는 말했다. "도대체 여긴 뭐 하는 데지? 아무리 봐도 병에 걸린 아이라든지, 치료비도 없는 아이들 따위를 위한 휴양시설 같아 보이는데. 처음에는 프록시마 항성계로 왔다고 생각했는데 자네가 있는 걸 보니 그럴 리는 없겠군. 베이어슨이라." 그제야 생각이 났다. "염병할, 메이어슨 얘기였군. 바니 메이어슨. P.P. 레이아웃사에서 일하는."

"예, 그렇습니다." 닥터 스마일이 말했다.

"그 친구에게 전해줘." 레오는 말했다. "당장 3행성 법률집행 사무소인가 뭔가 하는 데의 펠릭스 블라우와 연락을 취하라고 말이야. 블라우에게 조사를 부탁하라고 해. 내가 정확히 어디 있는지를 알아내서 우주선을 보내라, 이렇게 말이야. 알겠나?"

"알겠습니다." 닥터 스마일은 말했다. "당장 메이어슨 씨에게 연락하겠습니다. 현재 그는 직속 부하인 미스 퓨게이트와 협의 중입니다. 미스 퓨게이트는 그의 애인이기도 한데, 오늘 그녀가 입은 옷은   흐음. 지금 이 순간 당신 얘기를 하고 있군요. 딩연한 얘기지만 대화 내용까지는 말씀 못 드립니다. 의사에게는 비밀엄수의 의무라는 것이 있으니까요. 그녀가 입은 옷 말인데—"

"됐네. 그런 건 내가 알 바 아냐." 레오는 짜증스러운 듯이 말했다.

"잠시 기다려주십시오. 접속을 끊겠습니다." 여행가방은 발끈한 어조로 말했다. 침묵이 흘렀다.

"안 좋은 소식이 있어요." 소녀가 말했다.

"무슨 소식인데?"

"거짓말이었어요. 그건 진짜 닥터 스마일이 아녜요. 그냥 흉내만 낸 가짜예요, 우리가 외로움을 느끼지 않기 위한. 살아 있긴 하지만 외부와는 아예 연결되어 있지 않아요. 그런 걸 내재형(內在型)이라고 한다나.”

레오는 그 뜻을 이해했다. 이 단말기는 자기충족형이라는 뜻이다. 하지만 그런 기계가 어떻게 바니와 로니 퓨게이트에 관해 알고 있단 말인가? 사생활까지 자세하게? 그녀의 복장까지 포함해서? 이 아이 말이 진실이 아니라는 점은 명백하다. “넌 누구지?” 레오는 힐문했다. “모니카 뭐야? 이름을 끝까지 다 말해봐.” 어딘가 낯익은 모습을 하고 있다.

“돌아왔습니다.” 여행가방이 느닷없이 말했다. “자, 뷸레로 씨—” 또 발음을 틀렸다. “당신의 곤경에 관해 메이어슨 씨와 얘기를 나눴습니다. 지시하신 대로 펠릭스 블라우에게 연락을 취하겠다는군요. 메이어슨 씨에 의하면 전송 신문에서 지금 당신이 경험하고 있는 환경을 많이 닮은 UN 기지에 관한 글을 읽은 적이 있다고 합니다. 토성 근처에 있는, 지진아들을 위한 시설이랍니다. 아마—”

“염병할.” 레오는 말했다. “이 아이는 지진아가 아냐.” 오히려 조숙하다고 할 수 있었다. 이해할 수 없다. 그나마 이해할 수 있는 것은 파머 엘드리치가 레오에게서 무엇인가를 원하고 있다는 인식이었다. 이것은 단지 그를 교화하기 위한 행동이 아니었다. 그를 위협하려는 기색이 역력했다.

지평선상에 어떤 물체가 출현했다. 엄청나게 큰 잿빛의 물체. 맹렬하게 그를 향해 다가오면서 점점 부풀어오르는 것처럼 느껴졌다. 삐죽삐죽 튀어나온 추악한 수염이 보인다.

“저건 시궁쥐예요.” 모니카는 침착하게 말했다.

레오는 말했다. “저 큰 게?” 태양계가 아무리 넓다 한들 저렇게 거대하고 흉포한 야생동물이 사는 위성이나 행성은 없다. “저놈이 우리를 어떻게 하려는 거지?” 레오는 왜 이 소녀는 전혀 두려워하지 않는지 의아해하면서 물었다.

“아.” 모니카가 말했다. “우리를 죽이려는 거 아닐까요.”

“그런데도 넌 무섭지 않아?” 무의식 중에 비명처럼 높다란 목소리가 나왔다. “설마 지금 저런 놈한테 그런 식으로 죽고 싶은 거야? 지금 당장? 저런 괴물 쥐에게 잡아먹혀서―” 레오는 한 손으로 소녀의 손을 움켜쥐고 다른 손으로 닥터 스마일이 든 여행가방을 집어들고, 쥐로부터 쿵쿵거리며 도망치기 시작했다.

쥐는 두 사람을 따라잡고, 곁을 지나치더니 그대로 달려갔다. 쥐의 뒷모습이 점점 직아지디니 이내 사라졌다.

소녀가 킥킥 웃었다. “무서웠군요. 우리를 못 볼 거라는 걸 나는 알고 있었어요. 저 녀석들에게는 안 보여요. 우리가 여기 이렇게 있어도요.”

“안 보인다고?” 그때였다. 자기가 어디 있는지 레오가 깨달은 것은. 펠릭스 블라우는 레오를 찾아내지 못한다. 그 누구도 레오를 찾아내지는 못한다. 설령 영원히 찾아 헤매더라도.

엘드리치는 레오의 정맥에 승천제―보나마나 츄-Z일 것이다―를 주사한 것이 틀림없다. 이곳은 실제로는 존재하지 않는 세계였다. 외계 이민자들이 레오 자신의 제품인 캔-D를 씹을 때 가는 그 가상의 ‘지구’와 유사한 세계다.

그러나 그 괴물 쥐만은 다른 것들과는 전혀 다르게 실제로 존재했다. 그들 자신과는 달리. 레오와 이 소녀는—두 사람 역시 존재하지 않는 허상이다. 적어도 여기서는 말이다. 그들의 말이 없고 텅 빈 육체는 어딘가에 푸대자루처럼 누워 있을 것이다. 당분간은 뇌의 내용물로부터 버림받은 채로 말이다. 두 사람의 몸이 파머 엘드리치의 달 사유지에 있다는 점에는 의심의 여지가 없었다.

"넌 조이야." 레오는 말했다. "맞지? 이게 네 소망인 거야. 여덟 살쯤 되는 계집아이가 되고 싶은 거지. 긴 금발을 가진. 안 그래?" 게다가 이름까지 바꿨다는 사실을 그는 깨달았다.

소녀는 굳은 어조로 말했다. "조이라는 이름을 가진 애는 없어요."

"너 말고는 없겠지. 네 아버지가 파머 엘드리치 맞지?"

소녀는 마지못한 기색으로 고개를 끄덕였다.

"여기는 네게 뭔가 특별한 장소야? 자주 오곤 하는?"

"여긴 나만의 장소예요. 내 허락이 없으면 아무도 여기 올 수 없어요."

"그럼 왜 나를 여기로 들여보내줬어?" 레오는 소녀가 자신을 좋아하지 않는다는 사실을 알고 있었다. 처음부터 그랬다.

"왜냐하면 프록시마인들이 무슨 꿍꿍이속이 있는지는 몰라도, 당신이라면 막을 수 있을 거라고 생각했기 때문이에요."

"또 그 얘기로군." 레오는 아예 믿을 생각이 없었다. "네 아버지는—"

"우리 아버지는 모두를 구하고 싶어해요. 츄-Z를 가지고 돌아오고 싶지 않았어요. 하지만 그러도록 강요받았어요. 츄-Z는 우리들을 그자들에게 넘겨주는 도구예요. 무슨 얘긴지 알아요?"

"어떻게?"

"왜냐하면 이런 장소를 통제하는 건 프록시마인이니까요. 이런 식으로, 츄-Z를 섭취하면 오게 되는 장소 말이에요."

"넌 외계인의 통제 따위를 받고 있는 것처럼은 안 보여. 지금 이런 얘기를 나한테 하고 있잖아."

"하지만 언젠가는 그렇게 될 거예요." 소녀는 진지한 표정으로 고개를 끄덕이며 말했다. "곧 그렇게 돼요. 지금 우리 아버지가 그런 것처럼. 프록시마에서 처음으로 그걸 섭취했고, 그 뒤로는 몇 년 동안이나 줄곧 그래왔어요. 되돌리고 싶어도 이젠 때가 늦었고, 아버지도 그걸 알아요."

"지금 한 얘기들을 모두 증명해봐. 아니, 아니, 하나라도 좋으니 증거를 대봐. 내가 뭐든 실마리를 얻을 수 있게 말이야."

그러자 그가 들고 있던 여행가방이 말했다. "모니카가 하는 말은 사실입니다. 뷸레로 씨."

"네가 그걸 어떻게 알아?" 레오는 짜증스러운 어조로 힐문했다.

"왜냐하면," 여행가방은 대답했다. "저도 프록시마인의 영향 하에 있기 때문입니다. 그 탓에 저는—"

"아무 일도 하지 않았다, 이거지." 레오는 대꾸하고 여행가방을 내려놓았다. "빌어먹을. 츄-Z 따위." 그는 두 명—여행가방과 소녀—을 향해 말했다. "그 탓에 모든 게 뒤죽박죽이 되었어. 도대체 지금 무슨 일이 일어나고 있는지도 파악할 수가 없어. 넌 조이가 아냐—조이가 누군지도 모르잖아. 그리고 너—넌 닥터 스마일이 아냐. 넌 바니를 불러내지도 않았고, 바니는 로니 퓨게이트와 얘기를 나누지도 않았어. 모두 마약이 유발한 환각에 불과해. 파머 엘드리치에 대한 나의 공포가 이런 식으로 거꾸로 투영된 거야. 그자가 프록시마인의 영향하에 있다는 헛소리 말이야. 그리고 너희들도 마찬가지야. 여행가방 따위가 외계 항성계에서 온 생물들의 마음에 지배받고 있다는 게 말이나 돼?" 레오는 분을 삭이지 못하고 성큼성큼 자리를 떴다.

지금 무슨 일이 일어나고 있는 건지 알 것 같아. 그는 깨달았다. 이건 내 마음을 지배하려고 하는 파머식 수법이야. 과거에 세뇌라고 불리던 기술을 응용한 거지. 나로 하여금 공포에 질려 도망치도록 유도한 거야. 레오는 신중하게 보조를 조절하며 뒤를 돌아보지 않고 계속 걸었다.

그것은 거의 치명적일 정도의 실수였다. 무엇인가가—시야 가장자리에 흘끗 보였다—그의 다리를 향해 달려들었기 때문이다. 레오가 옆으로 껑충 뛰어 가까스로 몸을 피하자, 그것은 그의 곁을 그대로 지나치더니 순식간에 몸을 돌려 다시 돌진할 태세를 갖췄고, 먹이를 잡으려는 듯이 다시 접근해왔다.

"쥐는 아저씨를 못 보지만," 소녀가 큰 소리로 말했다. "글릭들은 볼 수 있어요! 빨리 도망쳐요!"

상대의 모습을 뚜렷하게 파악하지는 못했지만 한 번 흘끗 보는 것만으로 충분했다. 그는 도망쳤다.

게다가 방금 본 것을 츄-Z 탓으로 돌릴 수도 없었다. 왜냐하면 그것은 환각이 아니었고, 파머 엘드리치가 레오를 위협하기 위해 불러낸 도구도 아니었기 때문이다. 글릭이라는 괴물의 정체가 무엇이든 간에 지구나 지구인의 마음에서 태어난 것이 아니라는 점은 명백했다.

등뒤의 소녀도 여행가방을 내버려둔 채로 달리기 시작했다.

"저는 어떻게 해야 합니까?" 닥터 스마일이 불안한 어조로 물었다.

아무도 그를 도우러 가지 않았다.

영상전화 화면에 떠오른 펠릭스 블라우가 말했다. "당신이 준 자료를 검토해보았습니다, 메이이슨 씨. 그 결과, 당신의 고용주이자 내 의뢰인이기도 한 뷸레로 씨가 현재 지구 주위를 돌고 있는 소형 인공위성에 가 있다는 심증을 굳혔습니다. 법적으로는 시그마 14-B라고 불리는 곳인데, 소유 기록을 조사해보니 유타 주 세인트조지에 있는 로켓 연료 제조업자의 것으로 보이는군요." 블라우는 앞에 놓인 서류에 눈길을 주면서 말했다. "로버드 레테인 판매회사. 레테인이라는 건 그치들이 파는 연료의 상품명이고—"

"알았어." 바니 메이어슨은 말했다. "연락을 취해보지." 도대체 레오 뷸레로는 어떻게 거기로 간 것일까?

"한 가지 더 주목할 만한 사실이 있습니다. 로버드 레테인 판매회사는 4년 전, 보스턴 츄-Z 제조산업과 같은 날에 사업자 등록을 했습니다. 단순한 우연의 일치 이상으로 보입니다.”

“레오를 그 위성에서 구출해내려면 어떻게 해야 하나?”

“법원에서 직무 집행 영장을 발부받아서─”

“너무 시간이 걸려.” 바니는 말했다. 그는 이번 사건에 대해 심각하고 깊은 개인적 책임을 느끼고 있었다. 파머 엘드리치가 레오를 달의 사유지로 유인할 목적으로 그 기자회견을 열었다는 점은 명백했다─그리고 나, 미래를 내다볼 수 있는 예지 능력자인 바니 메이어슨은 보기 좋게 미끼를 물었고, 레오를 곤경에 빠뜨리는 데 일역을 담당했던 것이다.

펠릭스 블라우가 말했다. “원하신다면 우리 쪽 여러 부서에서 백 명쯤 차출해서 보내드릴 수 있습니다. P.P. 레이아웃사 측에서도 쉰 명쯤 더 모을 수 있을 겁니다. 그 위성에 침입하는 겁니다.”

“그러면 레오의 목숨이 위태로워져.”

“사실입니다.” 블라우는 뿌루퉁한 표정을 지었다. “흠, 그럼 헵번-길버트를 만나서 UN의 도움을 요청하면 어떻습니까. 아니면 이건 더 껄끄럽겠지만 파머 또는 파머를 자처하는 **존재**와 직접 접촉해서 레오를 되살 수는 없는지 교섭하는 수도 있습니다.”

바니는 영상전화의 회로를 닫자마자 행성 외 회선의 교환수를 불러내서 말했다. “달에 있는 파머 엘드리치 씨에게 연결해줘. 긴급사태라서 서둘러줬으면 좋겠군.”

회선이 이어지기를 기다리고 있었을 때 로니 퓨게이트가 사무실 반대편에서 말했다. "아무래도 엘드리치와 내통할 시간적 여유는 없을 것 같네요."

"그런 것 같군." 실로 교묘한 술책이었다. 엘드리치는 적이 스스로 자기 품으로 걸어 들어오도록 유인한 것이다. 우리도 그렇게 되겠지. 그자는 로니와 나도 같은 식으로 함정에 빠뜨릴 작정이다. 지금 이 순간에도 우리가 위성으로 날아오는 걸 기다리고 있을지도 모른다. 엘드리치가 레오에게 닥터 스마일을 준 이유도 그걸로 설명이 된다.

"그렇게 머리가 좋은 사람의 휘하에 들어가도 괜찮은 건지 좀 갈등되네요." 로니는 블라우스의 죔쇠를 만지작거리며 말했다. "사람이 맞다면 얘기지만. 가면 갈수록 태양계로 귀환한 인물은 파머 엘드리치가 아니라 프록시마인 중 하나가 아닐까 하는 생각이 들어요. 우리 입상에서야 싫든 좋든 받아들이는 수밖에 없겠죠. 가까운 장래에는 츄-Z가 UN의 승인하에 시장을 제패하는 사태가 올 게 뻔하니." 쓰디쓴 말투였다. "레오는 적어도 우리와 같은 인류의 일원이고, 단지 스킨을 좀 벌어 보고 싶어하는 것에 불과하지만, 결국은 죽거나 추방당할 거예요—" 그녀는 분노에 찬 눈으로 허공을 쏘아보았다.

"인류애에 눈뜬 건가." 바니가 말했다.

"자기 보존 본능이에요. 어느 날 아침 정신을 차려보니 캔-D 대신 그런 걸 씹어 먹으면서, 어딘지도 모르는 곳에 가 있는 걸 퍼뜩 깨닫는 사태가 오는 건 원하지 않아요. 그곳이 어디든 간에 퍼키 팻의 나라가 아닌 건 확실해 보이는군요."

영상전화 교환수가 말했다. "미스 조이 엘드리치가 응답했습니다, 고객님. 그분과 대신 말씀을 나누시겠습니까?"

"응." 바니는 체념한 듯이 말했다.

세련된 복장을 하고, 풍성한 머리카락을 뒤로 동그랗게 동여맨 여자의 조그만 영상이 날카롭게 그를 쳐다보았다. "무슨 일이신지?"

"저는 P.P. 레이아웃사의 메이어슨이라고 합니다. 레오 뷸레로를 되돌려받으려면 어떻게 해야 합니까?" 그러고는 기다렸다. 그러나 대답은 없었다. "무슨 얘기를 하고 있는지 잘 아시지 않습니까?"

잠시 후 여자가 말했다. "뷸레로 씨는 이 사유지에 도착한 뒤에 몸이 편찮아지셔서 지금은 병원에서 쉬고 계십니다. 그러니까 회복하시면—"

"그럼 우리 회사의 주치의를 보내서 진찰해봐도 괜찮겠습니까?"

"물론입니다." 조이 엘드리치는 눈썹 하나 까딱하지 않고 말했다.

"왜 미리 저희에게 말씀해주시지 않은 겁니까?"

"방금 일어난 일이라서요. 제 아버지 쪽에서 그쪽에 연락을 취하려고 하던 참이었습니다. 중력 변화에 대한 과민반응에 불과한 걸로 보이니 크게 걱정 안 하셔도 됩니다. 연세가 있으신 분들이 여기 도착하면 곧잘 겪는 일이죠. 뷸레로 씨의 위성인 '곰돌이 푸 장원'이 그렇듯이 저희도 이곳의 중력을 굳이 지구

중력에 맞춰놓지 않았습니다. 이해하시겠지만, 별일이 아닙니다." 그러고는 희미한 미소를 지었다.

"늦어도 오늘 저녁까지는 회사로 돌아가실 수 있습니다. 설마 뭔가를 의심하시거나 그런 건 아니겠지요?"

"의심하고 있습니다." 바니는 말했다. "레오는 이미 달에 있지 않고, 지금은 당신들이 소유한 세인트 조지사 소속의 지구 궤도 위성 시그마 14-B에 가 있다는 심증이 있습니다. 그렇지 않습니까? 우리가 달의 사유지로 가서 만나게 될 환자는 레오 뷸레로가 아닐 거라고 생각합니다."

로니는 깜짝 놀란 눈으로 바니를 응시했다.

"직접 오셔서 얼마든지 확인해보시죠." 조이는 굳은 어조로 말했다. "저희가 아는 한 레오 뷸레로가 맞습니다. 전송 신문기자들과 함께 도착한 인불 발입니다."

"제가 직접 사유지로 가겠습니다." 바니는 이렇게 말하면서도 자신이 잘못을 저지르고 있다는 사실을 알았다. 미래 예지 능력이 그렇게 말하고 있었다. 그러자 사무실 반대편에 있던 로니 퓨게이트가 벌떡 일어나더니 꼼짝도 않고 섰다. 그녀도 그 사실을 예지한 것이다. 바니는 영상전화를 끊은 다음 그녀를 향해 몸을 돌리고 말했다. "P.P. 레이아웃사의 사원이 자살. 뭐 그런 제목이지? 내일자 조간에 실릴 기사 말이야."

"정확한 제목은―" 로니가 입을 열었다.

"정확한 제목 따위엔 관심 없어." 하지만 그것이 노출에 의한 죽음임을 그는 알고 있었다. 한낮에 보행자용 경사로에서 시체로 발견되는 것이다. 과도한 태양 방사선에 노출된 것이 사인이다. 뉴욕 시 중심가 어딘가에서. 어디든 간에 엘드리치의 조직이 그를 던져놓고 간 장소에서.

이번 건에 관해서는 예지 능력 따위는 없는 편이 나았을지도 모르겠다. 어차피 그런 예상에 입각해서 행동할 생각은 없었으니까 말이다.

무엇보다도 그를 동요하게 만든 것은 전송 신문에 실린 사진이었다. 햇볕으로 쪼그라든 그 자신의 시체를 찍은 클로즈업 사진 말이다.

사무실 문 앞에서 발을 멈추고, 그냥 서 있었다.

"가면 안 돼요." 로니가 말했다.

"응." 그 사진을 미리 본 지금은 도저히 갈 수가 없었다. 레오가 자력으로 탈출하길 기대하는 수밖에 없겠군. 바니는 생각했다.

책상으로 돌아와서 다시 앉았다.

"문제는 하나뿐이군요." 로니가 말했다. "만에 하나 레오가 살아서 돌아올 경우, 사정을 설명하기가 정말 힘들어질 거예요. 당신이 아무 일도 하지 않았다는 사실 말이에요."

"알아." 그러나 문제는 그뿐만이 아니었다. 사실 그런 것은 문제라고 할 수도 없었다.

왜냐하면 레오는 다시는 살아 돌아오지 못할 공산이 커 보였기 때문이다.

06

글럭은 그의 발목을 움켜잡고 피를 빨려고 했다. 섬모繊毛를 닮은 가느다란 관들이 피부를 뚫고 들어왔나. 레오 뷸레로는 비명을 올렸다―그러자마자 느닷없이 파머 엘드리치가 눈앞에 서 있었다.

"자네 생각은 틀렸어." 엘드리치는 말했다. "나는 프록시마 항성계에서 신을 발견하거나 하지는 않았어. 하지만 그 대신 더 좋은 걸 찾아냈지." 엘드리치가 지팡이로 글럭을 쿡쿡 찌르자 글럭은 마지못해 섬모들을 잡아 뺐고, 몸을 점점 작게 수축시켰다. 엘드리치가 계속 쿡쿡 찔러대자 글럭은 레오의 몸에서 떨어져 나와 지면 위로 툭 떨어지더니 다른 곳으로 갔다. 엘드리치는 말했다. "신은 영원한 생명을 약속하지. 나는 신보다 더 잘할 수 있어. **영원한 생명을 제공할 수 있거든.**"

"제공한다고? 어떻게?" 안도한 탓에 다리의 힘이 빠지고, 몸이 덜덜 떨렸다. 레오는 풀밭 위에 털썩 주저앉아서 헐떡였다.

"츄-Z라는 이름으로 우리가 시장에 내놓은 지의류를 통해서." 엘드리치는 말했다. "자네 회사가 파는 제품하고는 거의 닮은 점이 없어, 레오. 캔-D는 이미 시대에 뒤떨어진 물건이야. 그게 할 수 있는 게 뭐란 말인가? 기껏해야 잠깐 동안의 도피를 제공해줄 뿐이야. 그것도 환상에 불과한걸. 그런 걸 누가 원하나? 나한테서 진짜 체험을 제공받을 수 있는데, 누가 그런 걸 필요로 한단 말인가?" 그러고는 이렇게 덧붙였다. "지금 우리는 그 세계에 와 있어."

"나도 그렇게 생각했어. 하지만 사람들이 이런 경험을 하려고 스킨을 지불할 거라고 생각한다면—" 레오는 글럭 쪽을 손짓해 보였다. 글럭은 여전히 그들 근처를 얼쩡거리며 레오와 엘드리치 양쪽을 주시하고 있었다. "자넨 단지 자기 몸을 두고 온 게 아니라 두뇌까지 두고 온 것 같군."

"이건 특별한 상황일세. 이게 가짜가 아닌 진짜 체험이라는 걸 자네에게 증명해 보이기 위한. 그럴 경우 육체적 고통과 공포에 맞먹는 자극은 없지. 글럭의 존재는 이것이 환상이 아니라는 사실을 명명백백하게 보여줬잖아. 실제로 자네를 죽일 수도 있었어. 만약 자네가 여기서 죽는다면 실제 자네도 그걸로 끝이야. 캔-D하고는 딴판이지. 안 그런가?" 엘드리치는 이 상황을 진심으로 즐기는 기색이 역력했다. "프록시마 항성계에서 그 지의류를 발견했을 때는 도저히 믿기 힘들었어. 나는 이미 백 년을 살았다네, 레오. 프록시마 항성계에서 그쪽 의사들의 지도를 받으면서 그걸 쓰는 방법으로 말이야. 난 그걸 먹어보았고, 정맥에 주사해보았고, 좌약坐藥 형태로도 투여해보았고—불에 태워서 연기를 빨아들이거나, 수용성 용액으로 만들어서 끓인 다음 그 증기를 흡입해보기까지 했어. 온갖 방법을 써서 섭취해봤지만 아무 해도 없었지. 그 지의류가 프록시마인들에게 끼치는 효과는 우리하고는 딴판으로 미미한 편이야. 그 작자들한테는 최고급 담배보다도 약한 흥분제에 불과하다는 뜻이네. 더 듣고 싶나?"

"별로."

엘드리치는 레오 곁에 앉더니 구부린 무릎 위에 의수를 얹었고, 아직도 주위를 얼쩡거리고 있는 글럭을 응시하며 지팡이를 좌우로 휙휙 휘둘렀다.

"우리가 예전 육체로 돌아가면—내가 여기서 '예전'이라는, 캔-D의 경우 자명한 이유에서 결코 쓰지 않는 단어를 썼다는 점에 주목해줘—시간이 전혀 경과하지 않았다는 사실을 깨닫게 될 거야. 설령 우리가 여기서 50년을 머물러 있는다고 해도 마찬가지야. 달의 내 사유지로 돌아가면 모든 게 전혀 변하지 않았다는 걸 깨달을 거고, 설령 누군가가 우리를 계속 바라보고 있었다고 해도 의식의 공백 같은 걸 목격하지는 못해. 그 부분이 캔-D하고는 다르지. 트랜스 상태도 아니고, 인사불성이 되지도 않아. 아, 눈을 한 번 깜박일지도 모르겠군. 한순간. 그 정도는 시인할 용의가 있네."

"우리가 여기 머무는 기간을 정하는 건 뭐지?" 레오는 물었다.

"우리의 마음가짐이라네. 섭취량하고는 상관없어. 언제든 우리가 원할 때 돌아갈 수 있어. 따라서 약물의 섭취량에는 연연할 필요가—"

"그건 사실이 아냐. 난 아까부터 여기서 나가고 싶어했어."

"하지만," 엘드리치는 말했다. "이 세계를 구축한 사람은 자네가 아냐. 나고, 이곳은 내 거란 뜻이야. 글럭도, 이 풍경도 내가 창조한 거고—" 그는 지팡이 끝으로 가리켜 보이며 말했다. "눈에 보이는 것들은 모두 내 피조물이야. 자네 몸까지 포함해서."

"내 몸까지?" 레오는 자기 몸을 훑어보았다. 평소 그대로인, 눈에 익고 친숙한 자기 몸이었다. 이 몸은 내 것이지 엘드리치 것이 아니다.

"자네가 우리 우주에 있을 때와 똑같은 모습으로 나타나도록 내가 의지력을 행사했기 때문이지." 엘드리치는 말했다. "알겠나. 바로 그 점이 헵번-길버트의 마음에 들었던 거야. 그자는 물론 불교도이니까 말이야. 이곳에서 인간은 어떤 형태로든 환생할 수 있어. 또는 지금 이 상황처럼 누군가가 희망하는 모습으로."

"그래서 UN이 그렇게 덥석 미끼를 물었던 거로군." 레오는 말했다. 이런저런 일들이 왜 일어났는지 이제 알 수 있을 것 같았다.

"츄-Z를 쓰면 인간은 어떤 삶에서 다른 삶으로 계속 윤회할 수 있어. 원한다면 벌레가 될 수도 있고, 물리학 교사, 매, 원생동물, 점균粘菌, 1904년에 파리의 길거리를 걷는 통행인이 되는 것도—"

"글럭도 될 수 있다는 얘기로군." 레오가 말했다. "도대체 우리 중 누가 저기 있는 글럭이지?"

"아까 말했잖아. 내 일부를 써서 저걸 만들었다고. 원한다면 자네도 그럴 수 있어. 해보라고—자네의 에센스의 일부를 투영해봐. 그럼 저절로 알아서 형태를 취할 테니까. 자네는 로고스logos를 공급하기만 하면 돼. 기억나?"

"기억나." 레오는 이렇게 대꾸하고 정신을 집중했다. 그러자 곧 그리 멀리 떨어지지 않은 곳에서 철사와 쇠창살과 전극을 닮은 돌기들로 이루어진 괴상한 물체가 출현했다.

"도대체 저게 뭐지? 엘드리치가 힐문했다.

"글럭용 덫."

엘드리치는 고개를 젖히고 껄껄 웃었다. "아주 좋네. 하지만 파머 엘드리치용 덫은 만들지 말아줘. 아직도 하고 싶은 얘기가 있으니까 말이야."

그와 레오는 글럭이 미심쩍은 듯이 코를 킁킁거리며 덫을 향해 다가가는 광경을 바라보았다. 글럭이 그 안으로 들어가자 덫은 쾅 닫혔다. 글럭은 포획되었고, 덫은 처리를 개시했다. 쉭 하는 소리가 나는가 싶더니 가느다란 연기 한 줄기가 피어올랐고, 글럭의 모습이 사라졌다.

레오 앞의 공중에서 작은 구획이 반짝거리기 시작했다. 그곳에서 출현한 검은색 책을 레오는 받아들고 넘기기 시작했다. 이윽고 만족한 듯이 무릎 위에 올려놓는다.

"그게 뭐야?" 엘드리치가 물었다.

"킹제임스판 성서. 호부護符 역할을 해줄지도 모르니까."

"여기선 안 돼. 여긴 내 영토니까." 엘드리치가 손짓을 하자 성서는 사라졌다. "하지만 원한다면 자네 영토를 손에 넣고 성서로 잔뜩 채울 수도 있어. 누구든 그럴 수 있지. 우리가 영업을 개시하는 즉시 말이야. 물론 모형 세트도 팔 작정이지만, 그건 나중에 지구에서의 활동이 궤도에 오른 뒤의 일이야. 어차피 모형 세트는 과도기를 위한 형식적인 절차에 지나지 않고, 츄-Z는 캔-D하고 같은 시장에서 공개적으로 경쟁할 거야. 자네가 자사 제품에 관해서 주장하는 것 이상의 효력을 주장할 생각도 없고. 일반 대중에게 두려움을 주고 싶지는 않거든. 종교라는 건 워낙 민감한 주제가 되어버렸으니. 하지만 몇 번 써보는 것만으로도 사람들은 두 가지의 차이점을 깨닫게 될 거야. 시간 공백이 없다는 점하고, 아마 그보다 더 중대한 특징을 감지하겠지. 바꿔 말해서 츄-Z에 의한 체험은 환상이 아니고, 그들이 들어가는 우주는 진짜라는 점을 말이야."

"캔-D에 대해서도 같은 느낌을 받는 사람들은 많아." 레오는 지적했다. "자기들이 실제로 지구에 간다는 사실을 종교적 신조로 삼고 있다고."

"광신자들이야." 엘드리치는 메스껍다는 듯이 말했다. "환각이라는 건 명백하잖나. 퍼키 팻이나 월트 에섹스는 실제로 존재하지 않는 데다가, 그들이 체험하는 환상의 구조는 모형 세트 안에 실제로 포함된 물품들로만 한정되어 있어. 주방에서 자동 식기 세척기를 쓰려면 우선 그 모형을 세트에 포함시켜야 하지. 환각 체험에 참여하지 않는 타인이 옆에서 보고 있다면 두 인형이 어디로도 가지 않는다는 걸 한눈에 알 수 있어. 아무도 인형들 안에 깃들거나 하지는 않아. 그건 간단하게 증명할—"

"하지만 당사자들을 설득하는 건 쉽지 않을걸." 레오는 말했다. "계속 캔-D를 애용할 거야. 퍼키 팻에 대해서 딱히 불만이 없는 상황에서, 그걸 그만둘 이유가 어디—"

"이유를 가르쳐주지." 엘드리치가 말했다. "일시적으로 퍼키 팻과 월트가 되는 체험이 아무리 멋지고 해도, 얼마 뒤에는 싫든 좋든 원래 토굴로 되돌아가야 하기 때문이라네. 그게 어떤 기분일지 상상이 가나, 레오? 2, 30분쯤 해방을 만끽한 다음에, 가니메데의 토굴에서 눈을 뜨는 게 어떤 기분일지 자네도 한번 경험해보라고. 일생 동안 잊을 수 없는 경험이 될걸."

"흐음."

"그것 말고도 또 있어—자네도 알고 있는 거지. 짧은 도피의 시간이 끝나고 다시 현실로 돌아온 외계 이주자들은…… 평소의 정상적인 일상생활을 다시 시작할 상태에 있지 않아. 사기가 꺾이는 거지. 하지만 캔-D 대신 츄-Z를—"

엘드리치는 말을 멈췄다. 레오가 듣고 있지 않았기 때문이다. 레오는 자기 앞 공중에 다른 물체를 만들어내는 일에 열중하고 있었다.

짧은 계단이 출현했다. 그 끝은 반짝이는 고리 속으로 이어지고 있었다. 계단 너머에 무엇이 있는지는 보이지 않았다.

"저건 어디로 이어져 있지?" 엘드리치가 짜증스러운 표정으로 힐문했다.

"뉴욕 시." 레오는 대꾸했다. "이걸 따라 올라가면 P.P. 레이아웃사로 돌아갈 수 있어." 그는 일어서서 계단을 향해 걸어갔다. "엘드리치, 이 츄-Z라는 제품 말인데, 어딘가 좀 이상하다는 느낌이 자꾸 들어. 그게 뭔지 알아차릴 무렵에는 이미 엎질러진 물이겠지만." 계단을 올라가면서 모니카라는 소녀 생각이 났다. 이곳, 파머 엘드리치의 세계에 남겨놓아도 괜찮은 것일까. "그 아이는 어떻게 됐나?" 그는 계단 위에서 멈춰 섰다. 아래쪽이지만 이제는 상당히 멀리 떨어진 것처럼 느껴지는 곳에 엘드리치의 모습이 보였다. 여전히 지팡이를 쥔 채로 풀밭 위에 앉아 있다. "설마 글럭들한테 잡혀먹힌 건 아니겠지?"

엘드리치는 말했다. "내가 그 아이였어. 바로 그 점을 아까부터 자네에게 설명하고 있었던 거야. 내가 왜 츄-Z를 쓰면 진정한 윤회를 경험하고, 죽음에 대한 승리를 얻을 수 있다고 하는지 이제 알겠지."

레오는 당혹한 표정으로 눈을 깜박였다. "그럼, 그 아이가 어딘가 낯이 익어 보였던 건—" 그는 말을 멈추고 다시 풀밭을 내려다보았다.

엘드리치는 사라져 있었다. 대신 그 자리에는 닥터 스마일이

들어 있는 여행가방을 든 어린 소녀 모니카가 앉아 있었다. 이제는 부인하려야 부인할 수가 없다.

그는―그녀는, 아니 그들은―진실을 말하고 있었다.

레오는 천천히 계단을 내려가서 다시 풀밭 위에 섰다.

모니카라고 불리는 소녀가 말했다. "떠나지 않아서 다행이에요, 불레로 씨. 당신처럼 머리가 좋고 진화한 사람과 얘기를 나누는 건 즐거운 일이니까요." 그녀는 옆의 풀밭에 놓인 여행가방을 툭 쳤다. "난 돌아가서 이 사람을 데리고 왔어요. 글럭들을 정말 무서워하더라구요. 하지만 아저씨도 글럭을 다룰 방법을 찾아낸 것 같군요." 그녀는 텅 빈 채로 다음 희생자를 기다리고 있는 레오의 글럭용 덫을 향해 고개를 까닥해 보였다. "정말 독창적이네요. 난 저런 걸 만들 생각은 전혀 못 했는데. 단지 쏜살같이 도망쳤을 뿐이에요. 간뇌間腦의 공포 반응이라고 할까."

레오는 소녀를 향해 주저하듯이 물었다. "자넨 파머지, 안 그래? 그러니까 표층 아래에서 말이야. 실제로는 그렇지?"

"실체와 우유성偶有性에 관한 중세 신학의 교의에 의하면," 소녀는 쾌활한 어조로 말했다. "나의 우유성은 이 어린애 모습을 하고 있어요. 하지만 내 실체는, 화체설에서의 포도주와 제병祭餠과 마찬가지로―"

"알았어. 자넨 엘드리치가 맞아. 믿지. 하지만 여전히 이 장소는 마음에 안 들어. 그 글럭이라는 놈들은―"

"그것들을 츄-Z 탓으로 돌리지는 마요." 소녀가 말했다. "내 탓이니까. 글럭은 내 마음이 만들어낸 거지, 지의류가 만들어낸 게 아녜요. 새로 만들어지는 모든 우주가 멋질 필요는 없잖아요? 난 내 우주에 글럭이 사는 게 좋아요. 내 안의 뭔가를 만족시킨다고나 할까."

"그럼 내가 나 자신의 우주를 만들어낸다고 가정해봐." 레오는 말했다. "내 안에도 뭔가 사악한 것이, 내가 모르는 내 인격의 어떤 측면이 존재할 수도 있어. 그럴 경우 내 마음은 자네가 만들어낸 것들보다 한층 더 추악한 걸 만들어낼 수도 있어." 적어도 퍼키 팻 모형 세트에 의한 체험은 엘드리치 본인이 지적했듯이 이미 존재하는 물품들로만 한정되어 있다. 그런고로 그것은 일종의 안전성을 갖추고 있다.

"뭘 만들어내든 간에 없애버리면 그만인걸요." 소녀는 무심히 말했다. "마음에 들지 않는다고 판단한다면 말이에요. 하지만 마음에 든다면―" 소녀는 어깨를 으쓱했다. "그대로 놓아두면 그만이에요. 그러지 말라는 법이 어디 있어요? 그런다고 누가 다치기라도 하나요? 어차피 거기에선 모두가 혼자―" 소녀는 손을 입에 갖다 대며 느닷없이 말을 끊었다.

"혼자라." 레오는 말했다. "모든 사람이 각자의 주관적인 세계로 간다는 얘기야? 그럼 퍼키 팻 모형 세트와는 다르다는 얘기로군. 캔-D를 썼을 경우엔 그룹의 모든 사람이 모형 세트로 가니까 말이야. 남자는 월트가 되고, 여자는 퍼키 팻이 되는 거지. 그렇다면 자넨 여기 없다는 얘기가 되는군." 그게 아니라면 내가 여기 없든가, 하고 레오는 생각했다. 하지만 만약 그게 사실이라면—

소녀는 레오의 반응을 떠보려는 듯이 뚫어지게 그를 쳐다보고 있었다.

"우리는 츄-Z를 섭취한 게 아냐." 레오는 조용히 말했다. "이건 전부 최면적인 상황, 전적으로 인위적인 방법으로 유발된 가상 환경에 불과해. 우리는 출발점에서 전혀 움직이지 않았어. 여전히 달에 있는 자네의 사유지에 있는 거야. 츄-Z는 새로운 우주 따위를 창조하지 않고, 자네도 그 사실을 알아. 진정한 [bona fide] 윤회 따위는 존재하지 않는 거야. 이 모든 것은 교묘하게 조작된 거대한 사기극에 불과해."

소녀는 말이 없었다. 그러나 레오에게서 시선을 뗄 기색은 없었다. 깜박이지 않는 두 눈이, 차갑게 활활 불타오른다.

레오는 말했다. "자, 파머, 이젠 털어놓게나. 츄-Z의 **진짜** 효과는 뭔가?"

"아까 얘기했잖아요." 소녀의 목소리는 거칠었다.

"이런 건 퍼키 팻에도 못 미쳐. 우리 회사의 약물 체험보다도 현실성이 떨어지잖아. 게다가 퍼키 팻에 의한 체험의 진실성조차도 의문시되고 있어. 진짜 체험인지, 아니면 순전히 최면이나 환각에 의한 것인지조차도 확실하지 않거든. 결국 논의할 여지조차도 없다는 얘기가 되는군. 이게 후자인 건 분명하니까 말이야."

"아녜요." 소녀가 말했다. "나를 믿는 편이 나을걸요. 안 그러면 살아서 이 세계에서 나가지 못해요."

"환각 속에서 죽는 건 불가능해." 레오는 말했다. "다시 태어나는 게 불가능한 것과 마찬가지로 말이야. 난 P.P. 레이아웃사로 돌아가겠어." 그는 또다시 계단을 향해 걸어갔다.

"그러고 싶으시면 얼마든지." 소녀가 등뒤에서 말했다. "당신이 어떻게 되든 난 상관 안 해요. 두고 보면 알걸요."

레오는 계단을 올라 빛을 발하는 고리를 통과했다.

눈부신, 흉포할 정도로 뜨거운 햇살이 머리 위로 쏟아져내렸다. 레오는 황급히 길가에서 벗어나 근처에 있던 건물의 문간으로 뛰어 들어갔다.

그를 본 제트 택시 한 대가 우뚝 솟은 고층건물들 사이에서 획 내려앉았다. "타시겠습니까, 손님? 실내로 들어가시는 편이 낫습니다. 곧 정오가 되니까요."

레오는 거의 숨을 쉬지도 못하고 헐떡이며 말했다. "그래, 고마워. P.P. 레이아웃사로 가줘." 비틀거리며 택시 안으로 들어갔다. 쓰러지듯이 좌석에 앉아 내열 차폐막이 있는 덕에 시원한 택시 안에서 헐떡였다.

택시는 이륙했고, 잠시 뒤에는 레오의 회사 본관 건물에 있는 담으로 둘러싸인 주기장 위로 하강하고 있었다.

자기 집무실 밖의 비서실로 들어가자마자 글리슨에게 말했다. "메이어슨을 불러내서, 왜 나를 구조하려는 시도를 전혀 하지 않았는지를 알아내."

"사장님을 구조하다뇨?" 글리슨이 깜짝 놀라며 말했다. "도대체 무슨 일이 일어난 거죠, 사장님?" 그녀는 사장실로 레오를 따라 들어왔다. "지금까지 어디 계시다가, 무슨 일을—"

"메이어슨을 불러주기만 하면 돼." 레오는 익숙한 책상 앞에 앉아서 돌아왔다는 사실에 안도했다. 파머 엘드리치 따위는 엿이나 먹어라. 그는 속으로 이렇게 되뇌었다. 책상 서랍을 열고 그가 가장 아끼는 영국산 브라이어 파이프와 네덜란드제 캐번디시 파이프 담배인 '세일Sail'의 반 파운드들이 깡통을 꺼냈다.

파이프에 불을 붙이는 일에 몰두하고 있었을 때 사장실 문이 열리고 바니 메이어슨이 들어왔다. 당혹하고 피곤한 기색이었다.

"흐음." 레오는 이렇게 말하고 세차게 파이프를 뻐금거렸다.

"저는—" 바니는 말을 멈추고 뒤따라 들어온 퓨게이트 쪽을 돌아보았다. 손을 젓더니 다시 레오를 돌아보고 말했다. "하여튼 이렇게 무사히 돌아오시지 않았습니까."

"물론 돌아왔어. 여기로 통하는 계단을 직접 만들어서 말이야. 그런데 자네는 왜 그렇게 손을 놓고 있었는지 대답할 생각이 없나? 아무래도 그런 것 같군. 하여튼 자네가 방금 시사했듯이 자네 도움은 필요 없었어. 이 츄-Z라는 새로운 약물이 어떤 것인지 대충 감을 잡았거든. 캔-D에 비하면 명백하게 질이 떨어지는 물건이야. 주저 없이 그렇다고 단언할 수 있어. 그게 단순한 환각 체험에 불과하다는 점에는 의심의 여지가 없으니까 말이야. 자, 이제 용건을 말하지. 엘드리치는 츄-Z가 진정한 윤회를 가능케 한다는 명목으로 UN의 승인을 받았어. UN 총회

멤버 과반수의 종교적 신념을 이용했던 거지. 그 스컹크 같은 인도놈, 헵번-길버트까지 포함해서 말이야. 실제로는 츄-Z에 그런 효능은 없으니까 그건 사기야. 하지만 츄-Z의 가장 나쁜 점은 그 유아론적唯我論的인 성질에 기인해. 캔-D의 경우는 그와는 달리 대인관계를 효과적으로 체험할 수 있지. 이를테면 토굴 안에 사는 동료들을ー" 레오는 짜증스러운 표정으로 말을 멈췄다. "뭔가, 미스 퓨게이트? 뭘 그렇게 빤히 보고 있지?"

로니 퓨게이트는 조그만 목소리로 말했다. "죄송합니다, 사장님. 하지만 책상 밑에 뭔가 괴상한 생물이 있어서요."

레오는 허리를 굽히고 책상 밑을 들여다보았다.

책상 바닥과 방바닥 사이의 공간을 비집고 들어가 있는 괴물 한 마리가 보였다. 깜박이지 않는 초록색 눈으로 그를 응시하고 있다.

"꺼져." 레오는 이렇게 내뱉고 바니에게 말했다. "긴 자나 빗자루를 가지고 오게. 그걸로 찔러서 쫓아내야겠어."

바니는 사장실에서 나갔다.

"빌어먹을." 레오는 파이프를 뻑뻑 빨며 말했다.

"미스 퓨게이트, 책상 밑에 저런 게 있다니 생각하기도 싫군. 그게 뭘 의미하는지도 포함해서 말이야." 왜냐하면 그것은 엘드리치ー소녀 모니카의 모습을 빌린ー가 했던 말이 사실임을 의미하기 때문이다. 당신이 어떻게 되든 난 상관 안 해요. 두고보면 알걸요.

괴물이 책상 밑에서 후닥닥 기어 나오더니 문을 향해 달려갔다. 그리고 문간 아래를 비집고 들어가서 모습을 감췄다.

글럭 이상으로 소름 끼치는 모습이었다. 한 번 보는 것만으로도 충분했다.

레오는 말했다. "흠, 알아서 갔군. 미스 퓨게이트, 미안하지만 자네 부서로 돌아가주겠나. 가까운 시일 내에 시장에 등장할 츄-Z에 대해서 어떤 대책을 마련할지에 관해 여기서 토론해봤자 무의미하니까 말이야. 난 더 이상 아무하고도 얘기하고 싶지 않아. 단지 여기 혼자 앉아서 혼잣말을 지껄이고 있을 뿐이니."

몹시 의기소침했다. 엘드리치는 그를 굴복시켰을 뿐만 아니라 츄-Z 체험의 진실성, 그게 아니라면 적어도 표면적인 진실성을 입증해 보였다. 레오 자신이 그것을 현실과 혼동하지 않았는가. 파머 엘드리치가 그 소름 끼치는 벌레를 고의적으로 만들어내지 않았다면 몰랐을 것이다.

그게 없었더라면—레오는 깨달았다—나는 영원히 착각하면서 살아갔을지도 모른다.

엘드리치가 말했듯이, 이 가짜 우주 안에서 1세기를 살았을 수도 있다.

염병할. 그는 생각했다. 난 졌어. "미스 퓨게이트, 부탁이니 그렇게 멀뚱하게 서 있지 말게. 자네 부서로 돌아가라고." 레오는 일어서서 워터쿨러로 간 다음 종이컵에 생수를 한 잔 따랐다. 실재하지 않는 육체를 위해 실재하지 않는 물을 마시며, 그는 혼잣말을 했다. 실재하지 않는 부하 앞에서 말이다. "미스 퓨게이트, 자넨 정말로 메이어슨의 애인인가?”

“예, 사장님.” 미스 퓨게이트는 고개를 끄덕이며 말했다. “전에도 그 얘긴 했습니다만.”

“하지만 내 애인이 될 생각은 없다, 이건가.” 레오는 고개를 설레설레 저었다. “내가 너무 나이를 먹고, 진화까지 한 상태이기 때문에. 내가 이 우주에서 적어도 어느 정도는 힘을 갖고 있다는 건 알지―아니, 모르겠군. 난 내 육체를 건드려서 다시 젊어질 수도 있어.” 또는 너를 늙게 만들 수도 있지, 하고 그는 생각했다. 그러면 넌 어떤 기분이 될 것 같아? 레오는 물을 마시고 쓰레기통에 종이컵을 던져 넣었다. 그는 로니 퓨게이트 쪽을 보지 않고 속으로 중얼거렸다. 너는 나와 같은 연배야, 미스 퓨게이트. 아니, 나보다 더 늙었어. 어디 보자, 아흔두 살쯤으로 해야겠군. 적어도 이 세계에서는 말이야. 넌 여기서는 나이를 먹었어……. 너에 한해서 이곳의 시계가 빨리 돌아가버린 거야. 넌 날 바람맞혔고, 난 바람맞는 걸 좋아하지 않거든. 사실, 넌 이미 백 살을 넘겼어. 쇠약해지고, 비쩍 마르고, 이도 다 빠지고, 눈도 보이지 않는. 괴물.

등뒤에서 뭔가를 비비는 듯한 메마른 소리가 들렸다. 숨을 들이키는 소리였다. 그리고 두려움에 질린 새의 울음소리 같은, 떨리는, 새된 목소리가 들려왔다. “아아, 사장님―”

마음이 바뀌었어. 레오는 생각했다. 넌 예전 그대로야. 아까 생각한 건 무효야. 알았지? 그는 뒤를 돌아보고 로니 퓨게이트를, 아니, 적어도 방금 그녀가 서 있던 장소에 서 있는 물체를 목격했다. 거미줄이나 잿빛 균사菌絲 같은 실로 칭칭 감긴, 섬약해 보이는 기둥 하나가 흔들리고 있다……. 레오는 그 얼굴을 보았다. 홀쭉한 뺨, 찐득찐득한 눈물이 천천히 스며 나오는 퀭하고 희멀건 죽은 눈동자. 그 눈은 그에게 간원하려고 하지만 그러지 못하고 있다. 그가 어디 있는지 보이지 않기 때문에.

"넌 예전 모습으로 돌아갔어." 레오는 거칠게 말하고 눈을 질끈 감았다. "그걸 마치면 얘기해줘."

발소리. 남자다. 바니가 다시 방으로 들어왔다. "하느님 맙소사." 바니는 이렇게 말하고 그 자리에서 얼어붙었다.

눈을 감은 채로 레오는 말했다. "그 여잔 다시 예전 상태로 돌아갔나?"

"**여자**라뇨? 로니는 어디 갔습니까? 이건 뭡니까?"

레오는 눈을 떴다.

그곳에 서 있는 것은 로니 퓨게이트가 아니었다. 늙어빠진 그녀의 모습조차도 아니었다. 웅덩이였다. 그러나 물웅덩이는 아니었다. 그 웅덩이의 액체는 살아 있었고, 그 안에서는 날카롭고 들쭉날쭉한 파편들이 헤엄쳤다.

걸쭉하고 진한 액체가 밖을 향해 확산하더니, 부르르 떨고는 다시 안쪽으로 움츠러들었다. 그 중앙에서 부유하던 딱딱한 잿빛 물질의 파편들이 한곳에 응집하더니 얽히고설킨 머리카락을 정수리에 얹은 공 모양 물체가 되었다. 안와眼窩를 닮은 구멍 두 개가 생겨나면서 물체는 해골 모습을 갖추기 시작했다. 어떤 생명이 그곳에 깃들려는 것처럼 보였다. 그녀에게 진화의 끔찍한 면을 맛보게 하고 싶다는 그의 무의식적인 욕구가 이런 괴물을 출현시킨 것이다.

턱이 딱 소리를 내면서 마치 깊이 박혀 있는 끔찍한 철사를 잡아당긴 것처럼 열렸다가 닫히는 일을 반복했다. 액체 웅덩이 여기저기를 부유하며 해골이 목쉰 소리로 말했다. "하지만 뷸레로 씨, 그녀는 그렇게 오래 살지는 못했어요. 그 점을 잊으신 것 같네요." 멀리서 들려오는 것 같기는 하지만 로니 퓨게이트가 아니라 모니카의 목소리가 틀림없었다. 밀랍을 입힌 기다란 실의 반대편 끄트머리를 톡톡 치는 듯한 소리다. "당신은 그녀를 100살까지 살게 했지만 그녀는 70살까지밖에 못 살아요. 그래서 지난 30년 동안은 죽어 있었지만 당신은 그걸 억지로 살게 했죠. 당신이 그런 생각을 했으니까 말이에요. 게다가 더 끔찍한 건—" 이가 없는 턱이 흔들거리며 눈알이 없는 두 안와가 허공을 응시했다. "살아 있는 동안이 아니라 이렇게 바닥에 고인 상태에서 진화했다는 점이에요." 해골은 새된 목소리를 멈췄고, 단계적으로 분해되었다. 그 파편은 또다시 액체 여기저기에서 부유했고, 유기체라는 느낌은 사라졌다.

잠시 후 바니가 말했다. "여기서 나갑시다, 레오."

레오는 말했다. "어이, 파머." 두려움에 떠는 갓난아이처럼 통제가 되지 않은 목소리였다. "어이, 들어줘. 내가 졌어. 정말이야."

발치의 카펫이 썩어서 걸쭉해졌고, 싹을 내더니 살아 있는 초록색 섬유로 자라났다. 레오는 그것이 풀밭으로 바뀌고 있다는 사실을 알아차렸다. 이윽고 사방의 벽과 천장이 무너지면서 미세한 먼지로 변했다. 먼지는 재처럼 소리 없이 쏟아져 내렸다. 그러자 푸르고 시원한 하늘이 예전 모습 그대로 머리 위에 출현했다.

풀밭 위에 앉아 있던 모니카가 말했다. 무릎 위에는 지팡이가, 곁에는 닥터 스마일이 든 여행가방이 놓여 있었다. "메이어슨 씨를 남겨두고 싶어요? 안 그러는 편이 낫다고 생각했어요. 당신이 만들어낸 것들과 함께 지워버렸는데, 괜찮죠?" 소녀는 레오를 올려다보며 미소 지었다.

"괜찮아." 레오는 쥐어짜듯이 말했다. 주위를 둘러보니 초록색 들판밖에는 보이지 않았다. P.P. 레이아웃사의 본사 건물과 그 안에 있던 사원들조차도 사라졌고, 그나마 남은 것이라고는 양손과 웃옷에 엷게 묻어 있는 먼지뿐이었다. 그는 반사적으로 그것을 털어냈다.

모니카가 말했다. "너는 흙이니 너는 흙으로 돌아갈―"

"됐어!" 레오는 큰 소리로 말했다. "알았어. 그렇게 머저리 취급을 하지 않아도 돼. 그게 실재하지 않았다는 건 아니까 말이야. 하지만 그게 어쨌다는 거지? 염병할, 방금 다 입증했잖아, 엘드리치. 여기서 넌 뭐든 하고 싶은 대로 할 수 있고, 난 티끌만도 못한 유령이라는 걸 인정하겠어." 레오는 파머 엘드리치를 증오했다. 만약 여기서 나갈 수 있다면, 탈출에 성공한다면 난 네놈을……

"어머, 어머." 소녀는 눈을 굴리며 말했다. "그런 욕을 하면 못써요. 또 그러지는 못할걸요. 내가 허락하지 않을 거니까. 계속 그런 식으로 말하면 내가 어떤 일을 할지는 얘기 안 해도 알겠죠. 당신은 나를 아니까요. 안 그래요, 뷸레로 씨?"

"알았어." 레오는 두세 걸음 걸어갔다가 손수건을 꺼내서 윗입술과 목의 땀을 닦았다. 매일 아침 수염을 깎을 때마다 면도날이 닿지 않아 고생하는 울대뼈 아래의 오목한 부분까지. 신이시여, 날 도와주소서. 그는 생각했다. 그래주시겠습니까? 만약 그러실 거라면, 만약 이 세계로까지 손을 뻗으실 수 있다면, 무엇이든 하겠습니다. 당신이 원하는 것이라면 무엇이든. 이제는 두려운 게 아니라 구역질이 납니다. 이대로 가다가는 육체의 죽음을 맞이할 겁니다. 설령 그것이 엑토플라즘[心靈體]으로 이루어진 유령 같은 육체라고 해도.

레오는 등을 구부리고 토했다. 풀밭 위로. 구토는 그렇게 한참—한참이라고 느꼈다—이어졌고, 그러는 새에 조금씩 기분이 나아지기 시작했다. 잠시 후 그는 몸을 돌려 여행가방을 곁에 두고 앉아 있는 소녀에게 걸어갔다.

"조건은 이래." 소녀는 단호한 어조로 말했다. "내 회사와 자네 회사 사이에서 엄밀한 거래 관계를 성사시켜야 해. 우리가 원하는 건 자네 회사의 뛰어난 선전 위성 네트워크, 최신형 행성 간 우주선으로 이루어진 수송 시스템, 금성에 있는 오직 신만이 정확한 규모를 아는 대농장들이야. 그것들 전부가 필요해, 뷸레로. 자네 부하들이 지금 캔-D를 재배하는 장소에서 우리 지의류를 재배해서, 같은 우주선들로 그걸 출하하고, 지금 자네가 쓰고 있는 경험이 풍부하고 노련한 밀매인들을 통해서 이민자들에게 판매하고, 앨런과 샬럿 페인 부부 같은 프로들에게 선전시킬 거야. 캔-D와 츄-Z가 경합하는 일은 절대로 없어. 결국은 츄-Z 하나밖에는 남지 않을 거니까. 자네는 은퇴 선언을 해야 하고. 이해하겠나, 레오?"

"알았어. 이해했어." 레오는 말했다.

"수락하는 거야?"

"오케이." 레오는 말했다. 그러고는 소녀에게 달려들었다.

양손으로 목을 움켜쥐고 졸랐다. 소녀는 그의 얼굴을 빤히 들여다보았고, 입을 꼭 다물고는 아무 말도 하지 않았다. 손톱으로 할퀸다든지 몸부림치며 반항하려는 시도조차도 하지 않았다. 레오는 계속 목을 졸랐다. 양손이 소녀의 목에 완전히 들러붙어버린 듯한 느낌이다. 늙어서 병에 걸렸지만 여전히 살아 있는 식물의 말라 비틀어진 뿌리처럼.

손을 놓자 소녀는 죽어 있었다. 앞으로 엎어지나 싶더니 옆으로 뒤틀리며 픽 쓰러졌고, 풀밭 위에 반듯이 드러누웠다. 피는 나지 않았다. 몸부림친 흔적조차도 없다. 목에 검붉고 얼룩덜룩한 자국이 생긴 것만 제외하면.

레오는 일어서며 생각했다. 흐음, 난 옳은 일을 한 것일까? 만약 엘드리치가—아니면 모니카든 뭐든 하는 존재가—여기서 죽는다면, 그걸로 해결이 되는 것일까?

그러나 가상 세계는 여전히 남아 있었다. 소녀의—엘드리치의—생명이 꺼져가면서 함께 사라질 것이라고 내심 기대하고 있었는데.

레오는 당혹한 표정으로 미동도 않고 서서 쿵쿵 공기 냄새를 맡았고, 멀리서 부는 바람 소리에 귀를 기울였다. 소녀가 죽은 것을 제외하면 아무것도 변하지 않았다. 왜? 방금 그가 했던 행동의 기반 어디가 잘못된 것일까? 믿기 힘들게도 그의 행동은 잘못된 것인 듯하다.

레오는 허리를 숙이고 닥터 스마일의 스위치를 넣었다. "설명해줘." 그는 말했다.

닥터 스마일은 왱왱거리며 순순히 대답했다. "엘드리치는 여기서는 죽어 있습니다. 뷸레로 씨. 하지만 달의 사유지에서는—"

"알았어." 레오는 거칠게 내뱉었다. "흠, 이 장소에서 어떻게 빠져나가면 될지 알려줘. 달로 돌아가려면 어떻게—" 그는 손짓을 했다. "무슨 얘긴지 알지. 현실 세계로 말이야."

닥터 스마일은 설명했다. "파머 엘드리치는 상당히 동요하고 화가 난 상태임에도, 예전에 주사한 츄-Z의 효과를 중화하기 위한 해독제를 당신의 정맥에 점적하고 있습니다. 곧 돌아가게 될 겁니다." 그러고는 이렇게 덧붙였다. "그러니까, 그 세계의 시간 흐름에서 보면 곧, 아니 즉각 그렇게 될 거라는 뜻입니다. 하지만 이 세계의 시간으로는—" 기계는 껄껄 웃었다. "더 길게 느껴질 수도 있습니다."

"얼마쯤 더?"

"아, 몇 년쯤 될 수 있습니다. 하지만 아마 그보다는 짧을 겁니다. 며칠? 몇 달? 시간 감각은 주관적이기 때문에 결국 당신에게 달려 있습니다. 그렇지 않습니까?"

소녀의 시체 곁에 피곤한 듯 털썩 앉으며 레오는 한숨을 쉬었다. 머리를 떨구고, 가슴에 턱을 대고, 기다릴 준비를 했다.

"제가 말동무를 해드리죠." 닥터 스마일이 말했다. "가능하다면 말입니다. 하지만 엘드리치 씨의 활력에 찬 존재가 없으면―" 기계의 목소리가 점점 작아졌을 뿐만 아니라 느려졌다는 사실을 레오는 깨달았다. "이 세계를 유지할 수 있는 것은," 기계는 힘없이 말을 이었다. "엘드리치 씨밖에 없습니다. 고로 유감이지만……."

기계의 목소리가 완전히 스러졌다.

이제는 침묵만 흘렀다. 멀리서 불던 바람소리조차도 그쳐 있었다.

얼마나 기다려야 하지? 레오는 자문했다. 그러자 얼마 전에 그랬던 것처럼 뭔가를 만들어낼 수는 없을까 하는 생각이 떠올랐다.

영감을 얻은 오케스트라 지휘자처럼 그는 손을 꿈틀거리며 눈앞의 공간에 제트 택시를 출현시키려고 해보았다.

마침내 어렴풋한 윤곽이 나타났다. 실체를 갖지 않은 탓에 아무 색깔도 없고, 거의 투명에 가까웠다. 일어서서 그 곁으로 다가간 다음 온 정신을 다해 다시 한 번 시도해보았다. 한순간 색깔이 생기며 실체화되는가 싶더니 갑자기 그 상태로 고정되었다. 탈피하고 남은 키틴질의 외각外殼처럼 축 처지는가 싶더니 파열했다. 종이 위에 그린 듯 얇은 차체의 각 부분이 산산조각 나면서 팔락였다. 그는 넌더리를 내며 등을 돌리고 걷기 시작했다. 이런 염병할. 암울한 기분으로 뇌까린다.

정처 없이 걸었다. 그러자 풀밭에서 뭔가 죽어 있는 것이 보였다. 그곳에 널브러져 있는 물체를 향해 조심스럽게 다가갔다. 그는 생각했다. 내가 했던 행위의 결말이라고 해야 하나.

레오는 죽은 글릭을 발끝으로 걷어찼다. 구두는 글릭의 몸을 완전히 통과했다. 그는 혐오감에 치를 떨며 뒤로 물러섰다.

양손을 바지 호주머니에 깊숙이 찔러 넣고 눈을 질끈 감은 채로 걸어가면서 다시 한 번 기원했지만, 이번에는 막연한 종류의 기원이었다. 딱히 구체적이지 않은 소원에 불과했지만 이내 뚜렷해졌다. 기어코 현실 세계에서 놈의 숨통을 끊어놓겠어. 레오는 속으로 되뇌었다. 아까처럼 여기서만 그러는 게 아니라, 전송 신문에 보도되었던 것처럼 말이야. 나를 위해서 그러는 건 아냐. P.P. 레이아웃사나 캔-D 사업을 살리기 위해서도 아냐. 그건—레오는 자신의 생각을 잘 알고 있었다. 태양계의 전 주민을 위해서야. 왜냐하면 파머 엘드리치는 침략자이고, 그자를 놓아둔다면 결국에는 모두 이런 꼴이 될 것이기 때문이지. 영문을 알 수 없는 파편에 불과한 것들이 죽어 널브러진 들판에 남겨지는 거야. 바로 이것이 놈이 헵번-길버트에게 약속한 '윤회'야.

한동안 정처 없이 여기저기를 걸었지만, 어느새 닥터 스마일을 자처하는 여행가방을 두고 온 장소를 향해 걸어가고 있었다.

무엇인가가 여행가방을 굽어보고 있었다. 인간 혹은 인간의 모습을 닮은 무엇인가가.

그것은 레오를 보자마자 허리를 폈다. 깜짝 놀란 듯이 그를 응시하자 대머리가 번들거렸다. 그러고는 껑충 뛰어오르더니 후닥닥 도망쳤다.

프록시마인이었다.

그 뒷모습을 보면서 아귀가 모두 들어맞는 듯한 느낌을 받았다. 파머 엘드리치는 자기가 만든 세계에 저런 생물을 심어놓았다. 엘드리치는 고향인 태양계로 돌아온 지금도 여전히 프록시마인들과 깊은 관계를 유지하고 있는 것이다. 방금 목격한 광경은 엘드리치의 마음속 가장 깊숙한 곳에 관한 통찰을 제공해주고 있었다. 파머 엘드리치 본인도 자신의 환각 세계 속에 저런 생물들이 산다는 사실을 모르고 있었을지도 모른다―프록시마인을 보고 엘드리치도 레오만큼이나 놀랐을지도 모른다.

물론 이 장소가 프록시마 항성계라면 얘기는 달라지지만 말이다.

저 프록시마인을 따라가는 편이 나을지도 모르겠다.

레오는 상대방이 사라진 방향을 향해 걸어갔다. 몇 시간 동안이나 그렇게 터벅터벅 걸은 듯하다. 그러나 눈에 들어오는 것이라고는 발치의 풀밭과 평탄한 지평선뿐이었다. 잠시 뒤에야 겨우 전방에서 어떤 물체가 나타난 것을 보고 그쪽으로 갔고, 착륙한 우주선과 마주쳤다. 레오는 발을 멈추고 놀란 눈으로 그것을 응시했다. 지구의 우주선이 아니었지만, 프록시마인의 우주선도 아니었기 때문이다.

알기 쉽게 말해서 태양계에도, 프록시마 항성계에도 속하지 않은 우주선이었다.

우주선 근처를 어슬렁거리는 두 생물도 마찬가지였다. 프록시마인도 지구인도 아니다. 이런 생물은 본 적도 없다. 큰 키에 날씬한 몸. 팔다리는 갈대처럼 가늘고, 달걀 모양의 기괴한 머리는 지금처럼 좀 떨어진 곳에서 보아도 묘하게 섬약한 느낌을 주었다. 고도로 진화했지만, 지구인과 생물학적으로 연관이 있는 종족이라고 레오는 판단했다. 프록시마인보다는 지구인에 훨씬 더 가까워 보였기 때문이다.

손을 들어 인사하며 그들을 향해 걸어갔다.

두 생물 중 하나가 고개를 돌리고 그를 보았다. 깜짝 놀란 표정으로 입을 열고 팔꿈치로 동료를 찔렀다. 두 생물 모두 빤히 레오를 쳐다보더니 처음 고개를 돌렸던 생물이 말했다. "하느님 맙소사. 알렉, 구舊 형태 중 하나야. 아인류亞人類 말이야."

"그렇군." 두 번째 생물이 동의했다.

"잠깐." 레오 뷸레로는 말했다. "그건 지구의 언어, 21세기의 영어잖아―그렇다면 지구인을 만난 적이 있다는 얘기로군."

"지구인?" 알렉이라고 불린 생물이 말했다. "우리가 바로 지구인이야. 도대체 이 녀석 정체가 뭘까? 몇 세기 전에 멸종했다는 파생종인가. 흐음, 몇 세기까지는 아닐지도 모르지만, 하여튼 오래전에."

"이 위성상에도 녀석들의 거류지가 아직 하나 남아 있지." 첫 번째 생물이 말했다. 그러고는 레오에게 말을 걸었다. "너 같은 여명 인류가 얼마나 남아 있지? 어이, 걱정 말라고. 널 해칠 생각은 없어. 여자도 있어? 번식이 가능해?" 이번에는 동료를 향해 말했다. "몇 세기처럼 느껴지는 건 착각이야. 우리가 10만 년 걸리는 진화를 한꺼번에 이뤘다는 걸 잊지 말란 뜻이야. 뎅크말이 없었다면 지금도 여전히 이런 여명 인류의 세상―"

"뎅크말이라고." 레오는 말했다. 그렇다면 이것은 뎅크말의 E 요법의 최종적인 결과라는 뜻이 된다. 그렇게 먼 미래가 아니고, 몇십 년 후에 불과할지도 모른다. 레오는 상대방이 시사했듯이 백만 년은 되는 진화의 심연이 그들 사이에 가로놓여 있다는 느낌을 받았지만, 실제로는 착각일 뿐이다. 레오 본인도 현재 받고 있는 진화 요법이 완료되면 눈앞의 생물들과 닮은 모습이 되어 있을지도 보르는 섯이다. 하나 다른 깃이 있다면 키틴질의 두피가 사라져 있다는 점이랄까. 레오의 시대에서는 이것이 진화 중인 인류의 가장 큰 특징 중 하나였다.

"나도 뎅크말의 클리닉에 다녀." 레오는 두 사내에게 말했다. "일주일에 한 번. 뮌헨에 있지. 난 진화 중이야. 요법은 효과가 있었어." 그는 두 사내 곁으로 다가가서 뚫어지게 그들을 관찰했다. "외피는 어디로 갔나? 햇볕을 막아주는?"

"아, 그 유사 서열기暑熱期는 오래전에 끝났어." 알렉이라고 불린 사내가 조롱하는 듯한 손짓을 하며 말했다. "그건 '반역자'와 손을 잡은 프록시마인들의 소행이었지. 넌 알지도 모르겠군. 모를 수도 있지만."

"파머 엘드리치 얘기로군." 레오는 말했다.

"맞아." 알렉은 고개를 끄덕였다. "하지만 우린 놈을 처단했어. 그것도, 바로 이 달 위에서 말이야. 이제 그 자리는 성지가 되었어—우리가 아니라 프록시마인들을 위한. 놈들이 참배를 하기 위해 몰래 여기로 숨어 들어올 정도라네. 혹시 그런 놈들 못 봤어? 보이는 즉시 체포하는 게 우리 일이야. 여긴 UN에 소속된 태양계 영토이니까 말이야."

"여긴 어느 행성의 달인가?" 레오는 물었다.

두 명의 진화한 지구인은 함께 씩 웃었다. "지구." 알렉이 말했다. "인공위성이야. 시그마 14-B라는 이름의. 오래전에 건조된 건데, 너희 시대에는 존재하지 않았어? 존재했을 텐데. 정말로 오래되었거든."

"존재했던 것 같군." 레오는 말했다. "그럼 당신들 배로 나를 지구로 데려다줄 수 있다는 거로군."

"물론이야." 두 진화한 지구인은 함께 고개를 끄덕였다. "실은 반시간 뒤에 이륙할 예정이었어. 너도 데리고 갈게—너하고, 네 부족에 포함된 다른 사람들까지 말이야. 어디 있는지 얘기만 해."

"여기 있는 사람은 나 혼자라네." 레오는 성마른 어조로 말했다. "게다가 우리를 부족이라고 부르는 건 잘못됐어. 선사시대 인류도 아니고." 어떻게 이런 미래 시대로 올 수 있었던 것인지 궁금했다. 혹은 이것조차도 환각의 지배자인 파머 엘드리치가 만든 환상일 뿐인가? 모니카라고 불리는 소녀나 글릭, 그가 직접 방문했던—방문했다가, 붕괴하는 것을 목격한—P.P. 레이아웃사보다 더 진짜에 가깝다고 생각할 이유가 어디 있단 말인가? 이것은 파머 엘드리치가 망상하는 미래에 지나지 않는다. 달의 사유지에서, 츄-Z 정맥 주사의 효과가 사라지기를 기다리는 파머 엘드리치가, 지극히 명석하고 독창적인 정신을 써서 적당히 자아낸 환상인 것이다.

사실 이렇게 여기 서 있는 동안에도 레오는 착륙한 우주선을 통해 희미한 지평선을 볼 수 있었다. 우주선은 어딘가 투명한 듯한 느낌을 주었고, 충분히 실체적이라고 할 수 없었다. 그리고 두 명의 진화한 지구인의 모습도 조금이기는 하지만 전체적으로 왜곡된 듯한 인상을 주었다. 레오가 난시였을 무렵을 연상케 한다고나 할까. 수술을 통해 완전히 건강한 두 눈을 이식받기 전의 일이다. 두 사내에게는 이 장소에 명확하게 존재한다고 단언할 수 없는 분위기가 있었다.

레오는 한쪽 지구인에게 손을 내밀었다. "악수를 해도 좋을까." 그가 이렇게 말하자 지구인을 자처하는 알렉은 미소 지으며 손을 내밀었다.

하지만 레오의 손은 알렉의 손을 그대로 통과해서 반대편으로 나갔다.

"어이." 알렉은 얼굴을 찌푸리고 피스톤이 후퇴하듯 재빨리 손을 뺐다. "이건 또 뭐지?" 그러고는 동료에게 말했다. "이 녀석은 현실에서는 존재하지 않아. 진즉에 알아차렸어야 했어. 이 사내는― 그걸 뭐라고 하더라? 엘드리치가 프록시마 항성계에서 가지고 온 그 악마의 마약에 중독된 작자들 말이야. 아, 맞아, 츄저chooser라고 했지. 이건 환영이야." 그는 레오를 노려 보았다.

"내가?" 레오는 힘없이 말했고, 다음 순간 알렉의 말이 맞다 는 사실을 깨달았다. 그의 진짜 육체는 달에 있지, 이곳에 실제 로 와 있지는 않은 것이다.

하지만 그게 사실이라면 눈앞에 있는 두 명의 진화한 지구인 들은 무엇일까? 이들은 엘드리치의 분주한 마음의 산물이 아닐 지도 모른다. 이들만이 실제로 이곳에 와 있는 존재일지도 모 르는 것이다.

이런 생각을 하는 동안 알렉이라고 불리는 사내가 빤히 레오 를 응시하고 있었다.

"그런데 말이야." 알렉은 동료에게 말했다. "이 츄저는 어딘 가 낯익어. 전송 신문에서 이 녀석 사진을 본 기억이 있어. 틀림 없어." 그는 레오를 보며 말했다. "어이, 츄저, 네 이름이 뭐야?" 알렉의 응시는 점점 더 거칠고 강해졌다.

"나는 레오 뷸레로야."

진화한 지구인들은 두 명 모두 깜짝 놀란 기색이었다. "그래 맞아." 알렉이 말했다. "낯이 익었던 것도 하등 이상할 게 없어. 파머 엘드리치를 죽인 사내잖아!" 그러고는 레오를 향해 말했 다. "당신은 영웅이야. 보나마나 그 사실을 모르고 있겠지, 당신 은 일개 츄저에 불과하니. 그렇지? 당신이 여기로 돌아와서 출 몰하려고 한 건 이곳이 역사적으로—"

"돌아온 게 아냐." 알렉의 동료가 끼어들었다. "저 사람은 과

거의 인간이잖아.”

“그래도 돌아올 수 있어.” 알렉이 말했다. “이 친구에게는 두 번째의 방문이 되기 때문이지. 자기 시대에서 이미 한 번 방문한 적이 있으니까 말이야. 흐음, 되돌아온 게 맞아—그렇지?” 그리고는 레오에게 말했다. “당신이 이 지점으로 돌아온 건 이곳이 파머 엘드리치의 죽음과 관련이 있기 때문일 거야.”

알렉은 몸을 돌리고 착륙한 우주선 쪽으로 달려가기 시작했다. “신문사에 연락해야지.” 그는 큰 소리로 말했다. “혹시 사진을 찍어서 올릴 수 있을지도 모르겠군—시그마 14-B의 유령이라는 제목을 붙여서.” 그는 흥분한 표정으로 몸짓을 해보였다. “그럼 관광객들이 쇄도할 거야. 하지만 조심해. 엘드리치의 유령, 그 작자의 츄저 역시 여기 나타날지도 모르니까 말이야. 복수하기 위해서.” 이런 생각이 떠오른 탓인지 알렉은 그리 기쁜 기색이 아니었다.

레오는 말했다. “엘드리치는 이미 나타났어.”

알렉은 멈춰 섰다가 곧 천천히 되돌아왔다. “정말로?” 그는 불안한 듯이 주위를 돌아보았다. “어디 있는데? 이 근처야?”

“그자는 죽었어.” 레오는 말했다. “내가 죽였어. 목을 졸라서.” 레오는 이렇게 얘기하면서도 아무런 감흥도 느끼지 않았다. 단지 피곤했을 뿐이었다. 살아 있는 인간을, 그것도 어린애를 죽이고 어떻게 득의양양할 수 있단 말인가?

“여기서 영원히 과거의 사건을 되풀이할 운명이란 건가.” 알렉은 감명을 받은 듯이 둥그레진 눈으로 레오를 바라보며 말했다. 커다란 달걀을 닮은 머리를 좌우로 흔든다.

레오는 말했다. "과거를 되풀이하거나 하지는 않았어. 이번이 처음이야." 그러고는 생각했다. 게다가 이건 본편도 아냐. 그건 나중에 오지.

알렉이 천천히 말했다. "그게 사실이라면, 당신은—"

"여전히 난 그 일을 해야 한다는 뜻이지." 레오는 목쉰 소리로 말했다. "하지만 내 밑에서 일하는 유행 예측 컨설턴트 한 사람이 말하기로는 그리 오래 기다리지 않아도 된다더군. 아마." 그러나 절대적으로 그리 되리라는 보장은 없었고, 레오는 그 사실을 결코 뇌리에서 지울 수가 없었다. 엘드리치 또한 그 사실을 알고 있었다. 엘드리치가 여기저기에서 보인 행동은 상당 부분 그렇게 설명하는 것이 가능하다. 그는 자기 죽음의 가능성을 계속 깎아내고 있든가—적어도 그렇게 되기를 희망하고 있었다.

알렉이 레오에게 말했다. "이리로 와서 그 사건을 기념하는 비석을 보라고." 그러고는 동료와 함께 앞장서서 걸어갔다. 레오는 내키지 않은 기색으로 그 뒤를 따라갔다. "프록시마인들은 아시다시피 언제나 그걸 오독誤讀하려고 호시탐탐 노리고 있지."

"모독冒瀆." 그의 동료가 정정했다.

"맞아. 모독." 알렉은 고개를 끄덕였다. "하여튼, 이게 그 기념비야." 그는 멈춰 섰다.

세 사람의 앞에는 모조품처럼 보이는—그러나 장엄한 느낌의―화강암 기둥이 하나 우뚝 서 있었다. 기둥 중간, 사람 눈높이에는 황동으로 만든 명판銘板이 단단히 박혀 있었다. 레오는 마음속에서 들려오는 이성적인 목소리를 무시하고 명판에 쓰인 비문을 읽었다.

서기 2016년. 이 지점 가까이에서 9개의 행성을 대표하는 전사 레오 뷸레로가 정정당당한 결투를 통해 태양계의 적 파머 엘드리치를 죽인 것을 기념하여 이 비석을 남긴다.

"헛!" 레오는 자기도 모르게 감명을 받고 외쳤다. 다시 한 번 비문을 읽고 또 읽어보았다. "혹시 파머도 이것을 봤는지 궁금하군." 그는 바쯤 혼잣말하듯이 말했다.

"만약 그자가 츄저라면 아마 봤을 거야." 알렉이 말했다. "츄-Z의 기본 형태는 제조자인 엘드리치 본인이 '시간 함축'이라고 부른 효과를 만들어낸다는군. 지금 당신 같은 경우가 바로 그거야. 죽은 지 한참 지난 뒤에도 사라지지 않고 어떤 중심적인 시간대를 점유하는 거지. 어떻게 보든 당신은 죽어 있는 것 같고 말이야." 그는 동료를 마주 보고 말했다. "레오 뷸레로는 이미 죽었어. 그렇지?"

"물론 죽었어." 알렉의 동료가 말했다. "이미 몇십 년 전에 죽었을걸."

"그러고 보니, 어딘가에서 읽었는데―" 알렉은 이렇게 말하다가 레오 뒤쪽을 바라보며 입을 다물었다. 팔꿈치로 동료를 쿡 찌른다. 레오도 무슨 일인가 하고 뒤를 돌아보았다.

텁수룩하고 비쩍 마른 볼품없는 흰 개가 다가오고 있었다.

"당신 개야?" 알렉이 물었다.

"아니."

"츄저 개처럼 보이는군." 알렉이 말했다. "보라고. 몸통을 통해서 반대편이 조금 보이잖아."

세 사내가 바라보는 동안 개는 계속 그들에게 다가왔고, 그대로 옆을 지나쳐 기념비 쪽으로 갔다.

알렉은 조약돌 하나를 주운 다음 개를 향해 던졌다. 조약돌은 개를 그대로 통과해서 그 너머의 풀밭 위에 떨어졌다. 츄저 개가 맞다.

세 사람이 바라보는 사이에 개는 기념비 앞에서 멈춰 섰고 잠깐 비명을 올려다보는가 싶더니—

"저건 노독路毒이야!" 알렉이 외쳤다. 분노로 시뻘겋게 달아오른 얼굴이었다. 마구 팔을 휘두르며 달려가서 개를 걷어차려고 하다가, 급기야는 허리에 찬 레이저 권총으로 손을 뻗었지만 워낙 흥분한 탓에 제대로 쥐지도 못했다.

"모독이라니까." 동료가 정정했다.

레오는 말했다. "저건 파머 엘드리치야." 엘드리치는 이 기념비에 대한 경멸감을, 자신이 전혀 미래를 두려워하고 있지 않다는 사실을 행동으로 보여주고 있는 것이다. 이런 기념비가 만들어질 리가 없다는 식으로.

개는 느긋한 발걸음으로 자리를 떴다. 두 명의 진화한 지구인들은 떠나가는 개를 향해 무익한 욕설을 퍼부었다.

"당신 개가 아닌 거 확실해?" 알렉이 의심스럽다는 듯이 힐 문했다. "내가 보는 한 이 근처에 있는 츄저는 당신밖에는 없잖 아." 그러면서 레오를 훑어본다.

레오는 입을 열어 무슨 일이 일어났는지 설명하려 했다. 이들 에게 사실을 이해시키는 것은 중요했다. 그러나 다음 순간 두 진화한 지구인들의 모습이 아무런 경고도 없이 사라졌다. 풀로 덮인 초원, 기념비, 떠나가던 개─이것들을 포함한 파노라마 전체가 증발해버렸던 것이다. 마치 그것을 투사하고, 안정시키 고, 유지해오던 것의 스위치를 찰칵 끈 것처럼. 이제 레오의 눈 앞에는 희고 광활한, 영사기에서 3-D 슬라이드를 뽑아낸 뒤에 남는 강렬한 백열광을 연상케 하는 허공만이 펼쳐져 있을 뿐이 었다. 우리가 '현실'이라고 부르는 현상의 깜박거림 아래에 손 재하는 빛이로군, 하고 레오는 생각했다.

다음 순간, 그는 달의 파머 엘드리치 사유지에 있는 텅 빈 방 에 앉아 있었다. 눈앞에는 전자장치를 올려놓은 탁자가 있었다.

장치인지 기계인지 모를 것이 말했다. "그래. 나도 그 기념비 를 봤어. 약 45퍼센트의 미래들에 그게 서 있더군. 성공 확률이 반 이하이기 때문에 크게 걱정하고 있지는 않아. 시가라도 피 우게." 기계는 또다시 불이 붙은 시가를 레오에게 내밀었다.

"됐어." 레오는 말했다.

"자네를 석방할 생각이네." 장치가 말했다. "조금 뒤, 약 24 시간 후에 말이야. 지구에 있는 자네 영세기업의 조그만 사무실로 돌아가라고. 거기서 현 상황에 관해서 잘 생각해봐. 이미 츄-Z의 위력을 몸소 경험했으니 캔-D 따위의 구닥다리 제품은 비교 대상조차도 되지 못한다는 걸 이해하겠지. 게다가一”

“허튼소리. 캔-D 쪽이 훨씬 더 우수해.”

“흠, 어쨌든 잘 생각해보라고.”

전자장치는 자신만만한 어조로 말했다.

“알았어.” 레오는 이렇게 대꾸하고 뻣뻣해진 몸을 억지로 움직여서 일어났다. 나는 정말로 지금까지 지구의 인공위성 시그마 14-B 안에 있었던 것일까? 그것은 펠릭스 블라우가 알아낼 일이었다. 전문가라면 추적이 가능할 것이다. 지금 그런 일을 고민해도 소용없다. 당면한 문제만으로도 충분히 심각한 상황이었다. 레오는 여전히 파머 엘드리치의 수중에서 빠져나오지 못하고 있었다.

엘드리치가 레오를 석방하려고 마음먹었을 때一마음먹었을 경우一에만 실제로 자유의 몸이 될 수 있다. 아무리 인정하기 싫어도 부인할 길이 없는 냉혹한 현실이었다.

“레오. 말해두겠는데, 난 자네에게 자비를 베풀었어.” 장치가 말했다. “그럴 생각만 있었다면, 나는 자네의 비교적 짧은 생애를 이루는 문장에…… 뭐랄까, 종지부를 찍을 수도 있었어. 그것도 언제나 내가 원할 때 말이야. 이런 사실을 감안해서 자네도 같은 일을 해줄 것을 기대一아니, 권고하고 싶네.”

“생각해보겠다니까.” 레오는 대꾸했다. 커피를 너무 여러 잔 마셨을 때처럼 신경이 곤두선 상태였다. 최대한 빨리 이곳을 떠나고 싶었다. 방문을 열고 복도로 나갔다.

등뒤로 문을 닫으려는 순간 전자장치가 말했다. "레오, 자네가 나와 협력하지 않기로 결정한다면, 나는 더 이상 기다리지 않을 거야. 죽이겠다는 얘기야. 나 자신을 구하기 위해서라도 그러는 수밖에 없어. 알겠나?"

"알았어." 레오는 대꾸하고 문을 닫았다. 나도 그러는 수밖에 없어. 그는 생각했다. 반드시 너를 죽여야 해……. 하지만 조금 더 에둘러 말할 수는 없는 걸까. 동물에 관해 말할 때처럼, 잠재운다 하는 식으로 말이야.

게다가 내가 그러는 건 단지 내 목숨을 구하기 위해서만이 아냐. 태양계의 전 주민을 구하기 위해서야. 내게 버팀목이 되어주는 건 바로 그런 거야. 이를테면 기념비 옆에서 마주친 두 명의 진회한 지구인 병사들. 그들에게 지킬 수 있는 무엇인가를 주기 위해서라도 나는 행동해야 해.

천천히 복도를 나아갔다. 복도 끝에는 신문기자들이 서 있었다. 아직 떠나지 않은 듯했다. 아니, 기자회견 자체가 아직 시작되지도 않은 듯했다―거의 시간이 흐르지 않았기 때문이다. 적어도 그 점에서는 파머의 말이 맞았다.

기자들 사이로 들어가자 긴장이 풀렸다. 기분도 훨씬 더 나아졌다. 잘하면 지금 도망칠 수 있을지도 모른다. 파머 엘드리치는 실제로 그를 놓아줄 작정일지도 모른다. 다시 한 번 냄새를 맡고, 눈으로 보고, 입으로 마실 수 있는 세상에서 살 수 있는 것이다.

그러나 마음속 깊은 곳에서는 진실을 알고 있었다. 엘드리치는 결코 그를 놓아주지 않을 것이다. 두 사람 중 어느 하나는 먼저 사라질 운명이다.

레오는 그 사람이 자기가 아니기를 빌었다. 그러나 그 기념비가 존재한다 하더라도 충분히 그럴 가능성이 있다는 끔찍한 예감을 불식할 수가 없었다.

07

바니 메이어슨이 있는 안쪽 사무실의 방문이 활짝 열리더니 어둑으로 녹초가 되고 추레해진 레오 블레로가 모습을 드러냈다. "자넨 나를 도우려고 하지 않았어."

잠시 후 바니는 대답했다. "사실입니다." 그 이유를 설명해봤자 의미가 없었다. 레오가 그 사실을 이해하지 못한다거나 믿지 못하기 때문이 아니라, 이유 그 자체 때문이었다. 아무튼 도저히 적절한 변명이 아니었다.

레오가 말했다. "자넨 해고야, 메이어슨."

"알겠습니다." 어쨌든 목숨은 건졌다. 레오를 구조하겠다고 나섰더라면 지금쯤 살아 있지 못했을 것이다. 감각이 없어진 듯한 손으로 책상의 개인 소유물을 끌어 모아서 빈 견본 상자 안에 쑤셔 넣기 시작했다.

"미스 퓨게이트는 어디 있나?" 레오는 힐문했다. "자네 후임이 될 건데." 레오는 바니에게 다가가서 그의 얼굴을 찬찬히 훑어보았다. "왜 나를 도우러 오지 않았나? 빌어먹을 이유가 뭐였는지 말해봐, 바니."

"미래를 들여다보았습니다. 제 입장에서는 희생이 너무 컸습니다. 제 목숨이 걸려 있었거든요."

"하지만 직접 올 필요는 없잖아. 이건 큰 회사야―사원들을 뽑아서 보내고, 자네는 뒤에 남을 수도 있었어. 그렇지?"

사실이었다. 당시 그런 생각은 떠오르지도 않았지만 말이다.

"그렇다면 자넨 내게 뭔가 치명적인 일이 일어나기를 원했다는 얘기가 되는군. 달리 해석할 도리가 없어. 무의식적인 행동이었을지도 모르겠군. 안 그래?"

"그렇겠죠." 바니는 시인했다. 적어도 지금까지 그런 생각을 안 한 것은 사실이기 때문이다. 하여튼 레오 말이 옳다. 그게 아니라면 내가 행동에 나서지 않았다는 사실을 설명할 방법이 없다. 나는 왜 펠릭스 블라우가 제안했던 대로 P.P. 레이아웃사에서 내부적으로 무장 수색대를 조직해서 달로 파견하지 않았던 것일까? 지금 와서 생각해보니 너무나도 명백했다. 뻔하지 않은가.

레오가 말했다. "파머 엘드리치의 사유지에서 소름 끼치는 경험을 했어. 그자는 얼어 죽을 마법사나 다름없어, 바니. 나를 상대로 온갖 끔찍한 짓을 저질렀지. 나나 자네는 꿈도 꾸지 못할 일을 말이야. 눈 깜짝할 새에 어린 소녀로 변신하더니 내게 미래를 보여주더군. 그 부분만은 고의적인 게 아니었을지도 모르지만 말이야. 하여튼 완전한 우주 하나를 창조했고, 그곳에는 글릭이라는 무시무시한 동물이 살고 있을 뿐만 아니라 자네와 로니가 있는 환상 속의 뉴욕 시까지 있었다네. 정말이지 끔찍했어." 레오는 멍한 표정으로 고개를 흔들었다. "자넨 이제 어디로 갈 작정인가?"

"제가 갈 곳은 한 군데밖에 없습니다."

"거기가 어딘데?" 레오는 불안한 표정으로 그를 보았다.

"여기 말고 저의 유행 예측 능력을 써줄 유일한 인물이 있는 곳입니다."

"그럼 나와 적대하겠다는 건가!"

"이미 그러고 있습니다. 적어도 당신에 관해서는 말입니다." 바니는 자신이 고의적으로 행동에 나서지 않았다는 레오의 판단을 부정할 생각은 없었다.

"그럼 단단히 각오해두는 편이 나을걸." 레오는 말했다. "그 미친 마법사, 파머 엘드리치를 자칭하는 작자와 함께 매장해버리겠어."

"자칭하다니요?" 바니는 퍼뜩 고개를 들며 짐을 싸던 손을 멈췄다.

"놈이 인간이 아니라는 확신이 한층 강해졌기 때문이야. 내가 놈을 본 건 츄-Z의 영향하에 있을 때뿐이었어. 그 이외의 경우에는 전자장치를 통해서만 나와 대화를 나눴지."

"흥미롭군요." 바니는 말했다.

“그렇지? 그런데도 자넨 얼마나 타락했길래 그런 자의 회사에 취직하려는 건가. 그자가 가발을 쓴 프록시마인이거나 아니면 그보다 더 끔찍한 존재, 이를테면 심우주를 왕복하는 중에 우주선으로 침입해서 엘드리치를 잡아먹고 본인으로 둔갑한 괴물이라고 해도 괜찮다는 건가. 자네도 그 글릭이라는 괴물을 보았다면—”

“그런 생각까지 하고 계시다면, 부탁이니 저를 쫓아내지 말고 회사에 남게 해주십시오.”

“그럴 수는 없네. 그런 종류의 불성실한 행위가 탄로난 지금은 무리야.” 레오는 시선을 돌리고 헐떡였다. “나도 이렇게까지 차갑고 합리적으로 자네를 대하고 싶지는 않지만—” 그는 힘없이 주먹을 쥐었다. “정말 끔찍한 체험이었어. 그자는 실질적으로 내 의지를 꺾었네. 나중에 그 진화한 지구인들을 만난 것이 어느 정도 도움은 됐지만 말이야. 그것도 오래가진 못했어. 엘드리치가 개 모습을 하고 나타나서 기념비에 오줌을 갈겼거든.” 레오는 암울한 표정으로 얼굴을 찡그렸다. “놈이 구체적으로 자기 마음을 보여줬다는 점은 인정해야겠지. 깔보는 투가 역력했어.” 그러고는 반쯤 혼잣말하듯이 이렇게 덧붙였다. “놈은 자기가 이길 거라고 확신하고 있어. 그 비문을 본 뒤에도 전혀 두려워하는 기색이 없었어.”

“행운을 빌어주십쇼.” 바니는 손을 내밀었다. 두 사내는 짧고 의례적인 악수를 나눴다. 바니는 자기 방을 뒤로하고 비서 책상을 지나 중앙 복도로 나갔다. 공허한 기분이었다. 몸 안에 아무 쓸모도 없는 무색무취의 지푸라기가 가득 차 있는 느낌. 단지 그런 것들밖에는 없다.

엘리베이터가 오기를 기다리고 있었을 때 로니 퓨게이트가 헐떡이며 달려왔다. 아름다운 얼굴에는 걱정하는 빛이 역력했다. "바니—레오한테 해고당했어요?"

바니는 고개를 끄덕였다.

"세상에. 이제 어떻게 할 거예요?"

"이제는 라이벌 회사에 취직하기로 했어. 좋든 나쁘든 간에 말이야."

"하지만 그럼 난 당신하고 어떻게 함께 살란 말이죠? 나는 레오를 위해 여기서 일하는데, 당신은—"

"전혀 모르겠어." 바니는 말했다. 자동 엘리베이터는 이미 도착해 있있다. 안으로 들어깄다. "나중에 보자고." 바니는 이렇게 말하고 버튼을 눌렀다. 엘리베이터 문이 닫히며 로니의 모습이 사라졌다. 네오크리스천들이 지옥이라 부르는 장소에서 보자고. 그는 속으로 뇌까렸다. 아마 그때까지는 볼 기회가 없을 거야. 지금 여기가 이미 지옥이 아닌 이상. 아니, 여긴 이미 지옥일지도 모르겠군.

가로街路 층에서 P.P. 레이아웃사 건물을 나온 다음, 내열 차폐막 아래에 서서 택시를 찾았다.

택시 한 대가 앞에 와서 멈췄다. 차 안으로 들어가려고 한 순간 건물 정문에서 다급하게 그를 부르는 소리가 들렸다. "바니, 기다려요."

"당신 제정신이야?" 바니는 말했다. "사무실로 돌아가. 저 건물, 전도양양한 당신의 미래를 나 때문에 포기할 필요는 없어."

로니가 말했다. "우린 함께 일하기로 했잖아요. 기억 안 나요? 내 입으로 함께 레오를 배신하자는 데 동의했잖아요. 그러니까 앞으로도 협력하지 못할 것도 없잖아요?"

"사정이 완전히 바뀌었어. 나 자신의 비열함, 무능함, 하여튼 그런 것들로 인해 레오를 구하러 달로 가지 않은 탓에 말이야." 지금 그는 자기 자신이 달라진 것을 느끼고 있었고, 더 이상 예전 같은 동정적인 시선으로 스스로를 보고 있지 않았다. "그만둬. 나 따위에게 미련을 갖지 마. 혹시 나중에 당신이 곤경에 빠져서 도움을 요청해도 난 레오에게 했던 것과 똑같은 짓을 할 게 뻔해. 손가락 하나 까닥하지 않고 당신이 파멸하는 걸 보고 있겠지."

"도왔다면 당신 목숨이 위태로웠잖아요—"

"언제나 그런 상황이었는걸." 바니는 지적했다. "뭘 하든 위험은 있기 마련이야. 그게 우리가 빠져나오지 못하고 허우적거리고 있는 이 희극의 실체지." 그렇다고 변명이 되는 것은 아니었다. 적어도 그의 눈으로 볼 때는 말이다. 그는 택시에 몸을 신고 기계적으로 자기 조합아파트 주소를 말한 다음 좌석에 등을 기댔다. 택시는 이글거리는 대낮의 하늘로 상승했다. 까마득하게 아래쪽, 내열 차폐막 아래에 서서 이마에 손을 대고 그를 배웅하는 로니 퓨게이트의 모습이 보였다. 보나마나 그가 마음을 바꾸고 되돌아오기를 기다리는 것이리라.

그러나 그는 그러지 않았다.

자기 자신을 정면에서 바라보고 솔직하게 나는 비열하다고 말하려면 어느 정도 용기가 필요할까. 바니는 생각했다. 나는 악행을 저질렀고, 앞으로도 저지를 거야. 그건 우발적인 행동이 아니라, 내 진짜 본성에서 우러나온 행위였어.

잠시 후 택시는 하강하기 시작했다. 지갑을 꺼내려고 호주머니에 손을 넣다가 자기 조합아파트에 와 있는 것이 아니라는 사실을 깨닫고 충격을 받았다. 허둥대며 이곳이 어딘지를 파악하려고 했다. 그제야 정신이 들었다. 이곳은 조합아파트 492동이다. 택시를 향해 에밀리의 주소를 말했던 것이다.

휙 하고 과거로 돌아가려고 했던 것일까. 사물이 의미를 가지고 있던 시절로. 그는 생각했다. 직장에서도 잘나가고, 장래희망도 확실하던 시절. 무엇을 포기하고, 무엇과 싸우고, 무엇을 희생하고―또 왜 그러는지를 알고 있던 시절로. 하지만 지금은…….

이제 그는 자기 앞길을 희생한 꼴이 되었다. 당시에는 그것만이 그의 목숨을 구하는 길이라고 생각했기에. 그런 논리를 따르자면 예전에 에밀리를 버린 것도 자기 목숨을 구하기 위해서라는 얘기가 된다. 따지고 보면 단순한 얘기 아닌가. 이보다 더 명명백백할 수는 없을 정도다. 그것은 이상적인 목표가 아니었다. 옛 청교도적, 칼빈적인 천직에 대한 사명감도 아니었다. 꿈틀거리며 땅 위를 기어다니는 모든 벌레에 깃들고, 그것을 움직이고 있는 본능 그 이상도, 이하도 아니었다. 하느님!

그는 생각했다. 또 그래버렸다. 처음엔 에밀리를 배신하고, 이번에는 레오를 배신했다. 나는 도대체 어떤 인간일까? 당사자에게 정직하게 고백했지만, 다음엔 로니를 배신할 차례다. 필연적으로.

혹시 에밀리라면 나를 도와줄지도 몰라, 하고 그는 생각했다. 여기 와 있는 것은 아마 그 때문일지도 모른다. 에밀리는 이런 종류의 일에 관해서는 날카로운 판단력을 가지고 있었다. 내가 내부의 현실을 흐릿하게 만들 목적으로 만들어낸 자기정당화의 망상을 언제나 쉽게 꿰뚫어 보았으니까 말이다. 물론 그 탓에 그녀와 사이가 껄끄러워지고, 더 빨리 헤어지고 싶어지긴 했지만. 사실, 나 같은 인간에게는 그것만으로도 충분한 이유가 되었다. 하지만—지금의 나는 예전보다는 더 잘 인내할 수 있을지도 모른다.

잠시 후 그는 에밀리의 아파트 현관문 앞에 서서 초인종을 누르고 있었다.

만약 에밀리가 파머 엘드리치 휘하에 들어가는 편이 낫다고 한다면 나는 그 말에 따를 거야. 그는 되뇌었다. 그만두라고 하면 그만둘 거고. 하지만 에밀리와 그녀의 남편은 지금 엘드리치를 위해 일하고 있지 않은가. 그렇다면 나더러 그만두라고 진심으로 말할 수 있을까? 그렇다면 이미 대답은 정해진 것이나 마찬가지다. 그리고 아마 나도 그 사실을 이미 알고 있는지도 모르겠다.

문이 열렸다. 젖거나 마른 진흙이 묻은 푸른 작업용 겉옷을 입은 에밀리는 놀란 듯이 눈을 동그랗게 뜨고 그를 바라보았다.

"안녕." 바니는 말했다. "레오한테 해고당했어." 그러고는 대꾸를 기다렸지만, 그녀는 아무 말도 하지 않았다. "들어가도 돼?" 그는 말했다.

"들어와요." 그녀는 그를 아파트 안으로 안내했다. 거실 한복판에는 예전과 마찬가지로 낯익은 도자기용 물레가 큰 공간을 차지하고 있었다. "항아리를 만들던 중이었어. 바니, 오래간만에 보니까 반갑네. 커피 한잔하고 싶으면 미안하지만 직접—"

"당신 충고를 얻으려고 왔어. 하지만 이젠 필요 없다는 판단을 내렸어." 바니는 어슬렁거리며 창가로 가서 육중한 마분지 상자를 내려놓고 밖을 내다보았다.

"이대로 일을 계속해도 될까? 좋은 아이디어가 떠올라서 그래. 아니, 적어도 그땐 좋은 아이디어라는 느낌이었는데." 에밀리는 이마를 문지른 다음 눈두덩을 주물렀다. "지금은 모르겠어. 왜 이렇게 피곤한 걸까. 혹시 E요법하고 관계가 있는 걸까."

"진화 요법? 그런 걸 받고 있어?" 그는 몸을 획 돌리고 그녀를 찬찬히 뜯어보았다. 육체적인 변화를 겪었을까?

그가 보기에는—아마 너무 오랫동안 그녀를 안 본 탓인지도 모르지만—용모가 조야粗野하게 바뀐 듯한 인상을 받았다.

나이 탓이겠지. 바니는 생각했다. 그렇지만—

"효과가 있어?" 그는 물었다.

"흠, 한 번 받았을 뿐이야. 하지만 머릿속이 이상할 정도로 흐리멍덩해졌어. 제대로 생각을 할 수 없는 것 같아. 아이디어가 떠올라도 뒤죽박죽이고.”

“그 요법은 그만두는 편이 낫다고 생각해. 그게 아무리 최신 유행이라고 하고, 아무리 유명인들이 앞다퉈서 그걸 받고 있다고 해도.”

“아마 그럴지도. 하지만 너무 흡족해하고 있어. 리처드하고 뎅크말 박사님은.” 에밀리는 고개를 떨궜다. 바니에게는 낯익은 반응이었다. “나보다 그쪽이 더 잘 알지 않을까. 안 그래?”

“그런 건 아무도 몰라. 미지의 영역이라고. 당장 그만둬. 당신 언제까지 그렇게 남에게 휘둘리기만 하면서 살 거야?” 그는 일부러 명령하는 듯한 어조로 말했다. 부부로 함께 살 당시 수없이 썼던 수법이고, 대개의 경우 효과가 있었다. 그러나 언제나 그랬던 것은 아니었다.

그리고 이번이 그런 예외에 해당한다는 사실을 그는 깨달았다. 에밀리의 눈에 평소의 종순함과는 거리가 먼 고집스러운 빛이 떠올랐던 것이다. “그건 내가 정할 문제인 것 같은데.” 그녀는 조용하게 말했다. “그리고 난 계속 요법을 받을 작정이야.”

바니는 어깨를 으쓱하고 아파트 안을 멍하게 돌아다녔다. 그는 에밀리를 강제할 아무런 힘도 가지고 있지 않았고, 그 사실에 신경이 쓰이지도 않았다. 아니, 정말일까? 정말로 신경이 쓰이지도 않는 것일까? 머릿속에 이미지가 하나 떠올랐다. 퇴화해가는 에밀리의 모습……. 그리고 그러는 와중에도 창조력을 쥐어짜서 항아리를 만들려고 노력하는 그녀의 모습이. 우습고도―비참한 광경이었다.

“어이, 당신.” 그는 거친 어조로 말했다. “그 작자가 정말로 당신을 사랑한다면—”

“방금 말했잖아. 내가 결정할 문제라고.” 에밀리는 이렇게 말하고 물레 쪽으로 돌아갔다. 높고 커다란 항아리가 모양을 갖춰가고 있었다. 바니는 다가가서 자세히 들여다보았다. 괜찮아 보이는군, 하고 그는 생각했다. 하지만—어디선가 본 듯한 느낌이다. 이미 이런 항아리는 만든 적이 있지 않나? 그러나 그는 아무 말도 않고 관찰하기만 했다.

“그럼 이제부터 어떻게 할 작정이야?” 에밀리가 물었다. “어느 회사로 갈 생각인데?” 그녀의 동정적인 태도를 보자 얼마 전 그녀가 P.P. 레이아웃사에 팔려고 한 항아리들을 거절한 사람은 다름 아닌 자신이라는 사실이 생각났다. 따라서 그에게 큰 적의를 느껴도 낭연한데노, 선혀 그러지 않는 것이 실로 에밀리다웠다. 물론 리처드 내트의 제안을 거절한 사람이 전 남편인 바니라는 사실을 그녀는 알고 있었다.

바니는 말했다. “장래에 뭘 할지는 이미 정해졌는지도 몰라. 징용 영장을 받았거든.”

“맙소사. 당신이 화성에서 살다니. 상상이 안 돼.”

“캔-D를 씹고 살면 돼. 단지—” 퍼키 팻 모형 세트 대신에 에밀리 모형 세트를 가지고 놀지도 모르겠군, 하고 그는 생각했다. 그리고 환상 속에서 당신과 시간을 보내는 거지. 내가 고의적으로, 어리석게도 등을 돌린 과거의 삶으로 되돌아가는 거야. 내 인생에서 유일하게 좋았고, 내가 정말로 행복했던 그 시절로. 물론 당시에는 그런 사실을 몰랐다. 지금과는 달리 비교 대상이 아예 없었으므로……. "혹시나 해서 묻는 건데," 그는 말했다. "나하고 함께 갈 생각은 없어?"

에밀리는 빤히 그를 쳐다보았고, 그도 에밀리를 쳐다보았다. 두 사람 모두 방금 그의 입에서 나온 말에 아연실색하고 있었다.

"진심이야." 그는 말했다.

"언제 그런 결심을 했어?"

"내가 언제 결심을 했든 그런 건 중요하지 않아. 중요한 건 내가 지금 그렇게 마음을 먹었다는 점이야."

"**내가** 어떻게 마음을 먹는지도 중요하지 않을까." 에밀리는 조용한 어조로 말하고 다시 항아리를 다듬기 시작했다. "리처드와도 행복하게 잘 살고 있고. 서로 아주 잘 맞거든." 평온한 얼굴이었다. 그녀가 진심인 것은 명백했다. 그는 저주를 받았고, 자기 자신이 파놓은 공허 속으로 보내져 파멸할 운명에 처해 있었다. 자업자득이다. 그도, 에밀리도 그 사실을 알고 있었다. 입 밖에는 내지 않았지만 말이다.

"가봐야겠어." 그는 말했다.

에밀리는 그를 잡지 않았다. 단지 고개를 끄덕였을 뿐이었다.

"하느님께 맹세코 말하는데," 그는 말했다. "당신이 퇴화하고 있는 게 아니라면 좋겠어. 개인적으로는 퇴화하고 있다고 생각하지만 말이야. 당신 얼굴만 봐도 알 수 있어. 거울 좀 봐." 이렇게 내뱉고 그는 아파트에서 나왔다. 등뒤에서 현관문이 닫히자마자 그는 방금 한 말을 후회했다. 하지만 차라리 잘한 건지도 모른다……. 에밀리를 위해서는 그러는 편이 나았을 수도 있으니까. 왜냐하면 두 눈으로 똑똑히 보았기 때문이다. 그런 것을 보고 싶지는 않았다. 그 누구도 마찬가지일 것이다. 그녀의 멍청한 남편조차도 말이다……. 도대체 왜 나 대신 그런 사내를 선호하는 걸까……. 내가 그 이유를 알 일은 없겠지만, 그들의 결혼에서 어딘가 운명적인 느낌을 받는 것도 사실이었다. 에밀리는 리처드 내트와 함께 살아가고, 다시는 나의 아내가 될 수 없는 운명이다. 그 누구도 시간의 흐름을 되돌릴 수는 없다.

캔-D를 씹으면 그럴 수 있겠군, 하고 그는 생각했다. 신제품인 츄-Z를 씹는 방법도 있다. 외계 이민자들은 다들 그렇게 한다. 지구에서는 입수할 수 없지만, 화성이나 금성이나 가니메데를 위시한 변경의 식민지에서는 얼마는지 그럴 수 있다.

만약 모든 것이 끝장나도 그것이 남아 있다.

그리고 모든 것은 끝장났을지도 모른다. 왜냐하면―

곰곰이 생각해본 결과 바니는 파머 엘드리치의 회사에 취직하는 것은 불가능하다고 결론을 내렸다. 그 사내가 레오에게 했던―또는 하려고 했던―일을 감안하면, 양심이 허락하지 않기 때문이다. 이런 생각이 떠오른 것은 건물 밖에 서서 택시를 기다리고 있었을 때의 일이었다. 눈앞에서 한낮의 거리가 반짝거리는 것을 보면서 생각했다. 그냥 저기로 걸어나가면 어떨까. 죽기 전에 누군가에게 발견될까? 아마 그렇게 되지는 않을 것이다. 그렇다면 굳이 다른 방법을 택하지 않아도…….

이걸로 재취업에 관한 마지막 희망도 사라졌다. 내가 여기서 주저한다면 레오는 재미있어할 것이다. 내가 그랬다는 데 놀라움을 느끼겠지. 그리 기분 나빠하지도 않을 것이다.

기왕 이렇게 된 거, 엘드리치를 불러내 직접 확인해보기로 하자. 나를 고용할 생각이 있는지 말이다.

영상전화 부스로 가서 달에 있는 엘드리치의 사유지를 불러냈다.

"바니 메이어슨이라고 합니다. 예전에는 레오 뷸레로 밑에서 유행 예측 컨설턴트로 일하고 있었습니다. 사실상 P.P. 레이아웃사의 제2인자였습니다."

엘드리치의 인사부장은 미간을 찌푸리고 말했다. "그래서요? 용건이 뭡니까?"

"그쪽 회사에 취직자리가 없을까 해서요."

"우리는 유행 예측 컨설턴트를 고용할 계획이 없습니다. 죄송합니다."

"엘드리치 씨에게 직접 물어봐주시지 않겠습니까?"

"그 문제에 관해서 엘드리치 씨는 이미 결정을 내렸습니다."

바니는 접속을 끊고 영상전화 부스에서 나왔다.

별로 의외라는 느낌은 받지 않았다.

만약 그쪽에서 면접을 위해 달로 오라고 했다면, 나는 그 제안에 응했을까? 응했을 것이다. 가기는 갔겠지만, 어떤 시점에서 사양했을 것이다. 일단 그들이 내게 일자리를 줄 용의가 있다는 사실을 확신한 뒤에는 말이다.

영상전화 부스로 돌아가 UN의 이민 선발국에 전화를 걸었다. "이름은 바니 메이어슨이야." 주민등록 번호를 말했다. "얼마 전에 통지를 받았는데, 정식 절차를 생략하고 당장 출발하고 싶어. 빨리 이주하고 싶어서 그래."

"신체검사는 생략할 수 없습니다만." UN 관리가 말했다. "정신검사도 역시 마찬가지입니다. 하지만 언제든 오셔서 양쪽 검사를 받을 수 있습니다. 원하신다면 지금 당장이라도."

"알았네. 그러지."

"그리고 메이어슨 씨는 자발적으로 이민에 지원하셨으니 원하는 장소를 골라서—"

"아무 행성이나 위성이라도 좋아." 그는 접속을 끊고 부스에서 나와 택시를 잡았다. 자기 조합아파트에 가까운 이민 선발국의 주소를 댔다.

택시가 뉴욕의 중심가 상공을 웅웅거리며 날고 있었을 때 다른 택시가 급상승하더니 바니가 탄 택시를 휙 추월했고, 양쪽 수직 안정판을 흔들며 신호를 보냈다.

"교신을 하고 싶어합니다만." 그가 탄 택시의 자동회로가 보고했다. "교신 요청에 응하시겠습니까?"

"아니. 속도를 올려." 이렇게 대답하곤 곧 마음을 바꿨다. "상대방이 누군지 물어볼 수는 있나?"

"무선으로 들어보겠습니다." 택시는 잠시 침묵하다가 말했다. "파머 엘드리치가 보낸 메시지를 갖고 왔다고 주장하는군요. 손님을 사원으로 채용하고 싶으니 어디에도 가지 말고—"

“다시 한 번 얘기해봐.” 바니가 말했다.

“파머 엘드리치 씨의 대리로서 이렇게 말하고 있습니다. 조금 전에 손님이 하신 요청을 받아들여 사원으로 채용할 작정이다. 이것은 일반 사규에는 반하는 일이지만—”

“그쪽과 얘기를 하게 해줘.” 바니는 말했다.

마이크가 눈앞으로 올라왔다.

“당신 누구야?” 바니는 마이크에 대고 말했다.

들은 적이 없는 사내의 목소리가 말했다. “‘보스턴 츄-Z 제조산업’의 아이콜츠라고 합니다. 지금 착륙해서 우리 회사에 취직하는 건에 관해 토의하시지 않겠습니까?”

“난 징용국으로 가고 있어. 지원하려고.”

“그래도 아직 문서상으로 지원하거나 한 건 아니죠? 아직 서명도 안 했고.”

“안 했지.”

“좋습니다. 그럼 때가 늦지 않았습니다.”

바니는 말했다. “하지만 화성으로 가면 캔-D를 씹을 수 있어.”

“도대체 왜 그런 정신 나간 짓을 하고 싶어하는 겁니까?”

“그럼 에밀리에게 돌아갈 수 있거든.”

“에밀리가 누굽니까?”

“내 전처. 임신했다는 이유로 내가 쫓아냈지. 지금 와서 그때가 내 생에 유일하게 행복한 시절이었다는 걸 깨달았어. 사실 지금 나는 과거의 그 어떤 시절보다 더 그녀를 사랑하고 있어. 애정이 줄어들기는커녕 더 강해지더군.”

"제 말을 들어주십시오." 아이콜츠가 말했다. "우리 회사로 오면 얼마든지 츄-Z를 드릴 수 있습니다. 게다가 캔-D에 비해 훨씬 더 우수합니다. 영구히 변하지 않는 완벽한 현재에서 당신의 전처와 영원히 살아갈 수 있습니다. 문제없습니다."

"그래도 파머 엘드리치하고는 일하고 싶지 않을지도 몰라."

"그쪽에서 먼저 청했으면서!"

"하나 궁금한 점이 있었거든." 바니는 말했다. "중대한 의문이지. 그래서 말하는데, 그쪽에서 먼저 연락하지는 마. 내가 하겠어. 만약 이민 지원을 하지 않는다면 말이야."

그는 택시에게 마이크를 되돌려주었다. "잘 썼어. 고마워."

"이민 지원을 하는 것은 숭고한 행위입니다." 택시가 말했다.

"네 할 일이나 잘해." 바니는 대꾸했다.

"손님은 올바른 일을 하고 있다고 생각합니다." 택시는 개의치 않고 대답했다.

"그때 레오를 구하러 시그마 14-B로 갔다면 좋았을 텐데. 아니, 레오는 달에 있었던가? 거기가 어디든 갔어야 했어. 이젠 기억도 잘 안 나는군. 모든 게 일그러진 꿈처럼 느껴져. 하여튼 간에, 그랬더라면 여전히 레오 밑에서 일하고 있었을 거고, 모든 게 잘 돌아갔겠지."

"누구든 잘못을 저지르는 법입니다." 택시는 경건한 어조로 말했다.

"하지만 그중에 치명적인 잘못을 저지르는 작자도 있지." 처음에는 사랑하는 사람들, 자기 처자에게. 그다음에는 자기 고용주에게. 그는 속으로 뇌까렸다.

택시는 웅웅거리며 계속 날아갔다.

그런 다음, 우리는 마지막 잘못을 저지르지. 자기 일생의 총결산이 될 만한 잘못을 말이야. 엘드리치 밑으로 들어가서 일하느냐. 아니면 외계 이민에 지원하느냐. 어느 쪽을 선택하든 간에, 이 사실만은 알고 있다.

그 선택이 잘못되었다는 사실을.

한 시간 후 바니는 신체검사를 받았다. 신체검사에 합격하자, 이번에는 닥터 스마일과 크게 다르지 않은 기계에게 정신검사를 받았다. 거기서도 합격했다.

그는 망연자실한 상태에서 선서를 마쳤고 ("나는 지구를 나의 어머니이자 지도자로 받들 것을 맹세합니다," 운운) 2절판의 '환영합니다!' 어쩌고 하는 제목의 책자를 건네받은 후 나가보라는 얘기를 듣고 짐을 싸기 위해 자택으로 돌아왔다. 그가 탈 우주선은 24시간 후에 이륙할 예정이었다―어디를 향한 것인지는 모르지만 말이다. 징용국에서는 아직 목적지에 관해 한마디도 얘기해주지 않았다. 아마 이민 목적지를 통고하는 말은 "메네 메네 테켈"이라는 문구로 시작되지 않을까. 적어도 그래야 한다. 선택의 폭이 얼마나 좁은지를 감안한다면.

이걸로 끝났군, 하는 생각과 함께 온갖 감정이 몰려왔다. 기

---

* 아람어로 "세고, 세고, 저울에 달아보니"라는 뜻이며, 운이 다했음을 의미한다. 구약성서 다니엘서 5:25~27.

쁨, 안도감, 공포, 그리고 압도적인 패배감을 수반한 우울함. 그는 조합아파트로 가는 택시 안에서 생각했다. 어쨌든 한낮의 태양 아래로 걸어나가서, 노래 가사에 나오는 미친개나 영국인 흉내를 내는 것보다는 낫잖아.

아니, 그럴까?

하여튼 간에, 이쪽이 더 완만하다는 점만은 확실하다. 이런 식으로 죽으려면 시간이 걸린다. 50년쯤 걸릴 수도 있다. 이쪽에 더 매력을 느꼈다. 왜 그러는지는 모르겠지만.

그래도 그럴 생각만 있다면 언제든 행동에 나설 수 있다. 외계 식민지에서는 이곳 지구만큼이나 많은 기회가 널려 있을 것이 뻔하니까. 아니, 여기보다 더 많을지도 모르겠다.

자신이 사랑하는 아파트, 땀 흘려 일해 얻은 아파트에서 마지막으로 편한 시간을 보내기 위해 돌아온 바니가 짐을 싸고 있었을 때, 영상전화가 울렸다.

"미스터 베이어슨—" 젊은 여자가 말했다. UN 식민 기구의 하부 조직에서 일하는 말단직원쯤 되어 보인다. **미소 짓고 있다.**

"메이어슨이야."

"그렇군요. 제가 전화를 드린 건 다름 아니라 메이어슨 씨의 목적지가 정해졌다는 말씀을 드리기 위해서입니다. 정말 운이 좋으시네요! 파인버그 크레센트라는 화성의 비옥한 지역으로 결정이 났답니다. 틀림없이 마음에 드실 거예요. 자, 그럼 안녕히. 행운을 빌겠습니다." 그녀는 그가 영상을 끌 때까지도 줄곧 미소 짓고 있었다. 이민을 가지 않아도 되는 사람의 미소였다.

"나도 당신 행운을 빌어." 그는 중얼거렸다.

파인버그 크레센트라. 들어본 적 있는 이름이다. 다른 곳들과 비교하면 비옥하다는 것도 영 틀린 말은 아니었다. 하여튼 그곳의 이주자들은 밭을 간다고 한다. 얼어붙은 메탄 결정의 황야에서 매년 쉴 새 없이 격렬한 가스 폭풍을 겪어야 하는 곳들과는 다른 것이다. 믿든 말든 자유지만, 이따금 지하 토굴에서 지상으로 올라갈 수 있다는 얘기도 들었다.

아파트의 거실 구석에는 닥터 스마일이 든 여행가방이 놓여 있었다. 그는 그것을 켜고 말했다. "어이, 선생, 지금부터 하는 말은 믿기 힘들지도 모르지만, 더 이상 당신 도움이 필요하지 않게 됐어. 그러니까 이민 안 가도 되는 여자가 말했듯이 안녕히 있게나. 행운을 비네." 그러고는 설명하듯이 덧붙였다. "난 지원했어."

"크드릭스으으으으." 닥터 스마일이 이런 괴상한 소리를 낸 것은 조합아파트 건물 지하실에 있는 본체의 톱니바퀴가 하나 헛돈 탓일까. "하지만 당신 같은 타입에게는—거의 불가능한 행동입니다만. 이유가 뭡니까, 메이어슨 씨?"

"자살 충동." 그는 이렇게 대꾸한 다음 정신과 기계를 껐고 말없이 짐을 싸기 시작했다. 맙소사. 그는 생각했다. 얼마 전까지만 해도 로니하고 정말 거창한 계획을 세워놓았었는데. 대대적으로 레오를 배신하고, 커다랗게 풍덩 하는 소리와 함께 엘드리치 쪽에 붙을 생각이었어. 그랬었는데, 도대체 무슨 일이 일어난 것일까? 알고 싶다면 가르쳐주지. 그는 자문자답했다.

레오 쪽에서 선수를 쳤던 거야.

그리고 이제 로니는 내 자리를 차지했다. 희망하던 대로.

생각하면 생각할수록 당혹감과 더불어 분통이 치밀어올랐다. 그러나 이제는 손쓸 방법이 없다. 적어도 이 지구에서는. 혹시 캔-D나 츄-Z를 씹으면 그가 희망하는 우주로 가서―

현관문을 두드리는 소리가 들렸다.

"여어." 레오가 말했다. "들어가도 되겠나?" 그는 접은 손수건으로 거대한 이마의 땀을 닦으며 아파트 안으로 들어왔다. "정말이지 더운 날이로군. 전송 신문을 보니 기온 지표가 10분의 6와그너나―"

"복직을 권하려고 오신 거라면," 바니는 짐을 싸던 손을 멈추고 말했다. "이미 늦었습니다. 외계 이민에 지원했으니까요. 내일 아침 파인버그 크레센트로 떠납니다." 레오가 화해를 하려고 온 거라면 그야말로 최고의 아이러니라고 할 수 있었다. 맹목적인 창조의 차륜이 마지막으로 한 바퀴 돌았다고나 할까.

"복직을 권하려고 온 게 아냐. 자네가 징용당했다는 것도 알아. 이민 선발국에도 정보 제공자들이 있지만, 어차피 닥터 스마일한테서 다 들었어. 자넨 물론 몰랐겠지만, 난 그 친구에게도 보수를 지불하고 있었다네. 자네의 스트레스 내성 낮추기가 얼마나 진척됐는지를 보고받기 위해서 말이야."

"그럼 무슨 용건으로 오신 겁니까?"

레오는 말했다. "자네가 펠릭스 블라우 밑에서 일해줬으면 좋겠네. 이미 준비는 다 끝낸 상태야."

"저는 여생을 파인버그 크레센트에서 보낼 겁니다." 바니는 조용한 어조로 말했다. "그걸 이해 못 하시겠습니까?"

"진정해. 난 나쁜 상황에서도 최선을 다해 노력하고 있고, 자네도 그러는 편이 나을 거야. 생각해보면 우리 두 사람 모두 너무 성급하게 행동했던 것 같아. 내가 자네를 해고한 일도, 자네가 그 흡혈귀 드라큘라 같은 이민 선발국에 자기 자신을 팔아넘긴 일도. 바니, 난 파머 엘드리치를 함정에 빠뜨릴 수단을 찾아냈다고 생각하네. 블라우하고도 의논해봤는데, 괜찮은 아이디어라고 생각하더군. 자넨 이민자 중 한 사람으로 위장하고―" 레오는 잠시 말을 멈추고 정정했다. "아니, 그냥 실제 이민자로서의 삶을 살아가고, 그룹의 일원이 되는 거야. 그러던 어느 날, 빠르면 다음 주에라도, 엘드리치는 자네가 사는 지역에서 츄-Z의 판매를 시작할 거야. 그자들은 즉각 자네에게 접근할지도 몰라. 적어도 우리는 그렇게 희망하고 있지. 그걸 기대하고 있는 거야."

바니는 일어섰다. "그럼 저는 기다렸다는 듯이 덥석 그걸 산다, 이겁니까."

"그래."

"왜죠?"

"그런 다음에는 UN에 제소를 하는 거지. 필요한 절차는 우리 회사의 변호사들이 알아서 해줄 거야. 그 추잡스럽고 더럽고 부정不淨한 쓰레기를 사용했다가 극히 유해한 부작용에 시달리고 있다고 말이야. 지금 그게 뭔지 걱정할 필요는 없네. 우리는 자네를 테스트케이스로까지 확대시키고, UN이 츄-Z를 위험한 유해 물질로 지정하는 수밖에 없도록 몰아갈 작정이네. 지구에 아예 발을 못 붙이게 하는 거지. 그러기 위해서 자네 상황은 안성맞춤이라고 할 수 있네. P.P. 레이아웃사의 일을 그만두고 외계로 이민을 가는 거 말이야. 일부러 맞추려고 해도 이보다 더 좋은 타이밍일 수는 없었을 거야."

바니는 고개를 가로저었다.

"그게 무슨 뜻인가?" 레오가 말했다.

"저는 빼주십시오."

"왜?"

바니는 어깨를 으쓱했다. 그 자신도 뭐라고 대답해야 할지 알 수 없었다. "그때 그런 식으로 당신을 배신한 마당에—"

"자넨 당황했을 뿐이야. 어떻게 행동해야 할지를 몰랐던 거지. 그건 자네 일이 아니었어. 난 스마일을 통해서 자네 말고 우리 회사 경찰 책임자인 존 셀처를 불러냈어야 했어. 그래, 자네는 실수를 저질렀어. 하지만 이젠 다 끝난 일이니 잊게."

"아닙니다." 바니는 대답하고, 이렇게 생각했다. 내가 나 자신에 관해서 알게 된 일들을 잊을 수는 없어. 그런 식의 통찰은 일방통행이니까. 마음을 직격하는. 게다가 독을 잔뜩 머금고 있지.

"제발 우울증에 빠지지는 말게. 누가 봐도 병적으로 보이니까. 파인버그 크레센트로 가서 산다고 해도, 자네 앞에는 길고 긴 인생이 기다리고 있잖나. 일이 어떻게 굴러갔든 결국은 징용당할 수도 있었고. 안 그래? 자네도 그렇게 생각하지?" 레오는 동요한 기색으로 거실 안을 왔다 갔다 했다. "이런 염병할. 좋아. 싫으면 그만둬. 엘드리치와 프록시마인들이 하고 싶은 대로 하게 내버려둬. 태양계를 정복하든지, 아니면 전 우주를 정복하도록 놓아두라고. 일단 우리부터 그 대상이 되겠군." 레오는 멈춰 서서 바니를 쏘아보았다.

"좀―생각할 시간을 주십쇼."

"츄-Z를 써보게나. 자네도 알게 될 테니. 그건 우리 모두를 오염시킬 거야. 안에서 시작해서 천천히 밖을 향해 퍼져 나가는 거지―완전히 미친 짓이야." 레오는 몸을 너무 움직인 탓인지 씨근대며 멈춰 섰고, 격렬하게 기침을 했다. "시가를 너무 많이 피웠나." 그는 힘없는 어조로 말했다. "맙소사." 그는 바니를 바라보았다. "그자가 내게 유예 기간을 하루 줬다는 걸 아나? 그때까지 항복하지 않으면―" 그는 손가락을 딱 튕겼다.

"그렇게 빨리 화성에 갈 수는 없습니다." 바니는 말했다. "밀매인에게서 츄-Z 한 꾸러미를 구입하는 상황까지 가려면 더 시간이 걸리겠고."

"그건 나도 알아." 레오는 가열찬 목소리로 말했다. "하지만 그렇게 빨리 나를 파멸시킬 수는 없을 거야. 몇 주, 아니면 몇 달이나 걸리겠지. 그리고 그때까지 우리는 츄-Z의 부작용을 증명할 만한 인물을 법정에 세울 거야. 자네가 보기에는 별것 아닌 것처럼 보일지도 모르겠지만―"

바니는 말했다. "제가 화성에 도착하면 연락해주십시오. 제가 거주하는 토굴로요."

"그래! 물론 그러지!" 이런 다음 레오는 혼잣말하듯 말을 이었다. "그럼 자네에게도 이유가 생길 거야."

"예?"

"아무것도 아닐세."

"설명해주십쇼."

레오는 어깨를 으쓱했다. "빌어먹을. 자네가 사면초가 상태라는 건 잘 알아. 로니가 자네 자리를 차지했네. 자네 말이 옳았어. 난 회사를 나간 자네를 미행시켰네. 그래서 자네가 전처에게 쏜살같이 달려갔다는 걸 알아. 자넨 여전히 그 여자를 사랑하지만, 여자 쪽에서는 안 오겠다고 했어. 그렇지? 난 자네에 관해서 자네보다 더 잘 안다네. 내가 파머에게 잡혀 있었을 때 구하러 오지 않은 이유가 뭔지도 정확하게 알아. 자네 일생의 목표는 나 대신 사장 자리에 앉는 거였어. 그 야망이 무너진 지금은, 뭔가 새로운 목표를 세울 필요가 있었던 거지. 안됐지만 자업자득이야. 야망이 너무 지나쳤어. 난 사장을 그만둘 계획이 없거든. 그런 생각은 단 한 번도 해본 적이 없지. 자넨 우수한 인재이지만 결코 우수한 경영자는 될 수 없어. 유행 예측 컨설턴트가 적격이고, 나 같은 자리에 앉기에는 도량이 너무 좁아. 리처드 내트가 항아리를 팔러 왔을 때 자네가 거절했던 일을 돌이켜보게나. 그 일로 자넨 자네의 본성을 드러내버렸어, 바니. 말이 심했다면 미안하네."

"괜찮습니다." 바니는 잠시 후 말했다. "당신 말이 옳을지도 모르니까요."

"흐음, 자네는 이번 일로 자신에 관해 많은 걸 배웠네. 그러니까 다시 시작할 수 있어. 파인버그 크레센트에서라도." 레오는 그의 등을 툭 쳤다. "토굴의 지도자가 되어보게. 토굴에서의 생활이 어떤지는 모르겠지만, 하여튼 창조적이고 생산적인 토굴이 되도록 노력하는 거야. 그리고 펠릭스 블라우를 위해 스파이 노릇을 해줘. 그게 가장 중요해."

바니는 말했다. "저는 엘드리치 쪽에 붙을 수도 있었습니다."

"그랬지. 하지만 자넨 그러지 않았어. 자네가 했을지도 모르는 일에 관해서 누가 신경을 쓰겠나?"

"그럼 외계 이민을 자원한 건 옳은 행동이었다고 생각하시는 겁니까?"

레오는 조용히 말했다. "어이, 그런 상황에서 달리 무슨 일을 할 수 있었겠나?"

이런 질문에 대한 대답은 존재하지 않았다. 두 사람 모두 그 사실을 알고 있었다.

"만약 자기 연민에 빠지고 싶은 충동이 또 오거든, 이 말을 기억하게. 파머 엘드리치가 나를 죽이고 싶어한다는 걸. 난 자네보다 훨씬 더 상황이 안 좋아."

"그렇군요." 레오의 말에는 진실이 깃들어 있었다. 그리고 이 생각은 어떤 직감을 수반하고 있었다.

파머 엘드리치를 상대로 소송을 거는 바로 그 순간부터 바니 자신의 상황도 레오와 똑같아지리라는 사실을.

별로 생각하고 싶지 않은 미래였다.

그날 밤 바니는 목적지인 화성으로 가는 UN의 수송 우주선에 탑승했다. 옆 좌석에는 두려움에 떨면서도 필사적으로 침착함을 유지하려고 노력하고 있는 젊은 여자가 앉았다. 잡지 모델처럼 이목구비가 뚜렷한 검은 머리의 미인이었다. 우주선이 탈출 속도에 도달하자마자 그녀는 자기 이름을 밝혔다―어떤 상대라도 좋으니 대화를 나누면서 긴장을 풀어보려고 하는 기색이 역력했다. 앤 호손이라는 이름이었다. 그녀는 조금 아쉬운 어조로, 원한다면 징용을 피할 수도 있었지만 그러지 않았다고 밝혔다. 예의 축하합니다, 어쩌고 하는 문구로 시작되는 UN의 섬뜩한 징용 영장을 받는 것이 지구인으로서 숭고한 의무라고 믿었다는 얘기였다.

"어떻게 징용을 피할 수 있었다는 겁니까?" 그는 호기심을 느끼고 물었다.

"심장 잡음이 있었거든요." 앤은 말했다. "거기에 부정맥하고 발작성 심박 급속증."

"조기 수축은 어떻습니까? 야간 근육 경련은 말할 것도 없고 심방성이라든지, 결절성, 심실성, 심방성 빈맥, 심방성 조동, 심방성 세동 따위 말입니다." 바니는 물었다. 그도 징용을 면제받을 수 있는 질병에 관해 알아본 적이 있었다. 별 수확은 없었지만 말이다.

"병원이나 의사의 진단서나 보험회사의 증명서류를 제출하는 것도 가능했어요.” 그녀는 갑자기 큰 흥미를 느낀 듯이 그를 위아래로 훑어보았다. “얘기를 들어보니, 당신도 면제가 가능했을 것 같은데요, 페이어슨 씨.”

“메이어슨입니다. 나는 지원자입니다, 미스 호손.” 어차피 오래 견디지 못하고 징용되었겠지만 말이야. 그는 생각했다.

“외계 식민지에서 사는 사람들은 종교에 매달린다고 들었어요. 그런데 어떤 교파 소속이시죠, 메이어슨 씨?”

“흠.” 그는 말문이 막혔다.

“목적지에 도착하기 전에 정하는 편이 나을 거예요. 도착하자마자 같은 질문을 받을 거고, 예배에도 참석해야 하는 분위기라니까요.” 그녀는 말을 이었다. “주된 원인은 그 마약 때문이라네요—알잖아요, 캔-D 탓에 기성 교단으로 개종하는 사람들이 많이 늘었다고 들었어요……. 마약 자체에서 종교 체험을 이끌어내기 때문에 그것만으로도 충분하다고 하는 이민자들도 많다지만. 실은 화성에 친척이 살아서 편지로 이런저런 얘기를 들었어요. 전 파인버그 크레센트로 가는데, 당신은 어디로 가시나요?”

갈수록 태산이군. 바니는 생각했다. “같은 곳입니다.” 그는 큰 소리로 말했다.

“혹시 같은 토굴에 가는 건지도 모르겠네요.” 앤 호손은 단정한 얼굴에 곰곰이 생각하는 듯한 표정을 지었다. “저는 네오아메리카 교회의 개혁파예요. 미국 및 캐나다의 네오크리스트교회 소속이죠. 새롭다고는 해도 실은 유서 깊은 종파랍니다. 서기 300년에는 프랑스에서 열린 종교 회의에 주교를 파견했을 정도이니까요. 다른 교파들로부터 분리된 것도 사람들이 생각하는 것만큼 최근 일이 아녜요. 그러니까 우리 교파가 사도권을 계승하고 있다는 건 이해하겠죠." 그러고는 그를 향해 엄숙하고 친밀한 미소를 떠올렸다.

"믿습니다." 바니는 말했다. "그게 뭔지는 잘 모르겠지만, 하여튼."

"파인버그 크레센트에는 네오아메리카 교회도 있고, 주교 대리를 맡은 사제 분도 계신답니다. 적어도 한 달에 한 번은 성체 성사를 받고 싶네요. 또 지구에서 그랬듯이 일 년에 두 번씩 받아야 하는 고백 성사도 받고 싶고요. 우리 교파에는 성례전聖禮典이 많은데……. 메이어슨 씨는 2대 성례 중 어느 하나라도 받은 적이 있나요?"

"어ㅡ" 바니는 머뭇거렸다.

"그리스도께서는 우리가 두 개의 성례전을 거행해야 한다고 말씀하셨어요." 앤 호손은 참을성 있게 설명했다. "성수에 의한 세례하고, 성찬식이죠. 후자는 주님을 기념하기 위한 것이고……. 최후의 만찬에서 유래한 거랍니다."

"아, 빵과 포도주 얘기로군요."

"캔-D를 먹은 당사자가 이른바 승천 체험을 통해 다른 세계로 간다는 건 알죠. 하지만 그건 세속적인 체험이에요. 일시적인 데다가 물질 세계에만 국한되어 있으니까요. 반면에 빵과 포도주는ㅡ"

"미스 호손, 죄송하지만 그 부분은 믿지 못하겠습니다. 그 살과 피 어쩌고 하는 얘기 말입니다. 내가 받아들이기에는 너무 신비주의적이라서." 증명되지도 않은 전제에 너무 많이 기대고 있지. 그는 속으로 생각했다. 그러나 앤의 말은 옳다. 캔-D 덕택에 식민지의 행성이나 위성에 성례 종교가 널리 퍼진 것은 사실이니까 말이다. 그리고 역시 앤의 말대로 그런 것들과 곧 조우하게 될 것이다.

"캔-D를 시험해볼 생각인가요?" 앤이 물었다.

"물론입니다."

"캔-D에 대한 신앙을 갖고 있는 거로군요. 그것이 제공하는 지구는 진짜가 아니라는 걸 알고 있으면서도."

"그 부분에 관해 논쟁을 벌이고 싶지는 않군요. 진짜처럼 느껴지는 건 사실입니다. 내가 아는 건 단지 그뿐입니다."

"그건 꿈도 마찬가지잖아요."

"꿈보다는 훨씬 더 강렬합니다." 그는 지적했다. "훨씬 더 뚜렷한 데다가 동료들과—" 그는 여기서 '영적' 교감이라고 말하려다가 그만두었다. "동료들과 교류하는 것도 가능합니다. 정말로 그 체험을 공유하는 거죠. 그러니까 완전한 환각이라고 하기는 힘듭니다. 반면에 꿈은 개인적입니다. 그래서 우리는 꿈을 환상으로 간주하는 거죠. 하지만 퍼키 팻은—"

"퍼키 팻 모형 세트를 만드는 사람들이 그런 문제들에 관해 어떻게 생각하는지 안다면 흥미로울 것 같아요." 앤은 사려 깊은 표정으로 말했다.

“내가 말해줄 수 있습니다. 그 친구들에게는 단지 비즈니스일 뿐입니다. 성찬식용의 포도주와 제병祭餠의 제조가 제조업자들에게는 단지—”

“당신이 캔-D를 시험해보고 새로운 삶에 대한 당신의 믿음의 기반으로 삼으려고 한다면, 네오아메리카 교회에서 세례하고 견진성사를 받아보지 않을래요? 그러면 당신의 신앙을 캔-D에 맡겨도 되는지 알 수 있잖아요? 원한다면 유럽 제1수정파 교회라도 괜찮아요. 거기서도 2대 성례를 따르니까요. 일단 영성체를 받은 뒤에는—”

“그럴 것 같지는 않군요.” 바니는 말했다. 난 그런 것보다 캔-D를 믿어. 필요하다면 츄-Z도. 당신은 21세기나 된 것을 믿을 수 있는 것 같지만, 나는 그보다는 새로운 걸 믿을래. 단지 그뿐이야.

앤이 말했다. “솔직히 말하죠, 메이어슨 씨. 저는 가능한 한 많은 이민자들을 캔-D에서 떼어내서 전통적인 그리스도교 신앙으로 개종시키고 싶어요. 제가 징용을 면제해줄 진단서를 떼지 않은 가장 큰 이유는 바로 그거예요.” 그녀는 그를 보며 미소 지었다. 실로 사랑스러운 미소였고, 바니조차도 무심결에 기분이 누그러졌을 정도였다. “그게 잘못된 일일까요? 솔직하게 말해서 캔-D 사용자가 많은 것은 그들이 진심으로 정신적인 구원을 갈구하고 있기 때문이라고 생각합니다. 그런 그들이 정말로 원하는 건 우리 네오아메리카 교회의—”

바니는 상냥하게 말했다. “내가 보기에는 그 사람들은 그냥 놓아두는 편이 낫겠습니다." 그리고 나도. 그는 생각했다. 그러지 않아도 골치 아픈 일이 많은데, 거기에 종교적 광신주의까지 들고 나와서 사태를 악화시키지는 말아줘. 하지만 이 여자는 그가 생각하던 종교적 광신자처럼 느껴지지는 않고, 말하는 방식도 그런 것과는 거리가 멀었다. 의아했다. 도대체 어디서 이렇게 강하고 견고한 신념을 얻은 것일까? 그런 것을 절실하게 필요로 하는 외계 식민지라면 별로 이상할 것이 없지만, 이 여자는 지구에서 이런 태도를 획득하지 않았는가.

그렇다면 캔-D의 존재나 집단 승천의 체험만으로는 이런 태도를 설명할 수 없다는 얘기가 된다. 혹시 지구가 점진적이기는 하지만, 지구인이라면 누구나 예상하듯이—아니, 체험하듯이—불지옥을 연상케 하는 황무지로 조금씩 변해가고 있다는 사실에서 그 원인을 찾을 수 있을지도 모른다. 다른 방식으로 살아가는 다른 삶에 대한 욕구가 부활한 것이다.

나 자신만 해도 그렇다. 지금까지의 나, P.P. 레이아웃사에 근무하고, 33동이라는 믿기 힘들 정도로 빠른 번호가 달린 유명한 조합아파트 건물에 살던 사내는 이제 죽었다. 그 사내는 끝났다. 스펀지로 쓱 닦아낸 것처럼.

싫든 좋든 간에 나는 다시 태어났어.

"화성에서 개척민이 된다는 건, 지구에서의 삶과 같지는 않을 겁니다. 나도 일단 거기 도착한 뒤에는—" 바니는 그대로 입을 다물었다. 일단 거기 도착한 뒤에는, 나도 당신의 그 교조주의적 교회에 흥미를 느낄지도 모르겠군요, 라고 말할 작정이었다. 그러나 설령 추측의 영역이라고 해도 본심으로 그런 말을 할 준비가 아직은 되어 있지 않았다. 여전히 자신의 성향과는 거리가 먼 아이디어에 대해서는 거부감을 강하게 느끼지 않는가. 그래도—

"얘기해봐요." 앤 호손이 말했다. "하려던 얘기를 마무리하시죠."

"그 얘긴 내가 외계 행성에 파놓은 토굴 밑바닥에서 한동안 살아본 뒤에 하기로 합시다. 내가 개척민으로서 새로운 생활을 시작한 뒤에. 그걸 생활이라고 부를 수 있다면 말이지만." 스스로 놀랐을 정도로 쓰디쓴 말투였다. 사납기 그지없는…… 고뇌에 시달리는 사내의 말투에 가깝지 않은가. 그는 수치심을 느꼈다.

앤은 차분하게 대답했다. "알았어요. 기꺼이 그러죠."

그런 다음 두 사람은 말없이 앉아 있었다. 바니는 선송 신문을 읽었고, 옆 좌석의 앤 호손, 화성 이민을 지원한 광신적인 여성 선교사는 책을 읽었다. 책 제목을 흘끗 보니 외계 개척민들의 생활을 다룬 에릭 레더맨의 대작 『천로무정天路無程』이었다. 도대체 어디서 손에 넣은 것일까. UN이 이 책의 내용을 비난하고 거의 금서 취급을 한 탓에 엄청나게 입수하기 힘든 책이었다. 그런 책을 다른 곳도 아닌 UN의 우주선 안에서 읽다니—실로 비범한 용기라고 하지 않을 수 없었다. 바니는 크게 감명받았다.

앤을 곁눈질하던 중 그녀가 저항할 수 없을 정도로 매력적이라는 사실을 깨달았다. 그의 취향보다는 너무 말랐고, 화장기도 전혀 없는 데다가 풍성한 흑발을 동그랗고 흰, 베일을 닮은 모자에 가급적 많이 숨기려고 한다는 점이 거슬렸지만 말이다. 마치 교회를 최종 목적지로 하는 긴 여행에 대비한 듯한 모습이로군, 하고 그는 생각했다. 하여튼 간에, 그녀의 말하는 태도와 동정적이고 차분한 목소리가 좋았다. 화성에 가서도 또 만날 수 있을까?

자기가 그것을 원한다는 사실을 퍼뜩 깨달았다. 실은―이것은 부도덕한 생각일까?―그녀와 함께 캔-D를 공동 체험하는 모습까지 상상했을 정도였다.

맞아. 그건 부도덕해. 그는 생각했다. 왜냐하면 나는 내 속마음을, 그녀와 함께 경험하는 승천 체험이 내게 무엇을 의미하는지를 알고 있기 때문이야.

그래도 그러고 싶었다.

08

노먼 샤인은 손을 내밀며 진지하게 말했다. "어서 오게, 메이어슨. 난 우리 토굴의 공식 환영위원이야. 어, 화성에 온 걸 환영하네."

"난 프랜 샤인이라고 해요." 노먼의 아내가 바니 메이어슨과 악수를 하며 말했다. "여긴 잘 정돈되고 건전한 토굴이에요. 그러니까 너무 지겹지는 않을 거예요." 그러고는 반쯤 혼잣말하듯이 덧붙인다. "어차피 지겨운 건 마찬가지지만." 그녀는 미소 지었지만, 바니는 미소 짓지 않았다. 음울하고, 피곤하고, 의기소침한 표정이었다. 힘들고 본질적으로 무의미하다는 것을 알고 있는 장소에 도착했을 때 대다수의 외계 이민자들이 보이는 표정이다. "우리가 이곳의 장점을 선전하길 기대하지는 마세요." 프랜이 말했다. "그건 UN의 일이니까. 우린 당신과 하등 다르지 않은 희생자예요. 당신보다 이곳에 오래 살았다는 점을 제외하면."

"너무 암울한 얘기만 하지는 마." 노먼이 타박했다.

"하지만 사실인걸. 메이어슨 씨도 현실을 직시하고 있는 것 같고. 듣기 좋은 얘기를 늘어놓아도 씨알이 먹힐 분 같아 보이지도 않는데. 안 그래요, 메이어슨 씨?"

"그래도 조금은 환상을 남겨두시지 그랬습니까." 바니는 토굴 출입문 안쪽에 놓인 금속 벤치에 앉으며 말했다. 그를 이곳으로 태우고 온 모래 준설기가 짐을 내려놓기 시작했다. 그는 멍하게 그 광경을 지켜보았다.

"미안해요." 프랜이 말했다.

"담배 피워도 괜찮겠습니까?" 바니는 지구산 담뱃갑을 꺼내며 말했다. 샤인 부부가 홀린 듯이 그것을 응시하고 있는 것을 보고 그는 내심 마음이 켕기는 것을 느끼며 두 사람에게 담배를 권했다.

"하필이면 복잡할 때 도착했군." 노먼 샤인이 설명했다. "논쟁이 벌어지는 와중에 왔으니." 그는 다른 사람들을 흘끗 둘러보며 말했다. "이제 자네도 우리 토굴의 일원이 됐으니 알리지 않을 이유도 없겠군. 따져보면 자네와도 관련이 있는 문제니까 말이야."

토드 모리스가 말했다. "그래도 이 친구는—얘기해버릴지도 모르잖아."

"비밀을 지킬 걸 맹세시키면 돼." 샘 리건이 이렇게 말하자

아내인 메리도 고개를 끄덕이며 동의했다. "우리가 벌이고 있는 논쟁은 말이지, 게이어슨―"

"메이어슨." 바니는 정정했다.

"―마약인 캔-D와 츄-Z에 관한 거야. 캔-D는 예전부터 써오던 신뢰할 만한 승천제이고, 츄-Z는 새로 나와서 아직 시험해보지 못한 물건이지. 그래서 우린 캔-D를 쓰는 걸 아예 그만두고―"

"그 얘긴 밑으로 내려가서 하자고." 노먼 샤인은 이렇게 말하고 얼굴을 찌푸렸다.

토드 모리스가 바니 메이어슨 옆에 앉으며 말했다. "캔-D는 이제 끝났어. 입수하기 힘든 데다가 너무 비싸고, 개인적으로도 퍼키 팻에는 이제 신물이 나. 너무 인공적이고, 피상적이고, 유물질론적唯物質論的―아, 이건 우리끼리만 쓰는 말인데―" 실명하기 힘든 탓인지 토드는 말을 더듬었다. "그러니까, 아파트라든지, 새 차라든지, 해변에서 일광욕을 하고 비싼 옷을 입는 거 말이야……. 한동안은 우리도 그걸 즐겼지만, 모종의 비非유물질론적인 측면에서 보면 만족스럽지 못한 거야. 무슨 뜻인지 알지, 메이어슨?"

노먼 샤인이 말했다. "자네 말은 이해하지만, 여기 메이어슨은 그런 경험을 못 해봤을 거야. 아직 물릴 때까지 그런 경험을 해보지 않았겠지. 일단 그런 경험을 다 거쳐보고 싶을지도 몰라."

"우리가 그랬던 것처럼." 프랜이 맞장구쳤다. "하여튼 아직 투표는 안 했잖아. 지금부터 어느 쪽을 사서 쓸지 안 정했어.

그러니까 메이어슨 씨가 양쪽을 경험할 수 있도록 하는 게 어떨까. 참, 혹시 캔-D를 이미 써보셨나요, 메이어슨 씨?"

"써봤습니다." 바니는 말했다. "하지만 워낙 오래전의 일이라서 뚜렷하게 기억나지를 않는군요." 그것을 준 사람은 레오였다. 원한다면 더 줄 테니 얼마든지 가져가라고 한 사람도 레오였다. 그러나 바니는 그 제안을 거절했다. 별로 매력을 느끼지 못했기 때문이다.

노먼 샤인이 말했다. "우리 토굴에 온 걸 환영할 작정이었는데 모양새가 좀 우습게 되어버렸군그래. 이런 식으로 대뜸 우리 논쟁에 끌어들였으니. 하지만 비축해뒀던 캔-D가 떨어져서, 다시 보충할지 아니면 신제품으로 바꿀지 하는 기로에 서 있어서 말이야. 물론 캔-D 암매상인 임페이션스 화이트는 빨리 재주문을 하라고 독촉하고 있어……. 그래서 오늘 밤 안에 앞으로 어떻게 할지 정해야 해. 결정을 내리면 우리 모두에게 영향을 주겠지……. 남은 인생 동안 줄곧."

"그러니까 투표가 이미 끝난 내일 도착하지 않은 걸 다행으로 생각해야 해요." 프랜은 이렇게 말하고 바니를 향해 격려하는 듯한 미소를 지어 보였다. 그의 기분을 풀어주고 싶은 눈치였다. 사실, 이 토굴의 주민들이 그에게 줄 수 있는 것은 각자를 잇는 상호적인 유대감 정도밖에는 없었다. 지금 그걸 그에게 제공하고 있는 것이다.

뭐 이런 장소가 다 있나. 바니 메이어슨은 내심 넌더리를 내고 있었다. 남은 인생 동안 줄곧이라니……. 그러나 이들의 말은 옳다. UN의 선별적 징용법에 탈퇴 조항 따위는 존재하지 않는다. 그 사실을 액면 그대로 받아들이는 것은 쉽지 않다. 이들은 법으로 정해진 공동체의 동료인 것이다―그러나 이보다 더 나빠질 염려가 없는 것도 사실이다. 여자들 중 두 사람은 육체적인 매력을 가지고 있었고, 바니는 이들도 그에게 모종의 관심을 가지고 있다는 사실을 알 수 있었다. 적어도 그는 그렇게 느꼈다. 단 하나의 토굴로 이루어진 비좁은 공간에서 이루어지는 복잡다단한 인간관계의 미묘한 상호작용을 감지했다고나 할까. 하지만―

"메이어슨 씨." 메리 리건이 테드 모리스 건너편에 앉더니 조용한 어조로 말했다. "이런 생활에서 탈출하려면, 두 승천제 중 하나를 쓰는 수밖에 없어요. 그러지 않으면, 보시다시피―" 그녀는 그의 어깨에 손을 얹었다. 이미 육체적 접촉이 시작되고 있었다. "견디지 못할 거예요. 결국에는 서로를 죽이려고 들겠죠."

"무슨 얘긴지 알겠습니다." 바니는 말했다. 그러나 화성에 와서 처음으로 그런 사실을 알게 된 것은 아니었다. 다른 모든 지구인들과 마찬가지로, 어렸을 때부터 외계 이주자의 삶에 관해 익히 알고 있었다. 서로를 죽이고 단번에 모든 고통에서 해방되고 싶은 유혹과 끊임없이 싸워야 하는 삶에 관해서.

모든 사람이 징용을 그토록 회피하고 싶어하는 것도 무리가 아니다. 그것은 살아남기 위한 투쟁이었기에.

"오늘 밤," 메리 리건이 그에게 말했다. "우리는 둘 중 하나를 손에 넣을 거예요. 임페이션스는 파인버그 크레센트 시간으로 오후 7시경에 이곳에 들를 거고요. 그때까지는 대답을 준비해 놔야 해요."

"이제 투표해도 좋을 것 같아." 노먼 샤인이 말했다. "여기 메이어슨 씨는 방금 도착했지만 준비가 돼 있는 것 같으니. 안 그런가, 메이어슨?"

"그렇군." 바니는 말했다. 모래 준설기는 자동 작업을 마친 후였다. 그의 짐은 초라하게 땅 위에 쌓여 있었고, 이미 바람에 날린 모래가 그 위에 쌓여가고 있었다―지하로 가지고 가지 않는다면 모래에 묻혀버릴 것이다. 그것도 곧. 염병할. 그는 생각했다. 그냥 그대로 묻히도록 놔두는 편이 나을까. 과거와의 유대 따위…….

다른 토굴 주민들이 모여 그를 도왔고, 그의 여행가방들을 릴레이하듯 손에서 손으로 옮겨서 지상과 지하의 토굴을 잇는 컨베이어 벨트 위에 올려놓았다. 설령 바니가 과거의 소유물들을 보존하지 않을 작정이라고 해도 다른 사람들은 보존할 작정이었다. 그들 쪽이 바니보다 이곳 화성에 관해 숙지하고 있기 때문일까.

"그날 그날을 살아가는 방법에 관해 배우게 될 거야." 샘 리건이 동정하듯이 말했다. "결코 그보다 긴 관점에서는 생각하지 않는 버릇이 생기지. 저녁식사까지라든지, 잘 때까지, 이런 식이야. 막간의 휴식도, 일도, 쾌락도 제한되고 틀에 박혀 있기 때문이야. 현실도피지."

담배꽁초를 툭 던지고 바니는 가장 무거운 여행가방으로 손을 뻗쳤다.

"고맙군." 실로 심오한 충고였다.

"잠깐 실례." 샘 리건은 예의 바르게 양해를 구한 다음 바니가 버린 꽁초를 주워서 호주머니에 집어넣었다.

갓 도착한 바니 메이어슨을 포함한 토굴 주민들은 그들 모두가 들어갈 수 있는 방에 모여 투표할 준비를 갖췄다. 파인버그 크레센트 시간으로 오후 6시였다. 관습에 따라 함께 먹는 저녁 식사는 이미 끝났고, 설거지가 끝난 접시들도 식기세척기 안에 들어 있었다. 바니 눈에는 모두 할 일이 없는 것처럼 보였다. 무위도식의 무게가 그들 진부를 짓누르고 있었다.

모아놓은 투표용지를 확인하고서 노먼 샤인이 결과를 발표했다. "츄-Z가 네 표, 캔-D가 세 표. 그럼 결정이 났군. 좋아, 임페이션스 화이트에게 나쁜 소식을 전하는 일을 맡고 싶은 사람?" 그는 각자의 얼굴을 들여다보았다. "임페이션스는 크게 화를 낼 게 뻔해. 그건 각오해야겠지."

바니가 말했다. "내가 얘기하겠네."

바니와 함께 이 토굴의 주민층을 형성하는 세 쌍의 부부는 깜짝 놀란 표정으로 그를 보았다. "하지만 당신은 임페이션스를 만난 적도 없잖아요." 프랜 샤인이 이의를 제기했다.

"내 잘못이라고 하겠습니다." 바니가 말했다. "내가 츄-Z에 투표한 탓에 균형이 깨졌다고." 결국은 그에게 맡길 것이란 사실을 그는 알고 있었다. 그만큼 부담스러운 일이었기 때문이다.

반시간 후 그는 토굴 출입문 곁의 조용한 어둠 속에 서서 담배를 피우며 화성의 밤이 내는 생소한 소리에 귀를 기울이고 있었다.

멀리서 달을 닮은 물체가 하늘을 가로지르더니 그의 시야에 있는 별들 앞을 통과했다.

다음 순간 제트엔진을 역분사하는 소리가 들려왔다. 곧 올 것이다. 그는 팔짱을 끼고 기다렸다. 그럭저럭 긴장을 푼 상태에서 지금부터 할 말을 예습하고 있었다.

이윽고 두꺼운 커버롤을 입은 땅딸막한 여자가 터벅터벅 걸어왔다.

"샤인? 모리스? 아니면 리건인가?" 그녀는 적외선등을 비추며 그를 응시했다. "모르는 얼굴이잖아." 여자는 경계하는 듯이 멈춰 섰다. "난 레이저 권총을 갖고 있어." 어느새 그녀는 그를 겨냥하고 있었다. "할 말이 있으면 해."

바니는 그녀에게 말했다. "토굴에서 들리지 않는 곳으로 가서 얘기하겠어."

임페이션스 화이트는 극도로 경계하면서 그를 따라왔다. 여전히 위협하듯이 레이저 권총을 겨냥하고 있다. 그녀는 바니의 신분증을 받아들고 적외선등을 써서 읽었다. "뷸레로의 부하였군." 그녀는 떠보는 듯한 눈으로 그를 보며 말했다. "그래서?"

"그래서 이곳 '수두굴'에서는 츄-Z로 바꾸기로 했어."

"왜?"

"지금은 더 이상 묻지 말고 그냥 돌아가줘. P.P. 본사의 레오나 금성의 코너 프리맨에게 문의해보면 알 거야."

"알았어." 임페이션스는 말했다. "츄-Z는 쓰레기야. 습관성이 있는 독약이고, 그보다 더 나쁜 건 사용자를 치명적인 현실 도피적 꿈으로 이끈다는 점이야. 지구의 꿈이 아니라—" 그녀는 권총을 쥔 손을 강조하듯이 움직였다. "유아적이고, 완전히 착란 상태에서 기괴하고 복잡다단한 환상을 보게 되는 거야. 왜 그런 결정을 내렸는지 설명해줘."

바니는 아무 말도 하지 않았고, 단지 어깨를 으쓱했을 뿐이었다. 그러나 이 여자의 헌신적이라고까지 할 수 있는 교조주의적인 태도는 흥미롭다. 재미있다고나 할까. 사실 이 여자의 광신성은 지구-화성 간 우주선에서 만났던 그 젊은 여자 선교사의 태도와는 날카로운 대비를 이룬다. 이 경우 신앙의 대상은 아무런 영향을 끼치지 못하는 것 같았다. 그도 지금 와서야 깨달은 사실이었다.

"내일 밤 같은 시간에 다시 만나자고." 임페이션스 화이트는 선언했다. "진실을 말하고 있는 거라면 좋아. 하지만 사실이 아니라면—"

"사실이 아니라면 어쩔 건데?" 그는 일부러 느릿느릿한 어조로 대꾸했다. "당신 제품을 억지로 쓰게 할 수라도 있다는 거야? 따져보면 불법 마약이잖아. 우린 UN의 보호를 요청할 수도 있어."

"정말이지 세상 물정을 모르네." 임페이션스는 경멸을 가득

담아 말했다. "이 지역의 UN은 캔-D의 유통에 관해 아주 잘 알고 있다고. 방해받는 일이 없도록 관리들한테는 정기적으로 뇌물을 먹이고 있어. 츄-Z의 경우에는—" 그녀는 또 권총을 흔들어 보였다. "UN이 그것까지 보호할 작정이고, 모두가 그쪽으로 돌아선다면—"

"당신도 그쪽으로 돌아서겠다는 얘기로군." 바니는 말했다.

임페이션스는 대답하지 않았다. 그러는 대신 몸을 돌려 성큼성큼 걷기 시작했다. 눈 깜짝할 새에 그녀의 땅딸막한 모습은 화성의 어둠 속으로 녹아들어갔다. 바니는 잠시 그 자리에 서 있다가, 근처에 방치된 채로 세워져 있던 트랙터 형식의 거대한 농기계의 흐릿한 윤곽을 길잡이 삼아 토굴로 돌아갔다.

"어땠나?" 놀랍게도 노먼 샤인이 출입문 앞에서 바니를 맞이했다. "자네 머리에 임페이션스가 레이저로 구멍을 몇 개 냈는지 확인하려고 올라왔어."

"이성적으로 받아들이더군."

"임페이션스 화이트가?" 노먼은 날카로운 소리를 내며 웃었다. "그 여자에게 이건 백만 스킨이 걸린 비즈니스야—그런 여자가 우리 결정을 '이성적'으로 받아들였다니 지나가던 개가 웃을 일이로군. 진짜로 어땠어?"

바니는 말했다. "상부의 지시를 받은 다음에 다시 돌아오겠다고 했네." 그는 토굴로 내려가기 시작했다.

"응. 그거라면 이해할 수 있어. 임페이션스는 잔챙이니까. 진짜 보스는 지구에 있는 레오 뷸레로이고—"

"나도 잘 알아." 과거의 경력을 숨길 이유는 없었다. 공개된 기록이므로 토굴 주민들도 언젠가는 알 정보다. "뉴욕 본점에서 레오의 유행 예측 컨설턴트로 일했거든."

"그런데도 츄-Z로 갈아타자고 투표한 거야?" 노먼은 믿을 수 없다는 표정을 지었다. "뷸레로와 틀어졌군. 그렇지?"

"그 얘긴 나중에 해줄게." 경사로 바닥에 도달한 바니는 다른 사람들이 기다리고 있는 공동 거실로 들어갔다.

프랜 샤인은 안도의 표정을 보이며 말했다. "적어도 툭하면 흔들어대는 그 조그만 레이저 권총으로 당신을 익혀버리지는 않은 모양이네요. 기싸움에서 이긴 건가."

"잘 쫓아낸 거야?" 토드 모리스가 물었다.

"내일 밤이면 알게 될 거야." 바니는 대꾸했다.

메리 리건이 바니를 보며 말했다. "정말 용기가 있네. 베이어슨 씨는 이 토굴에 큰 기여를 하게 될 분 같아. 아니, 이젠 바니라고 불러야 하나. 임페이션스의 콧대를 꺾어준 덕택에 우리 사기가 올라갔어."

"어머나." 헬렌 모리스가 놀리듯이 말했다. "잘 보이고 싶은 건 이해하지만, 그건 너무 속보이는 칭찬 아냐?"

메리 리건은 얼굴을 붉히며 말했다. "잘 보이고 싶어서 한 소리가 아냐."

"그럼 알랑거린 거네." 프랜 샤인이 들릴락 말락 하게 말했다.

"아니, 너까지 그런 소리를 해?" 메리는 화난 목소리로 말했다. "바니가 저 경사로를 내려오자마자 제일 먼저 달려가서 알랑거렸으면서—아니면 적어도 그럴 작정이었잖아. 모두 함께 가 아니었으면 보나마나 그랬을 거야. 특히 네 남편이 여기 없 었다면.”

노먼 샤인이 화제를 바꿨다. “오늘 밤에 승천할 수 없는 건 아쉽군. 오랫동안 신세를 진 퍼키 팻 모형 세트를 마지막으로 한 번 더 경험하고 싶었어. 바니라면 즐길 수도 있을 텐데. 적 어도 자기가 투표로 거부한 게 어떤 건지 한 번 경험할 수 있잖 아.” 그는 의미심장한 눈으로 동료들을 한 사람씩 뚫어지게 쳐 다보았다. “어이, 이젠 됐잖아……. 적어도 누군가 한 사람은 숨겨둔 캔-D가 있을 거 아냐. 벽의 갈라진 틈이라든지 강우량 이 많은 해에 대비해서 만든 정화조 밑이라든지 뭐 그런 데. 이 봐, 작작 해두라고. 새로 온 동료를 위해서라도, 너무 치사하게 그러지는—”

“알았어.” 헬렌 모리스가 화난 듯이 얼굴을 붉히며 퉁명스럽 게 내뱉었다. “조금 갖고 있는 게 있어. 45분쯤 쓸 수 있는 양이 야. 하지만 그게 완전히 마지막이라는 걸 잊지 마. 이 지역에서 츄-Z는 아직 배급 체계도 갖추지 못했잖아?”

“가서 캔-D를 가져오라고.” 노먼은 말했다. 그러고는 방에 서 나가는 헬렌에게 말했다. “걱정 안 해도 돼. 츄-Z는 이미 여 기까지 와 있어. 오늘 UN이 투하한 소금 부대를 주우려고 갔을 때, 츄-Z 밀매인과 마주쳤거든. 명함을 주더군.” 그는 명함을 내어 보였다. “오후 7시 반에 흔히 쓰이는 초산 스트론튬 신호 탄에 점화하기만 하면 된다는군. 그럼 자기들 인공위성에서 내려올 거라고—"

"인공위성!" 모두가 깜짝 놀랐다.

프랜이 흥분된 어조로 말했다. "그럼 UN의 승인이 났다는 얘기네. 그게 아니면 모형 세트라든지, 인공위성 방송으로 새로운 모형을 선전하는 디스크자키들이 있는 거야?"

"아직은 잘 모르겠어." 노먼은 시인했다. "지금 이 시점에서는 아직 혼란이 채 가시지 않은 것 같아. 먼지가 가라앉을 때까지 기다려보자고."

"이곳 화성에서는," 샘 리건은 공허한 목소리로 말했다. "먼지는 영원히 가라앉지 않아."

일동은 둥그렇게 원진을 짜고 앉아 있었다. 원진 한복판에는 완전하고 정교한 퍼키 팻 모형 세트 히니가 놓여 있었다. 모두가 그 인력引力을 느끼고 있었다. 감상적이 되는 것도 이해가 되는군. 노먼 샤인은 생각했다. 함께 이런 체험을 하는 것도 이번이 마지막이기 때문이다……. 물론 츄-Z에도 이 모형 세트를 또 쓴다면 얘기는 달라질 테지만. 그러면 어떤 효과가 있을까? 흥미롭다 .

뚜렷한 이유를 댈 수는 없지만, 다를 것이라는 직감이 있었다.

그리고—그들은 그 사실이 마음에 들지 않을지도 모른다.

"자," 샘 리건은 새내기인 바니 메이어슨에게 말했다. "이번 승천에서는 팻이 새로 장만한 명작 애니메이터를 듣거나 보면서 즐길 작정이야—지구에서 갓 도착한 그 신제품 말이야……. 바니, 자네는 우리보다 이 제품에 훨씬 더 익숙할 테니까, 미리 설명해주면 좋겠어.”

바니는 순순히 대답했다. “우선 명작 하나, 이를테면 『모비 딕』을 골라서 저장 슬롯에 꽂은 다음에, ‘장편’이나 ‘단편’ 중 하나를 선택해. 그런 다음에는 ‘희극판’이나 ‘원작판’이나 ‘비극판’ 중 하나를 선택하고, 그 책을 영상화하게 할 과거의 대화가를 정하는 화풍畫風 스위치를 조절하면 돼. 달리라든지, 베이컨, 피카소 중 하나를 고르는 식이지……. 보급판 명작 애니메이터의 경우는 태양계 전체에 명성을 떨치고 있는 화가들의 화풍을 하나 골라서 해당 작품을 영상화하도록 설정이 맞춰져 있어. 그러니까 처음에 구입할 때 어떤 화가를 원하는지 지정하면 돼. 나중에 옵션 기능을 추가해서 선택의 폭을 넓힐 수도 있고.”

“놀랄 노자로군.” 노먼 샤인은 열성적으로 말했다. “그럼 온 저녁을 즐길 수 있는 오락거리가 손에 들어왔다는 얘기네. 이를테면 잭 라이트 같은 화가의 화풍으로, 『허영의 시장』* ‘비극판’을 즐길 수 있다는 얘기잖아! 대단해!”

프랜은 꿈꾸는 듯한 표정으로 한숨을 쉬었다. “바니, 얼마 전까지만 해도 지구에서 살고 있던 당신의 내부에서 그건 어떻게 반향했을까. 당신은 아직도 지구의 분위기를 몸에 두르고 있는 것 같아.”

---

* Vanity Fair. 영국 작가 윌리엄 메이크피스 새커리가 1848년에 발표한 풍자 소설.

“빌어먹을, 우리도 경험할 수 있어.” 노먼은 말했다. “승천한 뒤에는 말이야.” 그러고는 조급하게 얼마 되지 않는 캔-D 덩어리에 손을 뻗쳤다. “시작하자고.” 그는 얇게 자른 조각을 입에 넣고 열심히 씹기 시작했다. “내가 희극판 풀버전, 데 키리코 스타일로 보고 싶은 명작은—” 그는 곰곰이 생각하는 기색이었다. “흐음, 『마르쿠스 아우렐리우스의 명상록』이 좋겠군.”

“위트가 넘치네.” 헬렌 모리스가 비꼬았다. “난 아우구스티누스의 『고백록』을 리히텐슈타인 스타일로 보려고 했는데. 물론 ‘희극’ 버전으로 말이야.”

“농담이 아냐! 상상해보라고. 초현실적인 조망. 버려져서 폐허가 된 건물들과 옆으로 쓰러진 도리아식 기둥. 속이 빈 머리—”

“나들 슬슬 씹는 편이 나을 거야.” 프랜은 자기 몫을 집어 들며 충고했다. “그래야 동시에 경험할 수 있잖아.”

바니는 자기 몫을 건네받았다. 옛 시절의 종언인가. 씹으면서 이런 생각을 했다. 나는 지금 이 토굴 주민들이 마지막으로 캔-D를 체험하는 밤에 참가하고 있어. 그 뒤에는 무엇이 그것을 대체하는 걸까? 레오 말이 옳다면 견딜 수 없을 정도로, 아니, 비교 자체가 불가능할 정도로 끔찍한 운명이 기다리고 있겠지. 물론 이 경우 레오가 결코 중립적일 수 없다는 점은 감안해야겠지. 하지만 레오는 진화한 인간이야. 그것도 현명한.

이 모형 세트에 포함된 물건들은 과거에 내가 괜찮다고 판단한 것들뿐이로군, 하고 바니는 생각했다. 잠시 후 나는 그것들로 이루어진 세계에 푹 잠기고, 그 레벨로까지 줄어들어버리겠지. 그리고 이 토굴 주민들과는 달리 나는 이 모형 세트의 체험을 극히 최근에 내가 포기하고 온 것과 비교할 수가 있어.

바니는 침울한 표정으로 생각했다. 게다가 나는 가까운 시일 내에 츄-Z를 써서 같은 일을 해야 해.

"처음에는 묘한 느낌을 받을 거야." 노먼 샤인이 그에게 말했다. "세 명의 동료와 한 육체에 들어가니까 말이야. 그 육체에 무엇을 시키려면 모두의 동의가 필요해. 그게 아니라면 적어도 대다수의 찬성이 필요하지. 안 그러면 아예 옴짝달싹하지도 못해."

"그리고 두 번에 한 번은 그런 상태가 되지." 토드 모리스가 끼어들었다.

남은 사람들도 한 명씩 자기 몫의 캔-D를 씹기 시작했다. 바니 메이어슨은 마지막이 되어서야 내키지 않은 기색으로 그러기 시작했다. 염병할. 그는 느닷없이 이렇게 생각했다. 성큼성큼 방을 가로질러 세면대로 갔고, 반쯤 씹은 캔-D를 삼키지 않고 그대로 뱉어냈다.

퍼키 팻 모형 세트 앞에 앉아 있는 다른 사람들은 이미 혼수상태에 빠져 쓰러져 있었기 때문에 그에게 주의하는 사람은 아무도 없었다. 그는 사실상 느닷없이 혼자가 되었다. 한동안 이 토굴은 그의 것이나 마찬가지였다.

그는 정적을 의식하며 토굴 속을 돌아다녔다.

난 도저히 못 하겠어. 그는 생각했다. 저 친구들처럼 이 빌어먹을 마약을 삼킬 수가 없어. 적어도 지금은.

버저가 울렸다.

누군가가 토굴 입구에 와서 들여보내달라고 요청하고 있는 것이다. 지금 그 요청에 응할 수 있는 사람은 그뿐이었기 때문에 그는 경사로를 올라가기 시작했다. 이것이 잘못된 행동이 아니기를 빌면서. UN의 정기 단속이 아니기를 희망하며. 그러나 다른 토굴 주민들이 모형 세트 앞에서 꼼짝하지 않고 쓰러져 있다는 사실을 들켜 캔-D 흡입 현행범으로 발각되는 것을 막을 방도는 있을 것 같지 않았다.

지상 출입문 앞에서 등불을 들고 서 있던 사람은 젊은 여자였다. 두꺼운 보온복 차림이었지만 그 사실에 익숙하지 않은 듯했다. 보기에도 매우 불편해하는 기색이 역력했기 때문이다.

"안녕하세요, 메이어슨 씨." 여자가 말했다. "저 기억해요? 너무 외로워서 이렇게 찾아왔어요. 들어기도 될까요?" 앤 호손이었다. 그는 놀란 눈으로 그녀를 응시했다. "혹시 바쁜 건가요? 그럼 나중에 다시 와도 괜찮아요." 그러고는 뒤돌아 떠나려고 했다.

"아무래도 당신은 이 화성에 상당히 충격을 받은 것 같군."

"자업자득이긴 하지만, 벌써부터 혐오하고 있어요. 진심으로요. 내가 인내하고 순응하는 자세를 가져야 한다는 건 잘 알지만—" 그녀는 토굴 너머의 사막을 흘끗 비추고 떨리는 목소리로 말했다. 절망적인 어조였다. "지금은 단지 어떤 식으로든 지구로 돌아갈 방법을 찾고 싶은 마음밖에는 없어요. 누구를 귀의시킨다거나 뭔가를 바꾸고 싶지도 않아요. 단지 여기서 도망치고 싶을 뿐이에요.” 그녀는 침울하게 덧붙였다. “하지만 그럴 수 없다는 걸 알아요. 그래서 당신을 찾아온 거예요. 이해하죠?”

바니는 앤의 손을 잡고 경사로 아래로 이끌었고, 그가 할당받은 방으로 데려갔다.

“여기 주민들은 어디 있나요?” 그녀는 불안한 듯이 주위를 돌아보았다.

“갔어.”

“밖으로 갔다고요?” 앤은 공동 거실의 문을 열고 모형 세트 앞에서 쓰러져 있는 사람들을 목격했다. “아, 딴 세상으로 갔다는 뜻이었군요. 하지만 당신은 안 갔네요.” 그녀는 얼굴을 찡그리며 문을 닫았다. 영문을 모르겠다는 표정이었다. “당신은 놀라운 사람이군요. 나라면 기꺼이 캔-D를 받아들였을 텐데. 특히 오늘 밤 같은 기분일 때는. 당신은 나에 비해 진짜 의연하군요. 난 정말로—한심하고.”

바니는 말했다. “아마 내가 당신보다 이곳에 오고 싶은 목적의식이 더 강했는지도 몰라.”

“목적의식이라면 나도 얼마든지 있었어요.” 에밀리는 두꺼운 보온복을 벗고 자리에 앉았고, 그는 두 사람이 마실 커피를 타기 시작했다. “우리 토굴은 이 토굴에서 북쪽으로 반 마일 떨어져 있는데, 거기 주민들도 모두 이렇게 딴 세상으로 가버린 상태예요. 나도 그러기 직전까지 갔다는 걸 알아요? 나를 찾아올 생각을 하기는 했어요?”

“물론 만나러 갔을 거야.” 그는 흔해빠진 모양을 한 커피잔과 받침 접시들을 꺼내서 접는 탁자 위에 올려놓고 의자를 꺼냈다. 역시 접는 식이었다. "신의 권능은 화성처럼 먼 곳까지는 미치지 않는 게 아닐까. 혹시 우리가 지구를 떠났을 때부터—"

"허튼소리 하지 마요." 그녀는 날카롭게 말하고 일어나려고 했다.

"이렇게 얘기하면 당신을 화나게 할 수 있을지도 모른다고 생각했어."

"당연하죠. 신은 어디에나 있어요. 이곳에조차도." 앤은 그가 반쯤 풀어놓은 여행가방들과 밀봉된 골판지 상자들을 흘끗 보았다. "짐을 별로 갖고 오지 않았네요. 그렇죠? 내 짐 대부분은 아직도 오는 중이에요. 무인 수송선편으로." 앤은 그쪽으로 걸어갔고, 그곳에 쌓여 있던 한 무더기의 페이퍼백들을 훑어보았나. "『그리스도를 본받아』." 그녀는 제목을 읽고 깜짝 놀랐디. "토마스 아 켐피스*를 읽어요? 이건 정말 위대하고 멋진 책인데."

"사긴 했지만 읽지는 않았어."

"아예 안 읽었어요? 그랬겠죠." 앤은 아무 페이지나 펼치고 입술을 움직여 혼잣말하듯이 읽기 시작했다. "'신이 내리는 아무리 작은 은총도 큰 은혜로 받아들이고, 가장 하찮은 것들조차도 특별한 선물, 위대한 사랑의 징표로 받아들이라.' 이 화성에서의 삶도 포함되겠네요. 안 그래요? 이 하찮은 삶, 이—토굴 속에 갇혀 사는 삶도. 토굴이라니 참 적절한 이름이라고 생

---

* Thomas à Kempis (1380~1471). 독일의 수도자, 종교 사상가.

각하지 않아요? 도대체 무슨 이유로—” 그녀는 몸을 돌려 간
원하듯이 그를 보았다. “여기서 일정 기간만 머물다가 다시 고
향으로 돌아갈 수가 없는 거죠?”

바니는 대답했다. “식민지란 정의상으로 영구적인 장소여야
해. 로어노크 섬* 같은 거지.”

“그래요.” 앤은 고개를 끄덕였다. “나도 그럴 생각이었어요.
화성이 거대한 로어노크 섬이라면 좋을 텐데. 모두 고향에 돌
아갈 수 있을 테니.”

“그런 다음 천천히 통구이가 되어도 좋다는 건가.”

“부자들처럼 진화하면 돼요. 일반 대중도 집단적으로 진화
요법을 받으면 되잖아요.” 앤은 느닷없이 켐피스의 책을 내려
놓았다. “하지만 난 그것도 원하지 않아요. 키틴질 외피라든지
그런 것들. 달리 방법은 없는 걸까요, 메이어슨 씨? 아시다시피
모든 네오크리스천들은 자기가 이국異國을 여행하는 나그네라
고 믿도록 교육받아요. 고향을 떠나 정처 없이 방랑하는 나그
네라고. 지금 우리는 정말로 그렇게 됐어요. 지구는 더 이상 우
리의 고향이 아니고, 이곳 또한 고향이 될 가망이 **아예** 없죠. 이
제 우리에겐 고향이 아예 없는 거예요!” 그녀는 고뇌에 시달리
는 얼굴로 그를 응시했다. “아무 고향도 없다고요!”

“흐음.” 바니는 거북해하며 말했다. “그래도 캔-D하고 츄-Z

---

* Roanoke Island. 미국 노스캐롤라이나 주 북동부 해안에 있는 작은 섬. 1584년
에 영국의 탐험가 월터 롤리 경의 주도로 세워진 북미 최초의 유럽 식민지였지
만, 알 수 없는 이유로 주민들이 소멸해서 ‘사라진 식민지Lost Colony’라는 별명
을 얻었다.

는 있어.”

“지금 조금이라도 갖고 있어요?”

“없어.”

앤은 고개를 끄덕였다. “그럼 토마스 아 켐피스라도 읽는 수밖에 없겠네요.” 그러나 다시 그 책을 집어 들지는 않았고, 그 대신 고개를 떨구고 몽상에 잠겼다. “앞으로 무슨 일이 일어날지 난 알아요, 메이어슨 씨. 바니. 난 그 누구도 네오아메리카교파로 개종시키지 못할 거예요. 그러는 대신 그쪽에서 나를 캔-D나 츄-Z로 개종시킬 게 뻔해요. 그게 아니라면 뭐든 여기서 요즘 유행하는 악덕으로, 여기서 주어지는 도피로 나를 끌어들이겠죠. 이를테면 섹스 같은. 이곳 화성에 사는 사람들이 얼마나 문란한지 알죠. 누구나 상대를 가리지 않고 닥치는 대로 함께 자더군요. 나도 그렇게 될지 몰라요. 실은 지금 이 순간에도 그럴 용의가 있어요—이런 현실을 도저히 견딜 수가 없어서⋯⋯. 밤이 되기 전에 지상의 풍경을 정말로 **자세히** 훑어봤어요?”

“응.” 그러나 반쯤 방치된 채마밭이나 완전히 방치된 농기구, 산더미처럼 쌓인 채로 다 썩어가는 보급품들을 보았을 때도 그는 그리 동요하지 않았다. 교육용 테이프를 보고 지구에서조차도 변경邊境은 다 그렇다는 사실을 알고 있었기 때문이다. 알래스카도 최근까지는 그런 식이었고, 남극 대륙 같은 경우는 몇몇 휴양 도시들을 제외하면 지금도 그런 식이다.

앤 호손이 말했다. “저쪽 방에서 모형 세트 앞에 쓰러져 있는 토굴 주민들 말이에요. 우리가 퍼키 팻을 집어 들고 박살을 내면 어떻게 되나요? 그 사람들은 어떻게 되죠?”

“계속 환상 세계에 빠져 있겠지.” 환상은 이미 확립된 상태이기 때문에 정신 집중을 하기 위한 수단인 소도구는 더 이상 필요하지 않다. “왜 그런 소리를 하는 거야?” 명백하게 가학적인 생각이었기 때문에 그는 조금 놀랐다. 처음 만났을 때는 그런 여자라고는 생각하지 않았는데.

“우상 파괴라고나 할까요.” 앤이 말했다. “저 사람들의 우상을 박살내고 싶어요. 퍼키 팻하고 월트가 바로 그거잖아요. 왜 그러고 싶은가 하면―” 그녀는 잠시 침묵하다 말을 이었다. “저 사람들이 부러워서요. 종교적인 광신 탓이 아녜요. 심술궂고 잔인한 성향을 드러낸 거죠. 나도 알아요. 내가 저기 참가할 수 없으니까―”

“아니, 그럴 수 있어. 그럴 거고. 나도 그럴 거야. 지금 당장은 아니라고 해도 말이야.” 바니는 앤에게 커피를 건넸다. 그녀는 반사적으로 잔을 받았다. 두꺼운 보온복을 벗으니 호리호리한 몸매가 돋보인다. 바니는 그녀의 키가 자기와 거의 다르지 않다는 사실을 깨달았다. 하이힐을 신으면 같은 키거나, 아니면 그보다 더 커 보일 것이다. 코가 조금 묘하게 생겼다. 코끝이 동그랗다. 귀엽다기보다는―토속적이라고나 할까. 마치 그 사실이 그녀를 대지에 속박하고 있는 것처럼. 코딱지만 한 네모난 밭을 땀 흘려 일구는 앵글로색슨과 노르만 족 농부들의 이미지가 떠오른다.

화성을 그토록 싫어하는 것도 이해가 된다. 역사적으로 그녀의 조상이 지구의 진짜 대지를 사랑했다는 점에는 의심의 여지가 없었다. 대지의 내음과 실제 감촉, 그리고 그 무엇보다도 그곳에 깃든 추억을. 대지를 기어 다니다가 수명이 다하자 그 자리에서 쓰러져 티끌로 돌아가는 대신 비옥한 부식토가 된 생물들의 변성變成된 잔해를. 흐음, 앤은 이 화성에서도 밭을 일굴 수 있다. 지금까지 이민자들이 참담한 실패를 맛본 경작지를 푸르게 일굴 수 있을지도 모른다. 그런 그녀가 이토록 의기소침해 있다니 묘하다. 새내기들은 이러는 것이 정상일까? 어떤 이유에서인지 그는 그런 기분을 맛보지 않는 듯하다. 아마 마음속 깊은 곳 어딘가에서는 지구로 돌아갈 수 있으리라는 믿음이 있는지도 모른다. 그게 사실이라면 미친 것은 그였다. 앤이 아니라.

갑자기 앤이 말했다. "캔-D를 조금 갖고 있어요, 바니." 그녀는 UN 지급품인 캔버스천 작업복 바지의 호주머니에 손을 넣고 뒤지다가 작은 꾸러미 하나를 꺼냈다. "조금 전 우리 토굴에서 직접 사 온 거예요. '아마색 뒷모래톱'이라는 토굴에서. 내게 그걸 판 토굴 주민은 츄-Z가 나오면 이런 건 아무 쓸모도 없게 된다고 하면서 싸게 팔았어요. 거기서 먹어보려고 했어요—입에 넣고 씹기 직전까지 갔죠. 하지만 마지막 순간이 되어 당신처럼 도저히 먹을 수가 없었어요. 아무리 환상이 흥미로워도 비참한 현실 쪽이 낫다고 생각하지 않아요? 아니, 그건 정말로 환상일까요, 바니? 난 철학에 관해서는 아는 게 없어서. 그러니까 내게 설명해줘요. 난 종교적 신념밖에는 아는 게 없고, 그 탓에 이 상황을 제대로 이해할 수가 없어요. 이 승천약을." 그녀는 느닷없이 꾸러미를 풀어 헤쳤다. 손이 부들부들 떨리고 있었다. "난 못 하겠어요, 바니."

"기다려." 바니는 자기 커피잔을 내려놓고 앤에게 다가가려고 했다. 그러나 늦었다. 캔-D는 이미 그녀의 입안에 들어가 있었다. "내 몫은 없어?" 바니는 조금 재미있어하는 투로 물었다. "당신은 가장 중요한 점을 망각하고 있어. 승천하더라도 상대가 없잖아." 그는 앤의 팔을 끌고 방에서 나갔다. 서둘러 복도를 지나 다른 사람들이 쓰러져 있는 넓은 공동 거실로 갔다. 그들 사이에 그녀를 앉혀놓고 그는 동정적인 어조로 말했다. "적어도 이러면 체험을 공유할 수 있어. 그러는 편이 더 낫다고 들었어."

"고마워요." 앤은 졸린 목소리로 말했다. 눈이 감겼고, 온몸이 조금씩 이완된다.

이제 앤은 퍼키 팻이 되었다는 사실을 그는 깨달았다. 아무 걱정도 없는 세계에서.

바니는 허리를 굽히고 앤의 입에 키스했다.

"아직 깨어 있어요." 앤이 중얼거렸다.

"어차피 다 잊어버릴걸."

"안 잊어버려요." 앤 호손은 희미한 목소리로 말했다. 바니는 그녀가 다른 세계로 떠나는 것을 느꼈다. 그는 일곱 개의 주인 없는 육체 곁에 홀로 남겨졌다. 그 즉시 허리를 펴고 자기 방으로 돌아갔다. 두 잔의 뜨거운 커피가 아직도 김을 내고 있었다.

저 여자하고라면 사랑에 빠질 수 있어. 그는 마음속으로 되뇌었다. 로니 퓨게이트와도 다르고, 에밀리하고도 다르군. 뭔가 새로운 존재. 더 나은 존재? 그는 생각했다. 혹시 이 감정은 절망에서 비롯된 것일까? 방금 앤이 캔-D를 가지고 했던 바로 그 행위다. 달리 아무것도 없기 때문에, 어둠밖에는 보이지 않기 때문에 그냥 삼켜버린 것이다. 그것이 아니라면 허무밖에는 없기 때문이다. 그것도 하루나 일주일이 아니라─영원히 계속되는. 그러니까 그 여자와 사랑에 빠져야 하는 것일까.

반쯤 풀어놓은 소지품들 사이에 홀로 앉아 커피를 마시며 이런저런 생각을 하고 있던 중에 마침내 공동 거실 쪽에서 신음 소리와 몸을 뒤척거리는 소리가 들려왔다. 토굴의 동료들이 의식을 되찾고 있는 것이다. 바니는 커피잔을 내려놓고 그들이 있는 곳으로 갔다.

"왜 막판에 그만뒀어, 메이어슨?" 노먼 샤인이 말했다. 찌푸린 얼굴로 이마를 문질렀다. "맙소사, 머리가 깨질 것 같아." 그제야 그는 앤 호손을 보았다. 여전히 의식을 잃은 채로 벽가에 등을 기대고 고개를 떨구고 있었다. "이 여잔 누구야?"

프랜이 비틀비틀 일어나며 말했다. "막판에 합류했어. 메이어슨 친구야. 수송선에서 만났다던데. 괜찮은 아이지만 종교에 빠져 있어. 차차 알게 될 거야." 그러고는 떠보는 듯한 눈으로 앤을 훑어보았다. "괜찮은 얼굴이네. 나도 호기심을 많이 느끼고 있었어. 이보다는 훨씬 더…… 뭐랄까, 엄격할 거라고 생각했는데."

샘 리건이 바니에게 다가오더니 말했다. "이 여자와 함께 살라고, 메이어슨. 우리도 기꺼이 이 토굴로 받아들일 용의가 있어. 빈방은 얼마든지 있고, 자네도 뭐랄까, 아내가 있는 편이 나아." 샘도 앤을 자세히 훑어보았다. "응. 예쁘군. 치렁치렁한 검은 머리. 마음에 들어."

"정말 마음에 드는가 보네." 메리 리건이 쏘아붙였다.

"그래, 마음에 들어. 그게 어때서?" 샘 리건은 아내를 노려보았다.

바니가 말했다. "앤은 이미 사귀는 사람이 있어."

모두들 신기한 듯이 그를 보았다.

"이상하네." 헬렌 모리스가 말했다. "방금 전까지 함께 있었을 때만 해도 그런 얘기는 안 하던데. 또 우리가 보는 한 당신하고 이 여자는 겨우ㅡ"

옆에서 끼어든 프랜 샤인은 바니에게 말했다. "네오크리스천 광신도하고는 함께 안 사는 편이 나아요. 우리도 골머리를 썩힌 적이 있는데, 작년에도 두 명을 쫓아냈어야 했어요. 이곳 화성에서는 정말 큰 문제를 일으킬 수 있는 작자들이죠. 우리가 이 여자와 마음을 공유했다는 걸 잊으면 안 돼요……. 이 여자는 성사니 성례전이니 하는 시대에 뒤떨어진 유물을 여전히 신봉하는 어딘가의 고교회파高敎會派의 열렬한 신자라고요. 게다가 진심으로 그걸 믿고 있어요."

바니는 굳은 어조로 말했다. "나도 압니다."

토드 모리스가 부드럽게 말했다. "사실이네, 메이어슨. 농담 하고 있는 게 아냐. 좁은 공간에서 얼굴을 맞대고 살아야 하는 우리 같은 사람들은 지구에서 오는 어떤 종류의 사상적 광신자 들을 받아들일 여유가 없어. 다른 토굴에서도 그런 일이 일어 난 적이 있으니까 괜한 헛소리를 하는 게 아냐. 사이좋게 공존 하려면 절대주의적 교리나 도그마가 있어서는 안 돼. 그러기에 는 이 토굴은 너무 좁거든." 그는 담배에 불을 붙이고 앤 호손 을 흘끗 내려다보았다. "이렇게 예쁜 여자가 그런 데 탐닉하다 니 이해가 안 되는군. 흐음, 뭐, 세상엔 별의별 사람이 다 있으 니." 의아해하는 표정이었다.

"승천 체험을 즐기는 것 같았습니까?" 바니는 헬렌 모리스에 게 물었다.

"어느 정도는. 물론 동요하긴 했지만……. 저음에는 나들 그 런 식이지만. 함께 협력해서 한 육체를 다루는 방법을 몰랐던 거예요. 하지만 열심히 배우려고는 했어요. 보시다시피 지금은 혼자서 독차지하고 있으니까 더 편하게 느낄 거예요. 좋은 연 습이 될 거예요."

바니는 허리를 굽히고 조그만 인형을 집어 올렸다. 노란 반바 지에 빨간 줄이 있는 면티와 샌들 차림의 퍼키 팻. 지금은 이것 이 앤 호손인 것이다. 누구도 완전히 이해하지는 못하는 의미 에서 말이다. 그럼에도 불구하고 그는 이 인형을 파괴하고 밟 아 으깰 수 있지만, 인공적인 환상 세계에 가 있는 앤은 아무 영향도 받지 않을 것이다.

"이 여자와 결혼하고 싶어." 바니는 느닷없이 큰 소리로 말했다.

"누구하고?" 토드가 물었다. "퍼키 팻, 아니면 이 여자?"

"퍼키 팻 얘기일 거야." 노먼 샤인은 이렇게 대꾸하고 킥킥 웃었다.

"그게 아닌 거 알잖아." 헬렌이 날카롭게 말했다. "난 좋은 일이라고 생각해. 그러면 네 쌍이 생기잖아. 세 부부하고 독신남 하나 대신에."

"여기 마시고 취할 만한 게 있어?" 바니가 말했다.

"물론 있어." 노먼이 말했다. "술이 있지―무미건조한 대용진이긴 하지만, 그래도 80도나 되니까 얼마든지 마시고 취할 수 있어."

"그걸 좀 주게나." 바니는 지갑을 꺼내려고 했다.

"공짜야. UN 보급선이 통째로 투하하거든." 노먼은 자물쇠가 잠긴 찬장으로 가서 호주머니에서 꺼낸 열쇠로 찬장 문을 열었다.

샘 리건이 말했다. "어이, 메이어슨, 왜 취하고 싶은 거야? 우리 탓이야? 이 토굴? 아니면 우리가 있는 화성?"

"아냐." 그 어느 것 때문도 아니었다. 앤과, 그녀의 붕괴된 정체성 때문이었다. 느닷없이 캔-D를 먹은 일, 믿음을 유지하지도 못하고 그렇다고 순응하지도 못하는 상태, 그녀의 절망, 이런 것들 때문이었다. 이것은 하나의 전조였고, 바니 자신과도 관련이 있었다. 방금 일어난 사건에서 그는 자기 자신의 모습을 보았다.

만약 그녀를 구원할 수 있다면 그도 자기 자신을 구원할 수 있을지도 모른다. 그러나 그러지 못한다면—

그때는 두 사람 모두 끝장이라는 예감이 있었다. 그럴 경우 화성은 바니 자신과 앤 모두에게 죽음을 의미하게 될 것이다. 그것도 머지않아.

09

승천 체험에서 깨어난 앤 호손은 무뚝뚝하고 뚱한 표정이었
다. 좋은 징후는 아니다. 바니는 그녀도 그와 비슷한 예감에 사
로잡힌 것이 아닐까 추측했다. 그러나 그녀는 아무 말도 하지
않았다. 대뜸 자신의 두꺼운 보온복을 가지러 그의 방으로 갔
을 뿐이었다.

"슬슬 '아마색 뒷모래톱'으로 돌아가야 해요. 모형 세트를 쓰
게 해주셔서 고맙습니다." 앤은 여기저기에 서서 그녀가 보온
복을 입는 광경을 쳐다보고 있는 토굴 주민들에게 말했다. "미
안해요, 바니." 그녀는 고개를 떨궜다. "그런 식으로 당신을 내
버려두고 오지 말았어야 했는데."

바니는 앤을 데려다주려고 밤의 어둠에 잠긴 평평한 모래땅
위로 나가서 함께 터벅터벅 걸어갔다. 두 사람 모두 아무 말도

하지 않았고, 충고받은 대로 텔레파시 능력을 가진 자칼을 닮은 화성의 토착 생명체가 다가오지는 않는지 주의하고 있었다. 그러나 아무것도 보이지 않았다.

"어땠어?" 마침내 바니는 물었다.

"그 싸구려 금발 인형이 되어본 느낌 말이에요? 추잡한 옷차림을 하고, 남자 친구와 함께 새 차를 타고—" 앤은 그의 곁에서 몸을 부르르 떨었다. "끔찍했어요. 아니, 그 정도까지는 아니군요. 단지—무의미했을 뿐이에요. 거기엔 아무것도 없었어요. 10대로 돌아간 듯한 기분이더군요."

"그렇지." 바니는 맞장구쳤다. 퍼키 팻에는 확실히 그런 부분이 있다.

"바니." 앤은 조용하게 말했다. "난 뭔가 다른 걸 찾아야 해요. 그것도 빨리. 날 도와줄 수 있어요? 당신은 머리도 좋고 어른인 데다가 경험이 풍부한 것 같아요. 그런 식의 승천은 내겐 도움이 안 돼요……. 츄-Z도 오십보 백보일 거예요. 내 안의 무엇인가가 저항하고, 그걸 받아들이고 싶어하지 않으니까—무슨 얘긴지 이해하겠어요? 이해하는군요. 보면 알 수 있어요. 빌어먹을. 당신은 그걸 써보려고조차 하지 않았으니까, 이 기분을 이해할 수 있을 거예요." 앤은 그의 팔을 꽉 쥐고 어둠 속에서 그에게 매달렸다. "한 가지 깨달은 게 있어요, 바니. 그 사람들도 그것에 넌더리를 내고 있다는 걸. 그 사람들이—우리가— 그 인형들 속에 있었을 때도 그 사람들은 말다툼만 하더군요. 단 한순간도 즐기는 기색이 없었어요."

"맙소사." 바니는 말했다.

앤은 적외선 랜턴으로 전방을 비추며 말했다. "그 사람들, 정말이지 안됐어요. 즐기기라도 할 수 있다면 좋았을 텐데. 나보다 오히려 그 사람들이 더 불쌍―" 그녀는 입을 다물고 잠시 말없이 걷다가 느닷없이 말했다. "난 변했어요, 바니. 나 자신이 그걸 느낄 수 있어요. 그냥 여기 앉고 싶군요―여기가 어디든 간에. 어둠 속에서, 당신하고 나하고만. 그런 다음엔, 알겠죠⋯⋯. 굳이 얘기 안 해도 되죠?"

"응." 그는 시인했다. "하지만 나중에 후회할 거야. 나도 당신의 그런 모습을 보고 후회할 거고."

"그럼 기도해볼게요. 기도하는 건 쉽지 않아요. 올바른 방법을 알아야 하니까. 자기를 위한 기도가 아니라, 중재仲裁를 비는 기도라는 걸 해야 해요. 다른 사람들을 위한. 그리고 기도를 올리는 대상은 하늘 어딘가에 계시는 신이 아니라⋯⋯. 우리 내부에 있는 성령이죠. 신과는 달라요. 보혜사*라고 불리죠. 바울Paul을 읽어봤어요?"

"바울?"

"신약 성서에 나오는 바울을 얘기하는 거예요. 이를테면 고린도인들이나 로마인들에게 보낸 서신⋯⋯. 그런 거 말예요. 바울은 우리의 적이 죽음이라고 했어요. 우리가 극복해야 할 마지막 적이니까, 아마 최대의 적이라고 할 수 있겠죠. 바울에 의

---

* 保惠師. Paraclete. 그리스도교의 삼위일체인 성부, 성자, 성령 중 성령을 의미한다.

하면 우리 모두가 육신뿐만 아니라 영혼까지 죽을 운명에 처해 있어요. 육신과 영혼 양쪽이 죽음을 맞이한 뒤에야 우리는 다시 태어나 영생을 얻을 수 있다는 거죠. 피와 살로 이루어진 몸이 아니라 불멸의 몸을 두르고 말이에요. 무슨 말인지 알겠어요? 실은 아까 퍼키 팻이 되었을 때 난……. 정말이지 기이한 느낌을 받았어요―이런 말을 하거나, 믿는 것이 옳지 않다는 건 알아요. 그래도 조금이긴 하지만―"

"조금이긴 하지만," 바니는 그녀의 말을 이어받았다. "바로 그런 식의 죽음을 맛보았다는 거로군. 하지만 당신도 그걸 예상하고 있었잖아. 승천 체험과 죽음의 유사성을 자각하고 있었어―우주선에서 자기 입으로 그렇게 얘기했지." 그녀 말고도 많은 사람들이 그 사실을 자각하고 있지. 바니는 생각했다.

"맞아요." 앤은 시인했다. "하지만 내가 미처 예상하지 못했던 건―" 어둠 속에서 그녀는 그를 마주 보았다. 겨우 얼굴을 알아볼 수 있을 정도였다. "승천 체험이야말로 우리가 현세에서 경험할 수 있는 유일한 죽음의 실마리라는 점이었어요. 그래서 유혹을 느꼈어요. 퍼키 팻, 그 끔찍한 인형만 없었더라면―"

"그럼 츄-Z를 써야겠군."

"나도 그런 생각을 했어요. 만약 그게 사실이라면, 그러니까 바울이 주장하는 것처럼 썩어 없어질 육신을 가진 인간이 영생을 얻는 것과 같은 체험이라면―난 참지 못할 거예요, 바니. 츄-Z를 쓰지 않고서는 배길 수가 없겠죠. 내 삶이 끝날 때까지 기다리는 건 도저히 무리예요…… 이 화성에서 50년은 더 살지도 모른다는 생각을 하면—반세기나!” 앤은 부르르 몸을 떨었다. “지금 당장 손에 넣을 수 있는 걸 기다리라는 법이 어디 있어요?”

“가장 최근에 얘기를 나눈 츄-Z 경험자는, 그게 인생에서 최악의 경험이었다고 했어.”

앤은 이 말에 깜짝 놀란 듯했다. “어떤 식으로?”

“그 사내는 자신이 절대적인 악으로 간주하고 두려워하는 인물의 영토에 빠져들었거든. 거기서 살아 돌아온 건 순전히 운이 좋아서였고, 본인도 그걸 자각하고 있었어.”

“바니, 당신은 왜 화성에 온 거죠? 강제로 징용당한 탓이라고 하지는 말아요. 당신만큼이나 머리가 좋은 사람이라면 정신과 의사에게 가서 얼마든지—”

“내가 화성에 온 건 잘못을 저질렀기 때문이야.” 당신의 관점에서 보면 죄를 저질렀던 거지. 그는 생각했다. 내 관점에서도 그건 죄지만 말이야.

앤은 말했다. “누군가에게 상처를 줬던 거로군요. 그렇죠?”

바니는 어깨를 으쓱해 보였다.

“그래서 여생을 여기서 보내겠다고 결심했고요. 바니, 혹시 츄-Z를 손에 넣을 수 있어요?”

“가까운 시일 내에 그럴 거야.” 그리 오래지 않아 파머 엘드리치의 밀매인과 마주치리라는 확신이 있었다. 바니는 앤의 어깨에 손을 얹고 말했다. “원한다면 당신도 나처럼 쉽게 손에 넣을 수 있어.”

함께 걸으며 몸을 기대오는 앤을 껴안았다. 앤은 저항하지 않았다―그러는 대신 도리어 안도의 한숨을 내쉬었다.

"바니, 당신에게 보여줄 게 있어요. 우리 토굴에 사는 동료 하나가 준 전단인데, 그 여자 말로는 얼마 전에 통째로 한 다발 투하되었다더군요. 츄-Z 판매 회사에서 보낸 거예요." 앤은 두꺼운 코트에 손을 쑤셔 넣고 호주머니를 뒤졌다. 이윽고 랜턴의 강한 불빛 속에 접힌 종이가 떠올랐다. "읽어봐요. 그럼 내가 왜 이렇게 츄-Z에 집착하는지를 알 거예요……. 왜 내게는 그게 중요한 종교적인 문제가 되는지."

바니는 전단을 랜턴 앞으로 들어올리고 첫 줄을 읽었다. 커다란 검은 글자로 이렇게 쓰여 있었다.

신은 영생을 약속할 뿐입니다. 우리는 그것을 제공할 수 있습니다.

"봤죠?" 앤이 말했다.

"그랬군." 바니는 나머지 광고 문구를 읽으려고조차 하지 않고 전단을 접은 다음 그녀에게 되돌려주었다. 마음이 무거웠다. "구호 한번 거창하군."

"그래도 정말이잖아요."

"큰 거짓말이 아니라 큰 진실이라는 건가." 어느 쪽이 더 나쁜 걸까? 바니는 생각했다. 판단하기 어려웠다. 파머 엘드리치가 이런 뻔뻔스러운 신성 모독적 언사를 내뱉은 죄로 벼락을 맞아 죽는 것이 가장 이상적이지만, 그런 일은 일어날 것 같지도 않았다. 프록시마 항성계에서 슬그머니 새어 나온 사악한 방문자가 우리가 과거 2,000년에 걸쳐 갈구하던 것을 제공하겠다고 호언장담하고 있는 것이다. 그렇지만 그게 왜 그렇게 명백한 악인 것일까? 한마디로 설명하기는 쉽지 않지만, 악한 것은 사실이다. 혹시 레오가 경험한 것처럼 엘드리치에게 예속되는 결과를 가져오기 때문일까. 파머 엘드리치는 지금부터 끊임없이 우리와 함께 있고, 우리의 삶에 침투할 것이다. 그리고 지금까지 우리를 지켜줬던 신은 말없이 그것을 방관하고 있을 뿐이다.

우리는 승천할 때마다 신이 아니라 파머 엘드리치를 보게 되는 것이다.

그는 큰 소리로 말했다. "혹시 츄-Z도 당신 기대에 못 미친다면—"

"그런 말은 하지 말아요."

"혹시 파머 엘드리치가 당신 기대에 못 미친다면, 아마 그때는—" 바니는 말을 멈췄다. 전방에 앤이 사는 토굴인 '아마색 뒷모래톱'이 보였기 때문이다. 화성의 어둠 속에서 출입문의 전등이 어렴풋한 빛을 발하고 있다.

"집에 왔어." 바니는 앤을 보내고 싶지 않았다. 그녀의 어깨를 끌어안으며 자기 토굴의 동료들에게 앤에 관해서 뭐라고 했는지 머리에 떠올렸다. "나하고 함께 '수두굴'로 돌아가자고." 그는 말했다. "정식 절차를 밟아서 결혼하는 거야."

앤은 잠시 동안 그를 빤히 쳐다보다가—놀랍게도—웃음을

터뜨렸다.

"싫다는 뜻이야?" 바니는 멍한 표정으로 물었다.

"'수두굴'이라니, 그게 뭐예요? 아, 그렇구나. 당신네 토굴의 별명이었죠. 미안해요, 바니. 웃을 생각은 없었어요. 하지만 물론 결혼할 생각도 없어요." 앤은 그에게서 몸을 떼고 토굴의 바깥쪽 출입문을 열었다. 그런 다음 랜턴을 땅에 내려놓고 두 팔을 내밀며 그에게 다가왔다. "나를 사랑해줘요."

"여기선 안 돼. 출입문에 너무 가깝잖아." 바니는 두려워하고 있었다.

"그럼 어디든 당신이 원하는 데서. 거기로 데려가줘요." 앤은 그의 목을 끌어안았다. "지금 당장. 꾸물거리지 말고."

그는 꾸물거리지 않았다.

그녀를 번쩍 들어 올린 다음, 출입문에서 상당히 떨어진 곳까지 걸어갔다.

"어머." 바니가 그녀를 어둠 속에 눕혔을 때 앤이 말했다. 잠시 후 그녀가 숨을 훅 들이킨 것은 그들의 두꺼운 보온복 안으로 들어와 느닷없이 두 사람의 몸을 감싼 냉기 때문이었는지도 모르겠다. 보온복은 더 이상 쓸모가 없었고, 오히려 진짜 따스함을 경험하는 것을 막는 거추장스러운 방해물이었다.

열역학 법칙 중 하나로군. 열 교환이다. 분자가 우리 사이를 통과하고, 그녀의 분자와 내 분자가 뒤섞여서―엔트로피로 가는 건가? 아직은 아냐. 그는 생각했다.

"어머." 그녀가 어둠 속에서 말했다.

“아파?”

“아뇨. 미안해요. 계속해요.”

냉기 때문에 등과 귀가 얼얼했다. 하늘에서 쏟아져 내리는 냉기. 가능한 한 무시하려고 했지만, 두꺼운 양털 담요 따위가 간절한 것은 어쩔 수 없었다―이 와중에 그런 생각에 사로잡히다니 묘한 일이다. 그는 담요의 부드러움을, 살갗에 스칠 때의 따끔따끔한 감촉을, 그 육중함을 몽상했다. 폐부를 찌르는 듯한 차가운 공기 대신에. 그는 마치 단말마의 숨을 쉬는 것처럼 커다랗게 헐떡였다.

“당신―죽는 거 아녜요?” 앤이 물었다.

“호흡하기가 힘들어서 그래. 이 공기를.”

“세상에, 불쌍해라―하느님 맙소사. 당신 이름을 잊어버렸어요.”

“그거 참 고맙군.”

“바니!”

그는 그녀를 꼭 껴안았다.

“안 돼! 멈추지 말아요!” 앤은 몸을 활처럼 젖혔다. 이가 딱딱거렸다.

“멈출 생각은 없었어.” 그는 말했다.

“우아아!”

그는 껄껄 웃었다.

“부탁이니 나를 보고 그런 식으로 웃지는 말아줘요.”

“나쁜 뜻에서 그런 게 아냐.”

긴 침묵이 흘렀다. 그러다가, "앗." 앤의 몸이 실험실에서 전기 충격을 받은 동물처럼 튕겨올랐다. 희끄무레하고 기품 있는, 실오라기 하나 걸치지 않은 그의 소유물이 키가 크고 비쩍 마른, 초록색을 결여한 개구리의 신경계로 변했다. 외부의 탐침에 의해 되살아난. 자기 자신의 것이 아닌 전류의 희생자이지만 거부하려는 기색은 전혀 없었다. 맑고, 살아 있고, 고분고분한 것. 오랫동안 기다려왔던 것.

"당신 괜찮아?"

"괜찮아요. 그래요, 바니. 아주 괜찮아요. 그래요!"

나중에 혼자서 납처럼 무거운 발을 움직여 자기 토굴 쪽을 향해 터벅터벅 걸어가면서 바니는 생각했다. 혹시 나는 파머 엘드리치의 일을 대행하고 있는 것일까. 앤의 의지를 꺾고, 의기소침하게 만드는 식으로……. 처음부터 그런 상태였던 여자를. 우리 모두가 그런 상태인데도.

무엇인가가 앞길을 가로막았다.

걸음을 멈추고 웃옷을 뒤져 지급받은 권총을 쥐었다. 화성의 사막에는, 특히 야간에는 텔레파시 능력을 가진 무시무시한 자칼 말고도 사람을 쏘거나 물어 죽이는 사나운 토착 생명체가 출몰한다― 그는 조심스레 랜턴으로 전방을 비췄다. 여러 개의 팔이 달린, 끈적끈적한 젤리 따위로 된 괴물을 상상하고 있었지만, 잘 보니 착륙한 우주선이었다. 질량이 작은 소형 쾌속정이다. 분사관에서는 아직도 연기가 피어오르고 있었다. 그렇다면 방금 착륙했다는 얘기가 된다. 역분사하는 소리를 듣지 못했으니 활공해온 것이 틀림없다.

우주정 안에서 사내 하나가 기어나왔다. 몸을 부르르 떨더니 자기 랜턴을 켰고, 바니 메이어슨의 얼굴을 확인하더니 끙 하는 소리를 냈다. "난 앨런 페인이네. 자네를 찾아서 한참을 돌아다녔어. 레오는 날 통해서 자네와 연락을 취하고 싶어해. 그래서 토굴 속에 있는 자네에게 텔레비전 방송을 통해서 암호를 보내기로 했어. 여기 암호첩이 있네." 페인은 얇은 책자를 건넸다. "내가 누군지는 알지?"

"디스크자키." 밤중에 화성의 사막 한복판에서 P.P. 레이아웃 사의 인공위성에서 내려온 사내와 회합을 가지다니 기이한 느낌이다. 어딘가 비현실적이었다. "고마워." 바니는 암호첩을 건네받으며 말했다. "그럼 어떻게 하는 건가. 자네가 말하는 걸 받아쓴 다음에 몰래 어딘가로 가서 해독하면 되는 건가?"

"토굴의 자네 방에 전용 TV 수신기가 있어. 우리가 미리 준비해둔 거야. 자네는 화성에 온 지 얼마 안 되니까 당연히 외부의 뉴스에―"

"알았네." 바니는 고개를 끄덕였다.

"그런데 여자 친구가 벌써 생겼더군." 페인이 말했다. "부득이 적외선 서치라이트를 쓴 걸 용서해줘. 하지만―"

"용서 못 하겠는데."

"화성에서는 그런 종류의 일에 관해서는 프라이버시라고 할 만한 것이 거의 없다는 걸 알게 될 거야. 시골 읍내 같은 곳인

데다가 토굴 주민들은 모두 뉴스에 굶주려 있거든. 특히 스캔들에는 환장하지. 내가 하는 말이니 믿어도 좋아. 지역 주민과 긴밀한 접촉을 유지하면서 소문을 중계하는 게 일이니까―물론 중계할 수 없는 것도 많지만 말이야. 그 여자는 누군가?"

"몰라." 바니는 비꼬는 투로 대꾸했다. "어두웠거든. 안 보였어." 그러고는 착륙한 우주정을 돌아 자리를 뜨려고 했다.

"기다려. 한 가지 알려둘 게 있어. 츄-Z 밀매인 하나가 이미 이 지역에서 활동하고 있어. 우리가 계산한 바로는 이르면 내일 아침에 자네의 토굴로 갈 거야. 그러니까 마음의 준비를 하고 있게. 증인들 앞에서 한 꾸러미 사는 거야. 사고파는 광경을 보여주고, 그걸 씹을 때는 그게 츄-Z라는 걸 똑똑히 인식할 수 있도록 하는 거야. 알았지?" 그러고는 이렇게 덧붙였다. "밀매인이 가급적 오래 얘기를 하도록 유도하게. 말로라도 제품의 효능을 보증하게 하도록 최대한 노력하라고. 적극적으로 제품을 팔도록 하는 거야. 자네 쪽에서 먼저 그러지 말고. 알겠지?"

바니는 말했다. "그러면 내겐 무슨 득이 있는데?"

"뭐라고?"

"레오는 거기까지는 설명해주지―"

"내가 얘기해주지." 페인은 나직하게 말했다. "화성 밖으로 데려가줄게. 그게 자네가 받을 보수야."

잠시 후 바니는 말했다. "진심인가?"

"물론 불법이긴 해. 합법적으로 자네를 지구로 되돌려보낼 수 있는 건 UN밖에는 없지만, 그럴 가능성은 없어. 야음을 틈타서 자네를 우주선에 태우고 '곰돌이 푸 장원'으로 데려가게 되겠지."

"거기 계속 머물러 있어야 한다는 건가."

"레오의 의사들이 자네에게 새로운 얼굴, 지문, 족문, 뇌파 패턴을 줄 때까지만 참으면 돼. 완전히 새로운 신분을 만들어줄 거야. 그런 다음에는 다시 사회로 나가는 거지. 아마 P.P. 레이아웃사의 예전 자리에 다시 앉겠지. 뉴욕 책임자였다고 들었어. 2년에서 2년 반 정도만 기다리면 복직할 수 있을 거야. 그러니까 희망을 버리지 말라고."

바니는 말했다. "그러고 싶어하지 않을지도 몰라."

"뭐라고? 보나마나 그럴 거면서 그게 뭔 소리야. 외계 이민자라면 누구나―"

"잘 생각해보겠네." 바니는 말했다. "그런 다음 답을 줄게. 하지만 내가 원하는 건 뭔가 다른 걸 수도 있어." 그는 앤 생각을 하고 있었다. 마음속 깊숙한 곳 어딘가의 본능적인 부분은 지구로 되돌아가서 다시 한 번 인생―아마 로니 퓨게이트까지 포함한―을 시작한다는 생각에 대해 기대했던 것만큼 큰 매력을 느끼지 않았다. 화성은, 또는 앤 호손과 나눈 사랑의 경험은 한층 더 그를 변하게 만든 것 같았다. 어느 쪽이 정말로 그를 변화시킨 것일까. 아마 양쪽이리라. 어차피 그는 자원해서 이곳에 왔고, 강제로 징용당한 것이 아니다. 이 사실을 결코 잊어서는 안 된다.

앨런 페인이 말했다. "나도 어느 정도 사정을 알고 있어, 메이어슨. 자네가 하고 있는 건 일종의 속죄야. 그렇지?"

허를 찔린 바니가 말했다. "자네까지 그런 소리를?" 종교적인 경향은 이곳의 환경 전체에 충만해 있는 듯하다.

"속죄라는 말에는 저항감을 느낄지도 모르겠군." 페인은 말했다. "하지만 그게 가장 적절한 표현이야. 내 말을 들어봐, 메이어슨. 우리가 자네를 '곰돌이 푸 장원'으로 데려갈 무렵에는 이미 충분히 속죄를 끝냈을 거야. 자네가 아직 모르는 일이 하나 있어. 이거." 페인은 내키지 않는 기색으로 조그만 플라스틱 튜브를 내밀었다. 무엇인가가 든 용기다.

바니는 오싹한 기분으로 물었다. "이게 뭐지?"

"자네가 걸릴 병이야. 레오는 전문가들의 자문을 받고 이런 결정을 내렸어. 법정에서 자네가 피해를 입었다고 증언하는 것만으로는 충분하지 않다고 말이야. 보나마나 철저한 검사를 요구할 거라더군."

"여기 뭐가 들었는지 확실하게 말해줘."

"간질이야. Q형. 병인을 확정할 수 없는 종류야. 뇌파도를 봐도 기질적인 손상인지 심인성인지 알 수가 없다는군."

"어떤 증세를 보이는데?"

페인은 말했다. "대발작大發作." 잠시 후 그는 이렇게 덧붙였다. "유감이로군."

"그랬군." 바니는 말했다. "그럼 얼마 동안이나 그 병에 걸려 있어야 하지?"

"재판이 끝나면 해독제를 투여할 수 있지만 그 전엔 안 돼.

길어도 1년이겠지. 이제 왜 레오가 도움을 필요로 했을 때 저버린 죄를 충분히 속죄할 수 있을 거라고 했는지 알겠지. 츄-Z의 부작용이라고 우리가 주장할 이 증세를 자네가 경험한다면—”

“그렇겠지.” 바니는 말했다. “간질은 입에 올리기도 무서운 단어 중 하나니까. 과거의 암처럼. 누구든 불합리할 정도의 두려움을 느끼겠지. 자기도 언제 아무런 경고 없이 그런 것에 걸릴지 모르는 판이니.”

“특히 신종에 해당하는 Q형은 그렇지. 염병할, 아직 이론조차도 제대로 서 있지 않으니까 말이야. 중요한 건 Q형의 경우에는 뇌의 기질적인 변화가 일어나지 않는다는 점이야. 바꿔 말해서, 완치가 가능하다는 뜻이지. 그 튜브 말인데, 메트라졸*을 투약했을 때와 비슷한 작용을 하는 대사代謝 독이야. 메트라졸과 다른 건 계속 발작을 일으킨다는 점이지. 그리고 발작 휴지기에는 특징적인 뇌파의 혼란이 이어진다네. 그것도 멎게 할 수 있어—우리도 그럴 작정이고.”

“그 독소는 혈액검사로 검출되지 않아?”

“독이 존재한다는 사실은 알 수 있지. 우리가 원하는 건 바로 그거야. 왜냐하면 우리는 자네가 최근 받은 신체 및 정신 검사 기록에 대해 가압류 신청을 할 작정이거든……. 그러면 자네가 화성에 도착했을 당시에는 Q형 간질도, 독소도 존재하지 않았다는 사실을 증명할 수 있어. 혈액 속의 독소가 츄-Z의 파생물

---

* metrazol. 중추 신경 흥분제.

이라는 것이 레오의―정확하게 말하자면 자네의―고소 사유
가 되는 거지.”

바니는 말했다. “설령 내가 재판에서 지더라도―”

“설령 지더라도 츄-Z의 판매량은 큰 타격을 받겠지. 어차피
대다수 외계 이민자들은 승천약을 장기 복용하면 생화학적으
로 유해하지 않을까 하는 뿌리 깊은 불안감을 갖고 있으니까
말이야.” 그러고는 이렇게 덧붙였다. “그 튜브에 들어 있는 독
은 상당히 희귀한 거야. 레오는 매우 특수한 경로를 통해서 그
걸 입수했어. 원산지는 이오라고 하던가. 이름은 기억 안 나는
데, 어떤 의사가―”

“빌리 뎅크말이로군.” 바니는 말했다.

페인은 어깨를 으쓱했다. “그럴지도 모르겠군. 하여튼 간에,
시금 사넨 그걸 갖고 있다가 츄-Z를 섭취하는 즉시 그걸 먹으
면 돼. 가급적이면 같은 토굴 주민들이 보고 있는 데서 첫 번째
대발작을 일으키라고. 사막으로 나가서 밭을 갈거나 자동 준설
기를 운전하고 있을 때 그러지 말고. 그 발작에서 회복하는 즉
시 UN에 영상전화를 걸어서 치료를 요구해. UN의 중립적인
의사들에게 진찰을 받는 거야. 개인적으로 치료받으면 안 돼.”

“또 발작을 일으키는 동안 UN의 의사들이 뇌파도를 검사하
게 하는 편이 나을지도 모르겠군.”

“바로 그거야. 그러니까 가능하면 UN 병원에 입원하게. 화성
에는 도합 세 개가 있어. 자네에겐 입원을 요구할 만한 근사한
이유가 있으니까―” 페인은 잠시 말꼬리를 흐렸다. “솔직히 말

하지. 자네에게 준 그 독이 유발하는 발작은 지독하게 파괴적인 종류야. 자네에게도, 다른 사람에게도 말이야. 전문용어를 쓰자면 히스테리성의 공격적인 발작이고, 발작 끝 무렵에는 완전히 의식을 잃는 경우가 대부분이네. 처음부터 누가 봐도 명백한 증세를 나타낼 거야. 남한테 들은 얘기지만, 초반에는 극심한 근육 수축을 수반한 강직성强直性 단계의 전형적인 증상을 보이고, 그다음에는 주기적인 수축과 이완을 번갈아 겪는 간헐적 단계로 돌입하게 된다는군. 그 결과 오는 건 물론 혼수상태이고."

"바꿔 말하자면, 고전적인 간질 발작이라는 얘기로군."

"두렵나?"

"그게 무슨 상관인지 모르겠군. 난 레오한테 빚이 있어. 자네와 레오도 그걸 알고. '속죄'라는 표현은 여전히 마음에 들지 않지만, 아마 그 말이 맞겠지."

고의적으로 유발된 병이 앤과의 관계에 어떤 영향을 끼칠지 궁금했다. 아마 종지부를 찍을 것이다. 그렇다면 그는 레오 뷸레로를 위해 많은 것을 포기한다는 얘기가 된다. 그러나 레오가 그를 위해 무언가를 해준다는 점도 사실이었다. 그를 화성에서 빼낸다는 행위는 결코 만만한 일이 아니므로.

"자네가 변호사를 고용하는 즉시 놈들이 자네를 죽이려 할 거라고 우리는 당연히 예상하고 있네." 페인이 말했다. "사실, 놈들은—"

"슬슬 내 토굴로 돌아가고 싶은데." 바니는 말하고 걷기 시작했다. "괜찮지?"

"물론이네. 돌아간 뒤에는 평소 때처럼 행동해줘. 단지 그 여자에 관해서 충고를 하나 하고 싶군. 도버맨—화성에서 첫 번째로 결혼했다가 이혼한 사내 알지? 도버맨의 법칙에 의하면, 이 빌어먹을 행성에서는 상대에게 느끼고 있는 정이 깊으면 깊을수록 그 관계는 더 빨리 악화된다네. 내가 보기에는 길어도 2주일 거야. 자네가 병에 걸릴 예정이어서가 아니라 그게 평균이기 때문이지. 화성의 의자 뺏기 놀이라고나 할까. 게다가 UN은 그런 걸 장려하고 있다네. 까놓고 말하자면, 출산율이 올라가서 식민 행성의 인구가 늘어나는 데 도움이 되니까 말이야. 무슨 얘긴지 알겠지?"

"글쎄." 바니는 말했다. "UN은 우리 사이를 용인하지 않을지도 몰라. 자네가 방금 말한 종류의 관계하고는 좀 다른 기반에서 있거든."

"아니, 그건 사실이 아냐." 페인은 침착한 어조로 말했다. "자네 눈에는 그렇게 비칠지도 모르지만, 밤낮을 가리지 않고 이 행성 전체를 관찰하고 있는 내가 하는 말이니까 믿어도 돼. 난 단지 사실을 말하고 있을 뿐이네. 자네를 비판하거나 그럴 생각은 없어. 개인적으로는 자네를 동정하고 있다네."

"고마워." 바니는 대꾸하고 랜턴으로 앞길을 비추며 토굴 쪽을 향해 걷기 시작했다. 목에 건 소형 전파 수신기—그가 토굴에 접근하고 있다는 사실을 알려주고, 더 중요하게는 그가 토굴에 접근하고 있지 않다는 사실을 알려주는—가 점점 더 크게 삑삑거리기 시작했다. 가까운 연못에서 그를 위로하듯이 울어대는 개구리 소리처럼.

나는 이 독을 먹을 거야. 바니는 속으로 되뇌었다. 그런 다음 법정에 나가서 레오를 위해 그 개자식들을 규탄하겠지. 그럴 만한 빚을 졌으니까. 하지만 지구로 돌아갈 생각은 없어. 여기서 살아남든가, 죽든가 둘 중 하나야. 앤 호손과 함께였으면 좋겠군. 희망대로 안 된다면 혼자라도 좋고, 다른 여자를 찾아도 좋아. 페인이 예언한 도버맨의 법칙을 실행에 옮기는 거지. 하여튼 이 비참한 행성을, 이 '약속의 땅'을 떠날 생각은 없어.

내일 아침에는 5만 년 동안 쌓인 모래를 치우고 나의 첫 번째 채마밭을 일구는 일에 착수해야겠군. 첫 걸음을 내딛는 거야.

10

다음 날 노먼 샤인과 토드 모리스는 아침부터 바니를 도와서 성노의 차이는 있지만 폐물이 되어가는 불도저와 준설기와 동력삽의 사용법을 가르쳐주었다. 장비 대부분은 늙은 수고양이대하듯 살살 달래기만 하면 한 번은 더 쓸 수 있는 상태였다. 그러나 결과는 별로였다. 너무 오랫동안 방치해둔 탓이다.

해가 중천에 뜰 무렵 바니는 녹초가 되어 있었다. 그래서 한숨 돌리기로 하고, 녹이 슬고 거대한 트랙터 그늘에 앉아 프랜 샤인이 친절하게도 가져다준 차가운 보존식으로 점심을 때우고 보온병에 든 미지근한 홍차를 마셨다.

다른 동료들은 지하의 토굴에서 평소 하는 일을 하고 있을 것이다. 그들이 뭘 하고 있든 알 바가 아니었지만.

주위에는 방치된 탓에 황폐해진 채마밭이 펼쳐져 있었다. 혹시 그도 저런 식으로 포기하게 되는 것일까. 이민자들은 도착 당시에는 모두 그처럼 악전고투하다가, 결국 무기력함과 절망의 포로가 되어버린 것인지도 모르겠다. 그러나 사태는 정말로 그렇게 절망적일까? 아니다.

결국은 마음먹기에 달렸어. 그는 결론을 내렸다. 그리고 이렇게 된 책임은 우리—P.P. 레이아웃사를 구성하는 전원—가적극적으로 이런 일에 가담한 탓이다. 우리는 외계 이민자들에게 현실도피를, 고통이 없는 안이한 방식을 제공했다. 그리고 지금 파머 엘드리치가 그런 방식에 마침표를 찍기 위해 도착했다. 나를 포함해 우리는 엘드리치를 위해 길을 닦아준 거나 다름없다. 그럼 이제부터는 어떻게 할까? 어떻게 하면 나는 페인이 말한 속죄를 할 수 있는 것일까?

헬렌 모리스가 다가오며 쾌활하게 말을 걸었다. "농사는 잘 짓고 있어요?" 그의 곁에 털썩 앉더니 UN 로고가 잔뜩 찍힌 두꺼운 종자種子 카탈로그를 펼쳤다. "이거 보세요. 전부 무료예요. 순무고 뭐고 다 포함해서, 화성에서 잘 자란다는 식물의 씨앗들이 망라되어 있죠." 헬렌은 그에게 몸을 기대며 책갈피를 넘겼다. "하지만 땅속에 쥐를 닮은 포유류가 살고 있어서 밤이 되면 지상으로 나오는 게 문제예요. 조심하는 게 나을 거예요. 뭐든 다 먹어치우니까. 자주식 덫을 몇 개 놓아야 해요."

"그래야겠군요." 바니는 말했다.

"꽤 볼만해요. 그 자동 덫이 화성쥐를 쫓아서 모래 위를 달려가는 광경이요. 깜짝 놀랄 정도로 빠르게 움직이죠. 쥐하고 그

덫 양쪽이 말이에요. 어느 쪽이 이기는지 돈을 걸면 더 재밌어요. 난 보통 덫에 걸죠. 멋지잖아요.”

“나도 아마 덫에 걸겠죠.” 덫에 대해서는 큰 존경심을 갖고 있으니까 말이야. 그는 생각했다. 알기 쉽게 말해서 어떤 문을 열더라도 도망칠 수 없는 상황이다. 문에 어떤 표시가 되어 있든 간에 말이다.

헬렌이 말했다. “그 밖에도 UN은 이민자 한 사람당 두 대의 로봇을 무료로 빌려줘요. 대여 기간은 6개월이라는 꼬리표가 붙어 있지만. 그러니까 그것들을 어디에 쓸지 미리 계획을 짜두는 게 좋아요. 가장 좋은 방법은 관개 수로를 만드는 거죠. 우리가 만든 건 망가져서 거의 쓸모가 없지만. 여기까지 물을 끌어오려면 200마일, 또는 그보다 먼 곳에까지 수로를 대야 해요. 그게 싫으면 누군가와 거래를—”

“거래에는 관심 없습니다.” 바니는 말했다.

“하지만 아주 좋은 거래인걸요. 이 근처 다른 토굴에서, 자기 수로 시스템을 만들었지만 버려둔 사람을 찾는 거예요. 그걸 사서 이용하는 거죠. ‘아마색 뒷모래톱’에 사는 당신 여자 친구는 우리 토굴로 와서 당신하고 살 건가요?” 헬렌은 그의 얼굴을 살폈다.

바니는 대답하는 대신 한낮의 별들이 반짝이는 화성의 검은 하늘을 올려다보았다. 우주선 한 척이 선회하고 있다. 츄-Z 밀매인일까? 그렇다면 독약을 먹을 때가 왔다는 얘기가 된다. 어떤 독점 기업과 지금의 그에게는 아무것도 주지 않는 거대한 행성 간 제국을 살리기 위해.

자기 파괴 충동도 이 정도면 정말 대단하다고밖에는 할 수 없군. 그는 생각했다.

헬렌은 하늘을 주시하며 말했다. "손님이에요! UN 우주선도 아니네." 그녀는 즉시 토굴 쪽으로 가기 시작했다. "가서 알려 줘야지."

바니는 왼손을 웃옷 안으로 찔러 넣고 안쪽 호주머니 깊숙한 곳에 있는 튜브를 만졌다. 정말로 할 수 있을까? 그럴 것 같지는 않았다. 지금까지의 인생을 되돌아봐도 그를 그런 행동에 나서게 만들 동인은 존재하지 않았다. 혹시 모든 걸 잃었다는 절망감에서 비롯된 건지도 모르겠다. 그러나 그는 그렇게 생각하지 않았다. 원인은 다른 데 있다.

우주선이 토굴에서 그리 멀리 떨어지지 않은 편평한 사막에 착륙하자 이런 생각이 떠올랐다. 혹시 앤에게 츄-Z에 관한 무엇인가를 알리고 싶어서인지도 모른다. 설령 그의 실연實演이 날조된 것이라고 해도 말이다. 그가 스스로 체내에 독을 받아들인다면 그녀는 츄-Z에 손을 대지 않을 것이기 때문이다. 바니는 그녀가 그럴 것이라는 강한 직감을 느꼈다. 그것만으로도 충분하다.

우주선에서 파머 엘드리치가 걸어나왔다.

파머 엘드리치라는 점은 누가 봐도 명백했다. 명왕성에 불시착한 이래 전송 신문은 연달아 그의 사진을 실었기 때문이다. 물론 10년이나 된 사진들이었지만, 본인이라는 점에는 의심의 여지가 없었다. 잿빛. 6피트를 훌쩍 넘기는 비쩍 마른 몸. 건들 거리는 팔과 묘하게 빠른 발걸음. 그리고 저 얼굴. 뜯겨 먹힌 듯한 황폐한 얼굴. 마치 표면의 지방층이 소진된 듯한 인상을 받는다. 언제 그랬는지는 모르겠지만, 마치 엘드리치 본인이 자기 몸의 불필요한 부분을 탐욕스럽게 먹어치웠을지도 모른다는 생각이 들 정도였다. 거대한 강철 의치는 프록시마로 출발하기 전에 체코의 치과의사들이 이식한 것이다. 턱뼈에 영구적으로 접합시켜놓았기 때문에 무덤까지 가져갈 물건이다. 그리고— 그의 오른팔 또한 인공물이었다. 원래 있던 팔은 20년 전에 칼리스토*에서 사냥을 하던 중에 사고로 잃었다. 물론 새로 만든 인공 팔 쪽이 더 우수했다. 특수 제작된 의수들을 목적에 따라 교환할 수 있기 때문이다. 지금은 손가락이 다섯 개 달린 인간형 의수를 쓰고 있었다. 금속성 광택이 있는 것을 제외하면 진짜 손이라고 할 수 있을 정도였다.

그리고 그는 장님이었다. 적어도 태어날 때 받은 육체의 관점에서 보면 말이다. 그러나 진짜 눈을 대체할 것들은 이미 마련되어 있었다—엘드리치 급의 재력가라면 비용은 문제가 되지 않는다. 그 수술 역시 프록시마로 출발하기 전에 브라질인 안과의들이 시술했다고 한다. 훌륭한 솜씨였다. 안와眼窩에 끼운 의안에는 동공이 없었고, 근육 운동을 통해 움직이는 근육 안구도 없었다. 그 대신 한쪽 안와에서 다른 안와까지 덮은 길쭉

---

* Callisto. 목성의 제4위성.

한 광각 렌즈가 파노라마적 시야를 제공하고 있었다. 실명 사고는 우연의 산물이 아니었다. 시카고에서 정체를 알 수 없는 자들이 고의로 던진 산酸을 맞고 시력을 잃었던 것이다. 범인들의 동기 또한 불분명했다……. 적어도 일반 대중이 아는 한은 그랬다. 엘드리치는 아마 알 것이다. 그러나 그는 아무 말도 하지 않았고, 누군가를 고소하려고 하지도 않았다. 그저 사고를 당하자마자 브라질인 안과의들에게 갔을 뿐이었다. 길쭉한 일자 모양의 인공적 눈이 무척 마음에 든 듯 퇴원하자마자 유타 주에 세워진 세인트조지 오페라 극장의 개관식에 출석해서 아무 스스럼없이 다른 상류사회 참석자들과 어울렸다. 그로부터 10년이 지난 지금에도 그런 식의 수술이 행해지는 일은 드물었다. 젠슨식 광각 럭스비드 의안을 직접 목격한 것은 바니도 이번이 처음이었다. 게다가 수많은 교환식 의수를 보유한 인공 팔이 주는 인상은 그가 예상했던 것보다 훨씬 더 강렬했다……. 그게 아니라면, 엘드리치 본인이 다른 무엇인가를 가지고 있는 것일까?

"미스터 메이어슨." 파머 엘드리치는 이렇게 말하고 미소를 지었다. 강철 의치가 차갑고 약한 화성의 햇살 속에서 번득인다. 그가 손을 내밀자 바니도 반사적으로 손을 내밀었다.

저 목소리. 바니는 생각했다. 마치 어딘가 다른 곳에서 들려오는 듯한―그는 눈을 깜박였다. 상대방의 몸에서 현실감을 느낄 수가 없었다. 몸을 통해서 희미하게 뒤쪽의 풍경이 보인다. 인공적으로 만들어낸 일종의 허상虛像처럼 느껴졌다. 바니는 이 사실에서 아이러니를 느꼈다. 이미 몸의 많은 부분을 인공물로 대체한 상황에서, 이제는 피와 살로 이루어진 부분까지 그렇게 만들려는 걸까. 프록시마에서 지구로 돌아왔다는 존재는 바로 이것일까? 바니는 생각에 잠겼다. 그게 사실이라면 헵번-길버트는 속임수에 넘어간 것이다. 이것은 인간이 아니다. 어떤 관점에서 보더라도.

"난 여전히 이 우주선 선내에 있다네." 파머 엘드리치가 말했다. 그의 목소리는 우주선 외각에 부착된 확성기를 통해 커다랗게 울려 퍼졌다. "자네가 레오 뷸레로의 부하라는 사실을 감안한 예방책이지." 가상의 손이 바니의 손을 만졌다. 바니는 오싹한 냉기가 몸에 퍼지는 듯한 느낌을 받았다. 그런 감각을 만들어낼 만한 물체가 존재하지 않는 이상, 순수하게 심리적인 혐오 반응이리라.

"전직 부하요." 바니는 말했다.

등뒤에서 토굴의 동료들이 나타났다. 샤인, 모리스, 리건 부부다. 그들은 바니와 마주 보고 있는 어렴풋한 인물이 누군지를 알자 겁먹은 아이들처럼 조심스럽게 한 사람씩 다가왔다.

"무슨 일이 시작된 거야?" 노먼 샤인이 불안한 어조로 말했다. "이건 시뮬라크럼[幻影]이잖아. 마음에 안 드는군." 바니 곁으로 와서 그는 말을 이었다. "우린 사막에 살아. 그래서 신기루를 보는 건 일상다반사지. 배라든지, 방문자, 괴상한 생명체 따위를 말이야. 이것도 마찬가지야. 이 작자는 실제로는 여기 없고, 저기 착륙한 우주선도 마찬가지야."

토드 모리스가 끼어들었다. "보나마나 여기서 600마일은 떨어진 곳에 있을걸. 광학 현상이야. 곧 익숙해질 거야."

"그래도 내 목소리가 들리지 않나." 엘드리치가 지적했다. 확성기에서 흘러나온 목소리가 웅웅거리며 메아리쳤다. "난 정말로 여기 있다네. 자네들과 거래를 하기 위해서 온 거야. 이 토굴의 주민 대표는 누군가?"

"나요." 노먼 샤인이 말했다.

"내 명함일세." 엘드리치는 조그만 흰색 카드를 내밀었다. 노먼 샤인은 반사적으로 손을 내밀었다. 카드는 팔랑거리며 샤인의 손을 통과했고, 모래 위에 떨어졌다. 그러자 엘드리치는 씩 웃었다. 차갑고 공허한 미소는 근처의 모든 것을 희박한 공기까지 포함해서 자기 안으로 빨아들이는 듯했다. "내려다보게나." 엘드리치가 권했다. 노먼 샤인은 허리를 굽히고 카드를 들여다보았다. "고맙네." 엘드리치가 말했다. "나는 자네 그룹과 계약을 맺으려고 왔네. 이 토굴에—"

"신이 약속만 하는 걸 제공할 수 있다 어쩌고 하는 연설은 빼줘." 노먼 샤인이 말했다. "얼마인지만 말하라고."

"경쟁사 제품 가격의 10분의 1. 게다가 훨씬 더 효과적이기까지 하지. 모형 세트조차도 필요 없다네." 엘드리치는 바니를 향해 말하고 있는 듯했지만, 렌즈로 이루어진 가느다란 의안 탓에 정확히 어디를 보고 있는지는 확실하지 않았다. "화성은 마음에 드나, 미스터 메이어슨?"

"아주 즐거워." 바니는 말했다.

엘드리치는 말했다. "어젯밤 앨런 페인이 그 따분하고 조그만 위성에서 내려와서 자네를 만났을 때…… 무슨 얘기를 나누었나?"

바니는 경직된 어조로 대꾸했다. "비즈니스였어." 그러면서 재빨리 머리를 굴리려고 했지만 이미 때가 늦은 듯했다. 확성기가 웅웅거리며 이미 다음 질문을 내뱉었기 때문이다.

"그럼 여전히 레오 밑에서 일한다는 얘기로군. 사실, 우리가 츄-Z를 처음으로 배급하기 전에 자네가 화성에 도착하도록 한 건 의도적인 작전이었어. 이유가 뭘까? 배급을 저지할 방책이라도 있나? 자네의 짐에는 흔해빠진 책밖에 없었고, 팸플릿이나 전단 따위의 선전용 문서는 들어 있지 않았어. 그럼 소문을 퍼뜨리려 한 건가. 입소문을 통해서 말이야. 츄-Z를―뭐라고 할 작정이었나, 메이어슨? 상용하면 위험하다?"

"몰라. 나도 시험해보려고 기다리고 있었어. 직접 경험해보려고."

"우리 모두가 기다리고 있어요." 프랜 샤인이 말했다. 송로스킨을 한아름 안고 있었다. 즉석에서 대금을 지불하려는 기색이 역력했다. "지금 당장 팔 수 있나요? 아니면 마냥 더 기다려야 하는 건가요?"

"처음 분량은 팔 수 있네." 엘드리치가 말했다.

선체의 해치가 덜컥 열렸다. 그 안에서 조그만 제트 추진식 트랙터가 튀어나오더니 그들을 향해 날아왔다. 한 걸음 떨어진 곳에서 멈추더니 눈에 익은 갈색 포장지에 싸인 골판지 상자를 뱉어냈다. 잠시 후 노먼 샤인은 허리를 굽히고 발치에 떨어진 상자를 주워들었다. 환영이 아니었다. 노먼은 조심스럽게 포장지를 뜯어냈다.

"츄-Z가 맞아." 메리 리건은 가쁜 숨을 몰아쉬며 말했다. "세상에, 이렇게 많이! 얼마 드리면 되나요, 엘드리치 씨?"

"모두 합쳐서 5스킨." 엘드리치가 이렇게 말하자 트랙터에서 조그만 서랍이 나왔다. 스킨 화폐가 딱 들어맞는 크기였다.

한동안 흥정을 계속하다가 토굴 주민들 쪽에서 동의했다. 다섯 장의 스킨을 서랍에 넣자, 트랙터는 서랍을 쏙 집어넣고 뒤로 빙글 돌더니 모선을 향해 휙 날아갔다. 파머 엘드리치의 실체가 없는 잿빛 거구는 뒤에 남았다. 혼자서 희열감을 만끽하는 것 같군, 하고 바니는 생각했다. 레오 뷸레로에게 뭔가 꿍꿍잇속이 있다는 사실도 전혀 개의치 않는 기색이었다. 엘드리치는 그런 일을 즐기고 있었다.

그 탓에 암울해진 바니는 홀로 자리를 떴다. 그의 채마밭이 될 예정인 조그만 개간지로 가서, 토굴 주민들과 엘드리치에게 등을 돌리고 자동식 준설기를 작동시켰다. 준설기는 쉭쉭거리다가 이내 웅웅거리기 시작했다. 힘겨운 흡입음과 함께 모래가 사라진다. 얼마나 오래 이렇게 작동해줄까. 화성에서 수리를 받으려면 어떻게 해야 하는 걸까. 아예 포기해야 하는 걸까. 정비업자 따위는 존재하지 않는지도 모른다.

등 뒤에서 파머 엘드리치의 목소리가 들려왔다. "자, 메이어슨, 자네도 남은 인생을 이걸 씹으며 보낼 수가 있네."

반사적으로 뒤를 돌아보았다. 이번 상대는 환영이 아니었기 때문이다. 드디어 본인이 모습을 드러낸 것이다.

"그렇지." 바니는 대꾸했다. "나도 그럴 수 있어서 더할 나위 없이 기뻐." 그는 동력삽을 만지작거리며 말을 이었다. "화성에서 수리를 받으려면 어디로 가야 하는지 알아?" 그는 엘드리치에게 물었다. "그런 건 UN이 관할하는 거 아닌가?"

엘드리치가 말했다. "낸들 어떻게 알겠나?"

바니가 쥐고 있던 동력삽의 일부가 부러져 나갔다. 남은 부분을 들고 무게를 가늠해보았다. 타이어용 지렛대 모양을 한 그것은 육중했다. 이걸 쓰면 죽일 수도 있겠군. 그는 생각했다.

바로 이 장소에서 말이야. 그럼 모든 문제가 해결되는 거 아닌가? 대발작을 일으키는 독약을 안 먹어도 되고, 소송을 걸 필요도 없고……. 하지만 보복을 당할 것이다. 엘드리치보다 기껏해야 몇 시간 더 살아남는 것이 고작이다.

하지만—그럴 만한 가치는 있지 않은가?

바니는 몸을 돌렸다. 다음 순간 일어난 일은 너무나도 빨리 일어났기 때문에 제대로 인식하기는커녕 정확히 감지하지도 못했다. 착륙한 우주선에서 레이저 광선이 한 줄기 뻗어나왔고 그가 쥔 부품의 금속 부분에 닿았다. 순간 바니는 강렬한 충격을 느꼈다. 그와 동시에 파머 엘드리치는 춤추듯이 유연하게 몸을 비틀며 뒤로 껑충 물러났다. 화성의 중력이 약한 탓에 엘드리치는 위로 팅겨 올라갔고, 마치 풍선처럼—바니는 자기 눈을 의심했다—둥둥 뜬 채로 멀어져갔다. 엘드리치는 거대한 강철 의치를 드러내며 씩 웃었고, 인공 팔을 흔들었다. 비쩍 마른 몸이 천천히 회전했다. 그러자 그의 몸은 마치 눈에 보이지 않는 낚싯줄에 끌려가는 것처럼 경련하는 듯한 사인 곡선을 그리며 우주선을 향해 날아갔고, 눈 깜짝할 새에 모습을 감췄다. 우주선의 코 부분이 철컥 닫혔다. 엘드리치는 선내로 돌아간 것이다. 안전한 곳으로.

"아니 왜 저러는 거지?" 다른 토굴 주민들과 함께 서 있던 노먼 샤인이 호기심을 이기지 못하고 물었다. "도대체 거기서 지금 무슨 일이 일어난 거야?"

바니는 대꾸하지 않고 떨리는 손으로 금속 지렛대의 남은 부분을 내려놓았다. 지금은 부서지기 쉬운 재 같은 잔해로 변해 있었다. 지렛대는 지면에 닿자마자 부스러지며 산산조각이 났다.

"논쟁을 벌였어." 토드 모리스가 말했다. "메이어슨과 엘드리치가 말이야. 아무래도 서로 궁합이 안 맞았던 것 같아. 전혀."

"하여튼 간에," 노먼이 말했다. "츄-Z는 손에 넣었어. 메이어슨, 자넨 앞으로 엘드리치한테 접근하지 않는 편이 낫겠군. 내가 알아서 거래할게. 자네가 레오 뷸레로의 부하라는 걸 미리 알았다면―"

"전직 부하였어." 바니는 반사적으로 대꾸하고 폐품이 된 동력삽을 다시 만지작거리기 시작했다. 파머 엘드리치를 죽이려는 최초의 시도는 실패했다. 두 번 다시 이런 기회가 올까?

방금 있던 일을 정말로 기회라고 부를 수 있을까?

양쪽 질문에 대한 대답은 아무리 생각해도 '아니다'였다.

　그날 오후 늦게 '수두굴'의 주민들은 새 마약을 시험해보기 위해 한자리에 모였다. 긴장되고 엄숙한 분위기였다. 츄-Z의 작은 꾸러미를 하나씩 끌러서 각자에게 건넬 때까지도 말을 하는 사람이 거의 없었다.

　"어." 프랜 샤인은 얼굴을 찡그리며 말했다. "무슨 맛이 이리 끔찍해."

　"맛 따위가 무슨 문제야." 노먼은 조급한 어조로 말하고 씹기 시작했다. "썩은 버섯 같은 맛이로군. 당신 말이 맞았어." 그는 참을성 있게 꿀꺽 삼키고 계속 씹었다. "켁." 그는 헛구역질을 했다.

　"모형 세트도 없이 이런 일을 하면 — " 헬렌 모리스가 말했다. "우린 어디로 가게 되는 거야? 아무 데나? 난 두려워." 단숨에 발하고는 이렇게 덧붙였다. "모두 함께 가는 길까? 그렇다고 생각해, 노먼?"

　"알 게 뭐람." 샘 리건이 우물거리며 대꾸했다.

　"날 봐." 바니 메이어슨이 말했다.

　일동은 흥미를 가지고 그를 흘끗 보았다. 바니의 말투에는 모두를 그렇게 할 만한 무엇인가가 있었기 때문이다.

　"지금 츄-Z를 입에 집어넣었어." 바니는 이렇게 말하고 자기 말을 실행에 옮겼다. "지금 넣은 게 보이지?" 그는 씹었다. "지금 이렇게 씹고 있어." 심장이 터질 것 같다. 하느님 맙소사. 그는 생각했다. "끝까지 견뎌낼 수 있을까?"

　"응, 보고 있어." 토드 모리스가 고개를 끄덕였다. "그래서 뭐? 그러면 뭐 폭발한다거나, 엘드리치처럼 둥둥 떠오른다거나, 그럴 거라고 생각하는 거야?" 토드도 자기 몫을 씹기 시작했다. 이제 일곱 명 모두가 츄-Z를 씹고 있다는 사실을 바니는 깨달았다. 눈을 질끈 감았다.

정신을 차리자 그의 아내가 허리를 굽히고 그를 내려다보고 있었다.

"이렇게 말했어." 그녀는 말했다. "맨해튼 한 잔 더 할 거야, 안 할 거야? 더 할 거면 냉장고한테 깬 얼음을 더 달라고 해야 하거든."

"에밀리." 그는 말했다.

"예, 서방님." 그녀는 비꼬듯이 말했다. "당신이 내 이름을 그런 식으로 말할 때는 언제나 잔소리를 시작할 작정이라는 걸 알아. 이번엔 또 뭔데?" 에밀리는 반대편 소파의 팔걸이 위에 앉아서 치마의 주름을 폈다. 선명한 파란색과 흰색으로 손염색한 랩어라운드 스커트였다. 크리스마스 때 그가 선물한 것이다. "준비됐으니 얘기해도 돼." 그녀는 말했다.

"잔소리 따위는—안 해." 바니는 말했다. 난 정말로 그런 식일까? 그는 자문했다. 언제나 사소한 잔소리만 늘어놓는? 그는 비틀거리며 일어섰다. 현기증을 느끼고 근처에 있던 대형 전기 스탠드 기둥을 잡고 몸을 지탱했다.

그 광경을 보고 에밀리가 말했다. "당신, 뽕 갔네."

뽕 갔다. 대학 졸업 후로는 들은 적이 없는 말이다. 이미 오래 전에 한물간 표현이었지만, 에밀리답게 아직도 쓰고 있는 것이다. "요즘은," 그는 최대한 또렷또렷하게 말했다. "맛이 갔다, 라고 해. 기억했어? 맛이 갔다." 그는 비틀거리며 술병이 있는 주방의 찬장 쪽으로 갔다.

"맛이 갔다." 에밀리는 복창하고 한숨을 쉬었다. 슬픈 표정이었다. 바니는 그 사실을 깨닫고 이유가 무엇일까 하고 생각했다. "바니." 그녀가 말했다. "너무 많이 마시지 말아줘. 알겠지? 뽕 갔든, 맛이 갔든, 하여튼 뭐라고 불러도 상관은 없지만, 결국은 똑같은 거잖아. 아마 내 잘못이겠지만. 당신이 술을 마시는 건 내가 너무 한심해서라는 걸 알아." 그녀는 손등으로 오른쪽 눈을 훔쳤다. 틱*을 연상케 하는, 신경에 거슬리는 버릇이었다.

"당신이 한심해서가 아냐." 바니는 말했다. "단지 내 눈이 너무 높아서 그래." 나는 다른 사람들에게 많은 걸 기대하도록 교육받았지. 그는 생각했다. 그들도 나만큼이나 훌륭하고 안정적인 인물이고, 감상적이고 극기력이 없는 인간이 아니라고 기대하도록 말이야.

그러나 예술가는 다르다. 아니, 자칭 예술가라고 해야 하나. 보헤미안. 그래, 그쪽이 더 정확하다. 재능이 없는 예술가의 삶이다. 그는 새로 술을 섞기 시작했다. 이번에는 얼음을 넣지 않은 버번앤드워터였다. 샷글라스에는 눈길도 주지 않고 올드 크로를 병에서 직접 따랐다.

"당신이 그런 식으로 술을 따를 때는," 에밀리가 말했다. "화

---

* tic. 안면 경련 증세.

가 나서 또 한판 다툴 작정인 걸 알아. 이젠 견딜 수가 없어.”

“그럼 떠나라고.”

“못된 인간.” 에밀리는 말했다. “난 떠나고 싶지 않단 말이야! 내가 왜 그러는지 —” 그녀는 무기력하고 절망적인 몸짓을 했다. “조금만 더 친절하고 관대해질 수는 없어? 그냥 눈감아줘, 내…….” 목소리가 작아졌다. 그녀는 거의 들리지 않을 정도로 작게 말했다. “사소한 결점을.”

“하지만,” 그는 대답했다. “눈감아줄 수가 없는 걸. 나도 그러고 싶어. 무슨 일을 하더라도 어정쩡하게밖에는 못하고, 사교적으로도 전혀 쓸모가 없는 여자와 살고 싶은 생각이 나겠어? 예를 들자면 당신이 — 염병할. 됐어.” 이런다고 무슨 소용이 있단 말인가? 에밀리의 성격이 바뀔 리가 없었다. 누가 봐도 타고난 게으름뱅이인 여자를 어떻게 하란 말인가. 에밀리가 생각하는 멋진 삶이란 하루 종일 빈둥거리며 끈적끈적한 배설물을 닮은 화초를 만지작거리거나, 축축한 잿빛 진흙으로 가득 찬 거대한 항아리에 양손을 처넣고 지내는 일인 것이다. 그러는 동안 —

우리는 시간을 낭비하고 있어. 우리가 그러는 동안 회사 사람들, 특히 레오 뷸레로의 유행 예측 컨설턴트들을 포함한 전 세계는 성장하고, 향상하고, 성숙하고 있는데 말이다. 난 결코 뉴욕 본사의 유행 예측 컨설턴트 따위는 되지 못할 거야. 그는 속으로 되뇌었다. 그러는 대신 새로운 유행 따위와는 인연이 없는 이곳 디트로이트에서 썩는 수밖에 없는 거야.

만에 하나 뉴욕의 유행 예측 컨설턴트 사무소로 영전할 수 있다면, 내 인생에도 새로운 전기가 찾아오겠지. 내 능력을 최대한 발휘할 수 있는 자리에 앉는다면 행복할 거야. 달리 뭐가 필요하겠어? 단지 그뿐이야. 내가 원하는 건.

"나갔다 올게." 에밀리에게 말하고 술잔을 내려놓았다. 벽장으로 가서 웃옷을 꺼내들었다.

"내가 자기 전에 돌아올 거야?" 에밀리는 구슬픈 어조로 말하며 현관문까지 그를 따라왔다. 그들이 지난 2년 동안 살아온 조합아파트 11139584동─이 숫자는 뉴욕 시내를 기준으로 밖으로 갈수록 커진다─의 현관으로.

"모르겠어." 그는 이렇게 대꾸하고 문을 열었다.

복도에 누군가가 서 있었다. 키가 큰 잿빛 사내. 육중한 강철 의치, 동공이 없는 죽은 눈, 오른쪽 소매에서 튀어나온 번들거리는 인공 손을 가진. 사내가 말했다. "여어, 베이어슨." 그가 미소 짓자 강철 의치가 반짝였다.

"파머 엘드리치." 바니는 말했다. 에밀리를 돌아보며 "전송 신문에서 이 사람 사진 본 적 있지? 엄청나게 유명한 대기업가야." 물론 그는 한눈에 상대가 엘드리치임을 알아보았다. "저를 만나러 오신 겁니까?" 그는 주저하며 물었다. 어딘가 기묘한 느낌이었다. 마치 예전에도 같은 경험을 한 적이 있는 듯한. 그러나 다른 방식으로.

"잠시 바깥양반과 얘기를 나누고 싶소." 엘드리치는 묘하게 상냥한 어조로 에밀리에게 말하고 바니에게 나오라고 손짓했다. 바니가 복도로 나가자 현관문이 등뒤에서 닫혔다. 종순한 에밀리. 엘드리치의 표정이 차갑게 바뀌었다. 상냥함이나 미소 따위와는 거리가 멀었다. "메이어슨, 자네는 주어진 시간을 헛되이 쓰고 있어. 과거를 재현하는 것 말고는 아무 일도 하질 않잖아. 이런다면 내가 츄-Z를 팔아도 아무 소용도 없지 않나? 자넨 도착증이야. 나도 이런 건 난생처음 보는군. 앞으로 10분만 더 주겠네. 그 뒤에는 자네가 있던 '수두굴'로 데리고 돌아가겠어. 그러니까 자기가 뭘 원하는지, 결국은 뭘 제대로 이해했는지를 당장 알아내는 편이 나을 거야."

"츄-Z가 도대체 뭡니까?" 바니는 말했다.

인공 팔이 위로 올라갔다. 파머 엘드리치는 엄청난 힘으로 바니를 밀쳤다. 바니는 비틀거렸다.

"어이." 바니는 상대방의 괴력에 저항하려고 하며 힘없이 물었다. "도대체 이건—"

다음 순간 그는 누워 있었다. 머리가 깨질 듯이 아팠다. 가까스로 눈을 뜨고 주위의 방에 초점을 맞췄다. 자다 깬 듯하다. 아래를 보니 잠옷 차림이었지만 낯설었다. 이런 잠옷은 전에 본 적이 없다. 혹시 누군가 다른 사람의 조합아파트로 들어와서 그 사람 옷을 입고 있는 것일까? 누군가 다른 사내의…….

크게 당황하며 자신이 누워 있던 침대와 침대 시트를 훑어보았다. 곁에는……. 젊고 낯선 여자가 입을 열고 새근거리며 자고 있었다. 흐트러진 머리카락이 솜처럼 하얗고, 시트 밖으로 드러난 맨 어깨는 매끄러웠다.

"이러다 지각하겠어." 마치 다른 사람의 것 같은 뒤틀리고 목쉰 소리가 입에서 흘러나왔다. 자기 목소리라고는 믿기 힘들 정도였다.

"지각 아녜요." 여자가 눈을 감은 채로 웅얼거리듯이 말했다. "걱정하지 마요. 여기서 출근하면—" 그녀는 하품을 하고 눈을 떴다. "15분이면 도착하니까." 그를 보며 미소 지었다. 그가 안절부절못하는 것이 재미있다는 듯이. "매일 아침 똑같은 소리를 하는군요. 커피 좀 끓여줘요. 난 그걸 꼭 마셔야 하니까."

"그러지." 그는 황급히 침대에서 나왔다.

"토끼 같아." 여자는 조롱하듯이 말했다. "뭐가 그렇게 두려운 거예요. 내가 두렵고, 직장 일이 두렵고—게다가 만날 도망치고만 있으니."

"하느님 맙소사." 그는 말했다. "난 모든 것에게 등을 돌렸어."

"모든 것이라니, 뭐가?"

"에밀리." 그는 침실에 있는 로니 어쩌고 하는 젊은 여자를 응시했다. "이제 내겐 아무것도 안 남았어."

"그거 잘됐군요." 로니는 쓴 표정으로 비꼬았다. "그럼 이제는 내가 뭔가 듣기 좋은 얘기를 할 차렌가. 당신 기분이 나아지라고."

그는 말했다. "게다가 방금 그런 일을 저질렀어. 몇 년 전에 그랬던 게 아니라 파머 엘드리치가 들어오기 직전에."

"파머 엘드리치가 어떻게 '들어올' 수 있는 거죠? 지금은 목성인가 토성 근처의 병원에 입원해 있다면서요. UN이 불시착한 우주선의 잔해에서 끄집어내서 후송했다던데." 냉소적인 것은 여전했지만, 어딘가 호기심을 느낀 말투였다.

"파머 엘드리치가 방금 눈앞에 나타났어." 그는 고집스럽게 말했다. 그러자 이런 생각이 떠올랐다. 에밀리에게 돌아가야 해. 옆으로 미끄러지면서 허리를 굽혀 자기 옷을 집어 든 다음, 비틀거리며 욕실로 들어가서 등 뒤로 문을 쾅 닫았다. 재빨리 수염을 깎고 옷을 갈아입은 다음 밖으로 나와서 여전히 침대에 누워 있는 여자를 향해 말했다. "이제 가봐야 해. 기분 나빠하지는 마. 이러는 수밖에 없어서 그래."

그러고는 아침도 먹지 않은 채로 엘리베이터를 타고 1층으로 내려갔다. 그런 다음 내열 차폐막 아래에 서서 택시를 잡았다.

그가 잡은 택시는 고급스럽게 번쩍거리는 신형 모델이었고 눈 깜짝할 새에 그를 에밀리의 조합아파트 건물로 데려다주었다. 지체 없이 요금을 지불하고 서둘러 건물 안으로 들어갔고 몇 초도 되지 않아 엘리베이터를 타고 올라가고 있었다. 마치 전혀 시간이 흐르지 않은 듯한 느낌이었다. 마치 시간 자체가 정지하고, 모든 것들이 얼어붙은 채로 그를 기다리고 있는 듯한 느낌. 그는 고정된 물체들로 이루어진 세계에서 움직이는 유일한 존재였다.

현관문 앞에 서서 버저를 눌렀다.

문이 열리자 사내 하나가 서 있었다. "예?" 가무잡잡하고, 그럭저럭 잘생긴 사내였다. 눈썹이 짙고, 곱슬기가 있는 머리카락을 가지런히 빗었다. 한손에는 전송 신문 조간을 들고 있었고—뒤쪽에 보이는 식탁에는 아침식사가 담긴 접시들이 놓여 있었다.

바니는 말했다. "당신은—리처드 내트로군."

"그렇습니다만." 사내는 당혹스러운 눈으로 바니를 뚫어지게 바라보았다. "혹시 예전에 만난 적이 있습니까?"

에밀리가 나왔다. 잿빛의 터틀넥 스웨터와 얼룩투성이의 청바지 차림이었다. "세상에, 바니잖아." 그녀는 내트에게 말했다. "전남편이야. 들어와." 그녀는 바니를 위해 현관문을 활짝 열어주었다. 바니는 아파트 안으로 들어갔다. 에밀리는 바니를 만나서 기쁜 기색이었다.

"만나서 반갑네." 내트는 무표정하게 말하고 손을 내밀려고 하다가 마음을 바꿨다. "커피 마시겠나?"

"고맙네." 바니는 식탁 빈자리에 앉았다. "실은 말이지." 그는 에밀리를 보며 말을 꺼냈다. 더 이상 견딜 수가 없었다. 설령 내트가 이 자리에 있어도 지금 당장 얘기해야 한다. "당신과 이혼한 건 내 잘못이었어. 다시 당신과 결합하고 싶어. 다시 옛날로 돌아가는 거야." 에밀리는 그가 기억하던 방식 그대로 깔깔 웃기 시작했다. 너무 우스운 탓인지 제대로 말도 하지 못하는 상태로 그대로 바니의 커피 잔과 받침 접시를 가지러 갔을 정도였다. 결국 대답을 듣지는 못하는 것일까. 그는 생각했다. 그냥 웃는 편이 더 쉬워서일까—그녀의 게을러빠진 부분에게는 그쪽이 더 매력적일 테니까 말이다. 염병할. 그는 똑바로 앞을 응시한 채로 기다렸다.

내트가 반대편 자리에 앉으며 말했다. "우린 결혼했어. 혹시 그냥 함께 살고 있다고 지레짐작하기라도 한 거야?" 험악한 표정이었지만 아직 자제력을 잃지는 않은 듯했다.

바니는 내트를 무시하고 에밀리에게 말했다. "결혼은 취소할 수 있어. 다시 나와 결혼해주겠어?" 그는 일어서서 그녀를 향해 머뭇거리며 다가가려고 했다. 바로 그 순간 그녀는 침착하게 그를 향해 몸을 돌리더니 잔과 접시를 건넸다.

"안 돼." 에밀리는 여전히 웃는 낯으로 말했다. 두 눈에서는 여전히 동정의 빛이 넘쳐흐르고 있었다. 그녀는 그가 어떤 기분인지를 알고, 그의 행동이 단순한 충동에서 비롯된 것이 아님을 잘 알고 있었다. 그러나 대답은 여전히 '아니요'였고, 앞으로도 언제나 그럴 것이라는 사실을 그는 알았다. 아니, 그녀는 그런 결심조차도 하지 않았다—그녀의 마음속에는 그가 방금 언급한 현실 자체가 아예 존재하지 않는 것이다. 그는 생각했다. 나는 에밀리를 잘라냈어. 가지를 치듯이. 내가 무슨 짓을 하는지를 뻔히 알면서 그랬고, 이게 바로 그 결과야. 내가 물 위에 던진 빵*이 다시 내게 흘러온 거지. 물에 젖은 빵이 목에 걸려서, 영원히 삼킬 수도 없고, 뱉어낼 수도 없는 상황이랄까. 순전히 자업자득이야. 이런 상황을 만들어낸 사람은 바로 나니까.

식탁으로 돌아가서 멍한 표정으로 다시 앉았고, 커피를 따라주는 에밀리의 손을 빤히 쳐다보았다. 과거에는 내 아내의 손이었어. 그는 속으로 되뇌었다. 그걸 포기한 건 나야. 자기 파

---

* 너는 네 먹을 것을 물에 던져라. 여러 날 후에 도로 찾으리라. 구약성경 전도서 11장 1절.

괴. 난 내가 죽는 걸 보고 싶었던 걸까. 그것 말고 뾰족한 설명을 생각할 수가 없어. 혹시 나는 그 정도로 어리석었던 걸까? 아냐. 단지 어리석은 것 가지고서는 이토록 엄청난 우행을 저지를 수는 없어. 이토록 의식적인—

에밀리가 말했다. "요즘 어떻게 지내, 바니?"

"아, 염병할. 정말이지 끝내줘." 그는 떨리는 목소리로 대답했다.

"아주 귀여운 빨간 머리 아가씨하고 살고 있다고 하던데." 에밀리는 이렇게 말하고는 자기 자리에 앉아 다시 식사를 했다.

"그건 끝났어." 바니는 말했다. "이미 잊었어."

"그럼 지금은 누구?" 아무렇지도 않은 말투였다. 마치 옛 친구나 같은 아파트 건물 이웃과 심심풀이 잡담이라도 나누고 있는 것 같군. 그는 생각했다. 말도 안 돼! 에밀리는 왜—도대체 어떻게—저런 기분으로 있을 수 있는 것일까. 불가능해. 이건 연기야. 속마음을 감추려는.

그는 큰 소리로 말했다. "나와 또 엮이면 내가 당신을—또 버릴 걸 두려워하고 있는 거로군. 솥뚜껑 보고도 놀란다는 말도 있으니. 하지만 난 안 그럴 거야. 다시는 그런 짓을 하지 않을 거야."

특유의 차분하고 느긋한 목소리로 에밀리가 말했다. "그렇게 고민하고 있었다니 정말 안됐어, 바니. 정신분석을 받고 있지 않았어? 당신이 여행가방에 든 정신과 의사를 가지고 다닌다는 얘기를 누구한테 들었는데."

"닥터 스마일 얘기로군." 그는 기억을 떠올렸다. 아마 로니 퓨게이트의 아파트에 그대로 두고 온 듯하다. "난 도움이 필요해." 그는 에밀리에게 말했다. "혹시 뭔가 방법이—" 그는 입을 다물었다. 과거를 바꿀 수는 없는 것일까? 그는 자문했다. 불가능하다는 점은 명백했다. 인과관계는 오직 한 방향으로만 작용하고, 변화는 현실이다. 이미 지난 일은 지난 일이므로, 그냥 여기서 나가는 편이 나을지도 모른다. 그는 일어섰다. "제정신이 아니었던 것 같아." 그는 에밀리와 리처드 내트 양쪽에게 말했다. "미안해. 잠이 덜 깬 것 같아—오늘 아침부터 머리가 멍하더라고. 잠에서 깼을 때부터 이상했어."

"커피 한 잔 하면 어때?" 내트가 제안했다. "베어클로*라도 좀 들지 않겠나?" 험악한 표정은 사라져 있었다. 이제는 에밀리와 마찬가지로 평온하고 방관자적인 태도를 보이고 있다.

바니는 말했다. "영문을 모르겠어. 파머 엘드리치가 여기로 오라고 했는데." 아니, 정말로 그랬을까? 뭔가 그런 얘기를 들은 기억이 있다. 그것만은 확실했다. "이러면 잘 풀릴 거라고 생각했는데." 그는 힘없는 어조로 말을 맺었다.

내트와 에밀리는 서로의 얼굴을 흘끗 보았다.

"엘드리치는 어딘가의 병원에—" 에밀리가 입을 열었다.

"뭔가 잘못됐어." 바니는 말했다. "엘드리치는 통제력을 잃은 게 틀림없어. 직접 찾아야겠어. 그럼 내게 설명해줄 거야." 그러

---

* Bear's Claw. 아몬드 맛의 미국식 과자. 아침 대용으로 흔히 먹는다.

자마자 그는 공황 상태에 빠졌다. 전광석화처럼 빠르고, 유동적이고, 포괄적인 공포였다. 손끝까지 그것으로 가득 찬 느낌이었다. "잘 있어." 그는 가까스로 이렇게 말하고 도망칠 곳을 찾아 현관을 향해 가려고 했다.

등 뒤에서 리처드 내트가 말했다. "기다려."

바니는 뒤를 돌아보았다. 식탁에서는 에밀리가 희미한 미소를 띤 채로 앉아 커피를 마시고 있었다. 그리고 그녀 반대편에 앉은 내트는 바니를 마주 보고 있었다. 포크를 쥔 내트의 손은 의수였다. 그 포크를 써서 스크램블에그를 입가로 가져갔을 때 앞으로 튀어나온 스테인레스강의 거대한 강철 의치가 보였다. 내트는 잿빛이었고, 공허했고, 죽은 눈을 가지고 있었으며, 아까보다 훨씬 더 몸집이 컸다. 존재감만으로도 방이 꽉 차 보일 정도였다. 그러나 여전히 내트다. 영문을 모르겠군, 하고 바니는 뇌까렸다. 그는 나가려고 하지 않고, 되돌아가려고 하지도 않았다. 그러는 대신 문간에 우뚝 서서 내트가 말한 대로 기다렸다. 저건 어딘가 파머 엘드리치를 닮지 않았나? 그는 자문했다. 사진에서 본 바로는…… 인공 팔과 강철 의치와 젠슨식 눈을 가지고 있었다. 그러나 이 사내는 엘드리치가 아니다.

"공평하게 말해서," 내트는 사무적으로 말했다. "에밀리는 방금 보여준 것보다는 훨씬 더 자네를 좋아한다고 해야겠지. 직접 에밀리한테서 들은 얘기니까 믿어도 좋아. 그것도 여러 번 들었지." 그는 에밀리를 흘끗 보고는 말을 이었다. "에밀리, 당신은 의무감이 강한 타입이야. 지금 여기서는 바니에 대한 애정을 억누르는 것이 도덕적이라고 생각하고 있겠지. 어차피 지금까지도 계속 그래왔고 말이야. 하지만 의무 따위는 잊어버려. 결혼이란 그런 것 위에 쌓아 올릴 수 있는 게 아니라 자발적인 거야. 설령 여기서 당신이 나를—" 그는 손을 펼쳐 보였다. "흐음, 부정하는 일에 대해 거부감을 갖는다고 해도, 자기 감정을 정직하게 내보여야 해. 허울 좋은 자기희생 따위로 덮어버리는 대신에 말이야. 과거에 당신이 바니와 한 건 바로 그런 일이야. 바니의 출세를 방해하지 않는 게 자기 의무라고 생각하고, 당신을 쫓아내도록 놓아두었던 거지." 그러고는 이렇게 덧붙였다. "당신은 여전히 그런 식으로 행동하고 있지만, 그건 여전히 잘못된 행동이야. 자기 자신에게 충실해지라고." 그러고는 느닷없이 바니를 향해 씩 웃어 보였다. 씩 웃으면서—죽은 한쪽 눈이 사라졌다. 마치 기계가 윙크하는 것처럼.

이제는 파머 엘드리치였다. 완전히.

그러나 에밀리는 그 사실을 깨닫지 못한 것처럼 보였다. 미소가 사라지며 당황하고 동요하는 표정이 되었고, 급기야는 분노로 변했다. "어떻게 나한테 그런 말을 할 수 있어." 그녀는 자기 남편에게 말했다. "난 내 감정을 있는 그대로 얘기했어. 난 위선자가 아냐. 위선자라고 비난받는 것도 싫고."

반대편에 앉아 있는 사내가 말했다. "당신 인생은 단 한 번밖에는 없어. 그 인생을 나 대신 바니하고 함께하고 싶다면—"

"싫어." 그녀는 사내를 쏘아보았다.

"난 가겠어." 바니는 이렇게 말하고 현관문을 열었다. 도저히 가망이 없다.

"기다려." 파머 엘드리치는 자리에서 일어나서 어슬렁어슬렁 뒤를 따라왔다. "함께 내려가자고."

복도로 나간 두 사람은 어깨를 맞대고 층계 쪽을 향해 터벅터벅 걸어갔다.

"단념하지 말게." 엘드리치가 말했다. "이걸 잊으면 안 돼. 자네가 츄-Z를 써본 것은 이번이 처음이라는 사실을. 나중에 또 기회가 생길 거야. 꾸준하게 노력하면 결국은 성공할 수 있어."

바니는 말했다. "도대체 그 빌어먹을 츄-Z라는 게 뭐야?"

바로 옆에서 여자 목소리가 되풀이해 말하고 있었다. "바니 메이어슨, 정신 차려요." 누군가가 그의 몸을 흔들고 있다. 그는 눈을 깜박였다. 가늘게 뜬 눈으로 그쪽을 응시했다. 무릎을 꿇고 그의 어깨에 손을 얹고 있는 사람은 앤 호손이었다. "어땠어요? 잠깐 들렀는데 아무도 나오지 않았어요. 그러다가 당신들이 원진을 짜고 완전히 의식을 잃은 채로 쓰러져 있는 것과 마주쳤죠. 내가 UN 관리라면 어떻게 하려고 그랬어요?"

"당신이 날 깨웠군." 바니는 그제야 진상을 깨닫고 앤에게 말했다. 분노 섞인 엄청난 실망감이 그를 엄습했다. 그러나 이번 승천은 이걸로 끝났고, 더 이상 어떻게 할 도리가 없다. 그러나 그는 마음속에서 갈구하는 듯한 느낌이, 강렬한 동경이 자리 잡고 있는 것을 자각했다. 다시 한 번 시험해봐야 한다. 그것도 가급적 빨리. 그밖의 다른 것은 아무것도 중요하지 않았다. 곁에 있는 여자조차도, 여기저기서 꼼짝도 않고 뻗어 있는 같은 토굴 주민들조차도.

"그렇게 좋았어요?" 앤은 눈치 빠르게 묻고 그의 웃옷을 만졌다. "우리 토굴에도 왔다 갔어요. 나도 샀어요. 괴상한 틀니하고 눈을 가진 그 사내에게서. 거구에, 온통 잿빛인."

"엘드리치야. 아니면 그 시뮬라크럼이겠지." 마치 몇 시간 동안이나 억지로 몸을 구부리고 있기라도 한 것처럼 삭신이 쑤셨다. 그러나 손목시계를 보니 기껏해야 몇 초 되는 시간이 흘렀을 뿐이었다. 길어도 1분을 넘지는 않았다. "엘드리치는 모든 장소에 존재해." 그는 앤에게 말했다. "당신 츄-Z를 나한테 주지 않겠어?"

"싫어요."

바니는 실망을 감추고 어깨를 으쓱해 보였다. 무엇인가를 박탈당한 듯한 날카롭고 육체적인 아픔이었다. 흐음, 파머 엘드리치는 어차피 되돌아올 테니 상관없다. 엘드리치는 자기 제품의 효과를 십분 이해하고 있었다. 오늘 중에라도 올지 모른다.

"어땠는지 얘기해봐요." 앤이 말했다.

바니는 말했다. "그 환상 세계에서 엘드리치는 신이 되어 중요한 자리를 모두 점유하고 있어. 우리가 현실에서는 결코 할 수 없었던 일들을 할 기회를, 우리가 원하는 대로 과거를 재구성할 기회를 주는 신이지. 하지만 엘드리치에게도 그건 쉬운 일이 아냐. 시간이 걸리지." 그는 여기서 입을 다물고 쿡쿡 쑤시는 이마를 문질렀다.

“그럼 엘드리치도—당신도—그냥 팔을 한 번 흔드는 것만
으로 원하는 걸 얻을 수 없다는 얘긴가요? 꿈에서처럼?”

“꿈과는 전혀 달라.” 그보다 더 나쁘지. 지옥에 더 가까워. 바
니는 생각했다. 그렇다, 지옥이란 바로 그런 곳이 아닐까. 악몽
같은 과거가 가차 없이 되풀이되는 곳. 그러나 파머 엘드리치
는 참을성을 가지고 노력만 한다면 그 또한 바꿀 수 있다고 하
지 않았는가.

“만약 과거로 돌아간다면—” 앤은 말하기 시작했다.

“만약이 아냐.” 바니는 앤을 빤히 쳐다보았다. “난 그때로 돌
아가야 해. 이번에는 아무 결실도 맺지 못했거든.” 수백 번은
더 걸릴지도 모른다. 그는 생각했다. “이봐. 제발 부탁이니 당신
이 갖고 있는 그 츄-Z 꾸러미를 나한테 줘. 난 틀림없이 에밀리
를 설득할 수 있어. 엘드리치 본인이 내 편에 서서 열심히 노력
하고 있다고. 아까 에밀리는 잔뜩 화가 나 있었고, 나도 너무 느
닷없이 그런 소리를—” 바니는 입을 다물고 앤 호손을 응시했
다. 뭔가 이상하다고 느꼈기 때문이다. 왜냐하면—

앤은 인공 팔과 의수를 가지고 있었다. 플라스틱과 금속 손가
락이 바로 눈앞에 있었기 때문에 잘못 볼 리가 없다. 고개를 들
어 그녀의 얼굴을 보자 공허함이, 파머 엘드리치를 낳은 행성
사이의 우주공간을 연상케 하는 광활한 허공이 눈에 들어왔다.
죽은 두 눈은 인간이 방문한 기지既知 세계들의 피안에 펼쳐진
공간으로 가득 차 있었다.

“나중에 손에 넣으면 되잖아요.” 앤은 침착하게 말했다. “그

런 건 하루에 한 번이면 충분하니." 그녀는 미소 지었다. "안 그런다면 스킨을 금세 다 써버릴걸요. 그럼 더 이상 그걸 살 수 없게 되고, 그땐 도대체 어떻게 할 작정이죠?"

그녀의 미소가 번득였다. 스테인레스강처럼 눈부시게.

그의 주위에서 다른 토굴 주민들이 신음을 흘렸고, 느리고 고통스러운 단계를 거쳐 서서히 각성하기 시작했다. 상체를 일으키고 앉아서 알아들을 수 없는 말을 중얼거리고, 자기들이 어디에 있는지 확인하려고 했다. 앤은 어딘가로 모습을 감췄다. 바니는 자기 힘으로 일어났다. 커피가 필요해. 그는 생각했다. 앤은 틀림없이 커피를 타고 있을 거야.

"세상에." 노먼 샤인이 말했다.

"어디로 갔었어?" 토드 모리스가 불명료한 목소리로 힐문했다. 멍하게 일어서더니 아내인 헬렌을 일으켜준다. "난 10대 시절로 돌아갔어. 고등학교에서 처음으로 제대로 된 데이트를 했던 날로—처음으로, 그 일에 성공했던 날로 말이야. 무슨 얘긴지 알지?" 그러고는 불안한 표정으로 흘끗 헬렌을 보았다.

메리 리건이 말했다. "캔-D보다 훨씬 나아. 세상에. 내가 거기서 뭘 했는지를 얘기해줄 수만 있다면—" 그녀는 창피한 듯이 킥킥 웃었다. "하지만 그럴 수는 없지." 메리의 얼굴이 빨갛게 달아올랐다.

자기 방으로 되돌아간 바니 메이어슨은 문을 잠그고 엘렌 페인에게서 받은 독이 든 튜브를 꺼냈다. 손에 그것을 쥔 채로 생각에 잠겼다. 바로 지금이야. 하지만—우리는 정말로 현실로 돌아온 것일까? 방금 내가 본 것은 앤의 얼굴에 겹쳐진 엘드리치의 잔상에 지나지 않았던 것일까? 진정한 통찰이었을지도 모른다. 그들이 처한 실제 상황을 정확하게 반영한. 나 자신만의 현실이 아니라 그들 모두의 것을 포함한.

그게 사실이라면 지금 독을 먹는 것은 시기상조다. 그런 관점을 제안한 것은 그 자신의 본능이었다.

그럼에도 불구하고, 그는 튜브 마개를 돌리기 시작했다.

가냘프고 조그만 목소리가 마개를 연 튜브 안에서 이렇게 말했다. "메이어슨, 자네는 감시당하고 있어. 모종의 책략을 부릴 작정이라면 우리는 부득이 그걸 저지하는 수밖에 없네. 자네의 행동은 극도로 제한받을 거야. 미안하이."

그는 다시 마개를 닫고 떨리는 손가락으로 돌려 단단히 잠갔다. 게다가 튜브 안은—비어 있있다!

"왜 그래요?" 앤이 나타나서 말했다. 그가 할당받은 방의 주방에 가 있었던 듯했다. 어딘가에서 찾아낸 앞치마를 두르고 있다. "그게 뭐예요?" 그가 쥔 튜브를 본 앤이 물었다.

"탈출 수단이야." 그는 목소리를 쥐어짜는 듯이 말했다. "도망치기 위한."

"무엇으로부터 도망친다는 거예요?" 다시 평소의 그녀로 돌아간 듯하다. 지금은 아무 문제도 없어 보였다. "안색이 안 좋아요, 바니. 정말로. 츄-Z의 후유증인가요?"

"숙취 때문이야." 파머 엘드리치는 정말로 이 안에 있는 것일까? 그는 마개를 닫은 튜브를 훑어보며 생각하다가 손바닥 위에서 굴려보았다. "페인이 있는 인공위성에 연락을 취할 방법은 없을까?"

"아, 가능할 거예요. 그냥 영상전화를 걸든가, 아니면 이곳 사람들이 평소에 쓰는 걸로—"

"노먼 샤인한테 그 친구를 불러달라고 부탁해줘."

앤은 순순히 방에서 나갔다. 그녀의 배후에서 방문이 닫혔다.

그러자마자 그는 페인에게 받은 암호첩을 주방 레인지 밑의 은닉 장소로부터 꺼내왔다. 이 메시지는 암호화할 필요가 있었다.

암호첩의 책장은 모두 백지였다.

그렇다면 암호 없이 보내야겠군. 그는 생각했다. 어쩔 수 없으니. 최선을 다하는 수밖에 없다. 설령 결과가 아무리 불만족스럽다고 해도.

문이 활짝 열리고 앤이 들어오더니 말했다. "샤인 씨가 지금 전화를 걸고 있어요. 평소에도 듣고 싶은 곡을 그런 식으로 자주 신청한다는군요." 바니는 앤을 따라 복도로 나가서 좁은 방으로 들어갔다. 통신기 앞에 앉아 있던 노먼은 바니가 들어오자 고개를 돌리며 말했다. "샬럿이 받았는데— 괜찮아?"

"앨런을 불러줘." 바니는 말했다.

"오케이." 노먼은 조금 뒤에 말했다. "우리의 깜씨 DJ 알이 나왔어. 자, 받아." 노먼은 바니에게 마이크를 건넸다. 조그만 스크린에 쾌활하고 유능해 보이는 앨런 페인의 얼굴이 떠올랐다. "새내기 친구가 자네와 말을 나누고 싶다는군." 노먼은 잠깐 자기 쪽으로 잡아당긴 마이크에 대고 말했다. "바니 메이어슨, 이곳 화성에서 우리에게 살아갈 용기를 주고 제정신을 유지하도록 도와주는 팀의 반쪽을 소개하겠네." 그러고는 혼잣말하듯이 중얼거렸다. "빌어먹을, 머리가 깨질 것 같군. 그럼 나는 실례하겠네." 그는 통신기 앞에 놓인 의자에서 일어나서 비틀거리며 복도로 사라졌다.

"미스터 페인." 바니는 신중하게 운을 뗐다. "나는 오늘 일찍 파머 엘드리치와 말을 나눴습니다. 당신하고 내가 나눴던 대화에 관해 언급하더군요. 엘드리치가 그걸 알고 있다는 사실을 감안하면, 내가 보는 한 이곳에는 아무런—"

앨런 페인은 냉랭한 어조로 반문했다. "무슨 대화?"

바니는 잠시 침묵했다가 가까스로 말을 이었다. "그치들이 적외선 카메라로 감시하고 있었던 게 틀림없어. 아마 상공을 지나가던 인공위성에서 그랬을 거야. 하여튼 간에, 우리가 나눈 대화 내용까지는 아직도—"

"당신 미쳤군." 페인이 말했다. "난 당신이 누군지도 몰라. 대화를 나눈 적도 한 번도 없고. 흐음, 곡을 신청할 거야, 안 할 거야?" 그의 얼굴은 무표정하고 의뭉스러웠다. 게다가 연기하는 것처럼 보이지도 않았다.

"내가 누군지 모른다고?" 바니는 자기 귀를 의심했다.

페인 쪽에서 통화를 끊었는지 조그만 비디오 스크린이 흐릿해지며 텅 빈 공백으로 변했다. 바니는 통신기를 껐다. 아무런 감정도 느껴지지 않았다. 무감동. 앤 곁을 지나서 복도로 나갔다. 그곳에서 멈춰 서서 지구산 담뱃갑―마지막 한 갑일까?―
에서 한 개비를 뽑아 불을 붙인 다음 생각에 잠겼다. 엘드리치
가 달이나 시그마 14-B에서 레오에게 한 일이 무엇이든 간에,
내게도 같은 일을 한 것이다. 그리고 늦든 빠르든 그자는 우리
모두를 이런 식으로 함정에 빠뜨릴 것이다. 이런 식으로. 고립
시켜서. 공유 인식으로 이루어진 세계는 사라졌다. 적어도 내
경우에는 말이다. 그자는 나를 첫 제물로 삼았던 것이다.

게다가 나는 텅 빈 튜브 하나를 들고 그런 자에게 대항해야
해. 그 튜브 안에는 뇌를 혼란시키는 고가의 희귀한 독물이 들
어 있었을지도 모르고, 들어 있지 않았을지도 모르지―하지만
지금 거기 들어 있는 것은 파머 엘드리치뿐이야. 그것도 그 사
내 전체가 아니라 목소리만.

손가락이 성냥불에 그을리기 시작했다. 그는 전혀 개의치 않
았다.

11

손에 쥔 메모 뭉치를 참조해가면서 펠릭스 블라우가 보고했다. "15시간 전에 UN의 승인을 받은 츄-Z 제조사의 우주선이 화성에 착륙했고, 파인버그 크레센트 지역에 초기 분량의 배급을 개시했습니다."

레오 뷸레로는 영상전화 화면 쪽으로 몸을 내밀고 깍지를 낀 다음 말했다. "배급 대상엔 '수두굴'도 포함되어 있었나?"

펠릭스는 짧게 고개를 끄덕였다.

"그렇다면 그 친구는 이미 그 뇌를 썩게 만드는 독을 들이켰을 거야. 인공위성 시스템을 경유해서 연락이 왔어야 하는데."

"그 점은 저도 잘 알고 있습니다."

"윌리엄 C. 클라크는 아직도 대기 중인가?" 클라크는 P.P. 레이아웃사 화성 지사의 법무 책임자였다.

"예." 펠릭스는 대답했다. "하지만 메이어슨은 클라크에게
도 연락을 취하지 않았습니다. 아직 아무하고도 연락하지 않았
죠." 그는 서류를 옆으로 밀쳐냈다. "현 시점에서 보고할 수 있
는 것은 이게 전부입니다. 더 이상은 없습니다."

"어쩌면 죽었을지도 모르겠군." 레오는 침울한 기분에 사로
잡혔다. 이 모든 상황이 그를 의기소침하게 만들고 있었다. "혹
시 너무 심각한 발작을 일으켜서―"

"그렇다면 소식이 들어왔을 겁니다. 화성에 세 개 있는 UN
병원에 연락이 갔을 테니까요."

"파머 엘드리치는 어디 있나?"

"제 조직에는 아무 정보도 안 들어왔습니다. 달을 떠난 뒤에
자취를 감췄더군요. 완전히 놓쳐버렸습니다."

"그 토굴에서 무슨 일이 벌어지고 있는지를 알 수만 있다면
내 팔 하나를 내놓아도 좋아. 바니가 있는 그 '수두굴' 안에서
말이야."

"직접 화성에 가보시는 게 어떻습니까."

"터무니없는 소리." 레오는 그 즉시 대꾸했다. "난 P.P. 레이아
웃사에서 한 발짝도 나갈 생각이 없어. 달에서 그런 일을 당했
는데, 당치도 않아. 자네 조직에서 누군가를 보내서 직접 보고
받을 수는 없겠나?"

"이미 한 사람 가 있습니다. 앤 호손이라는 그 여자 말입니
다. 하지만 호손 역시 연락해오지 않았습니다. 직접 가실 생각
이 없으시다면 제가 가는 편이 나을지도 모르겠군요."

"난 안 가." 레오는 거듭 말했다.

펠릭스 블라우가 말했다. "비싸게 먹힐 겁니다."

"상관없어." 레오는 말했다. "그 정도 대가는 치를 용의가 있어. 그런다면 조금이라도 승산이 생기니까 말이야. 아무리 그래도 정보가 아예 들어오지 않는 이런 상황보다는 낫지 않겠나." 이대로 나가면 우리는 끝장이야. 레오는 속으로 중얼거렸다. "청구서를 보내라고."

"하지만 만약 제가 화성에서 놈들의 손에 잡혀 죽기라도 하면 얼마나 비싸게 먹힐지 생각해보셨습니까. 제 조직에서—"

"부탁이니 그런 애길랑 하지 말게. 도대체 화성이 뭔가, 파머 엘드리치가 판 무덤이라도 된다는 건가? 그런 건 없어. 엘드리치는 어차피 바니 메이어슨을 잡아먹었을 테니까. 알았으니 가게. '수두굴'로 직행하라고." 레오는 접속을 끊었다.

그의 등 뒤에서는 뉴욕 본사의 유행 예측 컨설턴트 주임 대리인 로니 퓨게이트가 의자에 앉은 채로 열심히 귀를 기울이고 있었다. 하나도 빠짐없이 훔쳐 들었군, 하고 레오는 생각했다.

"실컷 들었나?" 레오는 거친 어조로 힐문했다.

로니는 말했다. "사장님은 그이가 사장님한테 한 일과 똑같은 일을 그이에게 하고 있군요."

"누구에게? 뭐를?"

"바니는 사장님이 달에서 행방불명이 되었을 때 두려워서 구조하러 가지 못했어요. 그리고 이번엔 사장님이 그러는 걸 두려워—"

"그러는 건 분별 있는 행위가 아니기 때문이야. 그래. 난 파머 엘드리치가 두려운 나머지 이 건물 밖으로 한 발짝도 못 나가고 있어. 물론 화성 따위에는 안 갈 거고, 자네가 한 말은 부정할 길이 없는 사실이야."

"하지만 그런 사장님을 해고할 사람은 아무도 없어요." 로니는 나직하게 말했다. "바니에게 그런 것처럼은."

"난 나 자신을 해고하겠어. 마음속으로. 나도 괴롭다고."

"하지만 화성에 가려고 생각할 정도는 아니라는 거군요."

"그만!" 레오는 거친 동작으로 영상전화를 켜고 다시 펠릭스 블라우를 불러냈다.

"블라우, 방금 얘기했던 건 모두 취소하겠어. 내가 직접 화성에 가겠네. 미친 짓이기는 하지만."

"솔직하게 말씀드리자면 그건 파머 엘드리치가 파놓은 함정으로 자진해서 걸어 들어가는 것과 마찬가지입니다. 지금은 용기 따위를 과시할 때가—"

"엘드리치의 힘은 그 마약을 통해 발휘되는 거야." 레오는 말했다. "그러니까 상대방이 나한테 그걸 투여하지 못하는 한 나는 안전해. 지난번처럼 허를 찔려 강제로 주입당하는 일이 없도록 회사 경비원을 몇 명 데리고 가겠네. 어이, 블라우, 자네도 함께 와줄 거지?" 그는 로니를 돌아보았다. "그 정도는 괜찮겠지."

"예." 로니는 고개를 끄덕였다.

"봤지? 미스 퓨게이트도 괜찮다고 했네. 그러니까 나하고 함께 화성으로 와서 뭐랄까, 나를 안심시켜주겠나?"

"물론입니다, 레오. 혹시 기절하거나 하면 정신을 차릴 때까지 부채질을 해드리죠. 그럼 사장실에서ㅡ" 펠릭스는 손목시계를 보았다. "두 시간 뒤에 뵙겠습니다. 자세한 작전은 그때 세우기로 하고. 쾌속선 한 척을 준비해두십시오. 저도 신뢰할 만한 부하를 두 명 데리고 가겠습니다."

"봤지." 레오는 펠릭스가 접속을 끊자 로니에게 말했다. "감히 나한테 이런 일을 시키다니. 바니 자리를 물려받은 것만으로는 모자라서, 이번에 내가 화성에서 안 돌아오면 내 자리까지 차지할 기세로군." 레오는 로니를 쏘아보았다. 여자는 남자에게 무슨 일이라도 시킬 수 있는 것일까. 어머니, 아내, 자기가 고용한 사원조차도. 우리 남자들이 무슨 열가소성熱可塑性 물질이라도 된다는 건가.

로니가 말했다. "제가 정말로 그런 목적으로 그런 말을 했다고 생각하세요? 정말로 그걸 믿는 건가요?"

레오는 한동안 그녀를 뚫어지게 쳐다보았다. "그래. 자네는 탐욕스러운 야심가니까. 난 정말로 그렇게 생각해."

"그건 오해입니다."

"만약 내가 화성에서 돌아오지 않는다면, 나를 찾으러 와줄 건가?" 이렇게 말한 레오는 대답을 기다렸지만 로니는 아무 말도 하지 않았다. 로니 얼굴에 주저하는 듯한 빛이 떠오른 것을 보고는 그는 홍소哄笑했다. "물론 와줄 리가 없지."

로니 퓨게이트는 돌처럼 딱딱한 표정이 되어 말했다. "이제

제 방으로 돌아가겠습니다. 새로 도착한 은식기를 판정해야 해서. 케이프타운에서 보내온 현대적인 디자인이랍니다." 그녀는 일어서서 사장실에서 나갔다. 레오는 그런 그녀를 바라보며 생각에 잠겼다. 저 여자는 진짜야. 파머 엘드리치가 아냐. 만약 내가 무사히 돌아온다면 풍파를 일으키지 않고 조용히 저 여자를 해고할 방도를 강구해야겠군. 난 다른 사람의 조종을 받는 걸 좋아하지 않아.

파머 엘드리치가 조그만 어린 소녀의 모습으로 나타났다는 사실이 갑자기 머리에 떠올랐다. 그뿐 아니다. 나중에는 개로 변신까지 하지 않았는가. 그렇다면 저 여자는 로니 퓨게이트가 아닐지도 모른다. 엘드리치일지도 모르는 것이다.

그렇게 생각하자 오싹해졌다.

지구인들이 직면한 것은 다른 항성계에서 온 외계인인 프록시마인들에 의한 지구 침략이 아니라는 사실을 레오는 깨달았다. 유사 인류의 대군大群이 쳐들어오는 침략이 아닌 것이다. 그렇다. 침략자는 파머 엘드리치다. 모든 곳에 편재遍在하며, 미친 잡초처럼 끊임없이 자라나는 엘드리치인 것이다. 그러다가 너무 성장하면 파열하게 될까? 지구와 달과 화성을 뒤엎은 엘드리치의 분신들 모두가 풍선처럼 부풀어 올랐다가 펑, 펑, 펑! 하고 폭발해버리는 것일까? 셰익스피어가 말했듯이 갑옷을 바늘로 꼭 찌른 것만으로도 왕이여, 잘 가라*, 하는 식으로 말이다.

---

* "마침내 와서, 조그만 바늘로 그의 성벽을 뚫으면— 왕이여, 잘 가라!" 리처드 2세. 3막 2장.

하지만 지금 같은 경우 바늘이란 무엇일까? 애당초 우리가 찔러 넣을 수 있는 빈틈 따위가 존재할까? 나는 모르겠고, 펠릭스도 모르고, 바니도 마찬가지다. 내기를 해도 좋다. 바니가 엘드리치에 대한 대항책 따위에 관해 털끝만큼이라도 알고 있을 리가 없다. 그럼 엘드리치의 늙고 추한 딸 조이를 납치하면 어떨까? 파머는 신경 쓰지 않을 게 뻔하다. 파머가 조이이기도 하다면 얘기는 달라지지만. 아마 파머와 분리되어 독립한 조이 따위는 존재하지 않을지도 모른다. 그자를 파괴할 방도를 생각해내지 못한다면 우리 모두가 같은 신세가 되고 말 것이다. 엘드리치의 복제가 되어 엘드리치의 연장선상에서 세 개의 행성과 여섯 개의 위성에서 살아가는 것이다. 그 사내는 끊임없이 퍼져 나가고, 분열하고, 증식하는 원형질이나 마찬가지다. 그 빌어먹을 지의류에서 만들어낸 비지+계 마약, 그 소름 끼치고 끔찍한 츄-Z를 통해 그러고 있는 것이다.

다시 한 번 영상전화 앞으로 가서 앨런 페인의 인공위성을 불러냈다. 잠시 후 조금 약하고 흐릿해 보이긴 하지만, 그의 심복 디스크자키임이 틀림없는 사내의 얼굴이 스크린에 나타났다.

"무슨 일이신지요, 뷸레로 씨."

"메이어슨한테서 아직 아무 연락도 받지 못했다는 건 확실한가? 암호첩은 틀림없이 건넸겠지?"

"직접 건넸습니다. 하지만 여전히 아무 연락도 없습니다. '수두굴'에서 발신되는 모든 전파를 줄곧 감시하고 있습니다. 몇 시간 전에 엘드리치의 우주선이 토굴 근처에 착륙하는 것을 목격했는데, 엘드리치가 밖으로 나와서 토굴 주민들에게 가더군요. 우리 위성의 카메라는 그 뒤의 광경까지 보여주지는 못했지만, 그때 금전 거래가 이루어졌다는 점은 확실해 보입니다." 그러고는 페인은 이렇게 덧붙였다. "그리고 바니 메이어슨은 지상에서 엘드리치를 마중 나온 토굴 주민 중 한 사람이었습니다."

"무슨 일이 일어났을지 짐작이 가는군." 레오는 말했다. "알았어. 고맙네, 알." 레오는 접속을 끊었다. 바니는 츄-Z를 가지고 토굴 속으로 돌아간 것이 틀림없다. 그리고 그 즉시 주민들 모두가 모여 앉아 츄-Z를 씹은 것이다. 그걸로 끝이다. 내가 달에서 경험했던 것처럼 말이다. 작전은 바니가 츄-Z를 먹는 것을 전제로 하고 있었다는 사실을 레오는 깨달았다. 결국 우리 모두가 파머의 반쯤 기계로 된 추악한 손바닥 위에서 놀아났다는 얘기로군. 일단 바니의 체내에 마약이 들어간 시점에서 이미 게임은 끝난 것이나 마찬가지다. 왜냐하면 엘드리치는 그 마약에 의해 유발된 각자의 환각 세계를 어떤 식으로든 통제하기 때문이다. 난 알아. 그 비열한 놈이 모든 환각 속에 존재하는 걸. 안다고!

츄-Z가 유발하는 환상 세계는 모두 파머 엘드리치의 머릿속에 존재한다. 나 자신이 몸소 체험했듯이.

여기서 문제는 일단 그런 세계로 들어간 뒤에는 완전히 빠져나올 수가 없다는 점이다. 그것으로부터 자유로워졌다고 생각해도 계속 따라붙는 것이다. 그건 일방통행식 문이고, 나는 지금도 그 안에 갇혀 있을지도 모른다.

물론 실제로 그럴 가능성은 적어 보인다. 그러나 이런 생각을 하고 있다는 사실 자체가 내가 얼마나 두려워하는지를 여실히 보여준다—로니 퓨게이트가 지적했듯이 말이다. 화성에 간 바니를, 과거에 그가 나를 저버린 것처럼 저버릴 생각을 할 정도로 (이제는 인정하자) 두려움에 사로잡혀 있는 것이다. 게다가 그 당시 바니는 자신의 예지 능력으로 미래를 보았기 때문에 지금 내가 뒤늦게 깨달은 사실을 처음부터 예견하고 있었다. 내가 경험을 통해 안 것을 일찌감치 알아버렸던 것이다. 그가 주저한 것도 하등 이상할 것이 없다.

그럼 희생양이 되는 것은 누구일까? 레오는 자문했다. 나, 바니, 펠릭스 블라우—우리 중 누가 흔적도 없이 녹아 파머 엘드리치의 게걸스러운 아가리로 빨려 들어가는 것일까? 왜냐하면 그자에게 우리는 바로 그런 존재, 잡아먹힐 운명에 놓인 먹이이기 때문이다. 프록시마 항성계에서 지구로 귀환한 괴물은 식욕의 권화였다. 우리를 잡아먹으려고 거대한 입을 한껏 벌린 존재.

파머는 식인종은 아니다. 그는 처음부터 인류가 아니었기 때문이다. 파머 엘드리치의 살갗 아래에 숨어 있는 존재는 사람이 아니다.

하지만 그 정체가 무엇일지 도무지 감이 잡히지 않았다. 태양계와 프록시마 사이의 광활한 우주공간을 왕복하는 도중 어떤 일이 일어났다고 해도 이상할 것이 없다. 파머가 프록시마로 가던 도중에 실제로 그런 일이 일어났을지도 모르겠군, 하고 레오는 생각했다. 지구를 떠나 있던 10년 동안은 프록시마인들을 먹고 살았는지도 모르겠다. 그곳을 싹쓸이해버리고, 이제는 우리를 잡아먹으려고 돌아온 것이다. 헛. 레오는 몸을 부르르 떨었다.

흐음. 앞으로도 두 시간가량 나 자신의 인생이 남아 있다. 거기에 화성 여행에 소요되는 시간을 더하면 된다. 그렇다면 나는 10시간은 개인으로서 존재할 수 있고, 그 후에는—잡아먹힐 운명이다. 그러는 동안에도 그 소름 끼치는 마약이 화성 전체에 배포되고 있을 것이다. 생각해보라. 상상해보라. 얼마나 많은 인간들이 파머 엘드리치의 환각 세계 안에, 그가 던지는 그물 속에 갇힐지를. 헵번-길버트 같은 UN의 불교도 나부랭이들은 그걸 뭐라고 불렀지? 마야maya라고 했다. 환영의 장막. 빌어먹을. 레오는 암울한 표정으로 이렇게 중얼거리고 인터컴의 스위치로 손을 뻗쳤다. 화성으로 타고 갈 쾌속 우주선을 대령시켜야 한다. 우수한 조종사도 하나 필요하다. 최근 들어 자동조종에 의한 착륙 사고가 빈발하고 있었다. 나는 어딘가의 황야에 산산조각 난 채로 뿌려질 생각은 추호도 없어—특히 그런 황야에서는.

비서인 글리슨을 불러냈다. "우리 회사의 최우수 행성 간 조종사가 누구였지?"

"돈 데이비스입니다." 글리슨은 즉시 대답했다. "아시다시피 무사고 기록 보유자입니다. 금성에서 오는 정기편을 맡고 있죠." 그녀는 이 정기편이 캔-D를 수송하기 위한 것이라고 구체적으로 밝히지는 않았다. 인터컴조차도 도청당할 위험이 있기 때문이다.

10분 뒤에 여행 준비가 모두 끝났다.

레오 뷸레로는 의자 등받이에 등을 기대고 커다란 하바나 산 클라로 시가에 불을 붙였다. 헬륨 가스를 채운 습도 조절 상자에 보관되어 있던 시가였다. 아마 몇 년 동안이나……. 시가 끄트머리를 이로 잘라냈을 때 담배잎이 바삭바삭하다는 사실을 깨달았다. 이의 압력을 견디지 못하고 찢어지기까지 했다. 실망이다. 겉으로는 아주 상태가 좋아 보였고, 시가 전용관棺 속에서 완벽히 보존된 줄 알았는데. 흠, 겉만 보고서는 알 수 없는 법이다. 직접 부딪혀보기까지는.

사장실 문이 열렸다. 글리슨이 우주선 징발에 필요한 서류를 들고 들어왔다.

서류를 든 손이 의수였다. 잘못 보았을 리 없는 금속의 광택이 눈에 들어오자마자 레오는 고개를 들고 그녀의 얼굴을, 그녀의 전신을 자세히 훑어보았다. 네안데르탈인의 이로군. 그는 생각했다. 저 거대한 스테인레스강 어금니는 네안데르탈의 치아를 빼닮았다. 20만 년 전으로 퇴화한 듯한 모습. 구역질이 난다. 그리고 벅스비인가 비드럭슨가 하는 저 눈. 동공이 없고 단지 길쭉한 창이 나 있을 뿐인. 시카고의 젠슨 연구소 제품이다. 여하튼.

"엘드리치, 이 얼어 죽을 자식." 레오는 말했다.

"나는 자네의 우주선 조종사이기도 하다네." 글리슨의 모습

내부에서 파머 엘드리치가 말했다. "내친김에 자네가 착륙했을 때 마중 나갈 생각까지 했지. 하지만 그건 너무 과하다고 생각했어. 그러기엔 너무 일러."

"서명을 해야 하니 서류나 내놔." 레오는 손을 내밀었다.

파머 엘드리치는 놀란 어조로 되물었다. "이 와중에도 화성까지 여행할 작정인가?" 아연실색한 기색이 역력했다.

"그래." 레오는 이렇게 대꾸하고, 서류를 건네받을 때까지 참을성 있게 기다렸다.

한 번이라도 츄-Z를 쓴다면 자기 영혼을 팔아넘기는 것이나 마찬가지다. 적어도 독단적이고, 경건하고, 광신적인 앤 호손이라면 그렇게 표현했을 것이다. 원죄 같은 거겠지, 하고 바니 메이어슨은 생각했다. 노예로 예속된 상태. 아담과 이브의 선악과 같은. 유혹의 성질도 닮았다.

하지만 여기서 하나 결여된 것은 우리가 해방될 수 있는 길이다. 혹시 그걸 찾으려면 프록시마까지 가야 하는 것일까? 설령 그런 것이 존재하지 않는다고 해도 말이다. 이 우주 안에서는.

앤 호손이 토굴 통신실 문간에 나타났다. "괜찮아요?"

"물론 괜찮아." 바니는 말했다. "실은 우리가 이렇게 된 건 자업자득이라고 생각해. 츄-Z를 먹으라고 강요한 사람은 없으니까 말이야." 그는 담배를 방바닥에 버리고 부츠 끝으로 비벼 껐다. "그런데 당신은 나한테 그걸 주기 싫다고 했지." 그러나 그런 식으로 그의 요청을 거부하고 있는 사람은 앤이 아니라 파머 엘드리치였다. 그녀를 통해서 행동하며, 마약을 내놓지 않고 있는 것이다.

설령 그렇다고 해도 힘으로 빼앗을 수가 있어. 그는 문득 깨달았다.

"하지 마요." 그녀가 말했다. 아니, 그녀의 몸을 빌린 존재가 말했다.

"어이." 노먼 샤인이 깜짝 놀란 표정으로 일어서며 통신실에서 고함을 질렀다. "무슨 짓을 하는 거야, 메이어슨? 당장 그 여자를 놓아—"

강력한 인공 팔이 그를 쳤다. 금속 손가락들이 그를 움켜잡았고, 이것만으로도 이미 승부가 난 것이나 다름없었다. 손가락들은 가장 신속하게 죽음을 불러올 수 있는 급소를 찾아 그의 목을 의도적으로 더듬었다. 그러나 바니는 이미 마약 꾸리미를 빼앗은 뒤였기 때문에 개의치 않았다. 그는 괴물에게서 몸을 뗐다.

"그걸 쓰지 마요, 바니." 앤은 조용하게 말했다. "처음 쓰고 나서 얼마 되지도 않은 상태에서는 너무 일러요. 제발."

바니는 대답하지 않고 자기 방을 향해 걸어가기 시작했다.

"한 가지 부탁만이라도 들어줄래요?" 뒤에서 앤이 말했다. "반으로 잘라서 나와 함께 먹어요. 나도 따라갈 수 있게."

"왜?" 바니는 물었다.

"내가 함께라면 당신을 도울 수 있을지도 모르니까요."

"혼자서도 충분해." 바니는 말했다. 아직 이혼하기 전의 에밀리를 만날 수 있다면, 리처드 내트가 나타나기 전의 시점으로 갈 수 있다면—처음 츄-Z를 썼을 때처럼 말이다. 조금이라도 기회가 남아 있는 장소는 바로 거기다. 몇 번이라도 되풀이해서 갈 용의가 있다. 해보는 것이다! 성공할 때까지.

그는 방문을 잠갔다.

츄-Z를 허겁지겁 씹으면서 레오 뷸레로를 생각했다. 당신은 도망치는 데 성공했어. 아마 파머 엘드리치 쪽이 당신보다 약했던 덕에. 아니, 그럴까? 혹시 엘드리치는 당신을 놓아준 척하고 단지 낌새를 보고 있었던 것일까? 당신은 여기로 와서 나를 말릴 수도 있었어. 하지만 이제는 나를 막을 수 없어. 엘드리치조차도 앤 호손의 입을 통해서 내게 경고했을 정도니까 말이야. 그럼 이제는 어떻게 되는 걸까? 나는 그자의 시야에서조차도 벗어나 완전한 밑바닥까지 떨어져버린 것일까? 파머 엘드리치조차도 못 가는 곳, 아무것도 존재하지 않는 곳으로?

다시 위로 올라가는 것은 물론 불가능하다.

머리가 쿡쿡 쑤시는 느낌이 오자 그는 무의식중에 눈을 질끈 감았다. 마치 살아 있는 그의 뇌가 두려움을 느끼고 육체적으로 꿈틀거리기라도 한 듯했다. 뇌가 떨리는 것을 느낄 수 있었다. 신진대사에 변화가 온 것이다. 충격. 미안해. 그는 자기 육체를 향해 마음속으로 사과했다. 괜찮지?

"살려줘." 그는 큰 소리로 말했다.

"살려달라니, 염병할." 사내의 쉰 목소리가 말했다. "그래서 뭘 해주면 좋겠나. 손이라도 잡아줘? 알아서 눈을 뜨든지, 아니면 당장 여기서 나가. 화성에서 그걸 쓴 탓에 완전히 맛이 갔군. 나도 이젠 넌더리가 나. 정신 좀 차려!"

"시끄러워." 바니는 말했다. "이건 병이야. 난 너무 멀리까지 가버렸어. 그런데 나한테 고함을 질러?" 바니는 눈을 뜨고 레오 뷸레로를 마주 보았다. 레오는 어질러진 육중한 참나무 책상 뒤에 앉아 있었다. "이봐." 바니는 말했다. "난 지금 츄-Z를 하고 있어. 그만둘 수가 없었어. 당신이 지금 도와주지 않으면 난 끝장이야." 그는 당장이라도 녹아버릴 듯이 후들거리는 다리를 억지로 움직여 근처 의자로 가서 앉았다.

레오는 시가를 피우며 생각에 잠긴 눈으로 바니를 응시하다 가 말했다. "지금 츄-Z를 하고 있다고?" 그는 오만상을 찌푸렸 다. "그건 지금으로부터 2년 전에—"

"금지되었다?"

"그래. 금지되었어. 하느님 맙소사. 이런 대화를 나눌 가치가 있긴 한 건가. 도대체 자넨 뭔가. 과거에서 온 허깨비라도 된다 는 건가?"

"방금 내가 한 말을 들었잖아. 지금 하고 있다고 했어." 그는 주먹을 꽉 쥐었다.

"알았어, 알았다고." 레오는 동요한 기색으로 진한 잿빛 연기 를 잔뜩 뿜어냈다. "그렇게 흥분하지 말게. 빌어먹을, 나도 그 걸 먹고 미래를 봤지만, 그 경험은 나를 죽이지는 못했어. 자네 는 예지 능력자가 아니던가—그런 일에는 이미 익숙했어야 하 는 거 아냐. 하여튼—" 레오는 회전의자 등받이에 등을 기대고 좌우로 의자를 움직이다가 다리를 꼬았다. "난 내 눈으로 직접 기념비를 보고 왔다네. 누구를 위한 기념비일 것 같나? 나를 위한 것이었어." 그러고는 바니를 훑어보다가 어깨를 으쓱했다.

바니는 말했다. "난 이런 시절로부터는 얻을 게 아무것도 없어. 이건 아무 쓸모도 없어. 난 내 아내를 돌려받고 싶어. 에밀리를." 그는 분노를 느꼈다. 쓰디쓴 감정이 치밀어올랐다. 실망의 담즙이었다.

"에밀리라." 레오 뷸레로는 고개를 끄덕이더니 인터컴에 대고 말했다. "미스 글리슨, 당분간 아무도 못 들어오게 해줘." 레오는 다시 바니에게 주의를 돌리고 날카로운 눈으로 그를 관찰했다. "그 내트라는 사내는—그런 이름이었지?—엘드리치 일당과 함께 UN 경찰에게 검거되었다고 들었어. 알다시피 내트는 엘드리치의 사업 대리인과 맺은 계약서에 서명을 한 상태였으니까 말이야. 결국은 감옥에 가든지 외계 이민을 가든지 양자택일하라는 선고를 받았지. 불공평한 처사라는 건 알지만 내 탓이 아냐. 내트는 결국 이민을 가는 쪽을 택했지."

"그럼 에밀리도?"

"그 도자기 사업은 어떻게 하고? 화성의 사막 지하에 있는 토굴에서 도대체 어떻게 그런 일을 하란 말인가? 물론 에밀리는 그 멍청한 작자를 버렸어. 그러니까 자네도 그냥 지구에서 얌전히 기다리기만 했다면—"

바니는 말했다. "당신, 정말로 레오 뷸레로야? 파머 엘드리치 아냐? 이건 날 더 의기소침하게 만들려는 계략이지. 아냐?"

레오는 눈썹을 치켜세웠다. "파머 엘드리치는 죽었어."

"하지만 이건 현실이 아냐. 이건 마약으로 유발된 환상이야. 승천 체험이라고."

"염병할. 현실이 아니라니?" 레오는 바니를 노려보았다. "그럼 나는 뭐가 되는데? 어이, 잘 들어." 그는 화난 듯이 손가락으로 바니를 가리켰다. "난 비현실적인 것과는 하등 관련이 없어. 얼어 죽을 허깨비는 바로 자네야. 과거에서 왔다고 자네 입으로 말했잖나. 알기 쉽게 말해서, 자넨 상황을 완전히 거꾸로 보고 있어. 이 소리가 들리지?" 레오는 양손으로 힘껏 책상 표면을 때렸다. "이게 바로 현실이 내는 소리야. 그리고 방금 말했듯이 자네의 전처와 내트는 이혼했어. 난 잘 알지. 자네 전처는 지금 우리한테 모형 세트에 들어갈 창작 도자기의 원형을 납품하고 있거든. 지난 목요일에는 로니 퓨게이트의 사무실에 돌르기까지 했어." 레오는 또 바니를 쏘아보며 화난 표정으로 시가를 피웠다.

"그렇다면," 바니는 말했다. "에밀리를 찾아내기만 하면 된다는 거군." 이렇게 간단한 일이었다니.

"물론이네." 레오는 고개를 끄덕였다. "하지만 문제가 하나 있어. 로니 퓨게이트하고는 어쩔 작정인가? 자네가 현실이 아니라고 상상하고 있는 이 세계에서는 함께 사는 사이거든."

바니는 아연실색하며 되물었다. "2년이나 됐는데도?"

"로니를 통해서 우리한테 항아리를 파니까 에밀리도 그 사실을 알아. 급기야는 의기투합해서 서로의 비밀을 털어놓는 친한 친구 사이가 됐지. 상황을 에밀리의 관점에서 바라보라고. 만약 자네의 재결합 제안을 승낙하면 로니는 아마 더 이상 모형 세트를 위한 항아리를 사려고 하지 않을지도 몰라. 실제로 그럴 가능성은 다분히 있으니까 에밀리도 그런 위험은 무릅쓰려고 하지 않을 게 뻔해. 왜냐하면 난 로니한테 절대적인 권한을 줬거든. 자네에게 옛날 줬던 것하고 똑같은 결정권을."

바니는 말했다. "에밀리는 자기 인생을 놓아두고 직업을 우선할 여자가 아냐."

"자네가 바로 그랬잖나. 아마 자네 하는 걸 보고 배운 건지도 모르겠군. 하여튼 간에, 그 내트라는 친구가 사라졌다고 해서 왜 에밀리가 자네와 재결합하고 싶을 거라고 생각하는데? 에밀리는 도자기 사업이 크게 번창한 탓에 아주 성공적인 삶을 살고 있어. 지금은 전 지구적인 유명 인사가 되었고, 스킨 잔고도 잔뜩 쌓여 있지…… 자네, 진실을 알고 싶나? 이제 에밀리는 어떤 사내라도 마음대로 고를 수 있어. 언제든 자기가 원할 때 말이야. 에밀리에겐 자네가 필요하지 않아. 이젠 현실을 받아들여, 바니. 게다가 로니가 뭐가 모자라서 그러는 건가? 솔직히 나라도ㅡ"

"넌 역시 파머 엘드리치였어." 바니는 말했다.

"내가?" 레오는 자기 가슴을 툭툭 쳤다. "바니, 엘드리치는 내가 죽였네. 그래서 나를 위해 그런 기념비를 세워준 거야." 레오의 목소리는 낮고 조용했지만, 얼굴은 뻘겋게 상기해 있었다. "내 입에 스테인레스강 의치가 달렸나? 이 팔은 인공 팔인가?"

레오는 양손을 들어 올려 보였다. "봤지? 그리고 내 눈은—"

바니는 사장실 문을 향해 걸어갔다.

"어디로 가려는 건가?" 레오가 힐문했다.

"난 알아." 바니는 문을 열며 말했다. "단지 몇 분이라도 에밀리와 만나 얘기를 나누기만 하면—"

"아니, 그럴 수는 없을걸." 레오는 단호하게 고개를 가로저었다.

복도에서 엘리베이터를 기다리며 바니는 생각했다. 혹시 아까 그 사내는 정말로 레오였는지도 모른다. 그가 한 얘기도 사실일 가능성이 있다.

그렇다면 나는 파머 엘드리치의 도움 없이는 내 소원을 이룰 수 없다는 얘기가 된다.

앤의 말이 옳았다. 꾸러미의 반을 그녀에게 돌려주고 함께 시도해봤어야 했다. 앤, 파머……. 어느 쪽이든 마찬가지다. 창조주는 엘드리치다. 그것이야말로 파머 엘드리치의 정체임을 그는 깨달았다. 이런 세계들을 소유하는 자. 나를 포함한 다른 사람들은 그냥 그런 세계에 살 뿐이고, 엘드리치 자신도 원한다면 얼마든지 그곳에 살 수 있다. 자연 풍경을 툭 차서 없애고, 내키는 대로 어디에나 출몰해서 자기가 원하는 방향으로 삼라만상을 움직일 수 있다. 원한다면 우리 중 누구라도 될 수 있다. 원한다면 우리 모두가 되는 것조차 가능하다. 시간과 그 이외의 모든 차원들을 이어붙인 구획 바깥에 있는 영원한 존재……. 그는 자신이 이미 사망한 세계에도 들어갈 수 있다.

파머 엘드리치는 인간이었을 때 프록시마로 갔고, 신이 되어 돌아온 것이다.

엘리베이터가 오기를 기다리며 바니는 큰 소리로 말했다. "파머 엘드리치, 도와줘. 내 아내를 되찾게 해줘." 그러고는 주위를 둘러보았다. 주위에서 방금 그가 한 말을 엿들은 사람은 아무도 없었다.

엘리베이터가 도착했다. 문이 스르르 열렸다. 엘리베이터 안에는 네 명의 남자와 두 명의 여자가 말없이 서 있었다.

모두가 파머 엘드리치였다. 남자도, 여자도. 인공 팔, 스테인리스강 의치……. 홀쭉하고 공허한 잿빛 얼굴과 젠슨식 의안.

거의 이구동성으로, 그러나 마치 앞다투어 입을 열려고 경쟁하는 듯한 느낌으로 여섯 사람이 말했다. "메이어슨, 이제 자네는 자네의 세계로 돌아갈 수 없어. 이번에는 너무 멀리까지 와버렸어. 심각한 과용 탓이지. '수두굴'에서 내 꾸러미를 낚아챘을 때 경고하지 않았나."

"그럼 날 도와줄 수 없다는 거야?" 바니는 말했다. "난 돌아가야 해."

"아직도 이해 못 하는군." 파머 엘드리치들이 일제히 고개를 저으며 말했다. 아까 레오가 보였던 것과 똑같은 동작이었고 그 못지않게 단호한 부정의 뜻을 담고 있었다. "아까 지적하지 않았나. 이곳은 자네의 미래이기 때문에 이미 다른 자네가 여기 살고 있다고. 그러니까 이곳에는 자네가 끼어들 여지가 없어. 따져보면 단순한 논리지. 도대체 누구를 위해 에밀리를 설득해달라는 건가? 자네? 아니면 이 시절까지 제대로 살아온 진짜 바니 메이어슨? 그 친구는 에밀리를 되찾을 생각을 하지 않았을 것 같나? 내트와 이혼했을 때 그 친구가 행동에 나섰을 거라는 생각은 안 해봤어? 아무래도 안 한 모양이군. 당시 나는 그를 위해 할 수 있는 일을 해줬네. 불과 몇 달 전, 리처드 내트가 바둥거리며 고래고래 항의하면서 끌려간 직후의 일이었지. 개인적으로는 내트가 항의하는 것도 무리는 아니었어. 치사한 처사였으니까. 물론 막후에서 조종한 사람은 레오야. 지금 네 모습을 보라고." 여섯 명의 파머 엘드리치는 경멸하듯이 손을 흔들어 보였다. "레오가 말했듯이 넌 허깨비야. 글자 그대로 투명한 탓에 몸 너머의 물체가 보인다는 걸 아나. 네가 누군지를 조금 더 정확한 용어로 말해줄까." 그러자 여섯 명의 입에서 냉정하고 무감동한 선고가 흘러나왔다. "넌 유령이야."

바니는 빤히 그들을 응시했다. 그들도 감정을 드러내지 않고 조용히 그를 응시했다.

"그 전제를 바탕으로 자네의 삶을 쌓아가야 해." 엘드리치들이 말을 이었다. "흐음, 자넨 지금 성 바울이 약속한 걸 손에 넣었으니 말이야. 앤 호손이 주절대던 바로 그거지. 자넨 지금 썩을 운명에 있는 육신이 아니라─그걸 대체한 영적인 몸을 두르고 있거든. 그렇게 되어보니 기분이 어떤가, 메이어슨?" 냉소적인 말투였지만 여섯 개의 얼굴은 동정적인 표정을 떠올리고 있었다. 각자의 기괴하고 길쭉한 기계 눈에도 같은 표정이 깃들어 있었다. "자네는 죽을 수가 없어. 먹고 마시거나 숨을 쉴 필요도 없지……. 원한다면 벽을 그대로 통과할 수는 있지만 말이야. 벽뿐만 아니라 모든 물체를 통과할 수가 있지. 차차 그런 방법을 배우게 될 걸세. 바울은 다마스쿠스로 가던 중에 그런 현상과 관계된 환영을 보았던 것 같아. 그 이외에도 이런 저런 것들을 경험했던 것 같고.” 그러고는 엘드리치들은 이렇게 덧붙였다. “알다시피 나는 초기 기독교나 앤이 신봉하는 네오크리스트교의 견해에 다소나마 공감하고 있다네. 많은 것들을 설명할 수 있거든.”

바니는 말했다. “그런 말을 하는 엘드리치, 너는? 너도 2년 전에 레오의 손에 죽었잖아.” 그뿐만이 아냐, 하고 바니는 생각했다. 네가 나와 똑같은 문제에 시달리고 있다는 걸 알아. 나와 비슷한 경로를 따라 같은 과정을 겪게 된 거지. 너도 츄-Z를 과량 복용했고, 그 탓에 이제는 너 자신의 시간과 세계로 돌아갈 수 없게 되었던 거야.

“그 기념비는,” 여섯 명의 엘드리치가 동시에 말했다. 멀리서 바람이 웅얼거리는 듯한 소리였다. “부정확하기 짝이 없는 거야. 내가 소유하는 우주선이 금성 인근을 지나다가 레오의 우주선과 포격전을 벌였지. 나는 그 우주선에 타고 있었어—또는 타고 있는 것으로 되어 있었지. 레오와 나는 금성에서 헵번-길버트와 함께 회합을 가진 다음 지구로 돌아가던 참이었다네. 레오는 그 기회를 틈타 우리 우주선을 기습했던 거야. 그 기념비는 바로 그 사건을 기념하기 위해 세워졌지—레오가 정계의 적재적소에 교묘한 경제적 압력을 넣었거든. 덕택에 교과서에도 한 번 이름이 실렸고."

복도 반대편에서 사람 두 명이 다가왔다. 고급스러운 옷차림을 한 중역 타입의 젊은 사내와 그 비서처럼 보이는 젊은 여자였다. 그들은 바니와 엘리베이터 안에 있는 여섯 명을 신기한 듯이 흘끗 보며 지나갔다.

여섯 명의 생물은 더 이상 파머 엘드리치가 아니었다. 변화는 바니의 눈앞에서 일어났다. 단박에 여섯 명의 보통 남녀가 되었던 것이다. 완전히 독립된 개인들로.

바니는 엘리베이터 앞을 떠났다. 가늠할 수 없는 시간 동안 복도를 방황하다가 경사로를 따라 P.P. 레이아웃사의 안내판이 있는 일층 로비로 내려갔다. 안내판을 올려다보고 자기 이름과 사무실 번호를 찾아냈다. 그는 아이러니하게도—너무 소설 같아서 오히려 현실감이 없었나—불과 몇 년 선에 *그*가 레오에게서 억지로 쟁취하려고 했던 직위를 차지하고 있었다. 그는 유행 예측 관리부장이었고, 그런 직함만 보아도 모든 컨설턴트들을 통괄하는 자리임을 알 수 있었다. 이번 역시 *그*가 참을성 있게 기다리기만 했다면—

레오가 그를 화성에서 빼내오는 데 성공했다는 점에는 의심의 여지가 없었다. 토굴밖에 없는 행성에서 그를 구출해온 것이다. 이것이 시사하는 바는 매우 컸다.

레오가 획책한 소송—또는 그것을 대체한 어떤 전술—이 성공했던 것이다. 정확하게 말하자면, 성공할 것이다. 그것도 가까운 시일 내에.

사람의 영혼을 낚는 어부인 파머 엘드리치가 던진 환각의 그물은 엄청나게 효과적이기는 했지만, 완벽하지는 않았다. 긴 안목에서 본다면 말이다. 따라서 바니가 첫 번째 시도 이후에 츄-Z의 섭취를 중단했다면—

혹시 앤 호손이 츄-Z 꾸러미를 가지고 있었던 것은 엘드리치가 고의적으로 던진 미끼였을지도 모른다. 바니가 한 번 더, 그것도 너무 이른 시점에서 츄-Z를 쓰도록 하기 위한 유인책이었을지도 모른다는 뜻이다. 그게 사실이라면 앤 호손의 저항은 겉치레였을 공산이 크다. 처음부터 그가 그것을 빼앗도록 유도할 작정이었던 것이다. 그리고 바니는 복잡다단한 미로에 빠져든 짐승처럼 탈출구가 보이자마자 그곳을 향해 무작정 달려갔다. 철두철미하게 파머 엘드리치의 책략에 놀아난 꼴이다.

그리고 이제는 되돌아갈 길이 없다.

만약 레오를 통해 엘드리치가 한 말을 믿는다면, 도처에 널린 엘드리치의 군중이 한 말을 믿는다면 말이다. 그러나 여기서 열쇠가 되는 단어는 바로 '만약'이었다.

엘리베이터를 타고 자기 사무실이 있는 층으로 올라갔다.

문을 열자 책상에 앉아 있던 사내가 고개를 들고 말했다. "빨리 문을 닫아. 시간이 별로 없어." 그 사내, 즉 자기 자신이 의자에서 일어났다. 바니는 상대방을 자세히 훑어보다가 반사적으로 그 명령에 따랐다. "좋아." 미래의 그가 냉랭한 어조로 말했다. "자네 자신의 시대로 돌아가지 못할지도 모른다는 걱정은 안 해도 돼. 돌아갈 거니까. 엘드리치가 저지른 행위, 자네 입장에서 보자면 지금 저지르고 있는 행위는 대부분 표면적인 변화를 날조하는 데 집중되어 있어. 매사 자기가 원하는 식으로 보이도록 하는 거지. 하지만 실제 현실이 그렇다는 보장은 없어. 무슨 얘긴지 알겠나?"

"그 말을― 믿을게." 바니는 말했다.

미래의 그가 말했다. "지금이니까 이렇게 쉽게 얘기할 수 있다는 건 나도 알아. 엘드리치는 여전히 종종 모습을 보이는 데다가 이따금 공공장소에 출몰하기까지 하지만, 나뿐 아니라 가장 저급한 전송 신문을 읽는 무지한 독자들조차도 그게 허깨비에 불과하다는 사실을 잘 알고 있어. 진짜 엘드리치는 시그마 14-B의 무덤에 묻혀 있고, 시신까지 확인되었거든. 하지만 자넨 상황이 달라. 언제 진짜 파머 엘드리치가 등장할지 모르니까 말이야. 자네의 현실은 내게는 환영이고, 자네가 화성에 돌아간 뒤라면 그 역逆도 성립할 거야. 그리고 자넨 거기서 진짜로 살아 있는 파머 엘드리치를 만나게 되겠지. 솔직히 말해서 자네 신세가 전혀 부럽지 않군."

바니는 말했다. "어떻게 하면 돌아갈 수 있는지만 말해줘."

"에밀리한텐 더 이상 신경이 쓰이지 않아?"

"난 두려워." 그는 미래에 대한 인식과 이해가 깃든 자기 자신의 응시를 받으며 속이 까맣게 타들어가는 듯한 초조감에 사로잡혔다. "그래." 그는 엉겁결에 내뱉었다. "달리 무슨 방법이 있겠어? 자네에게 감명을 줄 목적으로 두렵지 않은 시늉이라도 해야 하나? 그래봤자 어차피 꿰뚫어 볼 게 뻔하지만."

"엘드리치가 츄-Z를 한 번이라도 사용한 적이 있는 모든 인간들에 대해 우위에 서는 건 그 마약으로부터의 회복이 지독하게 더디고 점진적이기 때문이야. 회복에는 몇 가지 단계가 있어서, 뒤로 갈수록 마약에 의해 유발된 환상이 줄어들고 진짜 현실이 차지하는 부분이 점점 늘게 돼. 그 과정은 몇 년 이상 걸릴 수도 있어. UN이 뒤늦게나마 츄-Z를 금지하고 엘드리치와 적대한 것도 바로 그 때문이야. 처음에 헵번-길버트가 츄-Z를 허가한 건 그걸 쓴 인간이 현실의 벽을 돌파하는 힘을 얻게 된다고 진심으로 믿었기 때문이었어. 하지만 그걸 직접 쓰거나 남이 쓰는 광경을 목격한 사람들의 증언에 의해 츄-Z가 그와는 정반대의 효과를—"

"그럼 나는 아직도 처음 복용한 츄-Z의 영향으로부터 회복하지 못했다는 건가."

"맞아. 자네는 처음 그걸 쓴 이래 아직도 명확한 현실로 돌아오지 못했어. 복용 후 24시간 동안 손을 대지 않았더라면 가능했을 텐데 말이야. 그랬더라면 정상적인 사물 위에 덧씌워지듯이 나타나는 엘드리치의 환영은 완전히 사라지고 자유의 몸이 됐겠지. 하지만 엘드리치는 자네가 잇달아서, 그것도 다량을 복용하도록 유도했지. 자네가 화성으로 보내진 건 자기에 대한 모종의 공작 때문이라는 사실을 알고는 있었지만, 그게 어떤 종류의 공작인지는 전혀 몰랐어. 자네가 두려웠던 거야."

그 얘기를 들으니 묘한 기분이었다. 어딘가 아귀가 맞지 않는 느낌이다. 그토록 엄청난 일을 해냈고, 지금도 할 능력을 가진 엘드리치가……. 하지만 엘드리치가 미래에서 그 기념비를 본 것은 사실이다. 어떻게든, 어떤 식으로든 자기가 살해당할 것을 알고 있었던 것이다.

사무실 문이 벌컥 열렸다.

로니 퓨게이트가 안을 들여다보고 두 사람을 목격했다. 그녀는 아무 말도 하지 않았다—입을 열고 멍하니 바라보았을 뿐이었다. 잠시 시간이 흐른 뒤에야 그녀는 중얼거렸다. "허깨비야. 나하고 더 가까운 곳에 서 있는 쪽인 것 같아." 로니는 비틀거리며 사무실로 들어왔고, 등 뒤로 문을 닫았다.

"허깨비가 맞아." 미래의 그가 날카로운 시선으로 그녀를 훑어보며 말했다. "손을 대보면 확인 가능해."

로니는 그 말에 따랐다. 바니 메이어슨은 그녀의 손이 자기 몸 안으로 들어와 사라지는 것을 보았다. "예전에도 환영을 본 적이 있어요." 그녀는 손을 빼며 말했다. 아까보다는 침착해진 기색이었다. "하지만 당신 허깨비를 본 건 처음이네요. 그 끔찍한 마약을 섭취한 사람은 늦든 빠르든 환영이 되어 출현하지만, 최근에는 그리 자주 나타나지 않았는데. 1년쯤 전만 해도 어디를 돌아봐도 환영투성이였지만." 그러고는 이렇게 덧붙였다. "헵번-길버트도 마침내 자기 자신의 허깨비를 보았다죠. 자업자득이겠지만."

미래의 그가 로니에게 말했다. "당신도 알겠지만, 이 친구는 엘드리치의 지배를 받고 있어. 우리에겐 엘드리치는 이미 망자여도 말이야. 그러니까 우리 역시 신중하게 행동할 필요가 있어. 엘드리치는 언제든 이 친구의 지각知覺에 영향을 미칠지도 모르고, 그런 일이 일어날 경우 이 친구는 거기 입각해서 반응하는 수밖에 없거든."

로니는 바니를 돌아보며 말했다. "우리가 무엇을 해주면 좋겠어요?"

"화성으로 돌아가고 싶다는군." 미래의 그가 말했다. "행성간 재판소를 통해서 엘드리치를 파멸시키려는 엄청나게 복잡한 음모를 꾸미고 있다나. 이오 산産 간질 유도물질인 KY-7을 들이켜야 한대. 아, 그런 과거의 일까지는 이제 기억 못 할지도 모르겠군."

"하지만 결국 재판까지는 가지 않았잖아요. 엘드리치는 조정안에 합의했어요. 원고 쪽에서도 소송을 취하했고."

"우리 P.P. 레이아웃사의 우주선으로 화성까지 데려다줄 수도 있어." 미래의 그는 바니에게 말했다. "그래봤자 아무 소용도 없겠지만. 엘드리치는 자네를 쫓아서 함께 우주를 여행할 뿐 아니라 목적지에서도 자네를 마중 나올걸—그건 그자가 좋아하는 야외 운동 중 하나지. 허깨비는 어디든 갈 수 있다는 사실을 결코 잊으면 안 돼. 그건 시간과 공간의 제약을 받지 않아. 그래서 허깨비라고 하는 거겠지. 생물 특유의 물질대사를 아예 필요로 하지 않는 탓도 있겠지만. 적어도 우리가 이해하는 종류의 물질대사는 아냐. 묘하게도 중력의 영향은 받는다는군. 최근 그 주제에 관한 연구 논문이 몇 개 발표됐지. 하여간 아직 별다른 정보는 얻지 못했어. 특히 부차적 논제인 엑소시즘, 즉 어떻게 하면 허깨비를 원래의 시간과 공간으로 돌려보낼 수 있는가 하는 문제에 관해서는 말이야."

바니는 말했다. "그렇게까지 나를 쫓아내고 싶은 거야?" 그는 한기를 느꼈다.

"그래." 미래의 그가 침착한 어조로 말했다. "자네가 그토록 되돌아가고 싶어하는 것과 마찬가지로. 자네가 잘못을 저질렀다는 걸 이제는 이해했겠지. 그리고―" 그는 로니를 흘끗 보더니 그대로 입을 다물었다. 로니 앞에서는 에밀리를 화제에 올릴 생각이 없는 듯했다.

"고전압에 약전弱電으로 전기 충격을 가하는 방식에 관한 연구가 좀 있죠." 로니가 말했다. "자기장을 쓴 실험도 했고. 컬럼비아 대학에서는―"

"시금까시 가장 큰 진전을 이룬 건," 미래의 그가 밀했다. "시해안의 칼텍* 물리학과야. 베타 입자로 허깨비를 때리면 필수적인 단백질 성분이 분해되면서―"

"알았어." 바니는 말했다. "더 이상 귀찮게 안 할게. 칼텍의 물리학과로 가서 의논해보기로 하지." 그는 완전한 패배감에 사로잡혔다. 마지막 희망이었던 자기 자신에게조차 버림받다니. 무력함에서 비롯된 격렬한 분노가 엄습했다.

"이상하네요." 로니가 말했다.

"뭐가 이상한데?" 미래의 그는 의자 등받이를 뒤로 젖힌 다

---

* Caltech. 캘리포니아 공과대학의 약칭.

음 팔짱을 끼고 그녀를 응시했다.

"방금 당신이 한 칼텍 얘기 말이에요. 내가 아는 한 거기서는 허깨비에 관한 연구를 한 적이 없을 텐데." 그러고는 바니를 향해 나직하게 말했다. "저이더러 양손을 보여달라고 해요."

바니는 말했다. "양손을 보여줘." 그러나 의자에 앉아 있는 사내의 몸에서는 이미 미묘한 변화가 시작되고 있었다. 특히 턱 부분의 특이한 돌출부는 금세 눈에 들어왔다. "됐어." 그는 뚜렷하지 않은 목소리로 내뱉었다. 머리가 어질어질했다.

미래의 그가 조롱하듯이 말했다. "하늘은 스스로 돕는 자를 돕는 법이라지, 메이어슨. 여기저기를 방황하면서 자기를 동정해줄 누군가를 찾아다니면 조금이라도 도움이 될 거라고 진심으로 믿었나? 염병할. 내가 다 동정심을 느낄 지경이군. 두 번째 꾸러미를 먹지 말라고 경고했잖아. 방법을 알았다면 나도 진즉에 자네를 여기서 해방시켜줬을 거야. 그 마약에 관해서는 산 사람 중 누구보다도 잘 알고 있으니까 말이야."

"저 사람은 이제 어떻게 되는 거죠?" 로니가 미래의 그에게 물었다. 그러나 의자에 앉아 있는 사내는 더 이상 미래의 바니가 아니었다. 변신은 완료되었고, 지금 책상 앞에서 몸을 젖히고 앉아 있는 존재는 파머 엘드리치였다. 바퀴가 달린 회전의 자 위에서 앞뒤로 건들거리는, 큰 키에 잿빛 일색의 존재. 오만하기까지 한 태도로 인간 형태를 취하고 있는, 시간을 초월한 거대한 거미줄 뭉치. "하느님 맙소사. 그럼 저런 식으로 여기서 영원히 방황해야 한단 말인가요?"

"좋은 질문이군." 엘드리치는 진지한 어조로 말했다. "나도 그 해답을 알고 싶어. 저 친구뿐만 아니라 나를 위해서도 말이야. 내가 저 친구보다 훨씬 더 큰 곤경에 빠져 있다는 걸 잊지 말라고." 엘드리치는 바니를 마주 보았다. "자네가 통상적인 게슈탈트[形態]를 취할 필요가 없다는 점은 알고 있겠지. 원한다면 자네는 돌이나 나무, 제트 헬리콥터가 될 수가 있고, 단열 지붕의 일부가 될 수도 있어. 나는 그런 것들이 되어보았고, 그밖에도 수많은 것들로 변신했지. 만약에 무생물, 이를테면 오래된 통나무 따위가 되는 쪽을 택한다면, 더 이상 시간의 경과를 의식하지 않게 된다네. 환영의 삶에서 도피하고 싶은 사람에게는 하나의 흥미로운 해결책이 될 수가 있지. 나는 그럴 생각이 없지만 말이야." 나직한 목소리였다. "내 경우 나 자신의 시간과 공간으로 돌아가는 행위는 레오 뷸레로의 사주에 의한 죽음을 의미하기 때문이야. 거꾸로 말해서 나는 오로지 이런 상태에서만 살아갈 수 있다는 얘기지. 하지만 자네의 경우는—" 엘드리치는 희미하게 미소 지으며 손짓했다. "돌이 되게나, 메이어슨. 참을성 있게 기다리라고. 약의 효과가 사라질 때까지 얼마나 오랜 시간이 걸리더라도 말이야. 그건 10년일 수도 있고, 1세기일 수도 있겠지. 백만 년일지도 몰라. 박물관에 전시된 오래된 화석이 되어보는 수도 있겠군." 엘드리치는 상냥한 눈으로 그를 보았다.

잠시 후 로니가 말했다. "저 말이 맞을지도 몰라요, 바니."

바니는 책상으로 걸어가서 유리 문진을 손으로 집어 들었다가 다시 내려놓았다.

"우리는 이 사람에게 손을 못 대는데," 로니가 말했다. "저쪽에서는 저걸 집을 수 있다는 건—"

"이런 식으로 물체를 조작할 능력이 있다는 사실로 미루어보건대," 파머 엘드리치가 말했다. "허깨비들이 단순한 심상이 아닌 실제로 존재하는 존재라는 점은 명백해. 폴터가이스트 현상을 떠올려보라고……. 폴터가이스트는 집 안 여기저기에서 물체를 내던지곤 하지만, 비물질적 존재이기도 했어."

사무실 벽에 반짝거리는 명판銘板이 하나 걸려 있었다. 어떤 전람회에 에밀리가 도자기를 출품하고 수상했을 때 받은 상장이었다. 그의 시점에서는 3년 전의 일이다. 여전히 여기에 있다. 버리지 않고 여전히 갖고 있는 것이다.

"난 저 명판이 되겠어." 바니는 결연하게 말했다. 아마 마호가니인 듯한 경재硬材와 놋쇠로 만들어져 있었다. 워낙 견고하니 오래갈 것이고, 미래의 바니도 결코 버리려고 하지 않으리라는 사실을 알고 있었다. 명판 앞으로 걸어가서 어떻게 하면 인간임을 그만두고 사무실 벽에 걸린 놋쇠와 나무로 만들어진 물체가 될 수 있는지 생각해보았다.

엘드리치가 말했다. "내가 도와주길 원하나, 메이어슨?"

"응." 바니는 말했다.

무엇인가가 그를 휙 낚아챘다. 균형을 잡으려고 양팔을 펼치고 버둥거리자 이번에는 하강이 시작되었다. 점점 좁아지며 끝없이 계속되는 터널로 떨어지다가—사방에서 조여드는 느낌이 들었다. 바니는 자신이 오판했다는 사실을 깨달았다. 파머 엘드리치는 이번에도 그를 완전히 우롱했고, 츄-Z를 쓴 모든 인간에 대해 자신이 가진 힘을 과시했던 것이다. 엘드리치가 어떤 일을 한 것은 확실했지만 그것이 무엇인지 바니는 감조차도 잡을 수 없었다. 그게 무엇이었든 바니가 원했던 일은 아니었다. 그가 언질을 받은 일도 아니었다.

"엘드리치, 이 망할 자식." 바니는 이렇게 말했지만 자기 목소리는커녕 아무 소리도 들리지 않았다. 그는 무게도 없고, 더 이상 허깨비조차도 아닌 상태에서 계속 추락하고 있었다. 중력의 영향을 받지 않는다면 중력조차도 사라진 것일까.

뭐라도 좋으니 내게 하나는 남겨줘, 파머. 그는 속으로 생각했다. 부탁이야. 나는 기도하고 있는 것일까. 그렇지만 그 기도는 이미 거부당했다. 파머 엘느리치는 이미 오래진에 행동에 나섰으므로—지금 와서 기도해봤자 이미 늦었다. 예전부터 언제나 그런 식이었다. 그렇다면 나도 소송에 힘을 쏟겠어. 바니는 다짐했다. 무슨 수를 쓰더라도 화성으로 돌아가서 독을 들이키고, 행성 간 재판소에서 너와 싸워 이기는 일에 여생을 바치겠어. 레오나 P.P. 레이아웃사가 아니라 나를 위해서.

그러자 웃음소리가 들렸다. 파머 엘드리치의 웃음소리였지만 그 소리의 출처는—

그였다.

양손을 내려다보았다. 우선 왼손을 확인했다. 연한 분홍색. 살로 되어 있고, 살갗과 거의 눈에 보이지 않을 정도의 잔털로 덮여 있다. 그리고 오른손. 번쩍거리고, 광채를 발하고, 흠 하나 없는 기계적인 완벽함을 자랑하는 오른손. 오래전에 버린 원래 손과는 비교가 안 될 정도로 우월한 의수이다.

이제는 자신에게 무슨 일이 일어났는지를 알고 있었다. 위대한 전생轉生—적어도 그자의 관점에서 보자면—이 성취된 것이다. 아마 지금까지 일어났던 모든 일은 이 결말을 염두에 두고 추진된 것이리라.

레오 뷸레로가 죽일 사람은 내가 될 거야. 그는 깨달았다. 그 기념비에 쓰인 이야기는 내 얘기였던 것이다.

지금 나는 파머 엘드리치다.

잠시 후 주위를 둘러싼 환경이 점점 더 응축되며 뚜렷해지는 것을 보며 그는 생각했다. 그렇다면 지금 그자는 에밀리하고는 어떻게 하고 있는 것일까.

원컨대 그 작자가 골머리를 썩히고 있기를.

12

그는 엄청나게 길게 뻗어나간 두 팔을 펼치고 프록시마 켄타우리 항성계에서 지구까지 확산해 있었다. 그리고 그는 인간이 아니었다. 고향으로 돌아온 사내가 아니었다. 게다가 그는 위대한 힘을 가지고 있었다. 죽음을 극복할 수 있는 힘을.

그러나 그는 행복하지 않았다. 외톨이라는 단순한 이유에서였다. 그래서 그는 즉각 그것을 벌충해보려고 했다. 고생을 마다하지 않고 다른 사람들을 그 자신이 지나온 길로 끌어들이기 위해 노력했다.

바니 메이어슨은 바로 그런 사람들 중 하나였다.

"메이어슨." 그는 터놓고 말했다. "그런다고 자네가 잃을 게 대체 뭔가? 잘 생각해보게. 지금 이대로 간다면 자넨 패배자로 살아가게 돼—사랑하는 여자도 없고, 후회로 점철된 과거를 뒤로 끌고. 자넨 과거에 결정적으로 잘못된 길을 택했지만, 누구도 그런 삶을 자네에게 강제하지 않았다는 건 알지. 지금 와서 그걸 돌이킬 방법은 없다는 것도. 설령 미래가 앞으로 백만 년 더 계속된다고 해도 자네가 — 뭐랄까, 자네 손으로 저지른 잘못을 원상복구할 수는 없어. 이게 무슨 의미인지 알겠나?"

대답은 없었다.

"그리고 하나 잊은 게 있어." 그는 잠시 기다리다가 말을 이었다. "에밀리는 퇴화했어. 그 전직 나치 당원 타입의 독일 의사가 자기 진료소에서 시술하는 수상쩍은 진화 요법을 받고 말이야. 물론 에밀리에게는—실제로는 남편이 시킨 거지만—그 즉시 요법을 중지할 만한 분별이 있었고, 지금도 여전히 잘 팔리는 도자기를 만들 수 있네. 그렇게 크게 퇴행하지는 않은 덕이지. 하지만—자네는 더 이상 그녀를 좋아할 수 없을 거야. 만나면 느낄 거야. 예전보다 약간 더 천박하고, 약간 더 어리석은 인물이 되어버렸다는 사실을. 설령 자네가 그녀를 되찾는다고 해도 과거처럼 지낼 수는 없어. 변했으니까."

다시 한 번 그는 기다렸다. 그러자 이번에는 대답이 돌아왔다. "알았어!"

"그럼 어디로 가고 싶나?" 그는 말을 이었다. "화성? 그렇지? 아냐? 좋아, 그럼 지구로 보내주지."

더 이상 예전의 바니 메이어슨이 아닌 사내가 말했다. "아니. 난 자발적으로 지구를 떠났어. 거긴 이미 끝났어."

"오케이. 지구도 아니라. 어디 보자. 흐으음." 그는 생각에 잠졌다. "프록시마." 잠시 후 그는 말했다. "자넨 프록시마 항성계로 가서 프록시마인들을 본 적이 없지. 나는 일종의 다리라네. 두 항성계 사이를 잇는. 그자들은 나를 통하면 언제든지 오고 싶을 때 태양계로 올 수 있어―내가 허락하면 말이야. 하지만 난 허락하지 않았어. 오고 싶어 어찌나 안달을 하던지." 그는 껄껄 웃었다. "글자 그대로 줄을 서서 기다리고 있지. 토요일 저녁의 어린이 영화를 보려고 극장 앞에서 줄을 선 아이들처럼 말이야."

"나를 돌로 만들어줘."

"왜?"

바니 메이어슨은 말했다. "그러면 아무것도 느끼지 않을 수 있으니까. 이제 내가 갈 곳은 어디에도 없어."

"나와 융합해서 동일한 생명체로 전생하는 것조차 싫은가?"

대답은 없었다.

"그러면 나와 야심을 공유할 수 있어. 야심이라면 얼마든지 있지. 거창한 것들이―거기에 비하면 레오의 야심 따위는 티끌만도 못해." 물론, 하고 그는 생각했다. 레오는 얼마 되지 않아 나를 죽이겠지. 적어도 승천 체험 밖에서 통용되는 시간 관념상으로는. "그런 야심 하나가 뭔지 자네에게 털어놓을 용의도 있어. 아주 사소한 거지. 그걸 알면 자네에게도 의욕이 생길지도 모르겠군."

"그럴 것 같지는 않군." 바니는 말했다.

"나는 행성이 될 생각일세."

바니는 웃음을 터뜨렸다.

"내 말의 어디가 웃기는 거지?" 그는 크게 분개했다.

"넌 돌았어. 인간이든, 태양계 밖에서 온 괴물이든 간에 제정신이 아니라는 데는 변함이 없어."

"정확히 무슨 뜻으로 그렇게 말했는지 제대로 설명을 안 한 탓이로군." 그는 점잖게 말했다. "실은 이런 뜻이라네. 나는 그 행성에 사는 모든 사람이 될 거야. 내가 지금 어떤 행성 얘기를 하고 있는지는 자네도 알겠지."

"지구로군."

"천만에. 화성이야."

"하필 왜 화성이지?"

"그곳은ー" 그는 망설이며 적당한 단어를 찾으려 했다. "새로워. 미개척 상태지. 새로운 이민자들이 도착하는 족족 그들이 되어서 거기서 살기 시작할 거야. 그들의 문명을 이끌 뿐만 아니라 나 자신이 그 문명이 되는 거야!"

대답은 없었다.

"어이. 뭔가 말 좀 해보라고."

바니는 말했다. "행성 하나를 통째로 집어삼킬 정도의 위인이, 왜 나를 P.P. 레이아웃사의 내 사무실 벽에 걸린 액자로 만들어주지 못하는 거지?"

"음." 그는 내심 당황하며 말했다. "알았어. 알았다니까. 원한다면 명판이 되어도 좋아. 내가 알 바가 아니지. 그러니까 뭐든 원하는 게 되라고ー일단 그 마약을 먹은 건 사실이니까, 뭐든 원하는 걸로 전생할 권리가 있어. 물론 진짜 현실은 아냐. 당연하지. 나의 가장 은밀한 비밀을 얘기해줄까. 그건 실은 환각이라네. 그런데도 현실처럼 느껴지는 건 모종의 예언적인 측면이 그 체험 속으로 녹아들어가기 때문이지. 꿈하고 똑같아. 난 이른바 '윤회' 세계라고 불리는, 셀 수 없이 많은 승천몽昇天夢을 들락거려보았다네. 안 가본 데가 없지. 그것들의 정체가 뭔지 가르쳐줄까? 무無야. 우리에 갇힌 실험용 흰쥐가 뇌의 특정 부위에 거듭해서 전기 자극을 받고 있는 것과 마찬가지야—실로 구역질나는 광경이지."

"그랬군." 바니 메이어슨은 말했다.

"그걸 알면서도 그런 세계들 중 하나로 들어가겠다는 건가?"

잠시 후 바니가 말했다. "그래."

"알았네! 정 그렇다면 자네를 돌로 만들어서 바닷가에 놓아두기로 하지. 거기서 파도 소리를 들으면서 200만 년쯤 푹 쉬라고. 그럼 충분히 만족할 거야." 고집 센 멍청이 같으니라고. 그는 분통을 터뜨렸다. 돌이라니! 하느님 맙소사!

"난 예전에 비해 나약해지기라도 한 걸까?" 잠시 후 바니가 물었다. 처음으로 강한 의구심을 느낀 듯했다. "프록시마인들이 노리는 게 이거야? 그래서 너를 보낸 거야?"

"보내진 게 아냐. 나 자신의 의지로 온 거야. 뜨거운 항성들 사이의 죽은 우주공간에서 살아가는 것보다는 훨씬 나으니까 말이야." 그는 껄껄 웃었다. "나약해진 건 사실이겠지—돌이 되고 싶다고 할 정도니. 이봐, 메이어슨, 돌이 되고 싶다는 건 자네의 진짜 소망이 아냐. 자네는 죽음을 원하고 있어."

"죽음?"

"몰랐다는 거야?" 믿을 수 없다는 목소리였다. "어이, 농담 말라고!"

"농담이 아냐. 정말로 몰랐어."

"그걸 제공하는 건 전혀 어렵지 않아. 어딘가 시궁창 속에서 썩어가는 개의 시체가 된 세계로 전생시켜주지—상상해보라고. 그러면 자네가 얼마나 안도할지를. 자넨 내가 될 거야. 자네가 나니까 레오 뷸레로는 자네를 죽이겠지. '죽어서 썩어가는 개'란 바로 그런 뜻이었어. 시궁창 속의 시체." 그리고 나는 그 뒤로도 계속 살아갈 거야. 그는 속으로 되뇌었다. 그게 자네에게 보내는 나의 기프트[膳物]일세. 그런데 자네, 독일어로 기프트가 독을 의미한다는 걸 아나. 몇 달 후 자네는 내 거처에서 나를 대신해서 살해당하고, 시그마 14-B에는 그 기념비가 세워지겠지. 하지만 난 자네의 살아 있는 육체를 두르고 계속 살아갈 거야. 화성에서 지구로 돌아와서 P.P. 레이아웃사에 복직하는 자네는 내가 될 거고. 그렇게 해서 내 운명을 회피하는 거지.

너무나도 쉽다.

"좋아, 메이어슨." 상대방과 입씨름하는 데 지친 그는 단정적으로 말했다. "이제 말이 아니라 직접 행동할 때가 왔네. 자네하곤 이제 끝이야. 우린 더 이상 하나의 생명체가 아니고, 이제는 각자가 뚜렷하고 독립된 운명을 지게 될 거야. 자네가 원했던 대로 말이야. 자넨 지금 금성을 이륙한 코너 프리맨의 우주선에 탑승했고, 난 지금 화성 지하의 '수두굴'에 있어. 지상에는 잘 가꿔진 채마밭이 있고, 앤 호손하고는 언제든 마음 내킬 때 잘 수 있지—내가 보는 한은 아주 괜찮은 삶이야. 자네도 나만큼 자기 인생이 마음에 들면 좋겠군." 이렇게 말하자마자 그는 출현했다.

그는 '수두굴'에 있는 자기 방의 주방에 서 있었다. 화성에서 키운 버섯을 프라이팬으로 볶는 중이었다……. 공기에서는 버터와 향신료 냄새가 풍겼고, 거실 쪽에서는 휴대용 테이프레코더가 하이든의 교향곡을 연주하고 있었다. 평화롭군. 그는 흡족한 마음으로 생각했다. 바로 내가 원하던 생활이다. 조촐한 평온함과 안온함. 항성 간 우주공간을 여행하던 중에도 경험했던 익숙한 느낌. 그는 하품을 하고 한껏 기지개를 켠 다음 말했다. "해냈어."

거실에 앉아 화성을 도는 UN의 인공위성이 보내온 전송 신문을 읽던 앤 호손이 흘끗 올려다보며 말했다. "뭘 해냈다는 거예요, 바니?"

"양념을 써서 내가 원하던 바로 그 맛을 냈다고." 기분이 여전히 들떠 있었다. 나는 파머 엘드리치지만 거기가 아니라 여기 와 있다. 나는 레오의 공격에서 살아남을 것이고, 이곳에서의 생활을 즐기고 이용할 줄도 안다. 바니는 즐기지 않았고, 즐기고 싶어하지도 않았지만.

레오의 우주 전투함이 바니가 탄 화물선을 분자 단위로까지 분해한 순간 바니는 어떤 기분을 느낄까. 그에게는 회한으로 점철된 인생의 마지막 순간이 될 것이다.

　머리 위의 등불이 눈부시다. 바니 메이어슨은 눈을 깜박였고, 이내 우주선에 와 있다는 사실을 깨달았다. 그가 있는 방은 흔히 보는 침실 겸 거실이었지만, 가구들이 모두 마루에 나사로 고정되어 있는 것을 보고 한눈에 알아차릴 수 있었다. 중력도 전혀 다르다. 인공적으로 생성된 중력은 지구의 중력을 완벽히 흉내 내지는 못하고 있었다.

　그리고 밖의 경치도 다르다. 꿀벌집의 한 칸쯤 될까 말까 한 크기의 창문밖에는 없다. 그러나 두꺼운 투명 플라스틱 창문을 통해 그 너머에 펼쳐진 텅 빈 우주공간이 언뜻 보였다. 그는 그 쪽으로 가서 뚫어지게 창밖을 응시했다. 눈이 멀 정도로 눈부신 태양이 파노라마의 일부를 채우고 있었다. 그는 반사적으로 검정 필터용 스위치로 손을 뻗쳤다. 스위치를 넣었을 때 자기 손이 보였다. 인공적으로 만들어진, 금속제의 완벽하게 효율적인 기계손.

　그는 즉시 선실에서 복도로 나왔고, 문이 잠긴 조종실로 갔다. 강철제 주먹으로 문을 두드리자 조금 뒤에 육중하게 보강된 격문隔門이 열렸다.

　"예, 엘드리치 씨." 금발의 젊은 조종사가 공손히 인사했다.

　그는 말했다. "메시지를 보내고 싶은데."

　조종사는 펜을 꺼내서 계기반 가장자리에 부착된 메모장 위로 가져갔다. "누구한테 보내실 겁니까?"

"레오 뷸레로 앞으로."

"레오…… 뷸레로." 조종사는 재빨리 메모했다. "지구를 중계해서 보내는 겁니까? 그렇다면―"

"아니, 레오는 자기 우주선을 타고 이 근처에 와 있어. 이렇게 전해주게―"그는 빠르게 머리를 굴렸다.

"그 사람과 얘기를 나누고 싶으신 겁니까?"

"나는 그 친구 손에 죽고 싶지 않아." 그는 대답했다. "그 얘기를 하려는 거야. 나와 함께 있는 자네도 살려야 해. 이 느린 수송선에, 이 한심할 정도로 큰 표적에 탄 다른 사람들도." 그러나 상황은 절망적임을 그는 깨달았다. 펠릭스 블라우 조직의 일원으로서 비밀리에 금성에 침투해 있던 누군가가 내가 이 배에 탑승하는 것을 목격했다. 그래서 레오는 내가 여기 타고 있다는 사실을 안다. 다 틀렸다.

"기업 간의 경쟁이 그토록 치열하단 말입니까?" 조종사는 깜짝 놀란 얼굴로 되물었다. 얼굴에서 핏기가 가셨다.

조이 엘드리치가, 그의 딸이 나타났다. 던들*과 모피 실내화 차림이었다. "무슨 일이죠?"

그는 말했다. "레오가 가까이에 와 있어. UN의 승인을 받은 무장 우주선을 타고. 우리는 레오의 함정에 빠진 거야. 애당초 금성으로 가지 말았어야 했어. 헵번-길버트 그자도 레오와 공모했겠지." 그는 조종사에게 명령했다. "계속 연락을 시도해보

---

* dirndl. 오스트리아 티롤 지방 농민이 입는 헐렁한 치마.

게. 난 내 선실에 가 있겠네." 여기서 내가 할 일은 없어. 그는 속으로 이렇게 중얼거리고 나가려고 했다.

"염병할." 조종사가 말했다. "당신이 직접 말해. 놈이 노리는 건 당신이잖아." 그는 옆으로 빠져나와 보란 듯이 조종석을 비웠다.

바니 메이어슨은 한숨을 쉬고 조종석에 앉아서 우주선 통신기의 스위치를 넣었다. 비상 주파수에 맞추고 마이크를 들어올린 후 말했다. "레오, 이 개자식. 한방 먹었군. 나를 여기까지 유인해서 잡으려고 하다니 솜씨가 좋아. 넌 내가 프록시마에서 돌아오기 전부터 이미 그 빌어먹을 선단船團을 갖추고 장사를 하고 있었지—처음부터 유리한 입장이었던 거야." 이제는 두려움보다는 분노가 앞섰다. "이 배에는 아무런 무기도 없어. 자위용의 무기조차도 전혀 없다고—설마 이런 비무장 표적을 격침시키겠다는 얘긴 아니겠지. 이 배는 화물선이야." 그는 말을 멈추고 또 무슨 말을 할까 생각해보려고 했다. 내가 바니 메이어슨이고, 엘드리치는 한 숙주에서 다른 숙주로 옮겨가면서 영원하게 전생을 거듭할 것이기 때문에 결코 잡아 죽일 수 없다는 사실을 알릴까? 그리고 실제로 레오가 죽이려는 사람은 레오 자신이 잘 알고 아끼던 옛 부하라고?

조이가 말했다. "뭐든 좋으니 제발 말을 걸어봐요."

"레오." 그는 마이크에 대고 말했다. "내가 프록시마로 돌아가는 걸 허락해줘. 부탁일세." 그는 수신기의 스피커에서 흘러나오는 잡음에 귀를 기울이며 대답을 기다렸다. "좋아, 알았어." 이윽고 그는 말했다. "방금 한 말은 취소야. 난 절대로 이 태양계에서 떠나지 않을 거고, 자네도 절대로 나를 죽일 수 없어. 설령 헵번-길버트의 도움을 받았거나 다른 UN 관리와 야합했다고 해도 그런 일은 결코 일어나지 않아." 그러고는 조이에게 말했다. "어때? 마음에 들었어?" 그는 마이크를 덜컥 떨어뜨렸다. "할 말은 이게 다야."

레이저빔의 첫 번째 일격이 화물선의 선체를 거의 두동강 냈다.

바니 메이어슨은 조종실 바닥에 쓰러져서 자동적으로 작동을 개시한 비상용 공기 펌프가 내는 높다란 소음에 귀를 기울이고 있었다. 결국 내가 원하던 것을 얻었군, 하고 바니는 생각했다. 그게 아니라면 적어도 내가 원한다고 파머가 주장했던 것을 얻었어. 난 죽음을 쟁취했어.

그의 화물 우주선 너머에서 레오 뷸레로를 태운 UN군의 날씬한 전투함이 제2의 결정타를 발사하려고 침로를 바꿨다. 조종사의 감시 스크린으로 전투함의 분사염噴射炎이 보인다. 바싹 다가오고 있다.

쓰러진 채로 그는 죽음이 찾아오기를 기다렸다.

그러자 레오 뷸레로가 그의 거처의 중앙 거실을 가로질러 그를 향해 걸어왔다.

앤 호손은 흥미가 당긴다는 표정으로 의자에서 일어나서 말했다. "그럼 당신이 레오 뷸레로군요. 그렇지 않아도 당신 회사의 제품 캔-D에 관해서 몇 가지 질문하고 싶은 점이 —"

"난 캔-D 제조자가 아냐." 레오는 말했다. "이 자리에서 그게 뜬소문임을 확실히 밝히지. 내 기업 활동에 불법적인 데는 전혀 없어. 이봐, 바니. 도대체 자넨 그걸 썼나, 안 썼나—" 그는 목소리를 낮추고 바니 메이어슨을 굽어보며 목쉰 소리로 속삭였다. "무슨 얘기를 하는지 알지."

"저는 밖에 나가 있을게요." 앤이 눈치 빠르게 말했다.

"아니." 레오는 그르렁거리듯이 말했다. 그가 펠릭스 블라우를 돌아보자, 블라우는 고개를 끄덕였다. "자네가 블라우의 부하라는 건 알고 있어." 레오가 말했다. 그러고는 또 신경질적으로 바니 메이어슨을 쿡쿡 찔렀고, 반쯤 혼잣말하듯 말했다. "안 먹은 것 같군. 찾아봐야겠어." 레오는 바니의 웃옷 호주머니를 뒤졌고, 다음에는 안에 입은 셔츠를 뒤졌다. "여기 있군." 레오는 뇌의 대사에 간섭하는 독물이 든 조그만 튜브를 끄집어냈다. 마개를 돌려서 열고 안을 들여다본다. "쓰지 않았어." 그는 혐오감으로 가득한 표정으로 펠릭스 블라우에게 말했다. "이러니 페인한테 연락이 갔을 리가 없지. 변심한 거야."

바니가 말했다. "변심한 게 아닙니다." 그러는 대신 정말 멀리까지 갔다 왔지. 이런 나를 보고도 모른단 말인가. "츄-Z." 그는 말했다. "아주 먼 곳."

"그거야 그랬겠지. 무려 2분 동안이나 뻗어 있었으니까." 레오는 경멸하듯이 말했다. "우리는 자네가 방문을 걸어 잠그고 틀어박혔던 바로 그때 도착했어. 노먼인가 뭔가 하는 친구가 마스터키를 써서 들어오게 해줬지. 이 토굴의 책임자라도 되는

가 보군."

"하지만," 앤 호손이 말했다. "츄-Z에 의한 주관적 체험은 우리의 시간 흐름과는 분리되어 있다는 사실을 잊으면 안 됩니다. 바니 입장에서는 몇 시간, 심지어는 며칠이 지났을 수도 있어요." 그녀는 바니 쪽으로 동정적인 눈길을 보냈다. "맞아요?"

"그때 난 죽었어." 바니는 말했다. 그는 구역질이 나려는 것을 억누르며 일어나 앉았다. "당신이 날 죽였어." 놀란 듯한, 어색한 침묵이 흘렀다.

"내가 자네를 죽였다는 얘기야?" 잠시 후 펠릭스 블라우가 물었다.

"아니." 바니는 대답했다. 그게 누구였든 상관없었다. 적어도 또다시 그 약을 할 때까지는. 일단 그런다면 종말이 찾아올 것이다. 파머 엘드리치는 계획을 성공시키고 살아남는다는 목표를 달성할 것이다. 견디기 힘든 것은 바로 그 부분이었다. 바니 자신이 죽는다는 사실 때문이 아니라―어차피 언젠가는 한 번 죽을 목숨이지 않는가―엘드리치가 불사성을 획득한다는 사실이. 죽음이여. 그는 생각했다. 이―괴물에 대한 너의 승리는 대체 어디로 가 있단 말인가?

"모욕당한 기분이로군." 펠릭스 블라우가 불평했다. "너를 죽였다니 도대체 누가 그랬단 말이지, 메이어슨? 염병할, 우린 혼수상태에 빠진 너를 깨워줬잖아. 게다가 내 의뢰인인 뷸레로 사장은 여기로 오기 위해서 길고 힘든 여행을 해야 했어―내가 위험하다고 말리는 것에도 개의치 않고 말이야. 여긴 엘드리치의 활동 영역이니." 그는 불안한 듯이 주위를 둘러보다가 레오를 향해 말했다. "이 친구더러 빨리 독을 들이키라고 하십시오. 그리고 뭔가 끔찍한 일이 일어나기 전에 빨리 지구로 돌아가야 합니다. 예감이 안 좋습니다." 그는 방문 쪽으로 갔다.

레오가 말했다. "마셔주겠나, 바니."

"싫습니다." 바니는 말했다.

"그건 또 왜?" 피곤하고, 참을성마저 느껴지는 말투였다.

"내 인생 쪽이 더 중요하니까요." 나는 속죄를 그만두기로 했습니다. 드디어.

"승천 중에 자네에게 도대체 무슨 일이 일어났던 건가?"

바니는 일어섰다. 가까스로.

"말할 생각이 없는 거로군." 펠릭스 블라우가 문간 쪽에서 말했다.

레오가 말했다. "바니, 우리가 쥐어짜낸 아이디어는 이게 다야. 화성에서 빼내주겠다고 약속한 건 자네도 알지. 그리고 Q형 간질이라고 해서 그게 반드시—"

"시간 낭비입니다." 펠릭스는 내뱉듯이 말하고 복도로 나갔다. 문간에서 바니에게 마지막으로 악의에 찬 눈길을 한 번 보내더니 말했다. "이런 녀석한테 모든 희망을 걸다니, 정말이지 큰 실수를 하셨습니다."

바니는 말했다. "저 친구 말이 맞습니다, 레오."

"자네는 두 번 다시 화성을 떠날 수 없을 거야." 레오가 말했다. "지구로 몰래 빠져나가도록 도와주는 일 따위는 절대로 없어. 앞으로 무슨 일이 일어나든 간에.”

“압니다.”

“그렇지만 그래도 상관 안 한다, 이건가. 남은 일생을 그 마약에 빠져 보내야 하는데도?” 레오는 당혹한 표정으로 그를 쏘아보았다.

“다시는 그걸 하지 않을 겁니다.”

“그럼 어떻게 할 건데?”

“여기서 살아가겠습니다. 개척민으로. 지상에서 밭을 일구거나, 다른 동료들이 하는 그 밖의 일들을 하면서 말입니다. 관개 수로를 판다든지 그런 일을 하게 되겠죠.” 바니는 녹초가 되어 있었고, 구토감도 아직 가시지 않은 상태였다. “유감입니다.”

“나도 유감이야.” 레오는 말했다. “게다가 이해하지도 못하겠어.” 레오는 앤 호손을 흘끗 쳐다봤지만 그쪽에서도 역시 대답은 돌아오지 않았다. 레오는 어깨를 움츠려 보이고 문을 향해 걸어갔다. 그러고는 또 뭐라고 말하려고 했지만 결국 그만두고 펠릭스 블라우와 함께 토굴을 떠났다. 계단을 올라가서 토굴 출입문을 나가는 그들의 발소리에 바니는 귀를 기울였다. 발소리가 점점 작아지더니 곧 침묵이 흘렀다. 바니는 싱크대로 가서 물잔에 물을 받았다.

잠시 후 앤이 말했다. “나는 이해해요.”

“정말?” 물맛이 좋다. 덕분에 츄-Z의 희미한 맛이 입에서 완전히 사라졌다.

“당신의 일부가 파머 엘드리치가 된 거죠. 그리고 엘드리치의 일부는 당신이 되었어요. 당신들은 결코 서로에게서 완전히 분리되지 않을 거고. 앞으로도 영원히―”

“당신 머리가 좀 이상해진 거 아냐.” 바니는 피로를 못 이기고 싱크대에 몸을 기댔다. 아직도 다리가 후들거린다.

“엘드리치는 자기가 원하는 걸 당신에게서 얻어냈어요.” 앤이 말했다.

“그건 사실이 아냐. 그러기 전에 내가 너무 일찍 돌아와버렸거든. 5분에서 10분쯤 더 머물렀다면 가능했겠지만. 레오가 두 번째 포격을 해왔을 때 그 우주선에 있었던 인물은 파머 엘드리치였지, 내가 아냐.” 그래서 절망감에서 비롯된 레오의 궁여지책을 위해 내 뇌의 대사 작용을 망쳐버릴 필요가 없어진 거지. 그는 속으로 말했다. 그 사내, 아니 그것은 어차피 곧 죽을 운명이니까…….

“그랬군요.” 앤이 말했다. “그래서 확신하는 거로군요. 승천했을 당시에 미래를 흘끗 목격하고―”

“그건 진실이야.” 왜냐하면 지금 그는 약물 체험을 하는 동안에 손에 넣을 수 있었던 것의 힘을 빌리고 있지 않기 때문이다.

게다가 그 자신의 예지 능력도 같은 방향을 가리키고 있었다.

“그리고 파머 엘드리치도 그게 진실이라는 걸 알아. 그래서 앞으로도 지금도 모든 수단을 동원해서 그걸 피하려고 하는 거야. 하지만 피하지 못해. 피할 수가 없어.” 그게 아니라면 적어도 피하지 못할 가능성이 있다는 사실을 바니는 깨달았다. 미래의 에센스란 본디 그런 것이기 때문이다―얽히고설킨 가능성들의 집합. 바니는 이미 오래전에 그 사실을 받아들였고, 그 것을 다루는 방법을 습득했다. 본능적으로 어떤 시간선을 골라 야 하는지를 알고 있었다. 바로 그런 능력을 갖추고 있는 덕에 레오는 그를 고용했던 것이다.

"하지만 그 탓에 레오는 당신을 위해 영향력을 행사하려고 하지 않을 거예요." 앤은 말했다. "지구로 데려가줄 생각이 정 말로 없다고요. 그 사람, 진심이에요. 그게 얼마나 심각한 사태 인지 이해 못 하는 거예요? 얼굴 표정만 봐도 단번에 알 수 있 었다니까요. 살아 있는 한 레오는 절대로—"

"지구는," 바니는 말했다. "이미 충분히 경험했어." 이곳 화성 에서 그를 기다리고 있는 그 자신의 삶에 관한 기대를 표명했 을 때, 바니 역시 진심이었다.

파머 엘드리치가 보기에 부족함이 없다면 바니 입장에서도 부족할 이유가 없었다. 엘드리치는 수많은 생을 살아왔기 때문 이다. 그 사내인지 생물인지 모를 존재의 본질에는 방대하며 신뢰할 만한 예지叡智가 깃들어 있었다. 승천 체험 중에 엘드리 치와 융합했던 경험은 바니에게도 깊은 흔적을 남겼다. 영속성 의 낙인을. 그것은 절대 인식의 한 형태였다. 그러자 이런 궁금 증이 떠올랐다. 엘드리치도 그에게서 무언가를 얻어갔을까? 엘 드리치가 알 가치가 있을 만한 것을 그도 가지고 있었을까? 바 니는 자문했다. 통찰? 기질이나 기억이나 가치관?

좋은 질문이긴 하지만 대답은 '아니다'라고 바니는 판단했다. 우리의 적—지구에서 프록시마로 가는 긴 여행 중에 병균처럼 우리 인류의 일원 내부로 침입한, 누가 봐도 추악하고 이질적인 존재⋯⋯. 그럼에도 불구하고 그것은 이곳에서 우리가 영위하는 유한한 삶의 의미에 관해 나보다 훨씬 더 많은 것을 알고 있었다. 대국적인 견지에 서서. 몇십 세기나 공허하게 우주공간을 표류하며 어떤 생물이 지나가기만을 기다리다가, 그것을 포획해서 그것으로 변신한 존재⋯⋯. 아마 그 지식의 원천은 바로 거기서 비롯된 것인지도 모른다. 체험 자체가 아니라 끝없이 계속되는 고독한 사색에서. 그런 것에 비하면 내가 아는 것은―해온 일은―무에 가깝다.

문간에 노먼과 프랜 샤인이 나타났다. "어이, 메이어슨, 어땠어? 재차 츄-Z를 경험하면서 어떤 인상을 받았지?" 그들은 방으로 들어와서 기대에 찬 표정으로 그의 대답을 기다렸다.

바니는 말했다. "절대로 팔리지 않을 거야."

노먼은 낙담하며 말했다. "내 반응하고는 다르군. 난 마음에 들었어. 캔-D보다 훨씬 더 좋았는데. 단지―" 그는 말꼬리를 흐리며 미간을 찌푸렸고, 걱정스러운 눈으로 자기 아내를 흘끗 보았다. "뭔가 기분 나쁜 존재가 있었어. 내가 갔던 곳마다. 옥의 티라고나 할까." 그는 설명하려고 했다. "물론 이렇게 무사히 돌아와서―"

프랜이 남편의 말을 끊었다. "메이어슨 씨는 피곤해 보여. 자세한 얘긴 나중에 하면 어떨까."

노먼 샤인은 바니를 훑어보며 말했다. "자넨 묘한 친구야, 바니. 처음 그걸 했을 때는 깨어나자마자 여기 있는 미스 호손의 몫을 낚아채서 방문을 걸어 잠그더니만. 그걸 혼자 쓰려고 말이야. 그런데 지금 와서는—” 그는 초연한 태도로 어깨를 으쓱했다. “흠, 한꺼번에 너무 많이 입에 쓸어 넣은 탓인지도 모르겠군. 적당히 해두면 좋았을 텐데. 난 다시 그걸 써볼 작정이야. 물론 신중하게 말이야. 자네 흉내를 낼 수야 없지.” 그는 스스로를 고무하려는 듯이 큰 소리로 말했다. “진심이야. 난 그게 맘에 들었다고.”

바니는 말했다. “단지 곁에 있던 존재가 마음에 걸린다는 거로군.”

“나도 그걸 느꼈어요.” 프랜은 조용히 말했다. “난 다시 할 생각이 없어요. 그게—두려우니까. 정체가 뭐든 간에.” 그녀는 몸을 부르르 떨고 남편에게 바싹 다가붙었다. 노먼은 오랜 습관 탓인지 반사적으로 그녀의 허리에 팔을 둘렀다.

바니는 말했다. “두려워하지는 마. 그건 단지 살고 싶어할 뿐이니까. 우리와 마찬가지로.”

“하지만 그건 정말이지—” 프랜이 운을 뗐다.

“어차피 우리 입장에서 어차피 그토록 오래된 존재를 받아들이기는 힘들었을 거야.” 바니는 말했다. “우리에겐 그렇게 긴 수명의 개념이 없으니까. 그렇게 엄청난 존재를 인식할 능력이 안 되는 거지.”

“마치 그 정체가 뭔지 아는 듯한 말투로군.” 노먼이 말했다.

알아. 바니는 생각했다. 앤이 말했듯이 그 일부는 여전히 내 안에 있으니까 말이야. 몇 달 뒤에 죽을 때까지는, 그 존재 또한 자기 자신의 구조 속에 집어넣은 내 일부를 유지하겠지. 그는 퍼뜩 깨달았다. 그렇다면 레오가 그것을 죽이는 순간 나도 불쾌한 경험을 하게 될 것이다. 어떤 기분일까.

"내가 그 생물 이름을 말한다면 틀림없이 짚이는 바가 있을 거야," 그는 모두를 향해 말했다. "당사자는 자기를 그 이름으로는 결코 부르려고 하지는 않겠지만 말이야. 거기 이름을 붙인 건 바로 우리야. 멀찍이 떨어진 곳에서, 몇천 년 동안의 경험을 바탕으로. 하지만 늦든 빠르든 우리는 그것과 대결하게 되겠지. 그때는 거리나 세월 같은 완충물 없이."

앤 호손이 말했다. "신에 대해 얘기하고 있는 거군요."

딱히 대답할 필요를 느끼지는 않았기 때문에 가볍게 고개를 끄덕이기만 했다.

"하지만—사악한?" 프랜 샤인이 속삭였다.

"사악함도 그것의 측면 중 하나지." 바니는 말했다. "우리 경험의 일부고, 그 이상도 이하도 아냐." 바니는 이렇게 말하고 자문했다. 그럼 나는 아직도 이들에게 예의 사실을 알리지 않았단 말인가? 그것이 나름대로의 방식으로 나를 도우려고 했다는 얘기를 해줘야 할까? 그렇다고는 해도—그것조차도 운명의 속박에서 벗어나지는 못했다. 운명은 생명을 가진 모든 것 위에 군림하기 때문에. 우리뿐만 아니라 그것까지 포괄하기 때문에.

"그거 참 놀랄 노자로군." 노먼은 실망한 나머지 당장이라도 울음을 터뜨릴 것 같은 표정으로 입을 꾹 다물었다. 한순간이었지만 골탕을 먹은 어린 소년처럼 보였다.

13

나중에, 풀려버린 다리에 다시 힘이 돌아온 뒤에 바니는 앤
호손을 지상으로 데리고 나가서 갓 일구기 시작한 그의 재마밭
을 보여주었다.

"있잖아요." 앤이 말했다. "다른 사람의 기대를 저버리는 건
쉽지 않은 일이라고 생각해요."

"레오 얘기를 하는 거야?" 바니는 앤이 무슨 뜻으로 그러는
지 알고 있었다. 방금 그가 레오와 펠릭스 블라우와 P.P. 레이아
웃사와 캔-D 공급 조직 전체에 대해 무슨 짓을 저질렀는지에
관해서는 논쟁의 여지가 없었다. "레오는 성인이야." 바니는 지
적했다. "그러니까 극복할 거야. 자기 손으로 엘드리치를 처리
해야 한다는 걸 깨닫고 반드시 그걸 실행에 옮기겠지." 그리고
이렇게 생각했다. 엘드리치에게 소송을 걸었다고 해도 뾰족한

성과는 내지 못했겠지. 내 예지 능력이 그렇게 말하고 있어.

"사탕무." 앤이 말했다. 자동 트랙터의 펜더에 걸터앉아 종자가 든 꾸러미를 살펴보는 중이었다. "사탕무 정말 싫어. 그러니까 제발 이건 심지 말아줘요. 초록색에 키가 크고 가느다란 변종도 싫어요. 작년의 플라스틱 문손잡이 같은 맛이 나니까."

"그렇다면 여기로 와서 살 생각이 있는 거야?" 바니는 물었다.

"아뇨." 앤은 트랙터의 자동조절식 조종 박스를 흘끔거리며 보다가 절연재가 반쯤 불에 그을려 너덜너덜해진 동력선 하나를 만지작거렸다. "하지만 이 토굴 사람들하고 함께 가끔 저녁 식사를 하고 싶어질 것 같아요. 가장 가까운 이웃이니까. 당신처럼."

"어이. 당신이 살고 있는 다 쓰러져가는 폐허 같은 그—" 그는 퍼뜩 입을 다물었다. 정체성. 그는 생각에 잠겼다. 전문가의 손으로도 50년쯤 철저히 수리해야 겨우 살 만해질까 말까 한 이 수준 이하의 공동 거주지에 나는 벌써 감정이입하고 있는 것일까. "당신 토굴은 우리 토굴에 비하면 상대도 안 돼. 덤벼보라고. 언제든지 밟아줄 수 있어."

"일요일엔 어쩔 셈이에요? 두 번 밟아줄 건가요?"

"일요일에는 안 되지. 성서를 읽어야 하거든."

"그런 농담은 하지 마요." 앤은 조용히 말했다.

"농담이 아니었어." 사실, 농담이라는 자각은 전혀 없었다.

"당신이 아까 파머 엘드리치에 관해서 한 말—"

바니는 말했다. "단지 한 가지 사실을 지적하고 싶었을 뿐이

야. 많아야 두 가지겠지. 우선 그는—누구 얘긴지 알지—정말
로 존재해. 정말로 그곳에 있다는 뜻이야. 물론 우리가 생각했
던 존재는 아니고, 지금까지 우리가 경험했던 그와도 다르지.
우린 앞으로도 줄곧 그런 경험을 할지도 몰라. 그리고 내가 두
번째로 지적하고 싶었던 건 그것ㅡ”바니는 망설였다.

“얘기해봐요.”

“우리에게 별다른 도움을 주지는 못한다는 점이야.” 바니는
말했다. “물론 조금은 도움이 될지도 모르지. 하지만 그는 빈손
을 펼친 채로 서 있는 거나 마찬가지야. 우리를 이해하고, 도와
주고 싶어하는 건 맞아. 그러려고 노력하기는 하지만…… 문제
는 그렇게 단순하지 않아. 이유는 묻지 말아줘. 당사자인 그조
차도 모를 수 있겠군. 본인도 당혹스러울 거야. 그토록 오랫동
안 충분히 숙고를 거듭했으면서도.” 그리고 앞으로 계속 숙고
하더라도 마찬가지겠지, 하고 바니는 생각했다. 만약 그가 레오
뷸레로에게서 도망친다면 어떻게 될까. 우리 같은 인간의 일원
인 레오에게서 말이다. 레오는 자기가 무엇을 상대로 하고 있
는지 알고 있기는 한 것일까? 만약 알고 있다면…… 그래도 역
시 단념하지 않고 계속 책략을 꾸미려고 할까?

레오라면 그럴 것이다. 예지 능력자는 미리 정해진 운명을 볼
수 있다.

앤이 말했다. “엘드리치와 마주치자 그 안으로 들어갔던 생
물, 지금 우리가 대결하고 있는 생물은 우리보다 우월한 존재
고 당신 말을 믿는다면 우린 그걸 판단하거나 그 행동이나 욕

구를 제대로 이해할 수가 없다는 거군요. 신비스럽고 우리의 인식을 초월한 존재라는 건가요. 하지만 난 당신 생각이 틀렸다는 걸 알아요, 바니. 텅 빈 손을 벌리고 서 있는 존재는 신이 아니라 우리와 마찬가지로 그 자신보다 더 높은 무엇인가에 의해 창조된 생물이라고 해야 해요. 신은 창조되지 않았고, 결코 당혹스러워하지도 않으니까."

"난 그의 내부에서 신의 존재를 느꼈어. 정말로 느꼈다고." 특히 엘드리치가 내 등을 떠밀며 노력하게 만들려고 했던 그 순간에는 말이야.

"물론 그랬겠죠." 앤은 동의했다. "그 부분은 당신도 이해한다고 생각했는데. 신은 여기 있는 우리 모두의 내부에 있고, 지금 우리가 거론한 고등 생명체를 통해서는 한층 더 뚜렷하게 시현示顯할 거예요. 하지만―내가 좋아하는 고양이 농담을 하나 해볼까요. 아주 짧고 단순한 얘기예요. 어떤 주부가 집으로 손님을 초대해서 디너파티를 열었는데, 맛난 T본 스테이크 고기를 5파운드 산 다음 나중에 요리할 작정으로 부엌 식기대 위에 올려놓고 거실에서 손님들과 잡담을 하고 있었대요―칵테일을 몇 잔 마시고 뭐 그런 식으로 말이에요. 그러다가 조금 뒤에 스테이크를 구우려고 부엌으로 들어갔는데―스테이크가 없었어요. 그리고 부엌 구석에서는 집에서 기르는 고양이가 느긋하게 고양이 세수를 하고 있었어요."

"고양이가 스테이크를 훔친 거겠지." 바니는 말했다.

"그랬을까요? 그 얘기를 들은 손님들은 부엌으로 와서 논쟁을 벌였어요. 5파운드나 되는 스테이크가 통째로 없어졌고, 바로 옆에는 거하게 먹고 기분이 좋아진 듯한 고양이가 앉아 있는 상황이었죠. '고양이 무게를 재봅시다'라고 누군가가 제안했고, 다들 몇 잔 걸친 뒤였기 때문에 좋은 아이디어라면서 두 말 않고 찬성했어요. 그래서 욕실로 가서 고양이를 체중계에 올려놓고 무게를 재봤는데, 정확하게 5파운드가 나왔어요. 다들 자기 눈으로 무게를 확인했을 때 손님 하나가 '맞아, 여기 있잖아, 스테이크가'라고 말했어요. 이제 무슨 일이 일어났는지를 확인했다면서 다들 흡족해했죠. 실험으로 증명됐다면서 말이에요. 그러자 손님 하나가 갑자기 의문을 느끼고 곤혹스러운 목소리로 이렇게 말했대요. '그럼 고양이는 어디로 간 건데?'라고요."

"그 얘긴 전에도 들은 적이 있는데." 바니는 말했다. "게다가 이 상황의 어디에 그게 들어맞는 건지 모르겠군."

앤이 말했다. "지금 한 얘기는 존재론의 문제를 촌철살인적으로 정제해놓은 역사상 가장 훌륭한 비유예요. 당신도 시간을 들여 심사숙고해보면—"

"염병할." 그는 화난 듯이 내뱉었다. "그건 무게 5파운드의 고양이일 뿐이잖아. 난센스야—저울에 5파운드라고 나왔다면 스테이크는 거기 없는 거야."

"포도주와 빵 얘기를 떠올려봐요." 앤은 나직하게 말했다.

바니는 앤을 빤히 쳐다보았다. 한순간이긴 했지만 그게 무슨 뜻인지 알 수 있을 것 같았다.

"그래요." 앤은 말했다. "고양이는 스테이크가 아니죠. 하지만—고양이는 그 순간에 스테이크의 한 시현이었을지도 몰라요. 여기서 열쇠가 되는 단어는 '있다'예요. 그러니까 바니, 파머 엘드리치의 내부로 침입한 것이 무엇이든 그게 **신이다**, 라고 주장하지는 마요. 당신은 신에 관해 그리 많이 알고 있는 게 아니잖아요. 당신뿐만 아니라 그 어떤 인간이라도 마찬가지지만. 하지만 행성 사이의 우주공간에서 온 생명체는 우리와 마찬가지로 신의 모습을 본따 만들어진 것인지도 몰라요. 신이 우리 자신에게 자신을 보여주는 한 방법이었을 수도 있다는 얘기예요. 지도가 실제 땅이 아니라면, 도자기는 도예가가 아니에요. 그러니까 존재론을 안다고는 하지 마요, 바니. 뭐는 뭐라고 단정하지도 말고." 앤은 그가 이해했는지를 떠보려는 듯한 표정으로 미소 지었다.

"언젠가는 우리가 그 기념비를 숭배하는 날이 올지도 모르겠군." 레오 뷸레로의 행위를 숭배한다는 뜻은 아냐, 하고 그는 생각했다. 설령 그게 아무리 훌륭한 행위였다고 해도—더 정확하게 말해서, 훌륭한 행위가 될 예정이라고 해도—행위 자체가 숭배의 대상이 되지는 않을 것이다. 그러는 대신 우리 모두는 하나의 문화 집단이 되어 내가 이미 하고 있는 행위에 나설 것이다. 즉 무한한 힘에 관한 우리 자신의 불완전하고 청승맞은 개념을 그 기념비에 투영하는 것이다. 그런 힘들이 실제로 존재한다는 맥락에서 보면 우리의 행위는 옳다. 그러나 앤이 말했듯이 그것의 실제 성질은—

"자기 채마밭에 혼자 있고 싶은 것 같군요." 앤이 말했다. "나도 슬슬 우리 토굴로 가봐야겠어요. 행운을 빌어요. 그리고 바니—" 그녀는 그의 손을 잡고 그를 꼭 껴안았다. "절대 비굴해지면 안 돼요. 우리가 만났던 그게 신이든, 우월한 존재이든 간에—그쪽에서도 당신이 그러는 걸 원하지 않을 거고, 설령 그쪽에서 원한다고 해도 당신이 그러면 안 돼요." 앤은 몸을 내밀며 그에게 키스했고, 걷기 시작했다.

"내가 옳다고 생각해?" 바니는 그녀의 등에 대고 물었다. "여기서 채마밭을 일구는 일에 조금이라도 의미가 있다고 생각해?" 아니면 우리도 역시 빤한 과정을 답습하는 것일까…….

"나한테 물어봐도 소용없어요. 전문가가 아니니까."

"당신은 자기 영혼이 구제받는 일에만 관심이 있군." 바니는 거칠게 말했다.

"지금은 그 일에조차도 관심이 없어요." 앤이 말했다. "정말로 정말로 혼란스러우니까. 여기선 뭘 봐도 가슴이 울렁거려요." 그녀는 그를 향해 되돌아왔다. 평소와는 달리 어둡게 그늘진, 총기 없는 눈빛이었다. "실은 당신이 나를 붙들고 그 츄-Z 꾸러미를 빼앗으려고 했을 때, 내가 뭘 봤는지 알아요? 느낀 게 아니라 정말로 봤어요."

"의수. 턱이 변형되고 눈은—"

"그래요." 앤은 굳은 표정으로 말했다. "기계로 된 길쭉한 눈이었어요. 그게 무슨 뜻일까요?"

바니는 말했다. "그때 당신이 절대적 현실을 들여다보고 있었다는 뜻이야. 단순한 겉모습 뒤에 숨겨진 본질을." 그는 생각했다. 당신의 용어를 쓰자면, 당신이 본 건—성흔聖痕이었어.

앤은 잠시 그를 빤히 쳐다보았다. "그럼 그게 진짜 당신이라는 거예요?" 그녀는 이렇게 말하고는 혐오를 감추려고도 하지 않고 몸을 뺐다. "당신은 왜 겉모습 그대로의 당신이 아닌 거죠? 지금은 그런 모습이 아니잖아요. 이해가 안 돼요." 그러고는 떨리는 목소리로 덧붙였다. "그 고양이 얘기를 하지 말았어야 하는 건데."

바니는 말했다. "앤, 나도 똑같은 걸 당신에게서 봤어. 그 순간에. 그때 당신이 나를 밀치려고 했던 손가락들은 절대로 당신이 가지고 태어났던 것들이 아니었어." 게다가 그것들은 언제 다시 슬그머니 돌아올지 모른다. 그 존재는 우리와 함께 있다. 현실이 아니라면 잠재적으로.

"그건 천벌인가요?" 앤이 물었다. "그러니까, 신이 처음으로 인간에게 내린 벌에 관한 얘기가 기록되어 있잖아요. 그런 일이 또 되풀이되는 건가요?"

"그걸 아는 사람은 내가 아니라 당신이어야 해. 뭘 봤는지 떠올려보라고. 당신은 세 개의 성흔—생명이 없는 의수하고 젠슨식 의안, 심하게 변형된 턱을 목격했어." 그것이 우리에게 깃들었음을 보여주는 상징이지, 하고 그는 생각했다. 우리 사이에 끼어들었지만, 누가 원했거나 의도적으로 소환한 것도 아닌 존재. 그리고—그 사이에 개재介在해서 우리를 지켜줄 성스러운 기적 따위는 존재하지 않는다. 고래古來의 신중하고 교묘하고 정성스러운 의식儀式을 통해 제병祭餠과 성수, 또는 성찬식 같은 특정 요소 안에 구속되도록 강제할 수도 없다. 그것은 그 무엇에도 구애받지 않고 모든 방향으로 퍼져 있다. 그렇게 해서 우리의 눈을 들여다보고, 우리의 눈으로 외부를 내다보는 것이다.

"우리가 치러야 할 대가라는 거군요. 츄-Z를 써서 승천하고 싶다는 우리의 욕망에서 비롯된. 선악과 같은." 바니가 흠칫 놀랐을 정도로 쓰디쓴 말투였다.

"응." 그는 동의했다. "하지만 난 그 대가를 이미 치렀다고 생각해." 또는 치르기 일보 직전까지 갔지. 그는 생각했다. 그 생물, 지구인의 육체를 두른 모습으로만 우리 앞에 모습을 드러내는 그 존재는 자신이 파괴되는 순간에 내게로 옮겨오려고 했다. 과거에 신이 인간을 대속代贖해서 죽은 것과는 반대로, 우리는 한순간이긴 했지만 자기 대신 우리가 죽을 것을 요구하는 한 우월자, 아니, 우월한 힘과 대결했던 것이다.

그렇다면 그것은 사악한 존재라는 얘기가 되는 것일까? 내 입으로 노먼 샤인에게 제시한 논거를 나 자신은 정말로 믿고 있는 것일까? 흐음, 적어도 2천 년 전에 우리 사이로 왔던 존재에 비하면 열등한 것은 틀림없다. 앤이 말했듯이 자기 자신을 계속 존속시키고 싶어하는, 흙을 빚어 만든 생명체의 욕구 이상도 이하도 아닌 것처럼 보이니까 말이다. 우리 모두가 그런 욕망을 갖고 있다. 우리를 대신해서 해체된 염소나 양이 불에 구워지는 것을 보고 싶어한다. 산 제물은 바쳐야 하지만, 산 제물이 되고 싶어하는 사람은 없으므로. 사실 우리의 삶 전체가 바로 그런 원칙을 고수하기 위한 것이나 마찬가지다. 그 존재의 삶도 그랬다.

"잘 있어요." 앤이 말했다. "혼자 있게 해줄게요. 그 준설기를 몰고 마음껏 땅을 파봐요. 다음번에 당신을 보러 오면 완전한 수로 체계가 완성되어 있을지도 모르겠군요." 그러고는 다시 한 번 씩 웃어 보이고 자기 토굴이 있는 방향을 향해 성큼성큼 걸어갔다.

잠시 후 바니는 디딤판을 딛고 그가 가동하던 준설기 운전대로 올라가서 삐걱거리는 모래투성이 엔진에 시동을 걸었다. 엔진이 항의하듯이 구슬프게 울부짖었다. 계속 그대로 잠들어 있고 싶었던 것일까. 이 기계에게 이 소리는 아마 귀청을 찢는 마지막 심판의 나팔소리였는지도 모르겠다. 준설기는 아직 준비가 덜 되어 있는 듯했다.

화성 어쩌고 하는 이름을 가진 토착 생명체가 그를 몰래 따라오고 있다는 사실을 깨달은 것은, 삐뚤빼뚤하고 아직 물도 없는 수로를 반 마일쯤 팠을 때의 일이었다. 그는 그 즉시 준설기를 멈추고 화성의 차갑고 눈부신 햇살 아래에서 그쪽을 응시하며 정체를 파악해보려고 했다. 그 짐승은 굶주려 뼈만 남은 상태로 기어 다니는 노파를 조금 닮아 있었다. 지금까지 거듭 경고를 받은 적이 있는 자칼을 닮은 짐승이 아닌가 하는 생각이 떠올랐다. 정체가 무엇이든 간에, 며칠 동안 굶은 기색이 역력했다. 그것은 아직 거리를 유지한 채로 그를 향해 탐욕스러운 시선을 보냈다―그러자 텔레파시를 통해 투사된 사념이 그에게 와닿았다. 역시 그의 짐작이 옳았다. 바로 그 생물이다.

"너를 먹어도 될까?" 짐승이 물었다. 그러고는 아가리를 딱 벌리고 게걸스럽게 헐떡였다.

"절대로 안 돼." 바니는 대꾸했다. 뭔가 무기로 쓸 만한 것을 찾아 준설기의 운전석을 뒤졌다. 육중한 렌치가 손에 닿자, 화성의 포식 동물을 향해 보라는 듯이 들어 보이고 무언의 경고를 보냈다. 렌치와 그것을 쥔 그의 모습에는 웅변한 메시지가 담겨 있었다.

"그 장치에서 내려와." 화성의 포식 동물은 갈망과 욕구가 뒤섞인 사념을 보내왔다. "네가 거기 앉아 있으면 끌어내릴 수가 없잖아." 마지막 사념은 필시 혼자만의 내밀한 생각이었겠지만 어떤 이유에선가 함께 투사되어버린 듯했다. 술책 따위와는 거리가 먼 생물인 듯하다. "기다리겠어." 짐승은 결심했다. "언젠가는 저기서 내려와야 할 테니까 말이야."

바니는 준설기의 방향을 돌리고 '수두굴' 쪽을 향해 출발했다. 기계는 신음했고, 분통이 터질 정도로 느린 속도로 덜컹거리며 전진하기 시작했다. 1야드 나아갈 때마다 속도가 느려지는 느낌을 받았다. 그는 이 기계가 도저히 목적지에 도달하지 못할 것임을 직감했다. 아마 저 녀석 말이 맞을지도 모르겠군. 그는 속으로 뇌까렸다. 결국 내려가서 대결해야 하는 수밖에 없을 것 같다.

바니는 쓰디쓴 표정으로 생각했다. 파머 엘드리치 안으로 침입해서, 피안彼岸에서 우리 태양계까지 온 그 엄청나게 우월한 고등 생명체한테서 겨우 도망쳤는데—막판에 이런 하찮은 짐승에게 잡아먹혀야 하다니. 긴 도주의 끝이 겨우 이것이란 말인가. 예지 능력을 갖고 있으면서도, 불과 5분 전까지만 해도 이런 종말을 맞을 줄은 전혀 예상하지 못했다. 그게 아니라면, 혹시 예상하고 싶지 않았던 것이 아닐까……. 닥터 스마일이 여기 있었다면 의기양양하게 그렇게 선언했을 것이다.

준설기는 계속 헐떡거리다가 덜커덕 튀어올랐고, 괴로운 듯이 수축하며 웅크렸다. 한순간 마지막 숨을 몰아쉬는가 하더니 그대로 죽었다.

잠시 동안 바니는 말없이 앉아 있었다. 정면에서는 노파를 연상케 하는 화성의 육식 자칼이 앉아서 그를 응시하고 있었다. 한시도 눈을 떼지 않고.

"알았어. 지금 가지." 바니는 렌치를 들어 올리며 준설기의 운전석에서 아래로 뛰어내렸다.

상대도 돌진해왔다.

짐승은 바니를 덮치기 직전, 5피트 떨어진 지점에서 갑자기 비명을 지르더니 방향을 바꿨고, 그를 건드리지 않고 그대로 옆을 스쳐 지나갔다. 바니는 뒤로 몸을 홱 돌리고 녀석이 달려가는 모습을 바라보았다. "불결해." 그것이 생각했다. 안전한 거리까지 물러나더니 혀를 축 늘어뜨리고 두려운 듯이 그를 바라본다. "넌 부정不淨한 존재야." 짐승은 암울한 어조로 고했다.

부정하다고. 바니는 생각했다. 어떻게? 왜?

"그냥 부정해." 포식 동물이 대답했다. "너 자신을 보라고. 나는 너를 먹을 수 없어. 먹으면 병에 걸려." 짐승은 그대로 그 자리에 머무르며 힘없이 고개를 숙였다. 실망과―혐오의 표정으로. 그는 이 짐승을 두려움에 떨게 만들었다.

"아마 네 입장에서 우리는 모두 부정한지도 몰라." 바니는 말했다. "지구에서 온 우리는 모두 이 세계에서는 낯설고 이질적인 존재이니까."

"아냐, 너만 그래." 짐승은 단호하게 말했다. "잘 봐―웩!―네 오른팔을, 네 손을. 너한테는 뭔가 견딜 수 없을 정도로 잘못된 데가 있어. 그런 상태로 어떻게 견딜 수 있는 거지? 어떻게든 너 자신을 정화할 방법은 없어?"

바니는 자기 팔이나 손을 볼 생각조차 하지 않았다. 그럴 필요가 없었기 때문이다.

침착하게, 최대한 위엄 있는 태도로, 그는 반쯤 다져진 모래 위를 가로질러 자기 토굴을 향해 걸어갔다.

그날 밤 '수두굴'의 자기 방에 비치된 비좁은 침대에서 잘 준비를 하는데, 누군가가 닫힌 방문을 두드렸다. "어이, 메이어슨, 열어봐."

가운을 걸치고 가서 문을 열었다.

"그 교역선이 또 돌아왔어." 노먼 샤인은 흥분한 나머지 그의 가운 깃을 움켜잡으며 말했다. "츄-Z 제조사에서 온 그 배 말이야. 혹시 스킨 남은 거 없어? 있으면—”

“나를 보러 온 거라면,” 바니는 노먼 샤인의 손을 옷깃에서 떼어내며 말했다. “여기까지 직접 오라고 해. 가서 그렇게 얘기하라고.” 그러고는 문을 닫았다.

노먼은 쿵쾅거리며 떠났다.

평소에 식사할 때 쓰는 탁자 앞에 앉아 서랍에서 지구산 담배—마지막 한 갑이다—를 꺼내서 입에 물고 불을 붙였다. 그렇게 앉아서 담배를 피우며 생각에 잠겼다. 머리 위와 방 주위에서 토굴 주민들의 황급한 발소리가 들려왔다. 거대한 쥐들이로군. 먹이 냄새를 맡은.

방문이 열렸다. 그는 고개를 들지 않았다. 그러는 대신 탁자위를, 그곳에 놓인 재떨이와 성냥과 캐멀 담뱃갑을 계속 응시했다.

“미스터 메이어슨.”

바니는 말했다. “네가 무슨 말을 할지 알아.”

방으로 들어온 파머 엘드리치는 문을 닫고 바니 건너편에 앉아서 말했다. “그렇다네, 친구. 나는 그 일이 일어나기 전에 자네를 보내줬어. 레오가 두 번째 일격을 가하기 전에 말이야. 신중하게 숙고해본 결과 내린 결정이었지. 오랫동안 그 문제에 관해 생각할 시간이 있었거든. 3세기 조금 넘는 시간이었지. 이유는 말하지 않겠네.”

“듣고 싶지도 않아.” 바니는 이렇게 대꾸하고 계속해서 아래를 응시했다.

“나를 제대로 바라보지도 않을 건가?” 파머 엘드리치가 말했다.

“난 부정한 존재야.” 바니는 상대에게 고했다.

“누가 자네에게 그런 소리를 하던가?”

“사막에서 만난 동물이. 게다가 그때까지 나를 한 번도 본 적이 없는 놈이었어. 그냥 나에게 가까이 다가오는 것만으로도 알더군.” 5피트나 떨어진 곳에서 말이야. 그는 생각했다. 그건 상당히 먼 거리지.

“흐으음. 아마 그놈이 그렇게 말한 동기는―”

“그놈에게 빌어먹을 동기 따윈 없었어. 그러기는커녕, 그와는 정반대의 상태였지―굶주림으로 반쯤 죽어가고 있었고, 나를 잡아먹고 싶어서 안달하고 있었어. 그러니까 틀림없이 진실이야.”

엘드리치가 말했다. “원시적인 마음은 부정한 것과 신성한 것을 제대로 구분하지 못한다네. 단순히 금기시할 뿐이지. 그런 것들에게 의식儀式이란―”

“작작해둬.” 바니는 쓰디쓴 어조로 말했다. “그건 사실이고 너도 그걸 알아. 난 살아 있어. 그 배에서도 죽지 않았어. 하지만 난 부정한 존재가 되어버렸어.”

“나 때문에?”

바니는 말했다. “그쪽 상상에 맡기겠어.”

잠시 후 엘드리치는 어깨를 으쓱하고 말했다. “알겠네. 난 어떤 항성계에서 추방당한 몸이었어―그게 어딘지는 어차피 관계없으니까 말하지는 않겠네—그리고 나는 자네 항성계에서 온 일확천금에 눈이 먼 그 무모한 사기꾼을 만나 그 안에 들어 앉았지. 그 일부는 자네에게도 전해졌어. 그리 많지는 않지만 말이야. 몇 년쯤 지나면 서서히 거기서 회복하게 될 거야. 조금씩 줄어들다가 급기야는 완전히 사라지겠지. 자네 동료 이민자 들이 그걸 감지하지 못하는 건 그들도 조금씩 영향을 받았기 때문이야. 그 과정은 우리가 판매한 것을 입에 넣자마자 시작 된다네."

"츄-Z를 우리 인류에게 퍼뜨렸을 때 무슨 일을 할 작정이었 는지 알고 싶군."

"나 자신을 영원히 존속시키고 싶었어." 반대편에 앉은 생물 이 조용한 어조로 말했다.

그는 처음으로 고개를 들었다. "일종의 번식인가?"

"응. 내게 가능한 유일한 방법이지."

바니는 압도적인 혐오감에 사로잡혀 말했다. "하느님 맙소 사. 우리 모두가 당신의 자식이 되었을 거라는 얘긴가."

"미스터 메이어슨, 지금 와서 그런 일로 고민하진 말게." 그 것은 인간과 똑같은 쾌활한 웃음소리를 냈다. "그냥 지상에 있 는 조촐한 채마밭을 가꾸고, 수로를 만드는 일에 집중해. 솔직 히 말해서 나는 죽음을 동경하고 있다네. 레오 뷸레로가 이미 획책 중인 일을 실행에 옮기는 걸 고대하고 있을 정도야……. 자네가 그 뇌에 작용하는 대사독을 삼키는 걸 거부한 이후 레 오는 이미 계획을 짜기 시작했지. 하여튼 이 화성에서 살아가는 자네의 행운을 빌겠네. 나도 여기 머무를 수 있으면 좋았겠지만, 생각대로 일이 풀리지 않았으니 어쩔 수 없지." 엘드리치는 일어섰다.

"역행하면 되잖아." 바니가 말했다. "파머가 너를 처음 만났을 때의 모습으로 돌아가면 돼. 레오가 네 우주선을 포격할 때 일부러 그 육체에 깃들어 있을 필요는 없어."

"과연 그럴까?" 조롱하는 듯한 어조였다. "만약 내가 거기 나타나지 않는다면 뭔가 더 끔찍한 일이 나를 기다리고 있을지도 모르는데. 하지만 자네는 그런 일에 관해서는 모르겠지. 자네는 상대적으로 짧은 수명을 가진 존재이고, 짧은 삶에서는 그리—" 말꼬리를 흐리고 생각에 잠기는 기색이었다.

"말하지 마." 바니는 말했다. "알고 싶지도 않으니까."

다시 고개를 들었을 때, 파머 엘드리치는 사라져 있었나.

바니는 새 담배에 불을 붙였다. 이렇게 한심할 데가 있나. 그는 생각했다. 같은 은하계에 사는 다른 지적 종족과 마침내 접촉했는데도, 우리 인류는 이런 식으로밖에 행동할 수 없단 말인가. 그 존재도 별반 다르지 않다. 한심하기로는 우리와 매한가지고, 어떤 의미에서는 훨씬 더 나쁘다. 그리고 이런 상황을 돌이킬 방법은 없었다. 지금 와서는.

그리고 레오는 그 독이 든 튜브를 가지고 엘드리치와 대결하면 우리에게도 승산이 있다고 믿고 있었다. 아이러니다.

그리고 나는 소송거리를 만들기 위한 그 비참한 행위조차도 실행에 옮기지 않은 채로 여기 이렇게 있다. 육체적으로, 근본적으로 부정한 상태로.

그는 퍼뜩 이런 생각을 떠올렸다. 아마 앤이라면 나를 위해 뭔가 해줄 수 있을지도 모른다. 말기의 더 심각한 오염이 자리 잡기 전이라면, 우리를 원래 상태—지금은 흐릿하게밖에는 기억 못하는—로 되돌리는 방법이 있을지도 모른다. 그래서 곰곰이 생각해봤지만 네오크리스트교에 관해 아는 것이 너무 없었다. 하지만 시도할 가치는 있을지도 모른다. 그것은 아직 희망이 남아 있다고 암시하고 있었고, 그도 앞으로 살아가면서 그런 것을 필요로 할 것이기에.

왜냐하면 심우주深宇宙에 살다가 파머 엘드리치의 모습을 취한 그 생물은 신과도 어느 정도 관련이 있기 때문이다. 물론 바니 자신이 내린 결론처럼 신은 아니겠지만, 적어도 신의 창조물의 일부인 것은 사실이다. 그렇다면 책임의 일단은 신에게도 있지 않는가. 그리고 신이라면 그 사실을 인지할 수 있을 만큼 성숙하지 않을까.

그러나 신으로 하여금 그 사실을 인정하게 한다는 것은 전혀 다른 문제일지도 모르겠다.

그렇다고는 해도 역시 앤 호손과 상담할 가치는 있다. 그녀는 그런 일조차 가능하게 만드는 기술을 알고 있을지도 모르니까 말이다.

그러나 그럴 것 같지는 않았다. 왜냐하면 그는 이 상황에 관해 소름 끼치는 통찰을 얻었기 때문이다. 단순하고 이해하는 것뿐만 아니라 고백하기도 쉽고, 그 자신뿐만 아니라 주위 사람들에게도 들어맞는 것처럼 보이는 통찰을.

구제는 정말로 있다. 하지만—
누구나 다 구제받는 것은 아니다.

실패로 끝난 화성 여행에서 돌아오는 길에 레오 뷸레로는 동료인 펠릭스 블라우를 상대로 지치지도 않고 세밀한 논쟁과 협의를 계속했다. 이제 무슨 일에 나서야 할지는 불을 보듯 뻔했다.

"놈은 금성을 도는 주主 인공위성하고 다른 행성들, 그리고 달의 사유지 사이를 빈번하게 왕복하고 있습니다." 펠릭스가 요약해서 말했다. "그리고 우주공간에서 항행 중인 우주선이 얼마나 취약한지는 주지의 사실입니다. 선체에 아주 삭은 구멍이 뚫려도—" 그는 과장된 몸짓을 해 보였다.

"그러려면 UN의 협력이 필요하겠군." 레오는 음울한 어조로 말했다. 왜냐하면 레오와 그의 회사 사원들이 소지를 허가받은 무기는 기껏해야 권총뿐이었기 때문이다. 우주선끼리의 전투에서는 아무 쓸모도 없는 물건이다.

"그 부분에 관해서는 좀 흥미로운 정보가 있습니다." 펠릭스는 서류가방을 뒤지면서 말했다. "아시는지는 모르겠지만, UN 내부에 있는 제 부하들은 헵번-길버트의 집무실에도 침투해 있습니다. 따라서 뭔가를 그자에게 강제할 수는 없지만, 적어도 토의를 요구할 수는 있습니다." 그는 서류 하나를 꺼냈다. "우리 사무총장 나리께서는 츄-Z 사용자들이 예외 없이 경험하는 이른바 '전생' 중에 파머 엘드리치가 지속적으로 출현한다는 사실을 걱정하고 있다는군요. 그게 무슨 의미인지를 올바르게 해석할 수 있을 정도의 머리도 있고. 따라서 그런 현상이 지속된다면 지금보다 더 많은 협력을 이끌어낼 수 있을 겁니다. 적어도 비공식적으로는 말입니다. 이를테면—"

레오는 상대의 말을 가로막았다. "펠릭스, 질문이 하나 있는데. 자네 언제부터 그런 의수를 달고 다녔나?"

아래를 흘끗 보며 펠릭스는 놀라 끙 하는 소리를 냈다. 그러고는 레오 뷸레로를 응시하며 말했다. "그런 말을 하는 당신도 마찬가지입니다. 이도 어딘가 좀 이상해 보이는군요. 제가 볼 수 있도록 입을 열어보십쇼."

레오는 대답하지 않고 일어서서 선내의 남자 화장실로 들어가서 마루에서 천장까지 닿는 전신거울에 자기 모습을 비춰보았다.

의심할 여지가 없었다. 눈조차도 변해 있었다. 그는 체념한 듯이 펠릭스 블라우 옆의 자기 좌석으로 돌아갔다. 두 사람 모두 한동안 아무 말도 하지 않았다. 펠릭스는 손에 든 서류를 기계적으로 흔들었고—하느님 맙소사, 레오는 생각했다—글자 그대로 기계적이잖아! 레오는 멍한 눈으로 동료의 모습과 현창舷窓 너머에 펼쳐진 행성 간 우주공간의 암흑과 별들을 번갈아 응시했다.

마침내 펠릭스가 입을 열었다. "처음엔 좀 놀라셨죠. 안 그렇습니까?"

"그랬지." 레오는 쉰 목소리로 말했다. "그러니까, 어이 펠릭스—우린 이제 어떻게 해야 하지?"

"받아들여야겠죠." 펠릭스는 말했다. 앞쪽에서 좌석에 앉아 있는 다른 승객들을 꼼짝도 하지 않고 뚫어지게 바라보는 중이었다. 레오도 그쪽을 보고, 깨달았다. 똑같이 튀어나온 턱. 똑같이 반짝거리는 무기질의 오른손. 그 손으로 한 승객은 전송 신문을 쥐고 있고, 다른 승객은 책을 잡고 있고, 또 다른 승객은 침착하지 못한 태도로 팔걸이를 계속 두드리고 있다. 이런 식의 광경은 통로를 따라 계속 이어졌고, 조종실 앞에서 끝나 있었다. 조종실 안도 마찬가지일 것이라는 사실을 레오는 깨달았다. 우리 모두야.

"하지만 이게 정확히 무슨 뜻인지 잘 모르셌어." 레오는 힘없는 말투로 푸념했다. "설마 우리가—알지. 그 부정스러운 약에 의해 승천했고, 그 결과 이런—" 그는 손짓했다. "우리 둘 모두 돌아버렸다, 그건가?"

펠릭스 블라우가 말했다. "혹시 츄-Z 썼습니까?"

"아니. 지난번 달에서 정맥주사로 한 번 맞은 뒤로는 한 번도 안 썼어."

"저도 마찬가지입니다. 단 한 번도 쓰지 않았죠. 그렇다면 모든 곳에 만연해 있다는 얘깁니다. 설령 그 약을 쓰지 않은 상태에서도 말입니다. 그자는, 아니, 그것은, 이제 어디에나 있습니다. 하지만 꼭 나쁜 것만은 아니군요. 헵번-길버트도 UN의 입장을 재검토하지 않을 수 없을 테니까요. 그는 이것이 정확히 어떤 의미인지를 직시해야 할 겁니다. 파머 엘드리치의 실수라고 생각합니다. 이건 너무 지나쳤습니다."

"자기도 어쩔 수 없었는지 몰라." 레오는 말했다. 아마 그 빌어먹을 유기체는 원형질 같은 것인지도 모른다. 끊임없이 섭취하고 자라는 방법밖에는 없는 것이다―그래서 본능적으로 밖을 향해 계속 퍼져 나갔다. 그 근원을 파괴당할 때까지, 하고 레오는 생각했다. 그리고 그 근원을 파괴하는 사람은 바로 우리다. 왜냐하면 나 자신이 호모 사피엔스 에볼벤스, 진화한 인류이기 때문이다. 지금 이 순간 이 좌석에 앉아 있는 나는 미래의 인류다. 만약 UN의 도움을 받을 수 있다면 말이다.

나는, 하고 레오는 되뇌었다. 우리 인류의 수호자야.

이 역병이 이미 지구에 도달했을까 하는 불안을 느꼈다. 파머 엘드리치화한 문명. 음울하고, 공허하고, 구부정하고, 엄청나게 키가 크고, 의수와 기괴한 의치와 기계로 된 길쭉한 눈을 가진 자들로 이루어진. 즐거운 광경은 아닐 것이다. 레오는 수호자 입장에서 그런 광경을 상상하려다가 몸서리를 쳤다. 그리고 그것이 우리 마음까지 침식한다면? 레오는 자문했다. 그자의 신체 구조뿐만 아니라 정신 구조까지 복제된다면……. 그것을 죽이려는 우리 계획은 어떻게 된단 말인가?

아니, 이 현상은 여전히 현실이 아냐. 레오는 자답했다. 내 생각이 옳고, 펠릭스의 생각은 틀렸어. 나는 아직도 그 정맥주사의 영향하에 있는 거야. 거기서 아직도 회복하지 못했지……모든 문제의 근원은 바로 그거였어. 이런 생각을 하자 안도감이 몰려왔다. 왜냐하면 지구는 아직 아무 영향도 받지 않은 채로 남아 있기 때문이다. 영향을 받은 것은 오직 레오뿐이다. 옆에 있는 펠릭스나 이 우주선, 그리고 바니 메이어슨을 만나러 화성까지 여행한 기억이 아무리 진짜처럼 느껴진다고 해도 말이다.

"어이, 펠릭스," 레오는 팔꿈치로 상대를 쿡 찌르면서 말했다. "자네는 상상의 산물이야. 알겠어? 여긴 나만의 사적인 세계야. 물론 그걸 증명할 수는 없지만—"

"유감이지만, 그 생각은 틀렸습니다." 펠릭스는 짤막하게 말했다.

"작작해둬! 늦든 빠르든 난 여기서 깨어나거나, 그 고약한 약물이 체내에서 완전히 배출됐을 때 겪는 일을 겪게 될 거야. 그러니까 수분을 가급적 많이 섭취하는 게 낫겠군. 혈관에서 그걸 빨리 내보내야 하니까. 스튜어디스." 레오는 손을 흔들며 성급하게 그녀를 불렀다. "이제 술을 좀 가져다줘. 버번앤드워터가 좋겠군." 그러고는 묻는 듯한 눈으로 펠릭스를 흘끗 보았다.

"나도 같은 걸로 부탁해." 펠릭스는 중얼거렸다. "내 것엔 얼음을 조금 넣어줘. 하지만 너무 많이 넣지는 말고. 녹으면 맛이 떨어지니까."

잠시 후 스튜어디스가 다가와서 술잔을 올려놓은 쟁반을 내밀었다. "얼음 넣어달라고 하셨죠?" 그녀는 펠릭스에게 물었다. 금발에 보석처럼 번득이는 초록색 눈을 가진 미인이었다. 그녀가 잔을 내려놓으려고 허리를 굽혔을 때 탄력 있는 둥그런 유방이 일부 드러났다. 마음에 든다. 그러나 변형된 턱이 전체적인 인상을 완전히 망쳐놓은 탓에 실망하고 사기당한 듯한 기분이었다. 다시 보니 속눈썹이 긴 아름다운 눈까지 사라지고 다른 것으로 대체되어 있었다. 레오는 불만스럽고 침울한 표정으로 고개를 돌렸고, 그녀가 갈 때까지 외면하고 있었다. 앞으로 여자들을 상대하는 일이 특히 쉽지 않을 것이라는 사실을 레오는 깨달았다. 이를테면 로니 퓨게이트와 재회할 일도 별로 기대되지 않았다.

"봤습니까?" 펠릭스는 술잔에 입을 대며 물었다.

"응. 그것만으로도 우리가 얼마나 급히 행동해야 하는지를 알 수 있어." 레오는 말했다. "뉴욕에 착륙하는 즉시 헵번-길버트를, 그 교활하고 아무 짝에도 쓸모없는 멍청이 녀석을 만나야 해."

"뭣 때문에요?" 펠릭스 블라우가 물었다.

레오는 펠릭스를 빤히 쳐다보다가 술잔을 쥐고 있는 동료의 반짝반짝 빛나는 인공 손가락을 가리켰다.

"이젠 의외로 맘에 듭니다." 펠릭스는 생각에 잠긴 표정으로 말했다.

나도 그럴 거라고 생각했어. 레오는 생각했다. 내가 예상했던 대로야. 하지만 내겐 결국 그자를 타도할 수 있을 거라는 신념이 있어. 이번 주가 아니라면 다음 주에. 이번 달이 아니라면 언젠가는. 이제 내가 누군지 알고 내가 무엇을 할 수 있는지를 아니까. 모든 일은 내가 하기에 달렸어. 그걸로 충분해. 내가 미래에서 보고 온 것만으로도 결코 포기하지 않을 용기가 생겼어. 굴복하지 않고, 파머 엘드리치 이전의 생활 방식을 고수하는 사람이 설령 나 혼자라고 해도 말이야. 그건 태어나면서부터 내게 깃든 힘들에 대한 신념에 불과하지만—나를 도와주고, 궁극적으로 그자를 타도할 수 있도록 해주는 것은 결국 그런 신념이야. 따라서 어떤 의미에서 그자를 이기는 것은 내가 아니라 나의 내부에 있는 어떤 것이야. 그게 내가 아닌 이상 파머 엘드리치조차도 그걸 건드리거나 집어삼키지는 못해. 그리고 나는 그게 성장하고 있는 것을 느낄 수 있어. 팔, 눈, 이 같은 외면의 피상적인 변화를 버텨내고 있지. 파머 엘드리치는 소외, 흐릿해진 현실, 절망으로 이루어진 사악하고 부정적인 삼위일체를 프록시마에서—아니, 우주공간에서—가지고 돌아왔지만 그 세 가지 중 어느 하나도 그걸 잠식하지는 못했어.

우리는 이미 몇천 년 동안이나 어떤 오래된 역병疫病의 그림자 속에서 살아왔어. 우리의 고귀함을 이미 부분적으로 더럽히고 파괴한 그 역병은 엘드리치보다 더 높은 원천에서 흘러나온 것이었지. 그런 것조차도 우리의 정신을 완전히 말살하지 못했는데, 이번 역병 따위가 어떻게 그럴 수 있겠어? 혹시 처음 역병이 해왔던 일을 마저 끝마칠 작정일까? 만약 그렇게 생각하고 있다면—만약 파머 엘드리치가 자기가 온 목적을 그렇게 간주하고 있다면—그건 착각이야. 왜냐하면 나도 모르는 새에 내 안에 깃든 힘은—**최초의 오래된 역병조차도 침식하지 못한 것이기 때문이야.** 기분이 어때?

나의 진화한 정신이 이 모든 일들을 가르쳐줬어, 하고 레오는 생각했다. 그 E요법 시술들은 결코 쓸모없는 것이 아니라는 얘기로군……. 어떤 의미에서는 나는 파머 엘드리치만큼 오래 살지는 않았을지도 모르지만, 다른 의미에서는 훨씬 더 오래 살았어. 나는 가속화된 진화를 통해 10만 년을 살았고, 그 과정에서 매우 현명해졌지. 그만한 돈을 쓴 가치가 있다고 해도 되겠군. 지금 나에게 이만큼 명확한 일도 없지. 그리고 나는 남극 대륙의 휴양지로 가서 나 같은 사람들과 합류할 거야. 함께 수호자들의 길드를 만들어서 나머지 인류를 구할 거야.

"어이, 블라우." 그는 인공물이 아닌 쪽의 팔꿈치로 옆에 앉아 있는 반+괴물을 쿡 찔렀다. "난 자네의 자손이야. 엘드리치는 다른 우주에서 출현했지만 나는 다른 시대에서 왔어. 이해하겠나?"

"흠." 펠릭스 블라우는 중얼거렸다.

"나의 이중 두골을, 이 커다란 이마를 보라고. 난 풍선 대가리야, 그렇지? 또 이 각질화한 외피를 보라고. 정수리에만 있는 게 아니라 머리 전체를 뒤덮고 있어. 그러니까 내 경우 그 요법은 완전히 성공했다고 할 수 있어. 그러니까 포기하지 마. 나를 믿어."

"알겠습니다, 레오."

"당분간 내게 붙어 있어. 곧 투쟁이 시작될 거야. 난 젠슨식 럭스비드 의안을 통해 자네를 응시하고 있을지도 모르지만, 안에 들어 있는 건 여전히 나야. 알았어?"

“알았습니다.” 펠릭스 블라우는 말했다. “말씀하신 대로 하겠습니다, 레오.”

“‘레오’? 왜 나를 계속 ‘레오’라고 부르는 거지?”

좌석 위에 꼿꼿이 앉아 양손으로 몸을 지탱한 자세로, 펠릭스 블라우는 간원하듯이 상대방을 보았다. “생각해보십쇼, 레오. 제발 부탁이니 생각하란 말입니다.”

“아, 그래.” 그는 냉정을 되찾고 한결 누그러진 어조로 말했다. “미안해. 잠시 말이 헛나갔을 뿐이야. 자네가 누구 얘기를 하고 있는지 알아. 뭘 두려워하는지도 알고. 하지만 그건 아무 뜻도 없는 말이었어.” 그러고는 이렇게 덧붙였다. “자네가 말한 대로 계속 생각하고 있다네. 다시는 잊지 않을게.” 그는 엄숙하게, 약속한다는 듯이 고개를 끄덕였다.

우주선은 돌진을 계속했고, 지구를 향해 섬점 다가갔다.

필립 K. 딕에 의한 복음 II

우리는 컴퓨터에 의해 프로그래밍된 현실 속에 살고 있지만, 우리가 그 낌새를 채는 것은 오로지 [그 프로그램의] 변수가 변경됨으로써 현실에 어떤 변화가 일어났을 때뿐이다. 그럴 경우 우리는 과거에 이미 경험했던 일을 또다시 경험하고 있다는 강렬한 인상을 받게 된다. 똑같은 말을 되풀이해 듣고, 똑같은 말을 되풀이하고 있다는 식의 기시감을 느끼게 되는 것이다. 나는 이런 인상이 실제 사실에 근거한 것이며 중요하다고 믿는다. 과거의 한 시점에서 어떤 변수가 바뀌면서 현실이 재再프로그래밍되었고, 그 결과 원래 있던 현실이 다른 대체 우주로 분기分岐했다는 뜻이다.

—필립 K. 딕. 1977년 프랑스 메스 문학축제 연설에서 발췌

1965년에 출간된 장편『파머 엘드리치의 세 개의 성흔』은 3년 뒤에 발표된『안드로이드는 전기양의 꿈을 꾸는가?』와 더불어 필립 K. 딕의 최고 걸작으로 간주되는 작품이다.『안드로이드는 전기양의 꿈을 꾸는가?』는 작가의 말년인 1982년 리들리 스코

트에 의해 〈블레이드 러너〉라는 제목으로 영화화되어 딕의 이름을 일반 대중에게 널리 알렸을 뿐만 아니라 1980년대의 과학 소설계를 풍미한 사이버펑크 운동의 중요한 전기를 마련했다. 이와는 대조적으로 본서는 오랫동안 SF 팬덤, 그것도 주로 열렬한 딕 애호가들 사이에서만 회자되고 논의의 대상이 되어 왔지만, 가상현실을 소재로 한 〈매트릭스〉(1999)의 실질적인 원류源流로 지목받으면서 일약 딕 담론의 중심으로 부상하게 된다.[*]

1. 퍼키 팻

『파머 엘드리치의 세 개의 성흔』의 원형이 된 것은 SF 전문 잡지 《Amazing Stories》의 1963년 12월호에 발표된 단편 「퍼키 팻의 나날 The Days of Perky Pat」이다.

핵전쟁으로 폐허가 된 지구. 살아남은 인간들은 이곳저곳에 산재한 지하 셸터에서 살며 하늘에서 외계 생물이 투하하는 물자로 근근히 연명하고 있었다. 어른들은 그런 현실을 잊기 위해 과거의 이상적인 세계를 재현한 모형 세트와 퍼키 팻이라는 인형을 이용한 롤플레잉 게임에 몰두하며 시간을 보내지만, 어린아이들은 어른들의 그런 유희에 관심을 보이지 않았다. 그러던 어느 날, 북 캘리포니아 지

---

[*] 본서와 〈매트릭스〉 3부작의 친연성은 주제뿐만 아니라 영상적인 단서들을 통해서 거듭 확인할 수 있다. 예를 들어 본서 11장의 유명한 엘리베이터 등장 장면은 영화에서도 여러 형태로 변주된다.

하 셸터의 주민들은 멀리 떨어진 지방의 지하 셸터에서 퍼
키 팻 대신 코니 컴패니언이란 인형이 유행한다는 사실을
알고 도전장을 보내는데……

장편에서는 주요 무대가 식민 행성인 화성으로 바뀌고 현실
도피를 위한 촉매 역할을 하는 환각제 캔-D 등이 등장한다는
점을 제외하면 두 작품 모두 현실의 상대성이라는 대(大) 테마
의 연장선상에 있다고 해도 무방하다. 환각제 캔-D가 퍼키 팻
모형 세트로의 다중의식적인 '몰입'을 가능하게 한다는 점을
들어 본서를 1960년대의 미국 문단을 휩쓴 실천적 애시드acid
소설의 백미로 꼽는 평자들도 적지 않지만, 1년 전에 발표한 장
편『화성의 타임슬립』(1964)에서 극명하게 묘사된 현실붕괴 현
상 이면의 메커니즘을 등장인물들의 입을 빌려 구체적으로 '해
설'하는 대목 등에서 볼 수 있듯이 단편의 우화적인 색채가 줄
어들고 SF 특유의 논리성이 상당 부분 강화된 것이 특징이다.

딕이 퍼키 팻의 아이디어를 당시 들불처럼 유행하던 바비
인형에서 얻었다는 일화에서 유추할 수 있듯, 편집증의 영역
에 도달한 등장인물들의 페티시즘[物神主義]은 냉전이 시작된
1950년대 이래 자본주의 진영에 의해 의도적으로 장려된 대량
소비 사회의 병폐를 직접적으로 투영하고 있다. 반세기가 지난
지금도 딕 소설의 시의적절함이 평가받는 가장 큰 이유 중 하
나는 작가 본인의 절충적이며 분열증적이었던 정치 성향과는

별개의 차원에서 '윤택한 교외 거주자의 삶suburbia'이 대표하는 미국적 소비주의의 환상이 인간의 정신에 끼치는 폭력적인 영향을 무의식중에 체화하고 있기 때문이라고 해도 과언이 아니다. 주제면에서는 위에서 언급한 『화성의 타임슬립』이 증언한 시간의 불가소성(不可塑性)을 등장인물들 사이의 인간관계*까지 포함해서 그대로 답습했다는 지적을 받을 때도 있지만, 제목이 말해주듯 이 소설의 상징적 초점이 독자가 어느 선까지는 감정이입할 수 있는 인물인 레오 뷸레로나 바니 메이어슨이 아니라 '인간이 아닐지도 모르는 존재'이자 종교적 상징인 파머 엘드리치에 맞춰져 있다는 점에서 전작들뿐만 아니라 원형이 된 단편과도 현격한 차이를 보인다.

2. 파머 엘드리치

본서의 실질적인 주인공이라고 해도 무방한 범우주적 기업가 파머 엘드리치**는 우주에 (부분적으로) 편재하는 절대악을 구현한 존재지만, 끔찍한 외부 환경에 적응하지 못하고 현실도피에 탐닉하는 인류에게 합성 환각제 LSD를 연상케 하는 새로운 '승천제' 츄-Z***에 의한 실제적인 구원을 약속한 인물이기도 하다. 엘드리치를 상징하는 세 개의 인공 기관—의

---

* 엄격하지만 공정한 부성상을 대표하는 레오 뷸렌과 레오 뷸레로, 나아가서는 딕 자신의 '보스'였던 허브 홀리스 사이의 명백한 근연성에 관해서 굳이 설명할 필요는 없으리라.

** 고어古語에서 palmer는 '방랑자' 또는 '야바위꾼' 등을 의미하며, eldritch는 스코틀랜드 방언으로 '불가사의한' 또는 '섬뜩한', '소름끼치는'이란 뜻이 있다.

수와 의안과 변형된 턱—은 그리스도 수난시의 오상(五傷)으로 알려진 종교적 상징 성흔 및 인간 육체를 도구화하는 무한 자본주의의 의도적인 병치를 통해 일종의 뒤집혀진 구세주라고 할 수 있는 그의 존재를 뚜렷하게 부각시킨다. 원문에서는 동사 translate와 명사 translation으로 표기된 마약에 의한 '승천' 체험은 그가 도입한 츄-Z를 매개체 삼은 유사 불교적 '전생 reincarnation'으로 승격되고 고착되는 듯했지만, 마침내 이것을 체험한 인간들은 이것을 새로운 형태의 영속적인 구속이자 침략으로 규정한다. 그러나 환각제를 소비하는 행위가 종교 행위로 직결되고, 그 소비재를 공급하는 기업가가 신으로 변신하는 상황의 아이러니는 후기작인 『죽음의 미로』(1970)와 말년의 『발리스』(1981) 체험으로 이어지는 그노시스[靈智主義]적 세계관의 단순한 반영으로 보기에는 너무나도 키치한 동시에 너무나도 절실하다.

그러나 모든 법칙의 위에 서 있는 엔트로피의 폭압에 길항하는 유일한 '현실'인 일상성에 대한 갈구가 단순한 안정 지향을 넘어선 인간 찬가로까지 격상되었다는 점은 딕의 애독자라면 그리 놀랄 일은 아닐지도 모른다. 그런 의미에서 『파머 엘드리치의 세 개의 성흔』의 진정한 첫 문장에 해당하는 레오 뷸레로의 연설 발췌문은 소설 전체를 관통하고 있는 디스토피아적 암

*** 이 단어는 '선택'의 뉘앙스를 가진 형용사 츄지choosy와 발음이 같으며, 전통적인 환각제인 캔-D('캔디')와 의미심장한 어의론적 대비를 이룬다.

울함과 대비되며 기묘한 감흥을 불러일으킨다. 작가 본인은 현실 세계에 대한 희망을 결코 잃지 않았다는 사실을 권두언의 형태를 빌려 선언하고 있다고나 할까.

3. 필립 K. 딕

필립 킨드리드 딕(Phlip Kindred Dick, PKD)은 1928년에 태어나서 1982년에 53세의 젊은 나이로 요절한 미국의 과학소설 작가다.[*] 시카고에서 태어났고, 생애 대부분을 캘리포니아 주에서 보냈다. 초등학교 시절부터 불안 장애에 시달렸지만 독서와 글쓰기를 좋아하는 조숙한 소년이었고, 아홉 살 때부터 개인 신문을 만들기도 했다. SF를 발견한 것은 동세대의 미국 작가들과 마찬가지로 코믹스와 펄프 잡지를 통해서였다. 1950년대부터 "생계를 위해" 쓰기 시작한 100여 편의 숭단편들은 특유의 펄프적인 배경과 번득이는 아이디어를 결합함으로써 주목을 받았고, 21세기가 된 지금도 계속 할리우드 영화의 원작으로 각광받고 있지만, 1960년대에서 1970년대에 발표한 20여 편의 장편들은 훗날 과학소설계의 지형도 자체를 바꿔버릴 정도의 폭발력을 내포하고 있었다.

독일과 일본이 2차대전에서 승리하는 대체역사를 그린 휴고상 수상작 『높은 성의 사내』(1962), 식민 행성이 된 화성에서

근근히 살아가는 인류의 절망과 구원을 담담하게 묘사한 『화성의 타임슬립』(1964), 필생의 걸작으로 간주되는 『파머 엘드리치의 세 개의 성흔』(1965)과 『안드로이드는 전기양의 꿈을 꾸는가?』(1968)에 이르는 1960년대 작품군은 작가 사후에도 수많은 추종자들에 의해 모방되고 확대재생산되고 있는 과학소설의 한 원형(元型)을 제공했다. 인식론적인 색채가 짙은 딕의 작품에 가장 먼저 주목하고, 열광한 것은 프레드릭 제임슨(1934-), 장 보드리야르(1929-2007)와 슬라보예 지젝(1949-)을 위시한 포스트모더니즘 계열의 저명한 철학자들이었으며, 이들의 활발한 딕 연구는 당시 인디애나 주립대학의 비평저널인 《Science Fiction Studies》(1973-)를 필두로 싹트기 시작한 영문학계에서의 본격 SF 비평이 활성화되는 계기를 제공했다.

딕은 각양각색의 공포증, 우울증, 망상증, 약물 남용, 자살 시도, 결혼, 이혼 등으로 점철된 파란만장한 인생을 보냈음에도 불구하고 매우 능동적인 교우 관계를 유지했다. 말년에는 동료 작가 및 작가 지망생들과도 활발하게 교류했고, 당시에 썼던 방대한 수의 편지는 언더우드 출판사에서 여섯 권의 서간집으로 출간되어 딕 연구의 중요한 1차자료가 되고 있다. SF 작가인 팀 파워스, 제임스 P. 블레이록, K. W. 지터는 딕 말년에 그와 교유한 '캘리포니아 서클'의 일원이다. 현대 미국문학의 대표적 앙팡테리블 중 한 사람인 조나단 레섬은 딕 연구가로도 일가를 이뤘으며, 사이버펑크 운동의 중심 인물이자 1984년에 장편『뉴로맨서』로 SF 문단을 휩쓴 윌리엄 깁슨의 작품세계 또한 딕의 영향을 짙게 함유하고 있다. 영화계의 저명한 애독자로는 데이비드 크로넨버그, 워쇼스키 형제, 미셸 공드리, 테리 길리엄, 크리스토퍼 놀란, 데이비드 린치, 앤드류 니콜, 피터 위어, 스티븐 스필버그 등이 있으며, 이들이 감독하거나 제작한 영화들은 식자층 사이에서 딕의 지명도를 올리는 데 크게 기여했다.

이 책의 번역 텍스트로는 조나단 레섬이 편찬하고 미국의 비영리 출판사인 라이브러리 오브 아메리카(Library of America, LoA)에서 출간된 하드커버판 딕 선집을 사용했다. LoA의 미국 문학 시리즈는 마크 트웨인에서 헨리 제임스를 망라하는 거장들의 작품을 수록한 방대한 선집이며, 딕은 200여권에 딜하는 이 시리즈에서 SF 작가로서는 사상 최초로 수록되었다.

김상훈 (SF 평론가)

1928   필립 킨드리드 딕. 12월 16일 일리노이 주 시카고의 자택에
서 쌍둥이 누이인 제인 샬럿 딕과 함께 예정일보다 6주 일찍
태어났다. 아버지 조셉 에드거 딕은 제1차 세계대전에 참전
했다가 제대 후 농무부에서 일했다. 어머니 도로시 킨드리드
딕은 공문서를 검열하는 비서였으며, 만성 신부전증을 앓고
있어서 쌍둥이들에게 수유를 하기가 힘들었고 의사의 도움
도 제대로 받지 못했다. 그래서 쌍둥이들은 둘 다 발육 상태
가 좋지 않았다.

1929   1월 26일, 심각한 탈수 증세와 영양실조에 시달리던 갓난
애들을 서둘러 병원으로 데려갔지만 누이는 병원으로 가
던 중 사망했다. 그는 체중 5파운드*가 될 때까지 인큐베이
터 신세를 지게 된다(쌍둥이 누이의 죽음에 괴로워하던 그
는 훗날 이렇게 기술했다. "누이는 살기 위해, 나는 누이를
살리기 위해 발버둥을 친다, 영원히……. 그녀는 내게는 전
부나 다름없다. 나는 늘 내 누이와 헤어지는 동시에 함께해
야 하는 저주를 받았다"). 아버지에게 샌프란시스코로 전
근해도 좋다는 농무부의 허락이 떨어졌다. 가족은 콜로라
도 주 포트 모건으로 휴가를 떠났고, 그는 어머니 도로시와
함께 현지 친척의 집에 머물며 아버지의 전근 절차가 끝나
기를 기다렸다. 누이는 포트 모건 공동묘지에 묻혔다. 가족
은 캘리포니아의 베이지역에 있는 소살리토로 이사했고, 퍼

---

* 2.3킬로그램

닌슐러[*]로 옮겼다가 마지막에는 앨러미다에 자리를 잡았다.

1930 아버지가 네바다 주 리노에 위치한 국가부흥청(NRA) 서부 지부 국장으로 승진한다. 가족은 버클리에 정착했고, 아버지는 주중에는 리노에 머물며 직장과 가정을 오갔다.

1931 캘리포니아 대학의 아동 복지 연구소가 운영하는 실험적인 탁아소에 다녔다. 기억력과 언어능력 및 손의 협응력 테스트에서 높은 점수를 받았다. 음악적 재능이 뛰어나다는 칭찬도 듣게 되었다.

1933-34 어머니가 이혼을 요구하면서 부모가 별거에 들어간다. 그는 어머니와 외갓집에서 외조부모 및 매리언 이모와 함께 살게 되었다. 어머니가 정규직을 얻으면서 집에 남겨지게 된 그는 '미마Meemaw'라는 애칭으로 부르던 외할머니의 자상한 보살핌을 받으며 진보적인 성격이 강한 브루스태틀록 스쿨 부설 유치원을 다녔다. 매리언 이모는 신경쇠약으로 가끔 병원에 입원하기도 했지만 그를 무척 귀여워했다.

1935-37 부모의 이혼 절차가 마무리되면서 어머니를 따라서 워싱턴 D.C.로 이사했다. 아버지는 재혼했다. 이 시기부터 천식과 심계 항진증을 앓기 시작했다. 기숙학교로 보내라는 의사의 권유를 받고 행동장애를 가진 아동들을 위한 컨트리데이 스쿨로 보내졌다. 그곳에서 처음으로 구토 공포증을 경험하며, 사람들 앞에서는 음식을 삼키지도, 먹지도 못하게 되었다. 6개월 뒤 귀가 조치를 받고 처음으로 심리치료사를 만난다. 프렌즈 퀘이커 데이 스쿨을 다니다가 2학년 때 공립학교로

---

[*] 샌프란시스코 반도.

전학했다. 학교에서는 소외감 때문에 힘들어했고 이것은 곧
잘 무단결석으로 이어졌다("그 후에는 내가 혐오하는 학교
에 가는 일을 제외하면 딱히 하는 일이 없는 시기가 오래 계
속되었다. 기껏해야 수집한 우표들을 만지작거리거나……
구슬치기, 딱지치기, 볼로배트bolo bats, 당시 갓 출판되기
시작한 코믹북 읽기 같은 남자아이들의 놀이를 하는 정도였
다……"). 자연스럽게 우러나오는 마음의 평화와 감정 이입
을 체험한 것도 이 시기였다. 그는 훗날 인터뷰에서 이 경험
을 어린 시절의 '사토리'*라고 표현했다. 어머니의 격려를 받
고 처음으로 글쓰기를 시작한 것도 이 무렵이었다.

1938 어머니와 함께 버클리로 돌아갔다. 3년 동안 만나지 못했던
아버지를 찾아갔다. 새로 전학한 공립학교에서 자신을 '짐
딕'이라고 소개하지만 곧 다시 필립이라는 이름을 사용했다.
지역 소식과 연재만화를 실은 개인 신문인《더 데일리 딕The
Daily Dick》을 만들었다.

1940-43 고전 음악과 오페라에 열중하기 시작했고, 평생 그 열정을
가슴에 품고 살았다. 『어린 왕자』와 『호빗』, 『곰돌이 푸』 및
『오즈』 시리즈를 읽었다.《어스타운딩》《어메이징》《언노운》
등의 SF 잡지를 발견하고 열심히 모으기 시작했다. 이 잡지
들의 내용을 본떠 그림을 그리고 글을 썼다. 독학으로 타자
치는 법을 익혔고, 라디오 방송으로 접한 제2차 세계대전 소
식을 들으며 친구들과 전황에 대해 곧잘 토론을 벌였다. 두
번째 개인 신문인《진실The Truth》을 만들면서 연재만화의
주인공으로 '미래 인간Future-Human'을 등장시켰다("자신
의 초超 과학기술을 인류의 복지를 위해 사용하고, 미래의 암

---

* Satori. 일어로 '깨달음'을 의미함.

흑가에 맞서는 인물"이었다). 지금은 소실된 첫 번째 소설
『소인국으로의 귀환Return to Liliput』을 완성했다. 《버클리
가제트》지에 정기적으로 단편소설과 시를 기고했다. 가필드
공립 중학교와 오하이 시에 위치한 기숙사제 사립 고등학교
인 캘리포니아 예비 학교를 다녔다. 정서장애를 극복하기는
여전히 어려웠지만, 급우들에게 정신의학과 심리 테스트에
관한 해박한 지식을 피력하기도 했다(1974년에 딸 로라에게
보낸 편지에서 그는 이렇게 쓰고 있다. "어떤 의미에서는, 학
교에 적응을 잘하면 잘할수록 나중에 현실 세계에 적응할 수
있는 확률은 도리어 낮아진다고 할 수 있어. 그러니까 네가
학교에 제대로 적응을 못하면 못할수록, 나중에 학교에서 자
유로워진 뒤에 마주치는 현실에 더 잘 대처할 확률이 높아진
다고도 할 수 있겠지. 그런 날이 정말로 온다면 말이야. 아마
나는 군대에서 말하는 '안 좋은 태도'를 갖고 있는지도 모르
겠구나. 제대로 하든지, 아니면 포기하든지 양자택일하라는
뜻인데, 나는 언제나 그만두는 쪽을 택했어"). 광장공포증과
공황장애로 인한 발작이 더 심해졌다.

1944-47　　버클리 고등학교에 입학했다. 독일어를 배우고 칼 구스타프
융의 저서를 읽기 시작했다. 곧잘 현기증 발작을 일으켜 앓
아눕곤 했다. 샌프란시스코의 랭글리 포터 클리닉에서 매주
융 학파의 심리분석가에게 치료를 받았지만 결국은 그 분석
가를 철두철미하게 경멸하기에 이르렀다. 유니버시티 라디
오에 판매원으로 취직했으나, 나중에 아트 뮤직으로 옮겼다.
두 곳 모두 음반, 악보, 전자기기 등을 판매하고 수리도 해
주는 음악 상점이었다. 이 두 가게의 소유주인 허브 홀리스
는 카리스마 넘치는 까다로운 인물이었는데, 딕에게는 멘토
이자 아버지 같은 존재가 되었다(홀리스는 훗날 딕의 소설
에 자주 등장하는 전제적이지만 따스한 마음을 가진 '보스'

의 모델이 된다). 홀리스 밑에서 일하는 동안 딕의 불안장애
는 많이 나아졌지만, 학교에만 가면 악화되는 통에 마지막
1년 과정은 집에서 개인 교습을 받으며 마쳐야 했다. 같은
해 가을이 되자 집에서 나와 로버트 던컨, 잭 스파이서, 필립
라만티어 같은 작가들과 함께 창고를 개조한 공동주택으로
이사를 갔다. 대부분 동성애자로, 작가 특유의 보헤미안적
삶을 즐기던 룸메이트들은 딕의 독자적인 지적 성장의 원천
이 되었다. 딕은 버클리 대학에 잠시 다니며 철학을 전공했
지만 의무적으로 참가해야 하는 ROTC 훈련을 혐오했다. 광
장공포증은 더욱 악화되었고, 11월에는 결국 자퇴를 하고 말
았다. 훗날 그는 ROTC 훈련 도중 소총 분해결합을 거부했다
는 이유로 퇴학당했다고 주장했다.

1948-49   아트 뮤직의 매니저는 여성 경험이 전무하다는 것을 알고 가
게의 지하방에서 젊은 여성과 잠자리를 함께 할 수 있는 기
회를 마련해준다. 재닛 말린과 알게 되고, 서둘러 결혼해 버
클리의 아파트로 이사한다. 갈등으로 점철되었던 6개월 동안
의 서투른 결혼 생활은 연말이 되기 전에 이혼으로 끝이 난
다. 아버지와 다시 재회하고, 지금은 소실된 장편 『어스셰이
커The Earthshaker』를 간간이 집필하기 시작했다.

1950   6월에 두 번째 아내인 클리오 애퍼스털리디스와 결혼한다.
버클리의 프란시스코 거리에 작은 집을 장만했고, 마지막으
로 아버지를 만났다. 작문 교사이자 범죄소설과 SF 분야에서
편집자와 평론가로 활동하던 앤서니 바우처(앤서니 화이트)
와 조우했고 그의 영향을 받아 다수의 SF 단편을 쓰기 시작
했다(훗날 딕은 바우처를 평하며 "성숙한 어른, 그것도 분별
있고 교육받은 어른도 SF를 즐길 수 있다는 사실을 깨닫게
해준 인물"이라고 회고하기도 했다). 당시 딕은 지독한 가난

에 허덕였다(훗날 출간된 단편집 『황금 사나이The Golden Man』의 1980년도 판 서문에서 딕은 이렇게 술회했다. "럭키 도그 애완동물상점에서 파는 말고기는 동물 사료로 팔던 것이었다. 그러나 클리오와 나는 그걸 먹었다. 정말 궁핍했다……").

1951-52 《판타지 앤드 사이언스 픽션》지에 처음으로 팔린 단편 「루그Roog」로 데뷔한다. 홀리스에 대한 신의를 저버렸다는 이유로 아트 뮤직에서 해고당했다. 잡지 《플래닛 스토리즈》에 단편 「워브는 그 너머에 머문다Beyond Lies the Wub」를 게재하고, 스콧 메러디스 출판 에이전시와 전속 계약을 맺는다. 최초의 사실주의적 소설인 『거리에서 들리는 목소리 Voices from the Street』(2007)와 『메리와 거인Marry and the Giant』(1987)을 집필했지만 생전에는 출간되지 못했다(훗날 딕은 이렇게 술회했다. "나는 1951년 11월에 처음으로 단편을 팔았고, 이것들은 1952년에 처음으로 잡지에 실렸다. 고등학교를 졸업할 무렵에는 꾸준히 글을 쓰면서 잇달아 장편을 탈고했지만 물론 하나도 팔리지 않았다. 나는 버클리에 살고 있었고, 주위 환경은 문학을 하기에 안성맞춤이었다. 주류 문학을 하는 소설가들은 얼마든지 있었고, 베이지역에 사는 지극히 유망한 전위적 시인들과도 교류했다. 모두들 나더러 글을 쓰라고 권했지만, 꼭 그걸 팔아야 한다고 격려한 사람은 아무도 없었다. 그러나 나는 책을 팔고 싶었고, SF 소설도 쓰고 싶었다. 나의 궁극적인 꿈은 주류 문학적 소설과 SF **양쪽**을 쓰는 것이었다").

1953-54 최초의 SF 장편인 『태양계 제비뽑기Solar Lottery』(1955)와 『존스가 만든 세계The World Jones Made』(1956)를 판타지 소설 『우주 꼭두각시The Cosmic Puppets』(1957) 및 리

얼리즘 소설인 『함께 모여라Gather Yourselves Together』
(1994)와 함께 에이전시에 팔았다. 음반 가게인 '터퍼와 리
드'에서 잠시 일하던 중 공황장애와 광장공포증이 재발했고,
폐소공포증까지 겪었다. 공포증과 우울증 치료제로 처방받
은 암페타민을 복용하기 시작했다. 수십 편의 단편을 썼고
그중 대다수를 잡지에 파는 데 성공했다. 딕은 가장 다작을
하는 SF 작가 중 한 사람이 되었다(1953년 한 해 동안에만
무려 30편의 작품이 펄프 잡지*에 실렸다). FBI 수사관 두 명
이 방문해서 점잖게 그를 심문한다. 이 사건을 계기로 그는
평생 동안 감시당하고 있다는 생각을 품게 되었다. SF 작가
로 이름을 알리는 것에 대한 모호한 저항감과, 사람들 앞에
나서기를 두려워하는 광장공포증에 시달리면서도 난생 처음
으로 SF 컨벤션에 참가해서 A. E. 밴 보그트를 만났다. 보그
트의 소설은 딕의 초기 SF 소설들에 큰 영향을 미쳤다. 단편
고료와 아내가 이런저런 시간제 일을 해서 번 돈으로 주택
융자금을 갚고, 짧은 기간이나마 재정적인 안정을 누렸다.
매리언 이모가 세상을 떠나자 딕의 어머니는 매리언의 남편
인 조 허드너와 결혼하고, 조카인 여덟 살배기 쌍둥이를 입
양했다.

1955   장편 데뷔작인 『태양계 제비뽑기』가 에이스 북스에서 페이
퍼백 단행본으로 출간되었다. 첫 번째 단편집 『한 줌의 암흑
A Handful of Darkness』도 리치&코원 출판사에 의해 영국
에서 간행된다. 딕은 같은 해 『농담을 한 사내The Man Who
Japed』(1956)와 『하늘의 눈Eye in the Sky』(1957)을 집필
했다.

---

* pulp magazine. 갱지를 사용한 선정적인 싸구려 잡지.

1956-57　　주류 문단의 인정을 받기 위한 노력의 일환으로 일반 소설인 『조지 스타브로스의 시간A Time for George Stavros』(소실됨) 『언덕 위의 순례자Pilgrim on the Hill』(소실됨), 『시스비 홀트의 깨진 거품The Broken Bubble of Thisbe Holt』(1988), 『좁은 땅에서 빈둥거리며Puttering About in a Small Land』(1985)를 집필했다. 클리오와 두 번의 자동차 여행을 하면서 동쪽으로는 아칸소 지방까지 둘러보았다. 『한 줌의 암흑』 증보판인 『변수 인간 외The Variable Man and Other Stories』가 에이스 북스에서 페이퍼백 단행본으로 출간되었다. 스콧 메러디스 출판 에이전시와 잠시 결별했지만 곧 재계약했다.

1958　　딕은 처음으로 자신의 사실주의적 모티프를 SF 소설에 접목했고, 그 결과물인 『어긋난 시간Time Out of Joint』이 리핀코트 출판사에서 출간되었다. 그의 소설 중에서는 최초의 하드커버였으며, SF 소실이 아니리 스릴러를 익미하는 '위협에 관한 소설Novel of Menace'로 홍보되었다. 일반 소설인 『밀튼 럼키의 구역에서In Milton Lumky Territory』(1985)와 『니콜라스와 히그Nicholas and the Higs』(소실됨)를 집필했다. 단편인 「포스터, 넌 죽었어!Foster, You're Dead」가 소비에트 연방에서 무단으로 잡지에 실린 것을 알게 되었다. 이를 계기로 소련 과학자 알렉산드르 톱치예프와 편지로 아인슈타인의 상대성 이론에 관해 의견을 주고받았고, 이 편지들은 CIA에게 노출되었다(딕은 1970년대에 정보자유법에 의거해 공개 요청을 보낸 뒤에야 이 사실을 알았다). 9월에 클리오와 마린 카운티의 포인트 러예스 스테이션으로 이사했다. 10월에 앤 루빈스타인이라는 미망인을 만나 격정적인 사랑에 빠졌고, 12월에는 클리오에게 이혼을 요구했다.

1959   클리오는 이혼 후 포인트 러예스 스테이션을 떠나 버클리로
        돌아갔다. 딕은 앤과 함께 살며 그녀의 세 딸(헤티, 제인, 텐
        디)의 의붓아버지가 되었다. 이들은 가금류와 양을 키우며
        아이들의 양육비 명목으로 세인트루이스에 사는 앤의 전남
        편 가족들이 보내준 돈으로 생계를 꾸려갔다. 앤의 정신과
        의사에게서 상담을 받기 시작했는데, 이는 1971년까지 간헐
        적으로 이어졌다. 만우절에 멕시코의 엔세나다에서 앤과 결
        혼했다. 돈을 벌기 위해 초기 중편 중 두 편을 장편 SF로 개
        작했다. 이것들은 1960년에 각각 『미래 의사Dr. Futurity』와
        『불카누스의 망치Vulcan's Hammer』라는 제목으로 에이스
        북스의 '더블 시리즈'*로 출간되었다. 일반 소설인 『허풍선
        이 과학자의 고백Confessions of a Crap Artist』(1975)을 집
        필했다. 이 소설은 클리오와의 이혼, 그리고 앤과의 연애에
        서 대부분의 소재를 얻었으며, 크노프사와 하코트사 양쪽에
        서 출간될 뻔했지만 결국 성사되지는 못했다. 그러나 그 과
        정에서 딕의 작가적 능력에 주목한 하코트 출판사는 차기 일
        반 소설의 선불금을 지불했다. 앤이 임신을 했고, 딕은 암페
        타민의 일종인 서모자이드린을 계속 복용했다.

1960   2월 25일에 첫아이인 로라 아처 딕이 태어났다. 하코트 출
        판사에서 일반 소설을 내고자 하는 희망은 결국 이루어지지
        못했다. 편집자가 휴가를 간 사이에 출판사가 합병을 하면
        서, 딕이 쓴 『모두 똑같은 이를 가진 사내 The Man Whose
        Teeth Were All Exactly Alike』(1984)와 『조지 스타브로
        스의 시간』을 개작한 작품인 『오클랜드의 험프티 덤프티
        Humpty Dumpty in Oakland』(1986)의 출간을 제대로 추
        진하지 못했기 때문이었다. 가을이 되자 앤이 또 임신을 했

----

* Ace Double. 두 작가의 각기 다른 작품을 앞뒤로 뒤집어 묶은 페이퍼백 시리즈.

지만 경제적으로 더 궁핍해지는 것을 두려워했던 앤은 딕의 반대에도 불구하고 아이를 낙태했다.

1961   앤의 수공예 보석상에서 잠깐 일을 했다. 변화를 다룬 중국의 고전인 『역경I Ching』을 발견하고, 향후 20년 동안 그 점괘를 참고하며 살아갔다. 딕은 자신이 '움막'이라고 부르던 곳에 틀어박혔다. 타자기와 전축, 그리고 책들이 있는 이 오두막에서 그는 『높은 성의 사내The Man in the High Castle』의 집필에 착수했다. 플롯의 일부는 『역경』의 점괘를 참조했다.

1962   『높은 성의 사내』는 퍼트넘 출판사에서 스릴러물로 출간되었고 호평을 받았지만 판매는 부진했다. 그러자 퍼트넘 출판사는 사이언스 픽션 북클럽에 판권을 팔았다. 딕은 장편 『당신을 합성해드립니다We Can Build You』를 집필했는데, 이는 1969년에서 1970년 사이에 《어메이징》지에 「A 링컨, 시뮬라크럼A. Lincoln, Simulacrum」이란 제목으로 연재되었다. 같은 해에 집필한 『화성의 타임슬립Martian Time-Slip』은 1963년 잡지 《월드 오브 투모로우》에 '우리는 모두 화성인All We Marsmen'이란 제목으로 연재되었다(훗날 딕은 이렇게 회고했다. "『높은 성의 사내』와 『화성의 타임슬립』을 통해 나는 실험적인 주류 소설과 SF 사이의 간극을 줄였다고 생각한다. 어느 날 갑자기 작가로서 하고 싶었던 일을 다 할수 있는 길을 찾은 기분이었다").

1963   7월에 스콧 메러디스 출판 에이전시에서 팔리지 않는다는 이유로 10여 편 이상의 주류 소설을 돌려보냈다. 돈이 궁해진 나머지 그는 앤의 집을 담보로 레코드 가게를 시작할 것을 고려했다. 9월에는 『높은 성의 사내』가 SF 문학상 중 최

고의 권위를 자랑하는 휴고상 최우수 장편상을 받았다. 그러나 결혼 생활은 악화일로를 걸었다. 딕은 친구들에게 아내가 자기를 죽이려 한다고 주장했다. 오랫동안 부부 싸움을 하다가 앤을 로스 정신병원으로 보냈고, 앤은 랭글리 포터 클리닉에서 2주간 치료를 받는 데 동의했다. 결혼이 깨지는 것을 막기 위해 두 사람은 미국 성공회 예배에 참석하기 시작했다. 딕은 이곳에서 세례를 받았다. 딕의 팬이었던 매런 해킷은 친구의 주선으로 딕을 만났다. 그녀와 그녀의 의붓딸들도 성공회 신도였다. 딕은 암페타민을 연료 삼아 『닥터 블러드머니, 혹은 폭탄이 터진 뒤 우리는 어떻게 살아남았나Dr. Bloodmoney, or How We Got Along After the Bomb』(1965), 『타이탄의 게임 플레이어The Game-Players of the Titan』(1963년, 에이스 북스에서 출간), 『시뮬라크라The Simulacra』(1964), 『작년을 기다리며Now Wait for Last Year』(1966)를 탈고했고, 『알파성의 씨족들Clans of the Alphane Moon』(1964)과 『우주의 균열The Crack in Space』(1966)을 쓰기 시작했다. 집필실이 있는 오두막으로 걸어가면서 그는 하늘에서 기괴한 가면을 쓴 인간 얼굴의 환영幻影을 보았다. 훗날 그는 이 체험을 장편『파머 엘드리치의 세 개의 성흔The Three Stigmata of Palmer Eldritch』(1965)에 녹여내었다.

1964   버클리를 방문하는 일이 잦아졌다. 『파머 엘드리치의 세 개의 성흔』을 탈고한 후 3월에 출판 에이전시에 넘겼다. 3월 9일 이혼 소송을 제기하고 잠시 어머니 집에서 살았다. 베이지역의 활기찬 SF 팬덤에 합류해서 폴 앤더슨, 매리언 짐머 브래들리, 론 굴라트와 레이 넬슨 같은 작가들을 만났다. 『높은 성의 사내』의 속편을 쓰기 시작했다가 포기했다. 『우주의 균열』, 『잽건The Zap Gun』(같은 해 『프로젝

트 플로셰어Project Plowshare』라는 제목으로 잡지에 연재되었고 1967년에 출간됨),『끝에서 두 번째의 진실The Penultimate Truth』을 탈고했으며,『텔레포트 되지 않은 사내The Unteleported Man』(1966)를 쓰기 시작했다. SF 작가 아브람 데이비슨의 아내로 당시 그와 별거 중이었던 그래니아 데이비슨(훗날 '그래니아 데이비스'로 소설 출간)과 연애 편지를 교환했다. 7월에는 운전 도중 차가 전복되는 바람에 큰 부상을 입고 심각한 우울증을 겪으면서 집필 의욕을 상실했다. 오클랜드에서 열린 세계 SF 컨벤션에 참석했다. 마약이 횡행했던 집회였다. 친구인 잭과 마고 뉴컴 부부가 오클랜드에 있는 딕의 자택을 방문했다. 12월이 되자 그는 매런 해킷의 의붓딸인 21살의 낸시 해킷에게 구애를 시작했다("네가 나를 위해 우리 집으로 들어왔으면 좋겠어. 안 그런다면 나는 머리가 돌아버려서 점점 더 약을 찾게 될 거고…… 결국 아무런 글도 쓸 수 없을 거야. 나에겐 자극과 영감을 줄 수 있는 네가 필요해").

1965   3월에 낸시 해킷과 함께 살기 시작했다. 가정 생활을 시작하며 다시 집필을 하기 시작했고 고질적인 광장공포증 역시 부활했다. 딕은 LSD를 두 번 복용하고 불편한 환영을 경험했다("나는 '그'를 맥동하고, 격렬하고, 마구 진동하는 존재로서 지각했다. 복수심에 불타는 위압적인 존재, 마치 형이상학적인 IRS*요원처럼 회계 감사를 요구하는 존재라고나 할까"). 팬진**인《라이트하우스》에 실린 에세이 「마약, 환영 그리고 실체에 대한 탐색Drugs, Hallucinations, and the Quest for Reality」에서 그는 다음과 같이 술회했다. "사람들은 환각

---

* Internal Revenue Service. 미 국세청.
** fanzine. 팬이 발행하는 잡지.

에 매달릴 필요가 없다. 착란으로 몸을 망치는 길은 하나만 있는 것이 아니므로.”『텔레포트 되지 않은 사내』를 완성하고, 캘리포니아의 미국 성공회 주교인 제임스 파이크*와 돈독한 우정을 쌓았다. 파이크가 비서로 채용한 낸시의 의붓어머니인 매런 해켓은 파이크의 숨겨진 정부情婦였다. 딕은 파이크와의 대화를 통해 신학적 고찰과 초기 크리스트교의 기원에 관한 연구에 심취하기 시작했다. 낸시와 함께 산 라파엘로 이사했다. 레이 넬슨과 공동으로 『가니메데 혁명The Ganymede Takeover』(1967)을 썼고, 『거꾸로 도는 세계 Counter-Clock World』(1967)의 집필을 시작했다.

1966   『거꾸로 도는 세계』를 탈고하고 『안드로이드는 전기양의 꿈을 꾸는가?Do Androids Dream of Electric Sheep?』(1968)와 『유빅Ubik』(1969), 아동 SF인 『농부 행성의 글리멍The Glimmung of Plowman's Planet』(1988년에 영국에서 『닉과 글리멍Nick and the Glimmung』이라는 제목으로 출간됨)을 썼다. 7월에 낸시와 결혼했다. 딕은 회의적이었지만, 파이크 주교와 매런 해켓, 낸시와 함께 영매가 주최하는 세앙스**에 참석했다. 이 모임의 목적은 자살한 파이크의 아들인 짐과 접촉하기 위한 것이었다. 『작년을 기다리며』와 『텔레포트 되지 않은 사내』, 『우주의 균열』이 출간되었다.

1967   3월 15일에 둘째 딸 이솔더(이사) 프레이어 딕이 태어났다. 텔레비전 드라마 〈침략자The Invaders〉의 구성 원고를 썼지만 팔리지 않았다. 『거꾸로 도는 세계』, 『잽건』, 『가니메데 혁명』이 페이퍼백으로 출간되었다. 6월에 낸시의 의붓어

---

* James A. Pike(1913~1969).
** séance. 교령회. 죽은 사람들의 영혼과 통교하려는 사람을 중심으로 한 모임.

머니 매런 해켓이 자살했다. IRS가 딕에게 체납된 세금과 벌금 및 이자의 납부를 요구하면서 이미 심각했던 가계 재정난이 한층 더 악화되었다. 단편 「부조父祖의 신앙Faith of Our Fathers」이 할런 엘리슨이 편집한 SF 앤솔러지 『위험한 비전Dangeros Visions』에 실렸다. 서문에서 엘리슨은 딕이 LSD에 의한 환각 상태에서 이 단편을 썼다고 주장했지만, 이것은 딕의 고의적인 오도誤導에 의한 것이었다.

1968	잡지 《램파츠》 2월호에 실린 '작가와 편집자에 의한 전쟁세 반대운동' 청원서에 서명하면서 IRS와의 갈등이 심화되었다. 낸시와 함께 '마약 SF 컨벤션Drug Con'이라는 이명異名을 얻은 베이컨*에 참가했다. 그곳에서 로저 젤라즈니를 처음으로 만났다. 젤라즈니와는 훗날 장편 『분노의 신Deus Irae』(1976)을 공동 집필하게 된다. 『안드로이드는 전기양의 꿈을 꾸는가?』의 초판이 하드커버로 출간되었다. 이 작품의 영화 판권도 팔렸다. 『은하의 도기 수리공Galactic Pot-Healer』(1969)과 『죽음의 미로A Maze of Death』(1970)를 집필했다. 딕의 오랜 멘토였던 앤서니 바우처가 사망한다. 활자화되지는 않았지만 다음과 같은 자기소개 글을 썼다. "……기혼자이며, 두 딸과 젊고 신경질적인 아내와 함께 살고 있다……. 처음에는 스카를라티**, 다음에는 제퍼슨 에어플레인***, 그다음에는 〈신들의 황혼Götterdämmerung〉에 귀를 기울이며 대부분의 시간을 보내며, 이것들을 어떻게든 한데 엮어보려고 시도하고 있다. 각종 공포증에 시달리고 있다……. 채권자들에게 엄청난 빚을 지고 있지만 갚을 돈이 없다. 경고. 이 작자에게 돈을 빌려주지 말 것. 돈뿐만 아니라 당신의

---

* BayCon. 샌프란시스코 베이지역에서 개최되는 SF, 판타지 컨벤션.
** Giuseppe Domenico Scarlatti(1685~1757). 이탈리아 작곡가.
*** Jefferson Airplane. 1965년 결성된 미국의 사이키델릭 록 그룹.

약까지 훔치려 들 것이다.”

1969   『프로릭스 8에서 온 친구들Our Friends from Frolix 8』
       (1970)을 썼다.『은하의 도기 수리공』이 페이퍼백으로,『유
       빅』이 하드커버로 출간되었다. 몬트리올의 한 호텔에서 거
       행된 존 레넌과 오노 요코의 평화를 위한 ‘침대 시위bed-in’
       에 참석한 티모시 리어리*의 전화를 받았다. 리어리는 레넌
       과 오노에게 수화기를 넘겼고, 이들은『파머 엘드리치의 세
       개의 성흔』에 감탄했다며 영화화하고 싶다는 희망을 전했다.
       저널리스트인 폴 윌리엄스의 방문을 받았다. 처방받은 약물,
       특히 리탈린의 복용량이 크게 늘면서 결혼 생활에도 금이 가
       기 시작했다. 암페타민을 강박적으로 복용한 나머지, 췌장염
       과 초기 신부전증 증세로 응급실 신세를 진다. 예수가 역사
       인물로서 존재했다는 증거를 찾기 위해 이스라엘로 탐사 여
       행을 떠났던 파이크 주교가 9월에 유대 사막에서 사망했다.

1970   『흘러라 내 눈물, 경관은 말했다Flow My Tears, the Police-
       man Said』(1974)를 쓰기 시작했다. 평소의 집필 습관과는
       달리 3월과 8월 사이에 여러 번 고쳐 썼다. 낸시의 동생 마
       이클 해킷이 아내와의 이혼 소송 중에 딕의 집으로 와서 눌
       러앉았다. 딕은 환각제인 메스칼린을 복용한 후 찬란한 사랑
       의 비전[幻影]을 체험했고,『흘러라 내 눈물, 경관은 말했다』
       에 이를 투영했다. 7월에는 당국에 푸드 스탬프**를 신청했다.
       중단편집『보존 기계 The Preserving Machine』가 출간되
       었고,『프로릭스 8에서 온 친구들』이 페이퍼백 단행본으로,
       『죽음의 미로』가 하드커버로 출간되었다. 9월에 낸시가 딸

---

* Timothy Leary(1920~1996) 미국의 심리학자. LSD와 카운터컬처 옹호자로 유
  명하다.
** food stamp. 저소득자용 식량 배급권.

인 이사를 데리고 집을 떠나면서 다량의 약물—거리에서 구입한 불법 마약까지 포함한—과 암페타민의 기운을 빌린 밤샘 토론, 편집증, 보헤미안적 너저분함으로 점철된 친구들과의 공동 생활 시대를 시작했다. 글은 거의 쓰지 않았고,『흘러라 내 눈물, 경관은 말했다』를 가끔 개고하는 정도였다. 10월에는 톰 슈미트가 합류했다(11월에 쓴 편지에서 딕은 이렇게 술회했다. "다들 각성제를 복용하고 있고, 다들 죽을 거야……. 하지만 앞으로 몇 년은 더 살겠지. 사는 동안은 지금 모습 그대로 살 거야. 어리석게, 맹목적으로. 토론하고, 함께 시간을 보내고, 농담을 나누고, 서로 의지하면서 말이야").

1971 『흘러라 내 눈물, 경관은 말했다』의 미완성 원고를 엉망진창이 된 일상으로부터 지키기 위해서 변호사에게 맡겼다. 젊은 히피와 폭주족, 중독자들이 딕의 집에 드나들자 마이클 해켓이 떠났다. 5월에 한 친구가 딕을 스탠포드 대학병원의 정신과 병동에 입원시켰다. 8월이 뇌사 마린 제니럴 정신병원과 로스 정신과 클리닉 양쪽에서 치료를 받았다. 자신이 FBI나 CIA의 감시를 받고 있다고 주장하며, 총을 구입한 것도 이 시기의 일이었다. 11월에는 도둑이 들어 집이 크게 부서졌다. 서류 캐비닛은 누군가에 의해 폭파되었고, 창문과 문은 박살이 났으며, 개인 서신 및 재정 관련 서류들이 도난당했다(침입자의 정체에 관해 딕은 오랫동안 숱한 추측을 했다. 정부 요원, 종교 광신도, 블랙 팬서*, 심지어는 자기 자신까지 의심했다). 딕은 결국 이 집을 포기했다.

1972 2월에 캐나다 밴쿠버에서 열린 SF 컨벤션의 주빈으로 참가했다. 그곳에서 연설한「안드로이드와 인간」은 호평을 받았

---

* Black Panther. 흑인 해방을 주장하는 미국의 극좌 과격파 조직.

고, 딕은 캐나다에 머무르겠다는 의사를 밝혔다. 그러나 얼마 지나지 않아 밴쿠버에 환멸을 느끼고 또 다른 장소를 물색했다. 오레곤 주 포틀랜드에 있는 어슐러 K. 르 귄에게 편지를 써서 방문해도 될지 타진했다. 캘리포니아 주립대학 풀러턴 캠퍼스의 윌리스 맥넬리 교수에게 풀러턴이 살 만한 곳인지 문의했다(이 시점부터 편지를 쓰는 일이 급격하게 늘어났으며, 이 경향은 죽을 때까지 계속되었다. 르 귄 외에도 제임스 팁트리 주니어, 스타니스와프 렘, 존 브루너, 노먼 스핀래드, 토마스 디시, 브라이언 올디스, 로버트 실버버그, 시어도어 스터전과 필립 호세 파머 등의 동료 작가들과 정기적으로 편지를 주고받았다). 3월에 처음으로 자살 시도를 했다. 주로 헤로인 중독자들을 위한 시설인 X-컬레이 재활센터에 입원해서 공격적 집단 요법*에 참여했다. 몇십 년 동안이나 처방을 받아 남용해오던 암페타민을 끊었다. 맥넬리 교수와 학생들이 오렌지 카운티로 그를 초청하는 편지를 보내왔다. 딕은 풀러턴에 정착해서 일련의 룸메이트들과 함께 살았다. 젊은 친구들이 많이 생겼는데, 그중에는 작가 지망생인 팀 파워스도 있었다. 맥넬리는 딕에게 객원 강사 자리를 알선하고 풀러턴 캠퍼스의 도서관에 다량의 딕 관련 서류를 보관했다. 개인 서신과 꿈에 관련된 글들을 모아『검은 머리의 소녀The Dark-Haired Girl』작업을 했다(1988년에 증보판으로 출간되었다). 그해 출판된『필립 K. 딕 걸작선The Best of Philip K. Dick』의 작품 선정을 도왔다. 7월에는 18세의 레슬리(테사) 버스비를 만나 곧 동거에 들어갔다. 9월에는 로스앤젤레스 SF 컨벤션에 참가했다. 10월이 되자 낸시 해킷과의 이혼 소송을 마무리 짓기 위해 테사와 함

* confrontational group therapy. 매우 공격적인 분위기를 통해 고의적으로 환자들을 압박하는 정신 요법의 일종. 주로 약물 중독자들의 치료에 쓰인다.

께 마린 카운티로 여행을 떠났다. 낸시는 이사의 단독 양육권을 획득했다. 스타니스와프 렘과 편지를 주고받았고, 렘은『유빅』의 폴란드어 번역을 주선했다.『흘러라 내 눈물, 경관은 말했다』를 완성하고, 단편「시간비행사들을 위한 조촐한 선물A Little Something for Us Tempunauts」을 썼다.

1973   다시 꾸준히 글을 쓰기 시작했다. 2월에서 4월까지『어둠속의 스캐너A Scanner Darkly』(1977)를 썼다. BBC와 프랑스의 다큐멘터리 작가들과 인터뷰를 가졌다. 4월에 테사와 결혼했고, 7월 25일에 아들 크리스토퍼 케니스 딕이 태어났다. 당시 박사 과정을 밟고 있었던 장 피에르 고랭이 그를 방문해 프랑스 평론가들이 텔레비전에서 그를 노벨상 수상자로 추천했다는 사실을 알렸다. 런던의《데일리 텔레그래프》지와 인터뷰를 했다. 돈 문제와 건강 문제에 계속 시달렸다. 유나이티드 아티스트 영화사에서『안드로이드는 전기양의 꿈을 꾸는가?』의 영화 핀권을 매입했다.

1974   2월에 하드커버로 출간된『흘러라 내 눈물, 경관은 말했다』는『높은 성의 사내』이래 가장 좋은 평을 받으며 휴고상과 네뷸러상 후보에 올랐고, 1975년도 존 W. 캠벨 기념상을 수상했다.《램파츠》청원서에 서명했던 딕은 혹시 당국으로부터 불이익을 받지는 않을지 우려하며 4월의 납세 기간이 오는 것을 두려워했다. 2월에 사랑니 발치 수술을 받으며 소듐 펜토탈*을 투여받았는데, 이때 일련의 강렬한 환영을 경험했다. 이 환영은 3월 내내 계속되면서 한층 강도를 더해갔고, 4월이 되자 간헐적으로 나타나다가 점점 약해졌다. 이때 받은 여러 계시는 각양각색의 선하고 악한 종교적, 정치

____
* sodium pentothal. 전신 및 국소 마취제의 상품명.

적 영향—신, 그노시스파 기독교도들, 로마 제국, 파이크 주교, KGB 등을 포함하지만 이것이 전부는 아니었다—의 산물로 치부되었지만, 딕은 남은 생애 동안 그 의미를 해석하는 데 골몰하며 많은 시간을 보낸다. "내가 『성스러운 침입 The Divine Invasion』(1981)을 쓴 뒤로는 단 한 마디도 하지 않았다. 내게 들리는 계시는 구약성서에서 '신의 영혼'을 의미하는 루아Ruah의 목소리였다. 그것은 여성의 목소리로 말했고, 메시아 예언에 관련된 얘기를 늘어놓는 경향이 있었다. 한동안은 그것의 인도를 받았다. 고등학교 시절부터 가끔 그 목소리를 듣곤 했다. 위기가 닥치면 뭔가 다시 내게 말해줄 것이다……." 딕은 '2-3-74'라고 부르게 된 것에 관한 사변적인 해설을 쓰기 시작했다. 대부분 손으로 쓴 이 난삽한 원고는 8천여 장에 달했다. 훗날 딕은 이 원고에 『주해서Exegesis』라는 제목을 붙였다(전체 원고는 미출간 상태이며 읽으려는 사람도 거의 없지만, 사후에 발췌본이 출간되었다). 메러디스 출판 에이전시와 결별했다가 일주일도 되지 않아 다시 계약을 맺고『흘러라 내 눈물, 경관은 말했다』의 출판 계약을 더블데이에서 DAW로 이전하는 데 동의했다. 심각한 고혈압과 경미한 뇌졸중으로 의심되는 증세로 5일 동안 입원했다. 프랑스 영화감독인 장 피에르 고랭이 다시 찾아와서 그가 각본을 쓰는 조건으로『유빅』의 영화화 판권을 일괄 지급하는 계약을 맺었다. 딕은 한 달 만에『유빅』의 각본을 썼다(영화화는 되지 않았지만, 각본은 1985년에 출간되었다). 〈블레이드 러너〉라는 제목으로 영화화된『안드로이드는 전기양의 꿈을 꾸는가?』를 각색하던 시나리오 작가들의 방문을 받았다. 《롤링스톤스》지의 폴 윌리엄스와 인터뷰를 했다. 1971년에 겪었던 주거 침입 사건에 관한 상세한 회고와 분석이 주된 내용을 이뤘다.

1975   어깨 부상으로 수술을 받은 후 진행 중이던 장편『발리시스
        템 A Valisystem A』에 관한 메모를 휴대용 녹음기로 녹음했
        지만 2주 만에 다시 타이프라이터로 집필하기 시작했다(이
        소설은 결국 사후 출간된『앨버무스 자유 방송Radio Free
        Albemuth』(1985)과 1981년에 출간된『발리스Valis』두 소
        설로 분할되었다).《뉴요커》지는 1월호와 2월호의 '토크 오
        브 더 타운Talk of the Town' 란에 연속 인터뷰 기사를 싣
        고 딕을 '우리가 가장 좋아하는 SF 작가'라 칭했다. 1월과 2
        월에 마지막으로 타오르는 듯한 비전[啓示]을 체험했다. 그
        노시스주의, 조로아스터교, 불교에 관한 책들을 열독하고 밤
        마다『주해서』를 집필했다. 장편『허풍선이 과학자의 고백』
        을 출간했다. 이것은 딕이 쓴 초기의 사실주의적 작품 중에
        서 유일하게 생전에 출간된 것이다. 만화가인 아트 슈피겔만
        의 방문을 받았다. 딕은 옛 친구이자 영국 성공회의 사제 훈
        련을 받고 있던 도리스 소우터에게 점점 사랑을 느꼈다. 5월
        에 도리스가 암이라는 진단을 받았다. 힐런 엘리슨과 사이가
        틀어졌다. 공동 저자인 로저 젤라즈니와 함께『분노의 신』을
        완성했다. 외국어 판의 출간으로 생겨난 인세 수입이 비교적
        많아졌다. 외국에서 들어온 인세 덕에 잠시 풍족한 삶을 누
        리며 중고 스포츠카와 브리태니커 백과사전을 구입했지만,
        몇 달 지나지 않아 그의 우상이자 멘토인 로버트 하인라인에
        게 돈을 빌리는 신세가 되었다.『어둠 속의 스캐너』의 수정
        작업을 끝냈다. 11월에《롤링스톤스》에 실린 특집 기사에서
        로큰롤 평론가인 폴 윌리엄스가 딕을 '우주 최고의 SF 마인
        드를 가진 인물'로 평했다.

1976   도리스 소우터에게 청혼했지만 거절당했다. 그녀는 딕의 집
        안과 얽히고 싶어 하지 않았다. 2월에 크리스토퍼가 탈장으
        로 입원했다. 2월 말 딕과 테사는 별거했다. 그러고 나서 몇

시간도 지나지 않아 딕은 여러 방법을 동시에 동원해 자살을 시도했다. 오렌지 카운티 메디컬 센터에 수용되었다가 곧 정신병동으로 보내져 14일 동안 감시를 받으며 격리되었다. 테사가 잠시 집으로 돌아왔지만 딕은 곧 그녀와의 관계를 청산하고 도리스와 함께 산타아나의 아파트로 이사를 갔다. 그곳에서 그는 남은 인생을 보냈다(도리스와는 플라토닉한 관계를 유지했다). 5월에 밴텀 출판사에서 복간을 목적으로 『파머 엘드리치의 세 개의 성흔』, 『유빅』, 『죽음의 미로』 판권을 매입했고, '2-3-74'를 토대로 집필 중인 소설 『발리시스템 A』의 선금을 지불했다. 9월에 도리스는 그의 옆집으로 이사하기로 결정했다. 다시 우울증이 도지면서 자살 충동에 대한 두려움 때문에 딕은 10월에 세인트 조셉 병원의 정신 병동에 입원했다. 연말에는 밴텀의 편집장이 『발리시스템 A』를 조금 수정해줄 것을 요구했지만 딕이 원본 전체를 대폭 수정하는 바람에 『발리스』라는 다른 소설이 탄생했다(1976년에 그가 출판사에 보낸 『발리시스템 A』는 1985년에 『앨버무스 자유 방송』으로 출간되었다). 『분노의 신』이 출간되었다.

1977   처음으로 혼자 사는 것에 적응하기 시작했다. 테사와 크리스토퍼는 정기적으로 딕을 찾아왔다. 2월에 테사와의 이혼이 마무리되었다. 『어둠 속의 스캐너』가 출간되었고, 팀 파워스와의 우정은 절정에 달했다. 훗날 SF 작가로 입신하게 될 파워스와 K. W. 지터, 제임스 블레이록과 정기적으로 저녁을 함께 보냈다. 파워스와 지터에게 그가 본 '2-3-74' 비전에 관해 자세히 얘기하고 토론을 벌였다. 이 두 친구는 딕이 구상 중이던 자서전적 색채가 짙은 장편 『발리스』의 등장인물들의 모델이 된다. 『유빅』, 『파머 엘드리치의 세 개의 성흔』과 『죽음의 미로』가 복간되면서 《롤링스톤스》지의 격찬을 받았고, 딕은 동시대인들에 의해 매우 중요한 미국 작가

로 인정받는다. 4월에 32세의 사회사업가인 조안 심슨을 만나서 오렌지 카운티에서 3주 동안 함께 지낸다. 그 후 심슨을 따라 소노마로 가서 여름 동안 잠시 머물렀다. 딕은 우울증으로 인한 격렬한 발작에 시달렸다. 프랑스의 메스Metz 문학 축제에 주빈으로 초빙받아 출국했다. 해외여행을 감행한 것은 공포증에 대한 승리를 의미했다. 그곳에서 강연한 「만약 이 세상이 끔찍하다고 생각하면, 다른 세상들로 가보라」는 종교적 색채가 짙었던 데다가 동시통역 문제가 겹쳐서 청중을 당혹케 했다. 귀국한 뒤에는 캘리포니아 북부에 뿌리를 내리고 사는 것을 거부한 탓에 심슨과 헤어졌다. 『주해서』의 집필을 계속했다. 단편 「도매가로 기억을 팝니다We Can Remember It For You Wholesale」의 영화 판권을 팔았다 (이 작품은 훗날 〈토탈 리콜Total Recall〉(1990)이라는 제목으로 개봉되었다).

1978   밴텀에서 나올 『빌리스』의 수정 작업이 늦어졌다. 대신 『주해서』를 집필했다. 8월에 어머니가 세상을 떴다. 배다른 딸들인 로라와 이사가 처음으로 만났고 딕은 이 만남에 감격했다. 9월이 되자 '2-3-74' 체험을 담을 적절한 소설적 구조를 모색하면서 『주해서』에 이렇게 썼다. "나의 장편—및 단편들—은 지적—개념적—인 미로이다. 그리고 나는 우리가 놓인 상황을 파악하기 위해 지적인 미로에서 헤매고 있다. ……왜냐하면 현 상황 자체가 출구를 찾을 수 없는 미로이기 때문이다……." 메러디스 출판 에이전시의 새 담당자 러셀 갤런이 딕이 낸 장편들의 재간을 적극적으로 추진하고, 논픽션을 한 편 써보라고 권유한 덕분에 상당히 고무되었다. 이 권유가 계기가 되어 『발리스』를 위한 효율적인 접근 방법이 떠올랐다. 11월이 되자 2주에 걸쳐 『발리스』를 썼고, 갤런에게 이 책을 헌정했다.

1979 딸 로라와 이사가 여러 번 방문했다.『어둠 속의 스캐너』가
프랑스의 메스 문학 축제에서 대상을 수상했다.『주해서』집
필에 심혈을 기울였고, 자신의 가장 중요한 작품이 될지도
모른다는 언급을 했다. 러셀 갤런은 딕의 신작 단편들을 잡
지《플레이보이》나《옴니》같은 높은 고료를 주는 시장에 내
놓았다. 갤런이 오렌지 카운티를 방문했을 때 마침내 두 사
람은 직접 만났다. 그러나 딕이 평소 버릇대로 밤새도록 애
기를 나누자 갤런은 녹초가 되었다. 임대 아파트 건물이 조
합주택으로 개조되면서 딕은 자기가 살던 아파트를 매입했
지만 옆집의 도리스 소우터는 자금을 마련하지 못하고 부득
이 다른 곳으로 이사했다. 도리스가 떠나가자 딕은 크게 고
뇌했다. 도리스에 대한 자신의 애착을 투영한 「공기의 사슬,
에테르의 그물Chains of Air, Webs of Aether」이라는 단편
을 썼다. 단편 「두 번째 변종Second Variety」의 영화 판권이
팔렸다(1995년에 〈스크리머스Screamers〉라는 제목으로 개
봉되었다).

1980 「공기의 사슬, 에테르의 그물」을 포함해『발리스』의 속편
으로 간주되는『성스러운 침입』을 3월 말에 탈고했다.『주
해서』의 집필은 계속했지만 연말까지는 별다른 저술 활동
을 하지 않았다. 몇몇 장편소설의 아우트라인을 구상했지만
결국 쓰지는 못했다. 더 이상 환영을 통해 영감을 받지 못
할지도 모른다는 불안에 시달리다가 11월 말에 급작스러운
계시를 받았다. 이 계시를 통해 그는『주해서』의 집필을 중
단해야 한다는 결론을 내렸다. 5페이지에 달하는 결말부의
우화를 완성했고, 12월 2일에 '엔드End'라는 단어를 타이프
로 친 다음 표제 페이지를 작성했다(이 페이지에는『변증법:
신과 사탄, 그리고 예고되고 제시된 신의 최후의 승리/필립
K. 딕/주해서/Apologia Pro Mia Vita*』라고 쓰여 있다). 열흘

뒤에 참지 못하고 강박적으로 『주해서』의 집필을 재개한다.

1981   2월에 『발리스』가 출간되었다. 깊은 우정을 쌓았던 르 귄과 크게 다투었지만 금세 화해했다. 에너지가 고갈되었다는 생각에 다이어트를 시작하고 체중을 많이 줄였다. 리들리 스콧 감독이 『안드로이드는 전기양의 꿈을 꾸는가?』를 햄프턴 팬처와 데이비드 피플스의 각본으로 영화화한 〈블레이드 러너〉의 제작에 착수했다. 영화화에 대한 딕의 반응은 환호와 경멸 사이를 오락가락했다. 투자자 측에서는 영화 대본을 소설화하기를 원했지만, 러셀 갤런은 딕이 쓴 원작 쪽이 영화와 함께 출간되어야 한다고 주장했다(결국 『안드로이드는 전기양의 꿈을 꾸는가?』는 영화와 같은 제목으로 1982년에 재간되었다). 사이먼&슈스터 출판사의 편집장이었던 데이비드 하트웰이 일반 소설과 SF 소설을 한 권씩 써달라는 제안을 했고, 딕은 이 제안을 받아들여 4월과 5월에 『티모시 아처의 환생The Transmigration of Timothy Archer』을 썼다. 이 책은 제임스 파이크 주교의 죽음을 둘러싸고 일어난 사건들을 소설화한 것으로, 1963년에 메러디스 에이전시에서 그가 쓴 주류 소설을 거부한 이래 처음으로 쓴 비非 SF였다. 딕은 6월에 갤런에게 보낸 편지에서 자신의 비 장르 작품들이 빛을 보지 못했던 것은 "나의 작가 인생에서는 비극—그것도 너무나도 오랫동안 계속된 비극—이었네"라고 술회했다. 두 달 후 SF 차기작인 『한낮의 올빼미The Owl in Daylight』를 구상하면서 그는 이렇게 썼다. "SF를 계속 쓸 작정이야. 그건 내 천직이니까……." 그러나 딕은 기력이 고갈되어 글을 쓸 수 없다는 사실을 알게 되었다. 9월 17일 밤에는 '타고르Tagore'라고 불리는 구세주의 환영을 보았다. 딕은 이 사람이 실존 인물이

---

* 라틴어로 '나의 삶을 위한 변론'을 의미한다.

며 실론*에 살고 있다고 확신했고, 그에게서 지시를 받고 있다고 느꼈다. 다시 가정을 꾸릴 수 있을까 하는 희망에서 테사와의 재결합을 고려했다. 11월에는 〈블레이드 러너〉 초기 편집본의 특수 효과 영상 시사회에 초대받았다. 메스 문학 축제에도 재차 초빙을 받고 여행 계획을 세우기 시작했다. 그렉 릭맨과 일련의 인터뷰를 하기 시작했고, 릭맨에게 자신의 공식 전기작가가 되어달라고 부탁했다. 『한낮의 올빼미』에 관한 (완전히 상이한) 두 개의 아우트라인을 작성했다.

1982   미래의 부처인 마이트레야**의 세상이 도래한다는 영국의 신비주의자 벤자민 크림의 예언에 심취한다. 릭맨의 인터뷰는 계속되었고, 딕은 영적인 문제에 대해 불안감과 피로감을 느끼고 있다고 토로했다. 도리스 소우터의 친구인 그웬 리가 대학 리포트를 쓰기 위해 딕을 인터뷰했다. 아마 그의 생애 마지막이었을 이 인터뷰에서 딕은 『한낮의 올빼미』의 세부적인 사항들에 대해 밝혔지만, 결국 쓰지 못했다. 2월 18일에 자신의 아파트에 홀로 있던 딕은 뇌졸중으로 쓰러져 의식을 잃었다. 이웃 사람들에 의해 발견되어 병원에서 의식을 되찾았지만 말을 할 수 없었고, 몸의 왼쪽이 마비되었다. 3월 2일 딕은 뇌졸중 발작 재발과 심부전으로 인해 병원에서 숨을 거뒀고, 콜로라도 주 포트 모건의 공동묘지에 잠들어 있는 쌍둥이 누이 제인 곁에 나란히 묻혔다. 『티모시 아처의 환생』은 그의 사후에 출간되었으며, 5월에 개봉된 〈블레이드 러너〉는 딕에게 헌정되었다. '필립 K. 딕상'이 제정되었다. 이는 미국에서 처음부터 페이퍼백 단행본 형태로 출간되는 뛰어난 SF 장편을 선정해서 매년 수여하는 상이다.

---

* Ceylon. 현 스리랑카.
** 미륵보살. 불교의 보살.

◑ 필립 K. 딕 저작 목록

■ 장편소설

1955   『Solar Lottery』
1956   『The World Jones Made』
        『The Man Who Japed』
1957   『Eye in the Sky』
        『The Cosmic Puppets』
1959   『Time Out of Joint』
1960   『Dr. Futurity』(에이스 더블판)
        『Vulcan's Hammer』(에이스 더블판)
1962   『The Man in the High Castle』(휴고상 수상)
1963   『The Game-Players of Titan』
1964   『The Penultimate Truth』
        『Martian Time-Slip』
        『The Simulacra』
        『Clans of the Alphane Moon』
1965   『The Three Stigmata of Palmer Eldritch』
        『Dr. Bloodmoney, or How We Got Along After the
        Bomb』
1966   『Now Wait for Last Year』
        『The Crack in Space』
        『The Unteleported Man』(에이스 더블판)
1967   『The Zap Gun』
        『Counter-Clock World』
        『The Ganymede Takeover』(레이 넬슨 공저)
1968   『Do Androids Dream of Electric Sheep?』

1969   『Galactic Pot-Healer』
        『Ubik』
1970   『A Maze of Death』
        『Our Friends from Frolix 8』
1972   『We Can Build You』
1974   『Flow My Tears, the Policeman Said』(존 W. 캠벨 기념상
        수상)
1975   『Confessions of a Crap Artist』(일반소설)
1976   『Deus Irae』(로저 젤라즈니 공저)
1977   『A Scanner Darkly』(영국 SF협회상 수상)
1981   『VALIS』
        『The Divine Invasion』(『VALIS』의 속편)
1982   『The Transmigration of Timothy Archer』
1984   『The Man Whose Teeth Were All Exactly Alike』
1985   『Radio Free Albemuth』
        『Puttering About in a Small Land』(일반소설)
        『In Milton Lumky Territory』(일반소설)
1986   『Humpty Dumpty in Oakland』(일반소설)
1987   『Mary and the Giant』(일반소설)
1988   『The Broken Bubble』(일반소설)
        『Nick and the Glimmung』(아동SF)
1994   『Gather Yourselves Together』(일반소설)
2004   『Lies, Inc.』(『The Unteleported Man』의 개정증보판)
2007   『Voices From the Street』(일반소설)

■ 단편집

1955   『A Handful of Darkness』(영국판)

1957   『The Variable Man』

1969   『The Preserving Machine』

1973   『The Book of Philip K Dick』

1977   『The Best of Philip K. Dick』

1980   『The Golden Man』

1984   『Robots, Androids, and Mechanical Oddities』

1985   『I Hope I Shall Arrive Soon』

1987   『The Collected Stories of Philip K. Dick, 1, Beyond Lies the Wub』
        『The Collected Stories of Philip K. Dick, 2, Second Variety』
        『The Collected Stories of Philip K. Dick, 3, The Father-Thing』
        『The Collected Stories of Philip K. Dick, 4, The Days of Perky Pat』
        『The Collected Stories of Philip K. Dick, 5, The Little Black Box』

1988   『Beyond Lies the Wub』(영국 Gollancz판.『The Collected Stories of Philip K. Dick, 1, Beyond Lies the Wub』과 동일)

1989   『Second Variety』(영국 Gollancz판.『The Collected Stories of Philip K. Dick, 2, Second Variety』와 동일)
        『The Father-Thing』(영국 Gollancz판.『The Collected Stories of Philip K. Dick, 3, The Father-Thing』과 동일)

1990   『The Days of Perky Pat』(영국 Gollancz판.『The Collected Stories of Philip K. Dick, 4, The Days of Perky Pat』과 동일)
        『The Little Black Box』(영국 Gollancz판.『The Collected Stories of Philip K. Dick, 5, The Little Black Box』와 동일)
        『The Short Happy Life of the Brown Oxford』(Citadel

Twilight판. 『The Collected Stories of Philip K. Dick, 1,
Beyond Lies the Wub』과 동일)

『We Can Remember It for You Wholesale』(Citadel
Twilight판. 『The Collected Stories of Philip K. Dick, 2,
Second Variety』에서 단편 「Second Variety」를 「We Can
Remember It for You Wholesale」로 대체)

1991 　　『The Minority Report』(Citadel Twilight판. 『The Collected
Stories of Philip K. Dick, 4, The Days of Perky Pat』과 동일)

　　『Second Variety』(Citadel Twilight판. 『The Collected
Stories of Philip K. Dick, 3, The Father-Thing』에 단편
「Second Variety」 추가)

1992 　　『The Eye of the Sibyl』(Citadel Twilight판. 『The Collected
Stories of Philip K. Dick, 5, The Little Black Box』에서 단편
「We Can Remember It for You Wholesale」을 제외)

1997 　　『The Philip K. Dick Reader』(『Second Variety』의 단편 3
편을 영화화된 단편 3편으로 대체)

2002 　　『Minority Report』(영국 Gollancz판)

　　『Selected Stories of Philip K. Dick』

2003 　　『Paycheck』(2004년 출간. 영국 Gollancz판)

　　『Paycheck and 24 Other Classic Stories by Philip
K. Dick』(Citadel Twilight판. 『The Short Happy Life of the
Brown Oxford』와 동일)

2006 　　『Vintage PKD』(장편 발췌. 단편, 에세이, 서간 포함)

2009 　　『The Early Work of Philip K. Dick, I: The Variable
Man & Other Stories』

　　『The Early Work of Philip K. Dick, II: Breakfast at
Twilight & Other Stories』

■ 논픽션, 서간집

1988   『The Dark Haired Girl』(에세이, 시, 편지 모음)
1991   『The Selected Letters of Philip K. Dick』, 1974
1993   『The Selected Letters of Philip K. Dick』, 1975~1976
        『The Selected Letters of Philip K. Dick』, 1977~1979
1994   『The Selected Letters of Philip K. Dick』, 1972~1973
1996   『The Selected Letters of Philip K. Dick』, 1938~1971
2009   『The Selected Letters of Philip K. Dick』, 1980~1982

파머 엘드리치의 세 개의 성흔

초판 1쇄 펴낸날 2011년 11월 15일
초판 4쇄 펴낸날 2020년 1월 10일

지은이 | 필립 K. 딕
옮긴이 | 김상훈
펴낸이 | 김영정

펴낸곳 | 폴라북스
등록번호 | 제22-3044호
주소 | 06532 서울시 서초구 신반포로 321 (잠원동, 미래엔)
전화 | 02-2017-0280
팩스 | 02-516-5433
홈페이지 | www.hdmh.co.kr

ISBN 978-89-93094-36-7 04840
세트 978-89-93094-31-2

* 폴라북스는 (주)현대문학의 새로운 종합출판 브랜드입니다.
* 책값은 뒤표지에 있습니다.